rowohlt
POLARIS

Jenny-Mai Nuyen

HEART WARE

THRILLER

ROWOHLT POLARIS

Originalausgabe
Veröffentlicht im Rowohlt Taschenbuch Verlag,
Reinbek bei Hamburg, August 2017

Redaktion Katharina Rottenbacher
Umschlaggestaltung Cornelia Niere, München
Umschlagabbildung nakorn / shutterstock.com
Satz aus der Fournier MT Pro
bei Dörlemann Satz, Lemförde
Druck und Bindung CPI books GmbH,
Leck, Germany
ISBN 978 3 499 26707 9

«Wenn es bei dieser verdammten
Quantenspringerei bleiben soll,
so bedaure ich, mich mit der Quantentheorie
überhaupt befaßt zu haben.»

Erwin Schrödinger, 1926

Prolog

An dem Tag, als das Internet zerstört wurde, erschütterten zweihundertvierzehn Explosionen beinahe zeitgleich jene Großstädte, in denen die mächtigsten Rechenzentren der Erde standen. Festungen aus Stahl, Beton und Glasfasern hatten das Gespinst der interkontinentalen Kommunikation alles andere als virtuell verkörpert. Nun lagen die Gebäude in Trümmern, rauchten aus abertausend funkensprühenden Serverschränken. Ein Gestank von geschmolzenem Gummi durchzog Miami, Seoul, Mumbai und Dublin und erinnerte an die Vergänglichkeit der Dinge, selbst der künstlichen. Terabytes über Terabytes von Daten, die man praktisch für unstofflich gehalten hatte, waren erst jetzt, mit ihrem Verlust, wahrhaftig der Materie enthoben.

Die Verbindung zu mehr als vierhundert Satelliten brach ungeklärt ab. Einer davon fiel aus einem wolkenlosen Himmel über der Wüste von Mexiko, und keine Handykamera zeichnete den Splitterhagel auf.

Sämtliche Computer – Handys, Laptops, Tablets –, die eins der beiden geläufigsten Betriebssysteme nutzten, wurden nach unscheinbaren Updates von Malware lahmgelegt. Gespenstisch synchron gaben Chips der vier am weitesten verbreiteten Chiphersteller und Festplatten mit Knirschen und Knacken den Geist auf. Flächendeckende Stromausfälle taten ihr Übriges, um in Ballungsräumen Massenpanik auszulösen. Bürger, die den digitalen Untergang für das Ende der Zivilisation hielten, stürmten Supermärkte und Tankstellen und horteten Konserven, Benzin und Waffen.

Nur in den Ozeanen kehrte zauberische Stille ein. Das Surren meilenlanger Kabel war verstummt, und die höher entwickelten Meerestiere spürten, dass ihr Kosmos eine neue Geschmeidigkeit hatte, eine Zartheit, die die ältesten von ihnen noch aus der Frühzeit ihres Daseins kannten.

Fast dreizehn Stunden dauerte die technische Sprachlosigkeit an. Dann, als der Strom der verbliebenen Knotenpunkte wiederhergestellt war, erhob sich Gemurmel an den Rändern der Kontinente. Schwappte zögerlich, dann flutartiger über die Gewässer und Einöden. Verbindungen wurden wiederbelebt, ein Notfallplan konnte greifen, das Ausmaß der Zerstörung ermessen werden.

Überraschend wenige Menschen waren gestorben. Die meisten durch Personalausfälle in Altenheimen und Krankenhäusern und durch Schusswaffen. Unzählige zerrüttete Familien hatten sich angesichts des drohenden Endes versöhnt. Und fast jeder vierte heimlich Verliebte hatte dem Angebeteten seine Liebe gestanden. Zumindest behauptete das später eine Studie, die gerne zitiert wurde.

Was den finanziellen Schaden betraf, machte sich niemand die Mühe einer Kalkulation. Geld war nach diesem Tag für eine ganze Weile nicht mehr das, was es davor gewesen war: über Monitore laufende Zahlen, die weder für Produkte noch Produktionsmittel, noch Rohstoffe, noch geistige Eigentümer standen, sondern hauptsächlich für sich selbst. Flackernde Zahlen, im Grunde rückführbar auf Einsen und Nullen. Elektronische Impulse. Und ihr Ausbleiben.

TEIL EINS

SIEBEN TAGE VOR DEM ZUSAMMENBRUCH

Eli

Adam Eli erwachte davon, dass sein Kopf vibrierte.

Das Zimmer war stockdunkel, selbst die Ritze zwischen Jalousien und Fensterrahmen mit Bettlaken zugestopft. Ohne hinsehen zu müssen, griff er unter das Handtuch, das ihm teils aus Faulheit, teils aus Genügsamkeit als Kopfkissen diente, und förderte sein summendes Handy zutage.

Die Helligkeit riss ein bläuliches Loch in die Finsternis. Es war elf Uhr abends. Zeit zum Aufstehen.

Er knipste die Energiesparlampe neben der Matratze an, und sein trautes Heim flammte um ihn auf, einem wiederkehrenden schlechten Traum nicht unähnlich: Zwischen durchgebogenen Bücherregalen, die teils von Bücherstapeln gestützt wurden, zwei vor Papieren überquellenden Schreibtischen, einer Küchenzeile und einer Kleiderkommode blieb gerade genug Platz für eine Palme, dürr wie ein zu schnell gewachsener Teenager. Die Palme hatten seine Eltern ihm aus einem Urlaub mitgebracht, als sie noch die Größe eines Daumens gehabt hatte. Seitdem war sie nicht totzukriegen. In den sieben Jahren, seit er hier wohnte, hatte er sie gewiss nicht öfter als viermal gegossen.

Er tapste ins Bad, wo er seine Brille liegen gelassen hatte. Anschließend machte er seine Sportübungen: hundertachtzig Liegestütze in drei Etappen und Variationen. Das war das Minimum, das er sich aus seiner Zeit in bolivianischer Gefangenschaft bewahrt hatte.

Danach schmauchte er eine selbstgedrehte Zigarette mit schwarzem, feuchtem Tabak, die nackten Füße auf dem Tisch gekreuzt. Nichts zu machen, irgendeine Art Selbstzerstörung brauchte er, um den Suizid hinauszuzögern. Rauchen war zwar teurer als Ritzen oder Sportwahn, dafür aber unbestreitbar angenehmer.

Nun machte er sich an die Arbeit. Seit er vor einigen Monaten seinen sechsten und letzten Studiengang geschmissen hatte (katholische Theologie, Gott wusste, warum), war er in eine zeitliche Parallelwelt abgerutscht. Er wachte um elf Uhr abends auf, blieb die ganze Nacht und den Folgetag wach und sank um vier Uhr nachmittags in ein Erschöpfungskoma, tiefer und traumloser als der Schlaf, den er zu weniger exzentrischen Stunden fand. Sein Job erlaubte ihm diesen Ablauf nicht nur, er erforderte ihn sogar oftmals.

Denn Eli schrieb Texte. Hauptsächlich Hausarbeiten für überforderte oder unwillige Studenten, aber auch Anträge für Förderungen, Motivationsschriften, Bewerbungen, gefälschte Praktikumsberichte. Das Studienfach spielte keine Rolle. Philosophie, Geschichte, Archäologie, Mathematik, Jura und Theologie hatte er mindestens ein Semester lang selbst studiert. Alles andere konnte er sich mit wenig Aufwand zusammenrecherchieren, um einen soliden Bluff abzuliefern. Die Dozenten waren schon froh, wenn ein Text halbwegs strukturiert war und nicht vor grausamen Kommafehlern strotzte. Ein paar richtig verwendete Fachbegriffe, ein paar originelle Querverweise und passende Zitate mit korrektem Literaturverzeichnis, mehr war gar nicht nötig für eine Note, die auch die Eltern erfreute. Zumal Eli über einen Mittelsmann Kontakte zu Privatuniversitäten in Österreich unterhielt, wo seine Kunden mehr bezahlten und geringere Ansprüche hatten.

Sein Mittelsmann hieß Chomsky. Sie hatten sich vor Ewigkeiten in einem Tech-Forum kennengelernt. Chomsky konnte naturwissenschaftliche Bachelorarbeiten in weniger als fünf Tagen schreiben, was erstaunlich und nachvollziehbar zugleich war angesichts der Tatsache, dass er zwischen Crystal Meth und Ritalin wechselte. Zumindest behauptete er das. Er behauptete auch, seinen Unterhalt mit Online-Poker zu verdienen, während seine Tätigkeit als Ghostwriter erzkonservative Altersvorsorge war: «Irgendeiner meiner Kunden wird garantiert Politiker, dann erpresse ich ihn wie eine Saftorange.»

Chomsky leitete alle geistes- und kulturwissenschaftlichen Aufträge an Eli weiter. Zu unmöglichen Tageszeiten erreichten Eli E-Mails nervlich aufgelöster junger Menschen, die von Abgabefristen in sechs Tagen und konfusen Themen erzählten. Doch die meisten Aufträge kamen von seinen Stammkunden: Wer die Bequemlichkeit eines Ghostwriters einmal erfahren hatte, wollte selten wieder darauf verzichten.

Er klappte den Laptop auf und öffnete seinen Browser. Weil er ein Informations-Messie war, luden über dreißig Tabs. Wirtschaftsartikel, Technikblogs, online gestellte Fachbücher, Webseiten von Fanatikern diverser politischer Lager und Religionen, Chatfenster mit Kunden, Einkaufswagen noch offener Bestellungen, kuriose Mangas … Zuerst überflog er die Titelseiten der Nachrichtenmagazine. Es gab das Übliche. Die Politik stand kurz vor der Menschheitsausrottung. Ein Populärwissenschaftler verbreitete seinen metaphysischen Standpunkt als naturwissenschaftliches Forschungsergebnis. Die neue Miss Universe hatte eine Verbrennungsnarbe in der Form von Afrika auf dem Schenkel. Und unter alldem schwappte eine Flut von Leserkommentaren, eine warme Brühe aus haarsträubenden Meinungen und Fehlschlüssen und schlechter Sprache, in die Eli sich mit dem Genuss eines Masochisten versenken konnte. Als er noch zur Schule gegangen war, hatte er nach den dämlichsten Äußerungen Ausschau gehalten, um sie in Grund und Boden zu stampfen und dabei seine eigenen Ansichten, die zwiebackfesten Ansichten eines fünfzehnjährigen Medikamentenjunkies, über das Internet auszukrümeln. Kommentare von epischer Länge mit Quellenangaben und weit ausholenden Seitenhieben waren damals keine Seltenheit gewesen. Dass mit seinem Auftreten Diskussionen erstarben, hatte ihm geschmeichelt.

Mit dem Beginn seines Studiums nahm er den Kampf gegen die Menschheit in Digitalform wieder auf. Nun wagte er sich an Gegner, die zäher waren. Auf seine Angriffe kamen Reaktionen, die seine Ideale einem Säureregen aussetzten. Akribisch legte er Fremden die Inkonsistenz ihrer Ansichten, die Widersprüchlichkeit ihrer Argumentation dar. Er sezierte Begriffe und ihre missbräuchliche Verwendung. Er verpackte seine Häme in gönnerhafte Nachsicht. Immerhin kam nicht jeder wie er dank seines Philosophiestudiums in den Genuss eines Logikkurses! Wurde er beleidigt, empfand er beinah Behagen. Denn sein Frust über die anderen stand immer vor dem Hintergrund der Genugtuung, nicht so zu sein wie sie.

Mit den Jahren verlor das Vergnügen dann seinen Geschmack. Heute ließ er sich seltener dazu hinreißen, einen Artikel zu kommentieren, und dann auch kaum noch konfrontativ. Er fühlte sich müde, verbittert und irgendwie albern, wenn er sich im Kampf gegen Unbekannte Bestätigung holte. Vielleicht war das die frühzeitige geistige Impotenz nach einer Jugend der Manie.

Er öffnete sein E-Mail-Postfach. Da waren Nachrichten aus dem Univerteiler mehrerer Fachbereiche, eine Mail von einem Stammkunden, für den noch eine Hausarbeit in Jura ausstand, eine Handyrechnung, Werbung, Newsletter …

Dazwischen, geradezu unscheinbar, stand als Absender:

will_suchen@gmail.com

Die Mail war heute, am 12. Februar, um 23:02 Uhr eingetroffen. In der Betreffzeile stand schlicht und ergreifend: *Therapiestunde zwei mit Willenya.*

Er nahm die Brille ab. Das konnte keine Spam-Mail sein. Keine seiner Daten, die im Internet kursierten, hatten irgendeinen Bezug zu ihrem Namen. Niemand, mit dem er noch in Kontakt stand, kannte ihren Namen. Außer seinen Eltern. Aber es war schwer vorstellbar, dass seine Eltern sich einen solchen Scherz erlaubten.

Immer noch starrte er den Absender und den Betreff der Mail an, ohne einen Sinn daraus ziehen zu können. Es war unmöglich.

Und wieso überhaupt «Therapiestunde»?

Er hätte sich zwicken können, um sicherzugehen, dass er nicht träumte. Aber falls es ein Traum war, wollte er gar nicht aufwachen. Eli öffnete die Mail.

> Hallo, Adam.
> Du möchtest wissen, was in ihrer Vergangenheit passiert ist. Wir wollen wissen, was sie heute macht. Vielleicht können wir uns gegenseitig behilflich sein. Wenn du interessiert bist, gib uns eine Nummer, unter der wir dich erreichen.

Das war alles. Keine Auskunft, wer zum Teufel dahintersteckte.

Doch im Anhang war eine WAVE-Datei, die ebenso betitelt war wie die Mail selbst. Eli verschwendete keinen Gedanken daran, ob das Ganze womöglich ein Betrug war, um seinen Computer mit Viren zu infizieren – jemand, der von Will wusste, konnte ihn bedeutend schlimmer ärgern als mit Malware. Er klickte auf ÖFFNEN.

Neun Jahre hatte er ihre Stimme nicht gehört. Neun Jahre, zwei davon im bolivianischen Gefängnis Palmasola, und an keinem einzigen Tag war es ihm gelungen, *nicht* an sie zu denken.

Will. Durchnässt vom tropischen Regen, sodass ihre Nacktheit durchs T-Shirt leuchtete wie das Gespenst seiner Begierde. Ihr kleiner Schnörkelmund, der seinen Namen aussprach. Das unerträgliche, alles aus ihm heraussaugende Flehen ihrer Augen – Rehaugen hätte er sagen mögen, aber es waren die Augen eines Krokodils. Damals wusste er das nur noch nicht.

In jenen unwirklichen Tagen, als sie auf einem fernen Kontinent flussaufwärts paddelten, am Leben gehalten allein von geflüsterten Schwüren, Berührungen und von Papayas, die sie in den Straßen von Santa Cruz de la Sierra stahlen, siebzehn Jahre alt und von der Polizei gesucht – in jenen Tagen des glückseligen Elends wusste er über Will nur, dass sie das Mysterium war, in dem er den Sinn seines Daseins fühlte und über tausend süße Augenblicke zersplittert wieder vergaß. Sein Weltall, getropft in ein erschütternd schönes Mädchenkind … in einen Menschengeist, geheimnisvoll und klar wie ein giftiges Parfüm.

Eli saß wie erschlagen vor seinem Computer, den Kopf in die Hände gestützt, unfähig, auf das Wunder zu reagieren, das gerade geschah.

Wills Stimme drang aus den maximal aufgedrehten Lautsprechern links und rechts seines Schreibtisches. Ihr zittriges Atemholen erfüllte die Einzimmerwohnung, als wäre seine Welt auf Bongröße geschrumpft und in ihre Mundhöhle gefallen.

«Es waren beide, meine Pflegemutter und mein Pflegevater. Ziemlich bald, nachdem ich zu ihnen kam, fing es an. Ich war zwölf. Aber sexueller Missbrauch, ich weiß nicht … ich weiß nicht, ob ich es so nennen würde. Es war … nicht richtig.»

Sie holte Luft, dann stieß sie ein Seufzen aus, das in Stücke zu brechen schien, zum Schluchzen wurde. Hier endete die Aufnahme. Automatisch spielte sein Computer den Clip wieder von vorne ab. Dreimal, fünfmal, zehnmal. Dreißig Sekunden Will in Endlosschleife.

Will. Willenya Ćuruvija, was sicher nicht ihr echter Name war, aber der einzige, den er kannte. Seine Geliebte. Sein Selbstbetrug. So oder so, sein Lebensinhalt.

Als er endlich in der Lage war, auf Pause zu klicken, kam die Stille ihm beinah körperlich vor, als würde Will nun hinter ihm stehen und warten.

Die Stimme gehörte unverkennbar ihr. Erst als er das einigermaßen in seinen Kopf gekriegt hatte, konnte er sich damit befassen, was sie eigentlich sagte. *Es waren beide. Sexueller Missbrauch.*

Sie hatte nie ein Geheimnis daraus gemacht, dass etwas Derartiges in ihrer Kindheit vorgefallen war. Aber den oder die Täter wollte sie nie nennen.

Nach seiner Entlassung hatte Eli das Haus ihrer Pflegeeltern eine Zeitlang überwacht. Es war eine moderne Villa in Grünwald, wo sich der Münchner Geldadel versammelte. Wills Pflegeeltern durften sich als international angesehener Installationskünstler und als Galeristin mit dem Ruf einer Hellseherin dazu zählen. Eli hatte gehofft, Will würde eines Tages bei ihnen auftauchen. Die Tonaufnahme erklärte, warum das nie passiert war.

Völlig ungeklärt blieb allerdings, wer Eli die Tonaufnahme geschickt hatte.

Es gab nur eine Handvoll Menschen, die von ihm und Will wussten, und die waren vor fast einem Jahrzehnt in einem deutschen Bootcamp für schwer erziehbare Jugendliche im bolivianischen Urwald gewesen.

Kaum einem der Jugendlichen traute er zu, eine Mail ohne Rechtschreibfehler verfassen zu können. Seitdem konnte zwar alles Mögliche aus ihnen geworden sein, der Wahrscheinlichkeit nach aber eher Schlechteres als Besseres. Dann gab es natürlich noch die Indianer, aber die verfügten wohl kaum über einen Internetzugang, geschweige denn Deutschkenntnisse. Und vor allem: Wie wäre einer von ihnen an Aufnahmen von Wills Therapiestunden gekommen?

Will in Therapie.

Sie lebte also.

Dass sie nicht tot war, dass sie stattdessen bei einem Therapeuten gesessen hatte – dass sie tatsächlich jede Minute existiert hatte, und mit ihr eine Antwort auf die Frage, die Eli seit neun Jahren quälte …! Er empfand keine Freude, keine Erleichterung, erst recht nicht so etwas Banales wie Wut. Eher ein Zittern. Die Ankündigung eines Erdbebens.

Er klickte auf *Antworten*. Schrieb: *Wer bist du?*

Und löschte den Satz wieder. Rieb sich den kahlgeschorenen Schädel. Dann tippte er seine Handynummer und sonst nichts und klickte auf *Senden*.

Er lehnte sich zurück. Dass die Mail spätabends gekommen war, konnte daran liegen, dass der Absender sich in einer anderen Zeitzone befand. Oder eine Nachteule war wie Eli. Oder wusste, dass Elis Schlafrhythmus im Eimer war.

Das Handy auf seinem Bett begann fast augenblicklich zu vibrieren. Eli stürzte hin. Die Nummer war unterdrückt.

Er wischte über das Display und hielt es sich ans Ohr. «Wer ist da?»

Eine durchdringende, knabenhafte Stimme, die er noch nie gehört hatte, antwortete ihm: «Adam Eli! Wie geht's? Wie immer?»

Er überlegte, seine Frage zu wiederholen, ließ aber dann sein Schweigen für sich sprechen.

«Es ist alles beim Alten geblieben, oder?», fuhr der Mann am Ende der Leitung fort, als wären sie alte Freunde. «Mit fünfzehn hast du Rezepte von deinen Eltern gefälscht und an der Schule Medikamente verkauft, um zu beweisen, dass du schlauer bist als das System. Aus demselben Grund bist du mit siebzehn aus dem Bootcamp im amazonischen Regenwald ausgebrochen. Und deshalb bist du heute auch Ghostwriter für reiche Dumpfbacken: um dich überlegen zu fühlen. Um dich über die Regeln hinwegzusetzen. Menschen ändern sich nicht. Erst recht nicht so starrköpfige Menschen wie du. Und deshalb … dreht sich dein Leben auch immer noch um die süße, böse Willenya.»

«Wer ist da?», wiederholte Eli eindringlich.

«Darauf gibt es verschiedene Antworten. Die einzige für dich relevante lautet: Ich bin der Besitzer sämtlicher Aufzeichnungen von Willenya Ćuruvijas Besuchen beim Seelenklempner. Das nenne ich eine Biographie! Selbst für einen, der nicht obsessiv an der Frau hängt, war's unterhaltsam.»

«Ich lege auf, wenn Sie meine Frage nicht beantworten.»

Der Unbekannte stieß ein Gackern aus. «Du legst doch nicht auf, Adam. Wir wissen beide, dass du die Aufzeichnungen willst. Um sie zu kriegen, musst du bloß etwas tun, das dich noch mehr erfreuen dürfte: *Willenya suchen.* Stell dir vor, endlich die Frau zur Rede zu stellen, wegen der du zwei Jahre hinter Gittern warst! Du hast fest geglaubt, sie würde dich lieben ... War alles nur gespielt?»

Die eine, schreckliche Frage, die ihm so viele Stunden Schlaf geraubt hatte, aus dem Mund eines Fremden zu hören, traf Eli wie ein Schlag vor die Brust.

«Mir brauchst du nichts vorzumachen», säuselte der Unbekannte. «Du bist nicht nach München gezogen, um hier kreuz und quer zu studieren, sondern um ihre Pflegeeltern zu überwachen. Deine Joggingtouren führen immer zur Villa der Kreisbachers in Grünwald. Aber so kommst du der Wahrheit nicht näher. Die Wahrheit biete ich dir an – die ganze Wahrheit über Willenya Ćuruvija.»

«Und was haben Sie davon?»

«Alles, was du wissen musst, wird man dir morgen erzählen. Sagen wir, um 13 Uhr in der Frauenkirche.»

«Sie wollen mich morgen in der Frauenkirche treffen.»

Der Unbekannte gab ein unflätiges Geräusch von sich. «Ich in München, in einer Kirche? Wenn mich was ekelt, dann lasse ich es Angestellte erledigen. Also ...»

«Wie kommen Sie überhaupt auf die Idee, dass ich sie finden kann?»

«Du hast ihr einen Brief aus dem Knast geschickt. Erinnerst du dich nicht? Wenn du ihre Adresse damals rausfinden konntest, kannst du es jetzt, wo dir alle Mittel zur Verfügung stehen, sicher noch mal. Ich jedenfalls habe vollstes Vertrauen … dass du schlauer bist als das System.»

Ein belustigtes Schnaufen erklang, dann ein Piepen – der Unbekannte hatte aufgelegt.

Zuallererst ließ Eli das Programm *Rosebuddy X* nach dem E-Mail-Absender fahnden.

Rosebuddy X war eine Hackersoftware, die als Gerücht seit einigen Monaten in Tech-Foren des Darknet kursierte und in wenigen davon auch zu beschaffen war. Jedenfalls wenn man Leute wie Chomsky kannte. Es handelte sich um eine *extended version* des legalen Programms *Rosebuddy*, das einen persönlichen Assistenten auf Mobilgeräten und Computern mimte und den Alltag von Millionen Wohlstandsbürgern begleitete: Rosebuddy erstellte Telefonbücher und Kontaktlisten, führte Tagebuch über tägliche Routen, verbrannte Kalorien und Tiefschlafphasen, organisierte Urlaubsreisen und Steuerunterlagen, empfahl geschmacksgenau Unterhaltungsmedien, Restaurants und Schuhe, fand Wohnungen, Sportvereine, Jobangebote und Sandkastenfreunde und beantwortete alle Fragen, die einem im Alltag einfallen mochten und deren Antworten auf irgendwelchen Datenspeichern aufzustöbern waren.

Was Rosebuddy nicht konnte, war IP-Adressen zurückverfolgen, E-Mail-Konten knacken und die zu Telefonnummern gehörigen Adressen eruieren. Das alles war der illegalen extended version vorbehalten.

Nach zwei Minuten hörte das Schlittensymbol von Rosebuddy auf, sich zu drehen, und die Rose darauf begann zu blühen. Der Absender war gefunden.

Eli beugte sich näher und las die Daten ab, die im Programmfenster erschienen: eine IP-Adresse, das Datum und die Uhrzeit, wann das Postfach zuletzt geöffnet worden war. Die IP-Adresse kopierte Eli und ließ sie erneut durch Rosebuddy X laufen.

Nach wenigen Augenblicken spuckte das Programm ein Land und eine Postleitzahl aus. Es war Deutschland – und Elis Postleitzahl. Entweder wohnte der Unbekannte in seiner direkten Nähe oder …

Eli rief das Programm auf, das ihn im Internet unsichtbar machte, indem es alle paar Minuten eine neue IP-Adresse generierte. Zu dem Zeitpunkt, als er die Mail erhalten hatte, war die zufällige zweiunddreißigstellige Nummer genau die gewesen, die Rosebuddy X ihm übermittelt hatte. Der Unbekannte musste ein Programm benutzt haben, mit dem es aussah, als hätte Eli sich die E-Mail selbst geschickt.

Er ließ sich in den ächzenden Stuhl zurücksinken. Warf einen Blick auf sein Handy, wo er Rosebuddy X auf die unterdrückte Nummer losgelassen hatte. Jedoch mit wenig Hoffnung. Und tatsächlich, der Schlitten wackelte traurig. Keine Informationen zur Telefonnummer.

Aber auch wenn der Unbekannte seine virtuellen Spuren verwischte, wusste Eli nun einiges über ihn: Er war männlich, hatte Computerkenntnisse, sprach akzentfrei Deutsch und musste der Stimme nach unter fünfzig sein. Außerdem war er vermutlich fett. Sein Lachen hatte pfeifend geklungen, herausgepresst unter einer massiven Brust. Und er hatte gesagt, ihn ekele es vor der Kirche – dafür seien Angestellte da. Ein fetter, deutscher, technikversierter, kirchenfeindlicher Arbeitgeber irgendwo außerhalb Münchens.

Und er kannte Will. Ihre Vergangenheit, ihre Geheimnisse. Diese Vorstellung brachte Eli schier um den Verstand. Dass er selbst im Dunkeln tappte, was Will betraf, war schlimm genug. Aber dass er im Dunkeln tappte, während ein anderer ihre intimsten Beichten gehört hatte, das war unerträglich.

Und noch etwas hatte der Unbekannte verraten: dass er Will nicht liebte. *Selbst für einen, der nicht obsessiv an der Frau hängt …* Es war also davon auszugehen, dass er Will nicht aus Eifersucht suchte, um ihr eine Kugel in die Brust zu jagen. Was nur die Eifersucht ausschloss, nicht die Kugel. Vermutlich hatte sie sich bei irgendeiner Betrügerei oder bei einem Diebstahl Feinde gemacht. Und wenn ihre Feinde so verzweifelt waren, eine neun Jahre alte Liebschaft auszugraben, konnte es sich um keine Lappalie handeln.

Da er die Untätigkeit nicht aushielt und nicht wusste, was er sonst tun sollte, spielte er noch einmal den Clip ab.

Wills Stimme. Verletzlich, den Tränen nah. Hass regte sich in ihm, sackte aber gleich wieder in sich zusammen und wich widerwilliger Sehnsucht. Ihr Atem. Er sah wieder ihre feuchten Zähne beim Sprechen aufblitzen, den blassoliven Schimmer ihrer Haut, wenn sie schluckte. Er fühlte das Streifen ihrer Schmetterlingswimpern, als sie die Augen aufschlug und den Blick auf ihn richtete, und für eine flüchtige Sekunde kannte er wieder den unsagbaren Duft ihres Scheitels, ihrer Armbeugen. All das lag verborgen in der Aufnahme ihrer Stimme.

Er besaß kein Foto von ihr. Die Erinnerungen an sie hatte er so oft abgespielt, dass sie wie alte Filmaufnahmen zerkratzt, verblichen und schließlich mit grellen Farben übermalt worden waren. Ihr Gesicht hatte sich in abstraktes Wissen gewandelt. Er besaß ausufernde Beschreibungen für die Form ihrer Nasenflügel, für ihre Grübchen, die Halbmonde ihrer Augenlider und den feinen Flaum an ihren Schläfen – doch in ein Gesamtbild konnte er sie nicht mehr fügen. In seinem Gedächtnis drehte Will sich von ihm weg, sooft er sie fassen wollte. Sie war ein Geist geworden, aber ein so lebhafter, dass weder zwei Jahre Palmasola noch sieben Jahre Universität Eli aus ihrer Umarmung hatten zerren können.

Er drehte sich eine Zigarette, merkte aber, dass er gar nicht rauchen wollte. Das war angesichts seiner Unruhe verwunderlich. Wenn er Will wiederhatte, brauchte er darüber hinaus wohl keine Selbstzerstörung mehr. Es reichte, dreißig Sekunden ihre Stimme zu hören.

Immer wieder ging Eli im Geiste das Telefonat durch. Wer war der Unbekannte? Was wollte er von Will?

Natürlich war es möglich, dass das Ganze noch mit dem Fall zu tun hatte, der Eli zwei Jahre seines Lebens gekostet hatte. Diese Möglichkeit war ihm bewusst wie ein Abgrund, an dessen Rand er sich bewegte und in den er nicht stürzen wollte. Denn dort unten erwartete ihn doch nur der zermürbende, finstere Irrgarten von Spekulationen, denen er aus eigener Kraft nicht entkommen konnte.

Die Ereignisse jener Nacht, als er Will zum letzten Mal gesehen hatte, waren ihm bis heute unbegreiflich. Sie waren in ein Haus eingebrochen. Um einen Computer zu stehlen. Er hatte nicht gewusst, wem der Bungalow im Dschungel östlich von Santa Cruz de la Sierra gehörte und wer Wills Auftraggeber war und was dieser bezweckte – Elis Beweggrund war ebenso nobel wie einfältig gewesen: Er hatte es getan, weil er Will liebte.

Sie hatten die Mauer mit einer Leiter überwunden. Die Glastür war für Will nicht schwer zu knacken, sie benutzte nichts weiter als Draht. Sie schlichen durch die weitläufigen, durch Gänge miteinander verbundenen Räume des Hauses. Vorbei am Schlafzimmer, wo tiefer Atem zu hören war. Fanden den Computer, lösten ihn von den Anschlüssen, packten ihn in die mit Schaumstoff ausgepolsterte Sporttasche und trugen ihn nach draußen. Da bemerkte Will, dass sie den Autoschlüssel liegen gelassen hatte. Nie vergaß er ihren verängstigten Blick, in dem sich das Mondlicht spiegelte. Er kehrte um, sie blieb mit der Sporttasche im Garten.

Eli fand den Autoschlüssel nicht. Er suchte überall … Dann erklang ein Schuss. Eli rannte nach draußen, Flächen zwischen Grau und Schwarz wie zerschnittene Papierbögen. Im Garten war Bewegung, zwei Gestalten rangen miteinander – ein Mann warf Will ins Gras! Eli packte den Fremden, zerrte ihn von ihr fort. Er war schwer, ein ungeheuerlicher Muskelberg. Der Fremde holte aus. Eli wehrte den Schlag ab, doch die Wucht war so heftig, dass Elis Arm nachgab. Ein harter Gegenstand traf seinen Kopf, viel härter als eine Faust. Vielleicht der Griff einer Pistole. Die Beine sackten ihm weg.

Wieder ging ein Schuss los. Er hörte Will stöhnen, sein Blut gefror – er rief ihren Namen oder glaubte ihn zu rufen, sein Bewusstsein wogte zwischen Schmerz und Ohnmacht wie die jungen Bäume im Wind.

Wieder ein Schuss. Der Fremde zuckte, ging zu Boden und riss Eli mit. Noch einmal traf ihn ein harter Gegenstand am Kopf, unerbittlicher noch als beim ersten Mal. Eli hörte Echos davon oder vielleicht einen dritten und vierten Schlag, aber da versank er bereits im Nichts.

Er war zu sich gekommen, als man ihm Handschellen anlegte, und erst neun Tage später, als er mit einem Anwalt sprechen durfte, erfuhr er, was geschehen war: Der Geliebte der Hausbesitzerin war vom Lärm alarmiert in den Garten gelaufen und dort mit einem Schuss in den Unterarm verletzt worden. Die Waffe, aus der gefeuert worden war, hatte beim Eintreffen der Polizei in Elis Hand gelegen.

Eli wollte nicht glauben, dass Will die Waffe dort platziert hatte. Nie würde sie so etwas tun. Wo aber war sie? Angeschossen, im Krankenhaus – tot? In einem ähnlichen Gefängnistrakt? Eli erfuhr von seinem Anwalt, dass der Angeschossene Kenji Hayase hieß. Sein Anwalt beschrieb ihn als mittelalten Japaner, kaum einen Meter sechzig groß und zierlich. Das konnte nicht der Mann sein, der mit Eli und Will im Garten gekämpft hatte. Damit war für Eli klar, wer die Pistole in seiner Hand platziert hatte. Doch warum war der zweite Mann überhaupt da gewesen?

Die Polizei fand keine Beweise, dass es ihn gegeben hatte. Kenji Hayase hatte seinen Angreifer in der Dunkelheit nicht erkannt; er bezeugte lediglich, dass eine Gestalt mit einer Tasche über die Mauer geklettert war und eine zweite sich taumelnd erhoben hatte, um den Schuss abzugeben, der ihn im Unterarm getroffen hatte. Immerhin fand die Polizei Kugeln einer zweiten Schusswaffe in der Mauer. Doch diese Kugeln gingen auf dem Revier rätselhafterweise verloren und tauchten nie vor Gericht auf. Elis Anwalt riet ihm, dem nicht zu viel Bedeutung beizumessen. Dass zwei Waffen im Spiel gewesen waren, bewies auch noch nicht die Anwesenheit eines zweiten Mannes. Elis Verletzungen konnten schließlich von einem Gerangel mit seiner Komplizin stammen. Sie hatten vermutlich um die Beute gestritten und sich einen Schusswechsel geliefert. Kenji Hayase war in das Gefecht geraten und von Eli getroffen worden. So legte es der Staatsanwalt aus und forderte wegen Raub und Körperverletzung acht Jahre Haft für Eli.

Die Verurteilung verzögerte sich immer wieder, weil Eli nicht gestand. Sein Anwalt versuchte, den Richter zu bestechen, wie es gang und gäbe war. Man einigte sich, Eli für umgerechnet viertausend Euro freizusprechen. Doch dann änderte der Richter abrupt seine Meinung und wollte von keiner Übereinkunft mehr wissen. Das, zusammen mit den verschollenen Kugeln der zweiten Schusswaffe, überzeugte Eli, Opfer einer Verschwörung geworden zu sein. Genau wie jeder zweite Insasse von Palmasola von sich behauptete.

Bis man Eli auf Druck der deutschen Behörden nach Hause ließ, vergingen sechshundertsiebenundfünfzig Tage, die länger währten als ein Leben. Er war ein anderer Mensch geworden. Jedes Ding, jede Geste, jedes Wort hatte seinen schwimmenden Untergrund gezeigt. Er hatte gelernt, dass Begriffe wie Würde, Gnade und Gerechtigkeit Gefäße aus Glas sind – leer, wenn sie zerbrechen. Er hatte gelernt, dass die schiere Bedeutungslosigkeit des Elends nur zu ertragen war, indem man sich abwandte. Was auch immer es in ihm war, das leben wollte, es brachte das Kunststück fertig, die Welt ins Gegenteil zu kehren. Er entdeckte die Sinnhaftigkeit von allem.

Vielleicht war er religiös geworden, ohne es vor sich selbst zuzugeben. In einer Stadt von Mördern, Vergewaltigern, Verhungernden und Junkies, in der einzig das Gesetz des Stärkeren galt, fixierte er sich auf einen Stern, den man mit Augen nicht sah: die Hoffnung, dass nichts so war, wie es schien. Er glaubte an Will. Glaubte an die Möglichkeit von Liebe. Er klammerte sich an den Trost, dass es ein Richtig und Falsch gab, eine Wahrheit, einen Grund.

Natürlich war die Tatsache, dass er sich überhaupt irgendwelche Hoffnungen in Palmasola machen konnte, mit baren Bolivanos erkauft. Seine Eltern besuchten ihn regelmäßig und brachten ihm Geld und Bücher mit. Geld, damit er einen Schlafplatz, Essen und Drogen bezahlen konnte – Dinge, die man bei den machthabenden Gangs besser erstand, wollte man keinen Streit. Bücher, damit er seinen Schulabschluss nachholen konnte, sobald er draußen war.

Seinen Schulabschluss. Nichts schien ferner, trotzdem oder gerade deshalb lernte er ohne Unterlass. Man nannte ihn *Folleto*, Büchlein, und zertrat seine Brille. Er flüchtete sich in Texte über lineare Algebra, die Französische Revolution und Chemie. Man zog ihn zu Rate, um Molotowcocktails zu basteln, und erpresste ihn regelmäßig um Geld. Er berechnete Winkel und betete Lateinvokabeln herunter wie Gebete. Man hielt ihn für besessen und wagte es nur ein Mal, Zigaretten auf seinem Rücken auszudrücken. Er schrieb dialektische Erörterungen und Interpretationen von Schiller-Gedichten, während man um ihn herum verblutete, verbrannte, in der wortlosen Gewalt von Tieren versank. Das Unwirkliche war seine Wirklichkeit. Er lernte, blind zu sein, geblendet von einem Stern, auf den er zurennen musste, rennen, rennen auf der Stelle, über den Tod und das Leben und alle Höllen dazwischen hinweg.

Und dann kam er frei. Mit einer einfachen Kausalkette wurde alles im Nu abgeschlossen: Er ging durch die Gefängnistore – in den Polizeiwagen – durch die Schalter am Flughafen – in die Arme seiner Eltern. Die Kloaken in der sengenden Hitze, die Ewigkeit der Moskitonächte, die Grausamkeit, die Willkür, die ganze unfassbare Realität hatte er überstanden wie eine Tropenkrankheit.

Er war zurück im Haus seiner Eltern, wo es nach Rosmarin und frischen Schnittblumen roch. Er hatte das Gefühl, permanent träge zu lächeln. Nachts starrte er in die Schatten seines Kinderzimmers und vermisste die Schmerzensschreie, die Auskunft gaben, wie nah oder fern sich die Gefahr bewegte.

Deutschland rann wie eine Kaltwasserdusche durch sein kochendes Blut. Er las wieder Artikel im Internet. Versuchte, sich Gedanken um die Innenpolitik, die Weltwirtschaft und Filmkritiken zu machen, wie er es vor Äonen als überdrüssiger Teenager getan hatte. Jeden Tag ging er joggen und hustete sich fast so viel Teer aus den Lungen, wie er inhalierte, sah sich mit seinen Eltern Fernsehsendungen an, belegte Kuchenböden mit Obst. Die Normalität war das neue Gefängnis, in das er sich ängstlich begab. Nur Pornos konnte er nicht wie früher sehen. Die Vorstellung von nacktem Fleisch, von der Verletzlichkeit der Körper löste Angstzustände in ihm aus.

Er holte das Abitur nach und bestand mit den besten Noten seit seiner Grundschulzeit. Als er erfuhr, dass er studieren durfte und das schöne System der Zivilgesellschaft ihm eine Zukunft gewährte, hielten Mutter und Vater seine Tränen für ein Zeichen der Erleichterung: Er war wahrhaftig zurückgekehrt, war wieder in ihrer Welt geborgen! Doch sie wussten nicht, dass er von einem Leuchten umgeben war, das die Freude über das Abitur wie ein

Flämmchen übertünchte. Es stimmte, er hatte Palmasola überlebt, hatte einen Zettel ausgestellt bekommen, der ihm den Irrsinn stundenlangen Lernens bescheinigte, damit er noch mehr Zettel erwerben konnte, dann einen Job, Geld, Besitz, um das Sicherheitsnetz zu einem mollig festen Kokon weiterzuspinnen. Aber war das sein Ziel? Diese Vorstellung schien ihm lächerlich, konnte ihn sogar richtig zum Lachen bringen! Als könnte Behaglichkeit seine Bemühungen wert sein nach allem, was er erlebt hatte! Nein, seine Hoffnung stand darüber. Stand unerbittlich fern über der Befriedigung, sich eines Tages Auto, Urlaub und Eigenheim leisten zu können. Alles Weltliche verblasste vor der Hoffnung, der er sein Überleben verdankte … dass die menschliche Existenz mehr als ein Schlittern zwischen geilem Genuss und Schmerz, Gemütlichkeit und grotesker Erbärmlichkeit war. Dass es Bedeutung gab. Irgendwie, in irgendeinem Jenseits, unerreichbar vom Verstand. Von der Liebe erreichbar, vielleicht. Wenn Liebe wirklich möglich war. Wenn Will ihn wirklich geliebt hatte.

Er konnte sich dessen nur sicher sein, wenn er die Rätsel jener Nacht löste, in der sie sich verloren hatten. Wer war der zweite Mann gewesen? Wohin war er verschwunden, wo waren die Kugeln seiner Waffe, warum hatte man keine Spur von ihm gefunden? Was war aus Will geworden?

Will. Wer war sie wirklich gewesen?

Er verfluchte sich dafür, nicht nachgebohrt zu haben, wer ihr Abnehmer für den gestohlenen Computer war. Sie hatte ihm lediglich erklärt, jemand aus dem Umfeld ihrer Pflegeeltern würde viel zahlen, wenn sie ihm den Rechner brächten. Hätte Eli damals einen Namen verlangt, könnte er wenigstens herausfinden, ob Will dem zweiten Mann entkommen war und die Beute verkauft hatte. Und überhaupt, warum der Computer so wertvoll war.

Ein Jahr nach Palmasola bat er seinen Anwalt, ihm die Polizeiakte des Falls zuzuschicken, da er sie nie gesehen hatte. Aus ihr ging hervor, dass kein Autoschlüssel im Haus gefunden worden war. Der Honda, den sie tags zuvor gemietet hatten, war noch in der Nacht des Einbruchs am Viru-Viru-Flughafen von einer Sicherheitskamera aufgenommen worden. Am Steuer saß eine junge dunkelhaarige Frau – alleine, offenbar unverletzt, mit einer Sporttasche auf dem Beifahrersitz.

Das war die letzte Spur von Willenya Ćuruvija.

Obwohl tiefster Winter herrschte, riss Eli die Laken vom Fenster und flutete den Raum mit eiskalter Luft. Schneeregen fiel. Der Himmel ließ sich den Wolkenbauch von Bürotürmen, Schnellstraßen und Werbetafeln dumpf bestrahlen. Eli lehnte sich an die Scheibe und trug mit einer glühenden Zigarette zur Lichtverschmutzung bei. Aber der kribbelnde Rauch schenkte ihm keine Linderung, im Gegenteil. Er kam sich plötzlich kindisch vor. Zu alt für Zigaretten. Als Teenager hatte er damit angefangen, um verwegen zu wirken, im Bootcamp dann zwangsweise aufgehört und im Gefängnis wieder angefangen, aus Trotz gegen die Ungerechtigkeit, die ihm widerfuhr. Doch das war eine halbe Ewigkeit her. Alles ging vorbei, auch er musste weitergehen, musste endlich fertigwerden mit dem Schmerz und der allgemeinen Ratlosigkeit des Lebens. Wenn er das nur in seinen Schädel bekommen könnte!

Er drückte die halb gerauchte Zigarette im Matsch auf dem Fenstersims aus. Neun Jahre, eine unvorstellbare Zeit angesichts des Ereignismangels. Sein bisheriges Dasein als Erwachsener war verflogen wie Rauch, wie ein Ausatmen der glühenden Vergangenheit.

Doch während Eli die Zähne zusammenschlug, die Kälte aushielt und das Aushalten genoss, wurde ihm klar, dass sein Leben in dieser Nacht eine Wendung nahm. Vielleicht zum ersten Mal überhaupt erkannte er die fatale Zukunft, auf die er zugesteuert war, bevor er die rätselhafte E-Mail erhalten hatte: Alles wäre weitergelaufen wie bisher. Die Hoffnung, jemals etwas von Will zu hören, wäre in seinem Herzen verwest und doch nie begraben worden. Tag für Tag hätte die Welt sich wiederholt, ohne mehr zu hinterlassen als Teer in seinen Lungen.

Aber nun bot ihm jemand die Antworten an, die Will ihm schuldig geblieben war. Alles, was er dafür tun musste, war, sie zu suchen.

Er ließ den Blick über die Häuser schweifen, diese Klötze voller Alltagsgeschichten unter dem gleichmütigen Himmel. Irgendwo in diesem menschengemachten Tumult war *sie*. Vielleicht auf der anderen Seite der Erde, der Sonne zugewandt. Und doch kam sie ihm jetzt so nah vor, dass er sich wunderte, wie sie ihm jemals unerreichbar hatte erscheinen können: Denn solange sie nicht tot war, trieb sie auf demselben gottverlassenen Gesteinsbrocken durch das All wie er, eine Mitreisende auf Lebenszeit.

Ja, er könnte sie suchen. Er musste die Aufzeichnungen ihrer Therapiestunden hören. Antworten bekommen. Endlich frei sein.

Euphorie flatterte in seiner Brust und sank gleich wieder in einen Schattentanz der Sorgen ab. Was, wenn er sie suchte … und am Ende fand?

Y

Um fünf Uhr morgens betraten drei Männer in Anzügen die Lobby des Parkroyal Hotels in Singapur. Vor einer sechs Meter hohen Holzfassade, die die Erosionsformen eines Canyon nachahmte, stand eine Rezeptionistin mit so geschicktem Make-up, dass man ihr die Müdigkeit nicht ansah.

Da einer der Männer weiß war, der zweite asiatisch und der dritte dunkelhäutig, grüßte die Rezeptionistin auf Englisch: «Guten

Morgen, Sirs, und willkommen im Parkroyal. Wie darf ich Ihnen helfen?»

«Guten Morgen. Mein Name ist Jonas Beckblum, das sind meine Kollegen Maurice Dussardier und Satoshi Nakamoto von Interpol.»

Der weiße Mann, fast zwei Meter groß und erschreckend hager, hielt einen Ausweis mit dem Emblem von Interpol und einem Foto hoch, auf dem sein totenkopfartiges Gesicht abgebildet war.

Die anderen beiden Männer verzichteten darauf, sich auszuweisen. Dafür lächelte der Japaner und stemmte die Arme in die Seiten, sodass unter seinem Jackett ein Pistolenhalfter sichtbar wurde.

«In Ihrem Hotel befindet sich eine international gesuchte Terroristin», fuhr Jonas Beckblum mit seiner rauchigen Stimme fort, als handelte es sich um eine alltägliche Lappalie. «Es gibt aber keinen Grund zur Panik. Wir haben die Situation unter Kontrolle. Kein Hotelpersonal, bitte. Nennen Sie uns nur die Zimmernummer von Clementine Shell. Und es wären einige Mühen vermieden, wenn Sie uns auch einen Zimmerschlüssel aushändigen.»

Die Rezeptionistin sah aus, als bezichtigte man *sie* eines Verbrechens, als sie stammelte: «Wir haben keine Schlüssel. Nur Karten.»

Sämtliche Lichter in der Executive Suite waren gelöscht. Die Skyline Singapurs gloste durch die Fensterfront wie ein auf die Erde gekrachter Sternenhimmel. Es war beinahe totenstill. Die Ahnung einer Klimaanlage hielt sich hinter den holzvertäfelten Wänden.

Auf der Wildledercouch kauerte eine Frau mit einem Laptop. Sie trug ein aufgeknöpftes Blusenkleid mit zu vielen Rüschen, da *jede* Rüsche ihrer Meinung nach eine zu viel war. Aber die Kleidungsstücke, die sie vor wenigen Tagen am Flughafen gekauft hatte, sollten absichtlich anders sein als das, was sie normalerweise trug. Auch das frisch blondierte Haar hätte sie sich unter weniger zwingenden Umständen nicht angetan. Sie hatte es zu einem Knoten aufgesteckt, um möglichst nicht daran erinnert zu werden.

Neben ihr stand ein Tablett mit einer Kanne Kaffee. Früher hatte sie in solchen Nächten ein oder zwei Flaschen Rotwein getrunken, aber seitdem sie Clementine Shell war, vermied sie Alkohol. Clementine Shell konnte sich Nervenberuhigung nicht erlauben.

Abwechselnd sah sie nach draußen, wo der Morgen einen ersten bleigrauen Schimmer in die Finsternis atmete, und auf den Bildschirm ihres Computers. Eine Website war geöffnet, weißer Hintergrund mit serifenloser, schwarzer Schrift.

Erster Blogeintrag auf www.fucktina.com:

Alle Menschen wollen etwas.

Alle Menschen wollen etwas sein und etwas haben.

Wenige sind Gewinner, die vieles haben. Und viele sind Verlierer, die kaum etwas haben. Wer will schon ein Verlierer sein? Null Menschen. Niemand.

Diejenigen Verlierer, die aus kluger Einsicht nicht mehr hoffen, eines Tages noch zu den Gewinnern aufzusteigen, richten allzu oft ihr Wollen auf die Liebe, diese verwässerte Muttermilch voller Bonbonaromen für die Masse. Die große, mystische Liebe soll sie retten. Die Liebe des Geliebten soll ihnen die Würde und den Wert schenken, die das System ihnen schuldig bleibt. Die Liebe der Kinder soll ihrer Lohnsklaverei einen Sinn verleihen. Die Liebe des Unterleibs soll ihnen Macht vermitteln, Triumph. Erfolgreich Fleisch an Fleisch klatschen, sich aneinander abreiben, aufreizen, gegenseitig auszeichnen: Man ist arm, ausgebeutet, auf dem Abstellgleis – aber wenigstens paarungsbereit. Gnade der Tierwelt. Tiefste Erniedrigung, tiefer, noch tiefer, zurück in den Bauch der Urmutter, ins Paradies, ins Ich-weiß-von-nichts und Bin-nur-unfrei, brauch nicht mehr als Ficken und Futter.

Von welchem System sprechen wir überhaupt?

In der Natur gibt es kaum Gewinner, dafür Milliarden Verlierer. Die Menschen sind Teil der Natur. Aber liegt es nicht im Wesen des Menschen, die Natur zu verändern?
Margaret Thatcher hat über den Kapitalismus gesagt:
There
Is
No
Alternative.
Wir sagen: Fuck TINA.

Clementine Shell las den Text langsam. Wenn sie traurig war oder sich einsam fühlte, weil ihr ein Gesprächspartner fehlte, ging sie die Einträge des Blogs durch. Es steckte ein enormer Trost darin, nicht allein zu sein mit ihrer Rage. Ihre Idee von einer besseren Welt war das reale Ziel eines anderen, mächtigeren Individuums. Ihre Idee … würde realisiert.

Sie wusste, dass Y heute Nacht zu beschäftigt war, um mit ihr zu reden. Sie wusste, dass das höhere Ziel das allemal rechtfertigte. Dennoch vermisste sie Y. Vermisste es, sich von ihren Fragen in Gedankenwelten pusten zu lassen, die sie allein nie entdeckt hätte. Und ihren Betrachtungen zu lauschen, Betrachtungen von so reiner, erschütternder Vernunft, dass man darüber Tränen vergießen mochte.

Als sich ein Chatfenster auf ihrem Bildschirm öffnete, glaubte Clementine Shell im ersten Moment, dass sie tagträumte. Sie blinzelte. Aber die Nachricht war echt. Echter konnte eine Nachricht kaum werden:

Hotelsystem meldet: Zimmercode auf zweite Karte geladen. Lauf, Kleine!

Obwohl keine Stunde verstrich, in der sie diese Nachricht nicht erwartete, raste der Schock wie ein Stromschlag durch ihre Glieder. Immerhin war sie durch die ständige Vorstellung von Flucht so routiniert, dass sie innerhalb von Sekunden aufsprang, das Kleid zuknöpfte, in die Stoffschuhe schlüpfte und den kaum ausgepackten Militärrucksack aus dem Badezimmer holte. Sie warf einen letzten Blick auf den Computer – keine neue Nachricht –, dann klappte sie ihn zu und steckte ihn ein.

Lauf, Kleine.

Niemand sonst durfte sie Kleine nennen.

Sie verließ die Suite, hastete den matt beleuchteten Flur entlang zur Feuertreppe. Grelles Licht empfing sie. Sie glaubte, Geräusche von weit, weit unten zu hören. Waren es Schritte, oder war es nur das Pochen in ihren Schläfen? Sie beschloss, nach oben zu rennen, jeden Treppenabsatz in drei Schritten. Ein Stockwerk, zwei, vier. Hier nahm sie die Tür nach draußen, weil sie außer Atem war.

Um zwei Ecken gelangte sie ins Foyer einer geschlossenen Bar. Links jedoch war eine Glastür, die automatisch zur Seite glitt. Sie trat zwischen tropische Pflanzen auf einer Art Terrasse, mindestens vierzig Meter über dem Erdboden. Schwüle Luft wehte ihr um die Ohren. Sie rückte den Rucksack zurecht, lief bis an den Rand der Terrasse und von dort aus eine gewundene Treppe hinab auf ein bewaldetes Plateau, durch das ein Betonweg führte. Hinter dem Geländer war ein schmaler Streifen Gras, danach klaffte der Abgrund. Sie war froh, dass es noch zu dunkel war, um die Höhe allzu deutlich zu erkennen.

Sie gelangte auf eine zweite Plattform mit Schwimmbecken, die scheinbar grenzenlos in die Tiefe flossen, wie es seit einigen Jahren Mode war. Große, bunte Käfige standen zwischen den stillen Wassern. Eine Frau in Burka wandelte dazwischen wie ein Gespenst umher, ein weinendes Bündel in den Armen. Clementine Shell huschte Richtung Eingang. Als sie die Tür fast erreicht hatte, drehte sich die Verschleierte um und stieß einen Schreckenslaut aus; das Baby verstummte. Clementine Shell hob die Hand zum Gruß, etwas Besseres fiel ihr nicht ein. Schon war sie wieder im Gebäude.

Räumlichkeiten mit geschichteten Betonplatten, gitterartigen Trennwänden, sorgfältig getrimmtem Grünzeug. Zwei Aufzüge standen bereit. Clementine Shell stieg in einen und suchte den Knopf für das Parkhaus. Nicht zu finden. Auf der tiefsten Etage war lediglich ein Restaurant ausgewiesen.

Während sie nach unten glitt, floss das Licht durch die Zahlen der Stockwerke, und bei jeder fürchtete sie ein Innehalten, ein Öffnen der Türen, eine Begegnung mit ... nun, mit endgültigen Antworten. Sie ballte die Fäuste um die Träger ihres Rucksacks. Sie hatte keine Schusswaffe dabei – unmöglich bei einem Flughafen wie dem Singapurs. Sich eine vor Ort zu besorgen, hatte sie aus Vorsicht oder, im Anbetracht der jüngsten Entwicklungen, aus Leichtsinnigkeit unterlassen.

Der Aufzug gab einen Glockenlaut von sich, dann glitt die Tür auf, und vor Clementine Shell lag eine Art Steinbrücke über schwarzen Gewässern. Links war das Restaurant hinter einer Glasfassade und einem Arrangement aus geometrischen Teichen und Wasserfällen. Die Decke war offen und zeigte ein Riff gewundener Terrassen. Bonsais warfen Schatten an die Wände, wo sich nervöse Wellen spiegelten.

Sie eilte über den Steinweg, bis er sich Richtung Restauranteingang und Richtung Lobby teilte. Zögernd blieb sie stehen. Wenn man hinter ihr her war, wurde die Lobby ganz bestimmt bewacht. Aber offenbar gab es nur in der Lobby Aufzüge, die in die Parkgarage führten. Sie biss sich auf die Unterlippe. Was nun?

Queenie Ong Xiao Mei arbeitete noch nicht lange an der Rezeption. Eigentlich hatte sie bildende Kunst studiert. Aber weil bei ihrer Abschlussausstellung kein einziges Bild verkauft worden war, hatte ihr Onkel, der im Parkroyal arbeitete, ihr diese Stelle verschafft. Das vertrug sich gut mit ihrem neu gefassten Lebensziel, nämlich einen netten, reichen Mann zu finden, bei dem sie Bilder malen konnte, die niemanden zu interessieren brauchten. Das nächtelange Wachbleiben fiel ihr zwar schwer, dafür gab es meistens nicht so viel zu tun, und wenn sie ihr Handy auf lautlos stellte, konnte sie unter der Theke Spiele spielen, ohne dass die Sicherheitskamera es einfing.

In den zwei Monaten seit ihrer Anstellung war das größte Drama gewesen, dass zwei Hotelgäste und die von ihnen mitgebrachten Escortladys in der Lobby eine Schlägerei anfingen. Damals waren ihr Onkel und die anderen beiden Sicherheitskräfte Queenie zu Hilfe gekommen. Aber die Männer von Interpol hatten explizit gesagt *kein Hotelpersonal*.

Queenie hatte ein sehr ungutes Gefühl. Eine Terroristin, hier im Gebäude. Hatten Terroristen nicht Sprengstoff? Reichten drei Männer, um mit so einer Gefahr fertigzuwerden? Vor dem Hotel waren keine Polizeiwagen zu sehen. Es musste wohl alles geheim sein.

Wie der Japaner gelächelt hatte. Etwas Goldenes hatte sie an ihm irritiert, ein Goldzahn oder eine goldene Halskette. Sie wusste es nicht mehr. Sein Name, Nakamoto, kam ihr so bekannt vor. Als hätte sie ihn erst vor kurzem gehört. Es kam ihr unwahrscheinlich vor, dass Leute von Interpol in den Medien namentlich genannt wurden.

Mit zitternden Fingern tippte sie den Namen in ihr Handy ein. Diesmal war es ihr egal, ob die Überwachungskamera es aufzeichnete, sie konnte später erklären, warum sie das Handy benutzte. Die Suchmaschine spuckte für Nakamoto fast eine Million Treffer aus. Ganz oben wurde ein Wikipedia-Artikel angezeigt:

Satoshi Nakamoto: Pseudonym des Erfinders oder der Gruppe von Erfindern der digitalen Währung Bitcoin.

Queenie spürte, wie sich das Zittern ihrer Finger über die Arme bis in ihr Innerstes ausbreitete. Vielleicht war da oben gar keine Terroristin. Vielleicht waren da oben auch keine Männer von Interpol. Aber sie hatte ihnen die Zimmernummer eines Gastes verraten, mehr noch, eine Karte für die Tür gegeben.

Das Pistolenhalfter unter dem Jackett.

Nur einer von ihnen hatte einen Ausweis gezeigt. Zu schnell, um sagen zu können, ob er echt war.

Queenie griff zum Telefon, drückte die Kurzwahltaste zur Hotelsicherheit. Bevor das Wartezeichen erscholl, legte sie aber schon wieder auf und wählte stattdessen die Nummer der Executive Suite. Der Aufzug brauchte weniger als zehn Sekunden bis nach oben. Aber der Korridor war verwinkelt, die Suite nicht gleich zu erreichen. Vielleicht waren die Männer noch nicht angekommen.

Das Telefon piepte. Zweimal, dreimal. Jemand hob ab. Queenie glaubte, ein Atmen zu hören wie von jemandem, der gerade aufgewacht ist.

«Miss Shell?», fragte sie. «Es tut mir sehr leid! Bei Ihnen wird eingebrochen! Benutzen Sie bitte unverzüglich den Zweitausgang in Ihrer –»

Die Leitung erstarb. Queenie schluckte. Dann rief sie ihren Onkel von der Sicherheit an.

«Onkel Herman, ich hab Mist gebaut, ich hab so komischen Männern die Zimmerkarte gegeben, und ich glaube, sie wollen einem Gast was antun», sprudelte sie los.

«Was?» Onkel Herman kreischte beinah. «Welches Zimmer?»

«Die Executive Suite.»

«Wir sind unterwegs.»

«Sie sind bewaffnet –»

Onkel Herman hatte schon aufgelegt. Queenie legte das Telefon zurück und klopfte sich mit den Fingerkuppen auf das Gesicht, weil sie merkte, dass sie schwitzte. Oder sollte sie die Polizei verständigen? Aber wenn es doch Leute von Interpol waren, wusste die Polizei sicher Bescheid. Queenie wurde ganz schlecht, sie verstand ihre eigenen Gedanken nicht mehr. Nur dass etwas nicht stimmte, das wusste sie.

Sie nahm ihren Mut zusammen und wählte die Nummer der Polizei. In dem Moment öffnete sich ein Aufzug, und Jonas Beckblum, wenn er denn wirklich so hieß, kam auf sie zu. Ihr fiel erst jetzt auf, dass er leicht hinkte.

«Auflegen», befahl der vermeintliche Polizist. Der Hörer rutschte Queenie auf die Brust.

«Wir haben doch gesagt, keine Panik. Wieso der Anruf?»

«Ich habe nicht –»

«Stecken Sie mit Terroristen unter einer Decke, Miss Ong?»

«Nein …»

Jonas Beckblum beugte sich über die Theke, ganz nah an Queenies Gesicht. «Wo ist Miss Shell? In der Suite war sie nicht.»

«Ich weiß nicht.»

«Wenn ich rauskriege, dass Clementine Shell in einem anderen Zimmer ist, dann schwöre ich, dass ich Sie hinter Gitter bringe.»

«Sie – sie hat die Suite gebucht, wirklich!»

Wieder öffnete sich ein Aufzug, und die anderen beiden Männer kamen auf sie zugejoggt.

«Wir haben sie nicht gefunden.»

«Dieses Hotel ist ein verdammter Dschungel!»

«Wenn sie rauswill, muss sie irgendwann nach unten kommen», stellte Jonas Beckblum mit seiner unerschütterlichen Ruhe fest. An Queenie gewandt, fragte er: «Sind das hier die einzigen Aufzüge?»

Sie nickte erst, dann schüttelte sie den Kopf. «Es gibt noch zwei hinten, beim Restaurant.»

«Hat die Fotze die Polizei gerufen?», fragte Nakamoto.

Queenie stieß einen erstickten Schrei aus, als er seine Waffe zog und auf ihre Stirn richtete.

Jonas Beckblum maß Queenie mit seinem Blick. «Hat sie?»

«Nein. Bitte …»

«Wen hast du dann gerade angerufen?»

«Die … Hotelsicherheit.»

«Scheiße! Das hier ist, verdammt noch mal, topsecret!», fauchte der Japaner.

Queenie kniff die Augen zu, um nicht mehr in die Pistolenöffnung blicken zu müssen. Tränen zogen schwarze Schminkspuren über ihre Wangen. *Dieser Job ist doch DIE Chance, Queenie. So viele nette, reiche Männer, die täglich hereinspazieren. Ein bisschen lächeln und dann …* In diesem Moment wollte Queenie nur noch eins: überleben. Nach Hause rennen, sich umarmen lassen von Jommy, ihrem besten Freund, der seit der Schule in sie verliebt war, auch wenn sie so tat, als wüsste sie es nicht – Jommy, der immer für sie da gewesen war, der arme, traurige, liebe Jommy, den sie vielleicht auch liebte, vielleicht – wenn sie nur überlebte …

Das Telefon klingelte.

«Abheben und auf Lautsprecher stellen», befahl Jonas Beckblum. «Nicht vergessen: Alles ist in Ordnung.»

Queenie hob ab. Es war ihr Onkel: «Hier oben ist niemand, nur ein heilloses Durcheinander.»

«Okay.»

«Wir kommen runter.»

«Ja», flüsterte sie und legte auf ein Zeichen von Jonas Beckblum hin auf.

Er wies seine Kollegen an: «Du checkst die Aufzüge hinten – du suchst das Parkhaus ab. Ich beobachte die Straße.» Dann wandte er sich noch einmal an Queenie: «Ich behalte die Lobby und insbesondere dich im Auge. Weder vor den Sicherheitsleuten noch vor der Polizei, noch in deinem Tagebuch nennst du uns je wieder Einbrecher. Du wirst sagen, du hast überreagiert – die Leute von Interpol sind schon wieder abgezogen – das war's. Verstanden?»

«Ja.»

«Denk dran. Ich schwöre dir, sonst bringe ich dich ins Gefängnis.» Jonas Beckblum griff in sein Jackett und förderte eine Packung Taschentücher zutage. Er tupfte Queenie die Tränenspuren weg. Seine Kollegen waren bereits verschwunden.

Der Mann, der nicht wirklich Satoshi Nakamoto hieß, ging den Steinpfad über schwarze Teichanlagen zu den Aufzügen. Er spiegelte sich auf den Türen, sodass er die Waffe auf sich selbst zu richten schien. In seiner Jugend hatte er internationale Titel im Kickboxen, in Jiu-Jitsu und Thaiboxen errungen, inzwischen überzog eine teigige Fettschicht seine Muskulatur. Ihm war das nur recht, die Weiber standen auf ein bisschen Bauch, der ihnen über den Kitzler walzte. Nakamoto löste eine Hand von der Waffe, um den Kragen seines Hemdes zu lockern. Er hasste Hemden, es war viel zu heiß, selbst im klimatisierten Hotel.

Er öffnete erst den einen Aufzug, dann den anderen. Beide waren leer. Also positionierte er sich hinter einem Pflanzenarrangement, wo er die Aufzüge im Blick behalten und gut angreifen konnte, falls jemand heraustrat.

Eine Minute verstrich. Nakamoto harrte reglos aus. Da zerbrach etwas im Restaurant. Vielleicht eine Glasschüssel. Vielleicht ein Fenster.

Nakamoto lief los. Die Tür zum Restaurant war nicht abgesperrt. Von innen wirkte der große Saal wie eine Wasserlandschaft, die Tische reflektierten schwarzen Pfützen gleich die höhlenartige Decke. Hinter einer golden leuchtenden Bar war der Eingang zur Küche. Er schlich hinein. Abgesehen von einer grünen Signallampe über dem Notausgang war alles in Finsternis gebadet. Er tastete über die Kacheln, fand den Lichtschalter und musste die Augen zusammenkneifen, als die Leuchtröhren aufflackerten. Kurz lauschte er, dann lief er geduckt durch die geräumige Küche. Niemand war da. Und keine zerbrochene Schüssel.

Ein schmaler Gang zweigte hinter den Kühltruhen ab. Er führte zu einem Sammelsurium von Kisten und Reinigungsutensilien.

Daneben war eine Tür. Nakamoto stieß sie auf und richtete seine Waffe auf ein Waschbecken, eine Toilette – und ein Fenster.

Ein eingeschlagenes Fenster.

Nakamoto zückte sein Handy und rief Beckblum an. «Sie ist durch die Küche abgehauen.»

«Ich suche die Lieferanteneinfahrt», gab Beckblum zurück.

Nakamoto steckte Handy und Waffe ein, zog sich zum Fenster hoch und kletterte, seine Pummeligkeit verfluchend, nach draußen.

Clementine Shell war nur einen Meter einundsechzig groß. Wenn sie sich zusammenkauerte, nahm sie nicht mehr Platz ein als ihr Rucksack. In das Gerümpel aus Flaschenkisten, Pappkartons und Wischmopps passte sie hinein wie eine Artistin in eine Truhe voller Schwerter.

Sie wagte nicht zu atmen, während ihr Verfolger telefonierte und sich anschließend durch das Fenster zwängte. Sie wartete, bis seine Schritte draußen verhallten. Erst dann holte sie langsam und zitternd Luft. *Beweg dich. Jetzt beweg dich schon!*

Es war nicht leicht, sich zu überwinden und das Versteck zu verlassen. Aber sie hatte keine Zeit zu verlieren. Bestimmt kamen die Männer wieder. Und wenn nicht sie, dann die Leute vom Hotel, die Polizei – *alle* Menschen stellten eine Bedrohung dar. Es gab nur sie und Y. Nur sie und Y. Das wiederholte sie in Gedanken wie ein Mantra, als könnte sie sich damit fester an Y binden – als wäre diese Verbindung mächtiger als ihr Körper verletzlich.

Clementine Shell kletterte aus dem Durcheinander, dann rannte sie aus der Küche und durchs Restaurant. Vor der Lobby zwang sie sich, langsamer zu gehen. Es wollte ihr kaum gelingen. Mit riesigen Schritten durchquerte sie die Halle. Drückte sich die Faust gegen das Ohr, als hielte sie ein Handy. Als sie an der Rezeption vorbeikam, stieß sie ein Lachen aus und begann, auf Deutsch zu reden, bloß irgendwas, das belanglos klang.

Aus den Augenwinkeln sah sie eine Rezeptionistin und mehrere Wachleute vom Hotel. Sie drehten sich zu ihr um. *Scheiße. Scheiße!*

«Miss Shell?», fragte einer der Männer. Oder hatte sie es sich nur eingebildet? Ein Wasserfall plätscherte hier irgendwo, vielleicht hatte sie nur den gehört. Sie ging weiter Richtung Aufzüge und begann, hastiger auf Deutsch zu reden.

«Miss Shell, entschuldigen Sie bitte!»

Sie hob divenhaft die Hand, um nicht gestört zu werden. Ein armseliger Versuch. Aber was blieb ihr anderes übrig? Verdammt, wenn sie nur nicht so zittern würde. Gegen Tränen ankämpfend, schimpfte sie in ihr imaginäres Handy und warf einen bösen Blick auf den Hotelangestellten, der auf sie zukam. Er blieb tatsächlich stehen. Wartete höflich darauf, dass sie zu Ende telefonierte.

Als sich der Mann nach seinen Kollegen umdrehte, nutzte sie die Chance, sprang in den einzigen offenen Aufzug und drückte den Knopf zur Tiefgarage.

Die Verwunderung der Sicherheitsleute verschaffte ihr zwei wertvolle Sekunden. Dann stürmten alle auf einmal los.

Clementine Shell stand in der Kabine, dem Mechanismus der automatischen Türen ausgeliefert. Sie schlossen sich mit einem samtigen Klang. Für eine Ewigkeit bewegte sich der Aufzug nicht. Sie hörte gedämpft die Stimmen der Hotelangestellten. Erwartete, dass die Türen wieder aufglitten – dann ruckte der Aufzug in die Tiefe.

Auch Clementine Shell sackte in sich zusammen. Sie erlaubte sich drei bebende Schluchzer. Dann richtete sie sich wieder auf. Sie war schon unten angekommen. Kühle, benzindichte Luft flutete ihre Lungen.

Wie im Traum rannte sie durch die Reihen der schlafenden Autos, bis sie ihren Mietwagen fand. Eine Musik spukte jetzt in ihrem Kopf herum, die sie vor Jahren gehört hatte, auf einem anderen

Kontinent, in einem anderen Leben: das sachte Klimpern eines Löffels, der an Gläser stößt.

Lauf, Kleine. Nur ich und Y. Es gibt immer eine Alternative.

Marigny

Winterbleiche Sonnenstrahlen tasteten sich über Mariel Marignys Haut. Sie rekelte sich ein wenig, sodass die Bettdecke tiefer von ihren Schenkeln glitt, und schnurrte.

Der junge Mann, der neben ihr lag, blies eine blonde Locke aus ihrer Stirn. «Guten Morgen, du Engel.»

Marigny blinzelte, streckte sich possierlich und seufzte, als tauchte sie aus Träumen auf. Tatsächlich hatte sie sich für ihre morgendliche Gesichtspflege und ein dezentes Make-up bereits vor einer Dreiviertelstunde auf Zehenspitzen ins Bad geschlichen.

«Oje, wie spät ist es?», fragte sie.

Der junge Mann – im Tageslicht wirkte er eigentlich gar nicht mehr so jung – beugte sich über sie, um sein Handy vom Nachttisch zu klauben.

«Kurz nach neun.»

«Ach was, ich muss los!»

Kichernd versuchte sie, sich unter dem Männerkörper freizukämpfen, und überlegte indessen fieberhaft, wie er noch mal mit Nachnamen hieß. Felix Rahnsdorf, Felix Ruhstorf … Oder Felix Dorfruh? Dabei war ihr Namensgedächtnis doch eigentlich vorbildlich. Sie gab den drei Cocktails von gestern Abend die Schuld. Auch ihre verquollenen Augen, die sie vorhin mit Koffeingel behandelt hatte, sprachen dafür, dass Felix ihr mehr Alkohol in die süßen Getränke gemixt hatte, als ihnen anzuschmecken war. Er arbeitete nämlich als Barkeeper in einer schicken Bar, die Marigny aufsuchte, wann immer es sie nach München verschlug. Es war nicht das erste Mal, dass sie anschließend bei Felix übernachtet hatte, aber seit dem letzten Mal war so viel Zeit vergangen, dass es sich wie eine neue Eroberung angefühlt hatte. Sie fand, das sprach für ihn.

Grinsend ließ er sie entschlüpfen und beobachtete, wie sie nach und nach ihre Kleidungsstücke von den Möbeln lupfte, um ihre Nacktheit zu verhüllen: erst der schwarze BH, dann die Bluse, der herrlich komplizierte Strumpfhalter, die Strümpfe, der geschmeidige Rock und zuallerletzt das Höschen.

«Aber du frühstückst noch hier, oder? Mindestens einen Milchkaffee. Einen Espresso!», sagte er und versuchte einen strengen Blick, der aus seinen Kuhaugen so rührend wirkte, dass Marigny es einen Moment ernsthaft erwog. Aber sie hatte ihre Prinzipien. Und außerdem überhaupt keine Lust, im Tageslicht und ohne Schwips mit ihm zu reden.

«Nächstes Mal, wenn mehr Zeit ist. Nicht jedermanns Arbeit beginnt um 21 Uhr.»

«Ist nächstes Mal wieder in drei Jahren?»

«In zweieinhalb», korrigierte sie und schlüpfte in ihre Stiefeletten. «Vielleicht.»

«Vielleicht!», machte er sie nach. Und etwas Angespanntes, geradezu Zorniges schimmerte durch sein Grinsen.

Marigny spürte Melancholie wie kalte Fingerspitzen nach sich zupfen. Sie hasste dieses Gefühl, das sie gelegentlich nach solchen Nächten hatte. Mit einem tapferen Lächeln betrachtete sie Felix, der in dem dunkelgrau bezogenen Metallbett lag, die Arme hinter dem Kopf gekreuzt wie ein Fitnessmodel. Oder wie ein Model für betont männliche Inneneinrichtung. Er sah gut aus. Wie ein Liebhaber, um den die meisten Frauen und viele Männer sie wohl beneidet hätten. Das noch einmal ganz bewusst festzustellen, half ihr aber nicht, über die Leere zu balancieren, die unweigerlich in ihr aufriss.

Aber Koffein würde helfen. Sie wusste auch schon, wo.

Sie nahm ihre Handtasche. Warf sich ihren schneeweißen Mantel über die Schulter, setzte den dazu passenden Zarenhut auf und versenkte sich in die Vorstellung, wie sie auf ihn wirken musste: elegant und unnahbar, eine Märchengestalt in der Trübseligkeit dieses Februarmorgens.

«Kauf haltbare Milch», sagte sie zum Abschied.

Er grinste immer noch angriffslustig, während der Türspalt zwischen ihnen schmaler wurde. «Und du pass auf, dass du keine Blasenentzündung kriegst!»

Als Marigny im Treppenhaus stand und die Thermostrumpfhose aus ihrer Handtasche kramte, die sie tatsächlich im Winter immer dabeihatte, hörte sie seine Stimme wie ein Echo nachhallen. Eine *Blasenentzündung*. Daran dachte er, wenn sie ging? Dieser Hornochse!

Während sie umständlich in die Strumpfhose stieg, gegen die Wand kippte und der Hut von ihrem Kopf rollte, ärgerte sie sich immer mehr über diesen letzten Satz. Hatte er nur kläglich versucht, schlagfertig zu sein, oder hatte er sie tatsächlich verspottet? Oh, dieser Kerl wusste offenbar sein Glück nicht zu schätzen! Sie hatte sich untadelig verhalten, heiter und mysteriös, die vollkommene Phantasie. Und dann warnte er sie vor einer Blasenentzündung?

Kurz überlegte sie, ob er auf ihre Promiskuität angespielt haben könnte. Aber nein, verstaubte Moralvorstellungen traute sie ihm nun wirklich nicht zu. Und dann fiel ihr plötzlich noch eine andere Möglichkeit ein, wie er diese sonderbare Verabschiedung gemeint haben könnte: vielleicht einfach nur fürsorglich. Merkwürdig, dass sie daran als Letztes dachte.

Marigny zog sich die Strumpfhose im Schritt zurecht. Setzte sich den Hut wieder auf. Sie hatte auch flache Schuhe in ihrer Handtasche, mit extra warmen Fellsohlen. Aber sie brachte es nicht über sich, sie jetzt herauszuholen; es wäre das Zugeständnis an eine Wirklichkeit, in der sie nicht leben wollte.

So würdevoll es ging, verließ sie das Treppenhaus und trat hinaus auf die matschige Straße, um ein Taxi zu finden.

Einen doppelten Espresso, eine Aspirin und eine Butterbrezel später hatte Marigny das unrühmliche Ende ihrer Nacht schon wieder verdrängt. Sie saß in einem Internetcafé, in dem es nach kaltem Zigarettenqualm roch und ein nervtötender Radiosender lief, aber die Computerplätze hatten Trennwände, und die Verbindung war schnell. Mehr brauchte Marigny nicht, um sich zu Hause zu fühlen.

Ihr Auftraggeber hatte ihr Ort und Uhrzeit geschrieben. Bei der Ortswahl runzelte sie kurz die Stirn, musste dann aber anerkennen, dass ein gewisser Hintersinn darin steckte.

Marigny klickte noch einmal durch die Akte, die sie zu Adam Eli erstellt hatte. Auf dem Speicherplatz einer Cloud, über den sie mittels eines ihrer rund fünfzig E-Mail-Konten verfügte, befanden sich die Informationen ihres Auftraggebers – Details über Elis erste Verurteilung mit fünfzehn für gefälschte Rezepte und den Handel mit verschreibungspflichtigen Medikamenten, seine Zeit im bolivianischen Bootcamp für jugendliche Straftäter, eine staatsanwaltschaftliche Anklageschrift für seinen zweiten Prozess mit achtzehn im Fall des angeschossenen Japaners –, aber auch alte Rechnungen und Befunde einer Kindertherapeutin, die Marigny im Online-Speicher von Elis Mutter entdeckt hatte. Offenbar war Eli mit dreizehn wegen ‹zwanghaftem Vermeiden von Berührungskontakt› in Behandlung gewesen. Er hatte Beruhigungsmittel verschrieben bekommen. Das könnte der Beginn seiner Experimente mit Medikamenten gewesen sein, die ihn schließlich zum Morphinjunkie und zum Dealer machten. Ein Beweis mehr, dachte Marigny seufzend, dass Menschen unverbesserlich waren, insbesondere die bekloppten.

Sie hatte auch weniger brisante Daten über Eli gesammelt, die im Internet herumtrieben, zum Beispiel für welche Seminare und Vorlesungen er sich eingetragen hatte (ein erratisches Sammelsurium), was er in Online-Kaufhäusern bestellte (hauptsächlich Romane und Computerspiele, gelegentlich Laufschuhe) und alles, was über seine Eltern in Erfahrung zu bringen war.

Seine Eltern arbeiteten beide in einem Krankenhaus in Potsdam, als Onkologin und als Bauchchirurg. In Potsdam war Eli auch aufgewachsen und zur Schule gegangen, bevor seine Laufbahn in die Schieflage geriet. Nur zwei ehemalige Klassenkameraden waren noch in einem sozialen Netzwerk mit ihm befreundet, allerdings ohne die Freundschaft sichtbar zu pflegen. Er hatte, so schien es, alle Schiffe hinter sich verbrannt. Und offenbar auch kaum neue gebaut: Eli gratulierte niemandem zum Geburtstag, schickte keine Videoclips hin und her, tauchte auf keinen Gruppenfotos auf. Vor allem gab es kein Anzeichen irgendwelcher Liebschaften.

Marigny wusste, wie schwierig es war, dass romantische Verbindungen keine virtuelle Spur hinterließen. Es war umständlich, aber nicht unmöglich. Ein Studentenmilieu wie das, in dem Adam Eli sich bewegte, wirkte sicher begünstigend. Wer konnte schon nachprüfen, was ohne den Austausch von E-Mail-Adressen und Handynummern passiert war? Marigny hatte nie studiert, aber Studenten kannte sie zur Genüge.

Sie besaß nur ein Kinderfoto von Adam Eli, das sie auf dem Profil einer jüngeren Cousine gefunden hatte. Es zeigte ihn mit elf Jahren bei der Taufe besagter Cousine, pausbäckig und zugleich schwermütig im Würgegriff der Krawatte. Seine lebhaften blauen Augen und die harmonischen Proportionen seines Gesichts legten nahe, dass er zu einem attraktiven Mann herangewachsen war. Marigny konnte sich also nicht vorstellen, dass er die Enthaltsamkeit seiner Gefängnisjahre beibehalten hatte. Dass es keine romantischen Zeugnisse gab, musste vielmehr an seiner Paranoia liegen.

Sogar Marigny hatte an den Sicherheitsvorkehrungen zu beißen gehabt, mit denen Adam Eli seine Privatsphäre schützte. Und obwohl sie alle Gerichtsdokumente und seine psychologischen Gutachten studiert und sämtliche Passwörter geknackt hatte, blieb ihr das mulmige Gefühl, das Essenzielle an Eli übersehen zu haben. Er wirkte einfach zu arglos für das, was in seiner Vergangenheit passiert war. Immerhin hatte er auf einen Menschen geschossen. Selbst wenn es nicht mit Tötungsabsicht geschehen sein sollte, war es doch ein eindeutiges Zeugnis von Gewaltbereitschaft. Marigny konnte sich einfach nicht vorstellen, dass zwei Jahre in einem Gefängnis wie Palmasola jemanden zähmten, anstatt ihn noch gefährlicher zu machen. Irgendeine Leiche hatte Eli im Keller.

Sie loggte sich als Louisiana Hinsworth in einem sozialen Netzwerk ein und chattete eine Weile mit Freunden aus Stockholm und Johannisburg, die sie bei verschiedenen Gelegenheiten am London Heathrow Airport kennengelernt hatte. Louisiana war eine fröhliche Globetrotterin mit einer Leidenschaft für Antiquitäten und den damit verbundenen anrührenden Geschichten. Louisiana zu sein, diente einerseits der Zerstreuung, andererseits der Pflege potenziell nützlicher Kontakte. Wer wusste schon, wann Marigny einmal nach Schweden oder Südafrika musste? Nach einigem Hin und Her, ausgetauschten Fotos und Besuchsversprechen verschwand Louisiana wieder, angeblich um die Altstadt von Lissabon zu erkunden.

Marigny meldete sich in einer anderen Cloud an, die die Akte zu Willenya Ćuruvija enthielt. Im Vergleich zu ihr war Adam Eli so leicht verständlich wie ein Telefonbuch. Denn was man über Ćuruvija wusste, stammte fast ausschließlich aus den Mitschnitten ihrer Therapiegespräche.

Darin behauptete sie, ihre serbische Mutter habe mit Millionären in elitären Skiresorts angebändelt, sei als feine Dame stehlen gegangen und habe ihre Tochter gern als Teil des Alibis benutzt. Ihr verdankte Ćuruvija neben der moralischen Biegsamkeit auch die Weisheit, dass ein verlässlicher Abnehmer das Wichtigste an einem Coup war. Ein Hehler, ebenfalls serbischer Herkunft, wurde der Lebensgefährte der Mutter.

Mit zwölf schickte man Willenya Ćuruvija auf eine Privatschule am Starnberger See im tiefsten Bayern, um Freundschaften zu reichen Kindern zu knüpfen und dadurch Zugang zu deren Häusern zu gewinnen. Laut Ćuruvija war sie schon immer darauf gedrillt worden, zu gefallen und Vertrauen zu erwecken – nun, das war ihr geglückt. Als ihre Mutter und deren Lebensgefährte mit einer beträchtlichen Sammlung von geklauten Luxusuhren verhaftet wurden, ergab sich für Ćuruvija eine kuriose Wendung: Sie wurde von der Familie, der die Uhren gehört hatten, als Pflegekind aufgenommen.

In den Aufnahmen ihrer Therapie berichtete sie von sexuellen Übergriffen durch ihre Pflegeeltern, dann wieder nahm sie sie in Schutz und relativierte alles. Was auch immer vorgefallen war – fest stand, dass Ćuruvija bei ihren Pflegeeltern nicht zur Ruhe kam.

Drei Jahre später, mit sechzehn, erfolgte der nächste denkwürdige Einschnitt in Ćuruvijas Geschichte: Sie spazierte mit einem Satz selbstgebasteltem Sprengstoff in die Schule. Zwar explodierte nichts, aber der Fall ging durch die Medien, allein schon wegen Ćuruvijas in der Kunstszene bekannten Pflegeeltern, und so entstand der Verdacht, das Ganze sei Teil einer Kunstperformance gewesen. Ćuruvija kam in ein Bootcamp nach Bolivien, das damals für seine unorthodoxen Therapieansätze für jugendliche Kriminelle hochgepriesen wurde. Ein Jahr lebte sie bei einem Indianerdorf am Amazonas. Und lernte dort Adam Eli kennen.

Was veranlasste die beiden, aus dem Camp zu fliehen, in das sie doch mehr oder weniger freiwillig gegangen waren? Steckte tatsächlich nur Aufsässigkeit dahinter? Marigny konnte das schwer glauben. Jugendliche rissen zwar hin und wieder aus, stellten aber selten Schlimmeres an, als sich peinliche Tattoos stechen zu lassen. Ćuruvija und Eli begingen einen bewaffneten Einbruch, bei dem jemand angeschossen wurde.

Nach diesem Ereignis verloren sich die Spuren von Willenya Ćuruvija. Was aus ihr geworden war, erzählte sie auch nicht in den Therapiestunden. Vermutlich lag das daran, dass Marigny nur eine zerschnittene Version der Aufnahmen kannte. Die Stimme des Therapeuten war kein einziges Mal zu hören gewesen.

Ein Haufen Paranoider, dachte Marigny, als ihre Gedanken zu ihrem Auftraggeber weiterschweiften. Sie begann, mit dem Fuß zu wippen. Es war ohne Zweifel der spannendste Fall ihrer bisherigen Karriere.

Marigny hatte eine abergläubische Abneigung gegen Hotels. Die Anonymität eines Zimmers, die zugleich erforderte, dass man seine Personalien preisgab, fühlte sich für sie wie eine Falle an. Da war es ihr lieber, auf der online vereinbarten Couch oder im Bett eines Fremden zu übernachten, der niemals ihren wahren Namen geschweige denn Beruf erfuhr.

Ihr Gepäck hatte sie am Hauptbahnhof in einem Schließfach gelassen. Sie fuhr hin, packte ihre Tasche um und ging in eine Badeanstalt im Stadtzentrum. Dort schwamm sie fünfzehn Bahnen, legte sich ins Dampfbad, duschte ausgiebig und drehte sich Lockenwickler in die Haare. Ihre Haare waren das einzig Erfreuliche, das sie von ihrem Vater mitbekommen hatte: Sie fielen ihr als silbrig blonde Flut fast bis zur Taille. Während die Lockenwickler ihr Werk taten, schminkte sich Marigny, verdunkelte ihre beinah unsichtbaren Augenbrauen, klopfte sich Rouge auf die Wangenknochen und schichtete perlmutterne und purpurne Lippenstifte auf ihren großen Mund. Mit ihren Augen war nicht viel mehr zu machen, als die Wimpern zu tuschen, denn sie hatte geradezu verschluckte Lider.

Es störte sie aber nicht, dass ihr Blick aus so flachen Schlitzen fiel, denn das verlieh ihr etwas Konzentriertes, Raubtierhaftes.

Auch wenn die Chancen gering standen, dass sie den Mantel in der Kirche ablegen würde, zog Marigny ein perlgraues Kaschmirkleid mit Chiffoneinsätzen an, das zu ihrer Handtasche passte. Es ging schließlich nicht darum, etwas darzustellen, sondern etwas zu *sein* … oder zumindest so gewissenhaft darzustellen, dass dazwischen kein Unterschied mehr feststellbar war.

Mit dieser Maxime hatte Marigny sich vor einigen Jahren vom hässlichen Entlein in einen Schwan verwandelt. Viel zu lange war sie ungeküsst geblieben, eine strenggläubig erzogene Bohnenstange mit linkischen Bewegungen, krummer Haltung und Mitessern im Gesicht. Sie hatte sich wie ein Lustmolch in einem geschlechtlosen Leib gefühlt, der für die Liebe ganz und gar untauglich war. Doch mit zweiundzwanzig zwang ihr Job sie, hinter dem Computerbildschirm hervorzukommen und in der Offline-Welt zu ermitteln: Sie sollte sich von dem Systemadministrator der Firma, in die sie einbrechen wollten, in seine Wohnung mitnehmen lassen, weil sie anders keinen Zugang zu seinem Computer fanden. Dass ihre damaligen Partner ihr dieses Kunststück zutrauten, war schon das bis dato größte Kompliment an ihre Weiblichkeit.

Sie sah sich mehrere Episoden einer Fernsehserie über eine Agentin an, dazu YouTube-Tutorials, wie man sich schminkte. Sie sprühte sich eine ganze Dose Haarspray in die Mähne. Rasierte sich zum ersten Mal im Leben Achseln und Beine. Dann kaufte sie ein Trägerkleid und Schnürpumps und lungerte zwei Stunden in dem Supermarkt herum, in dem der Systemadministrator sich laut Bankkarteninformation allabendlich Bier kaufte. Als er endlich auftauchte, schaffte sie es kaum, sich unbemerkt zu nähern, weil der Mann sie regelrecht begaffte. Er lächelte sie sogar offen an, als sie sich hinter ihm an der Kasse anstellte, von den Stöckelschuhen zu gerader Haltung und wiegenden Hüften gezwungen. Etwas unglaubwürdig rutschte sie aus und begoss ihn und sich selbst mit einem ‹undichten› Becher Buttermilch. Sie entschuldigte sich und schaffte es, mit viel Lachen und Haareschütteln klarzustellen, dass ihr Kleid ruiniert wäre, wenn es nicht sofort unter fließendes Wasser käme. Der Mann schien mehr amüsiert als verärgert, verabschiedete sich – und ging. Marigny zahlte und eilte hinterher. Er schloss bereits seine Haustür auf und warf noch einen Blick zu ihr zurück. Den unglücklichen Gesichtsausdruck musste sie gar nicht spielen. Sie hatte die Hoffnung schon aufgegeben. Doch da rief er ihr aus dem Hausflur zu, sie könne ihr Kleid bei ihm waschen, wenn sie wolle.

Bis spätnachts blieb sie in seiner Wohnung, holte sich die ersten zarten Handgreiflichkeiten ihres Lebens und den Zugang zum Server. Was für ein Triumph nicht nur für ihre Arbeit, sondern auch für Marigny persönlich! Ihre männliche Größe, die flache Brust, ihr langer Hals – diese Makel waren durch die richtige Inszenierung begehrenswert geworden! Das zu erfahren, veränderte Marignys Leben. Sie fand aus ihrer Einsamkeit, wurde kokett und konnte die Phasen der Schwermut auf erträgliche Zeitspannen kürzen.

Sie besorgte sich beim Arzt eine Creme gegen ihre Hautunreinheiten. Sie begann, sich täglich zu schminken, experimentierte mit ihrer Kleidung, mit Schuhen, erforschte ihre Wirkung in der Öffentlichkeit und suchte Interaktionen, um Aufmerksamkeit zu erhalten und zu spenden. Die Offline-Welt hieß Marignys neues Selbst mit all ihrer bunten, aufregenden Sinnlichkeit willkommen.

Nebenbei tat das auch Marignys Job gut. Die rund tausend Bekannten und Freunde, die ihre verschiedenen Pseudonyme weltweit besaßen, erwiesen ihr unbezahlbare Dienste, und fast alle von ihnen hatten mit einem Flirt begonnen.

Marigny steckte zwei an Silberkettchen hängende Perlen in ihre Ohrlöcher, bestäubte Gelenke und Nacken mit dem Duft japanischer Pflaumenblüten und löste die Lockenwickler. Keck setzte sie sich den Zarenhut schief auf den Kopf. Nun war sie bereit für Adam Eli.

Sie betrat die Frauenkirche durch das Brautportal, nur für den Fall, dass Adam Eli schon da war und den Haupteingang im Auge behielt. Aber es war erst Viertel vor eins, und unter den verstreuten Touristen fand Marigny keinen Mann, der er sein könnte. Ein wenig beschämt über den Widerhall ihrer Absätze, schritt sie an den Altären vorüber Richtung Hauptschiff. Die Kirche war überraschend hell und freundlich, ganz anders als der Kölner Dom, dessen tropfsteinhöhlige Finsternis Marigny als Kind hatte erschauern lassen, so oft sie ihre Mutter zur Messe begleiten musste. Dass ein Gekreuzigter mit schrecklichen Wunden etwas mit Liebe zu tun haben sollte, hatte sie damals für eine Lüge gehalten, die die Erwachsenen erzählten, um eine schlimme Wahrheit zu verheimlichen. Was sie begriff, war, dass ihre Mutter den Tod anbetete und dem Hier und Jetzt immer weniger Bedeutung beimaß.

Sie setzte sich in die vorletzte Reihe, nahm einen Roman aus ihrer Handtasche und begann zu lesen: *Illuminatus!* von Robert Shea und Robert Anton Wilson. Das war nämlich das letzte Buch, das Eli bestellt hatte. Doch Marignys Konzentration war ebenso sprunghaft wie die Erzählweise des Romans. Alle paar Sekunden ließ sie den Blick von Portal zu Portal schweifen.

Sie hatte Eli so eingeschätzt, dass er mindestens fünf Minuten zu früh aufkreuzen würde. Doch bald verstrich die volle Stunde. Nun verspätete er sich sogar. Zehn Minuten … Er würde doch nicht etwa *nicht* kommen? Marigny packte das Buch ein, ging zum Haupteingang und schob die schwere Tür auf. Ein eisiger Windstoß blies ihr ins Gesicht. Dann gab die Tür ihren Widerstand auf, sodass Marigny beinah nach draußen stolperte.

Ein junger Mann hatte ihr geholfen, die Tür zu öffnen. Er taxierte ihren Aufzug, schien sie jedoch im selben Augenblick wieder zu vergessen und ging zur Seite.

Er war etwa einen Meter achtzig, kleiner also als sie in ihren Stiefeletten. Doch er wirkte agil und wohlgeformt unter dem Parka, hatte die richtige Schädelform für kurzgeschorenes Haar und ein Gesicht, das wie mit kräftigen Pinselstrichen gezeichnet war: ein üppiger Mund, ein knubbeliges Kinn und eine kleine, knubbelige Nase, die von der randlosen Brille wie verziert wirkte. Marigny begann zu lächeln.

Er merkte, dass er beobachtet wurde, und sah sie an.

«Adam Eli», stellte sie fest und streckte die Hand aus.

Er nahm sie nicht an. Kurz durchschoss es sie, dass er eine Phobie vor Berührungen gehabt hatte. Aber bis heute? Immerhin hatte er in der Zwischenzeit mit Ćuruvija angebandelt.

«Mariel, sehr erfreut», sagte sie und zog nachsichtig die Hand wieder zurück. «Ich dachte, Sie würden drinnen warten.»

«Ich wurde nicht reingebeten.» Seine Stimme war angenehm tief und leise und gefiel ihr sofort.

«In Gottes Haus sind alle willkommen.» Sie bedeutete ihm, ihr zu folgen.

Drinnen schoben sie sich in eine Bank.

«Ich nehme an, Sie sind nicht religiös?», begann sie.

«Lassen wir das Geplänkel. Sie haben einiges zu erklären.»

Marigny lächelte breiter. «Also schön. Kein Vorspiel. Gestern haben Sie mit unserem Auftraggeber telefoniert, wie mir mitgeteilt wurde.»

«*Unserem* Auftraggeber? Ich habe zu nichts eingewilligt.»

«Und doch sind Sie hier.»

«Ich möchte wissen, wer Ihr Auftraggeber ist.»

«Über ihn darf ich nichts sagen. Was mich betrifft, ich bin Mariel und arbeite als Privatdetektivin und freie Beraterin für Datensicherheit.»

«Widerspricht sich das nicht?»

«Ich arbeite für die Seite, die mich bezahlt. Auch Sie werden für Ihre Mühen entlohnt, zusätzlich können Sie dabei eine Herzensangelegenheit klären: nämlich die Frau finden, die Sie nicht vergessen können.»

Marigny griff in ihre Handtasche, um die Akte hervorzuholen.

«Ich habe keinen Grund, sie zu suchen», sagte Eli.

Marigny hielt verwundert inne.

«Ich bin an den Aufnahmen ihrer Therapiesitzungen interessiert», fuhr er fort. «Aber dafür werde ich mich nicht in Dinge einmischen, über die man mich nicht aufklärt. Was will Ihr Auftraggeber von ihr?»

«Ich weiß es nicht. Es geht mich auch nichts an.» Marigny zögerte. «Mein Auftraggeber ist kein Gangster. Er hat schließlich auch keinen Killer auf Willenia Ćuruvija angesetzt, sondern mich.»

Eli schnaubte. «So sieht es aus.»

«Was soll das heißen?»

«Woher weiß Ihr Auftraggeber, dass mein Brief angekommen ist?»

Marigny brauchte eine Weile, bis sie begriff, was er meinte. «Der Brief, den Sie Ćuruvija aus dem Gefängnis schickten? Keine Ahnung, damals habe ich noch nicht für ihn gearbeitet. Aber der Brief ist wohl der Grund, warum er Sie in die Suche miteinbeziehen will. Ja, wie haben Sie eigentlich im Gefängnis herausgefunden, dass Ćuruvija sich in einer russischen Kleinstadt aufhielt?»

Er lächelte sonderbar. «Dass der Brief sie tatsächlich erreichte, habe ich erst durch Ihren Auftraggeber erfahren.»

«Also hatten Sie einfach eine *Vermutung*? Ich habe die Aufzeichnungen übrigens gehört. Ćuruvija beschreibt Ihre Beziehung geradezu als etwas Übersinnliches. Als könnten Sie die Gedanken des anderen lesen. Sie waren ein Herz und eine Seele, nicht wahr?»

«Offenbar nicht.»

Er sah sie mit seinen intensiven, klaren Augen an, die nicht verrieten, ob sich Zorn oder Schmerz oder völlige Kälte dahinter verbarg. «Ich will wissen, was Ihrem Auftraggeber an ihr liegt. Ansonsten rühre ich keinen Finger.»

«Es wird wohl kaum zu verhindern sein, dass Sie die Hintergründe erfahren, wenn Sie sich einmal mit der Suche befassen. Übrigens ist es ja auch gar nicht notwendig, sich jetzt schon Pistolen auf die Brust zu setzen. Ich habe eine Aufnahme für Sie dabei …» Sie öffnete die Akte und entnahm ihr einen silbernen USB-Stick. «Das sind die ersten drei Sitzungen von Ćuruvijas Therapie. Wundern Sie sich nicht, die Stimme des Therapeuten ist weggeschnitten. Ich kenne die Aufnahmen auch nur so.»

Eli ließ sich den Stick geben. «Noch ein Köder?»

«Mein Auftraggeber hofft, dass Sie in den Aufnahmen Hinweise finden. Dass Sie vielleicht wieder eine hellsichtige Vermutung haben. Sobald Sie einwilligen, schickt er Ihnen weitere Aufnahmen.»

«Ich könnte auch irgendwelche Vermutungen verzapfen, nur um an die Aufnahmen zu kommen.»

«Wenn Ihre Vermutungen so lange schlüssig bleiben. Ich bin dafür zuständig, ihnen nachzugehen, wissen Sie.» Marigny ließ sich nach vorne sinken, sodass ihr Haar wie ein Schleier herabfiel. «Adam, sind Sie denn wirklich nicht daran interessiert, sie zu finden und zur Rede zu stellen? Ich kenne das Protokoll Ihrer Verhöre. Sie haben immer auf unschuldig plädiert. Zwei Jahre waren Sie in Palmasola … für einen Schuss, den vielleicht doch Ćuruvija abgegeben hat.»

«Dafür gibt es keine Beweise», erwiderte er ein wenig zu schnell.

Marigny sah ihm in die Augen, diese undurchdringlichen Spiegel, und merkte doch, dass seine Wimpern zitterten.

«Hören Sie sich die Aufnahmen in Ruhe an. Schreiben Sie meinem Auftraggeber, was Ihnen dazu einfällt. Eine Rückmeldung bis morgen sollte machbar sein. Ergreifen Sie diese Chance.»

«War nett, mit Ihnen zu plaudern.» Eli fasste nach ihrer Hand und deutete einen Kuss an. Dann schnupperte er an ihrem Gelenk. «Was ist das für ein Duft, Weihnachtspunsch?»

«Japanische Pflaumenblüte», sagte sie irritiert. Ein Lachen entrang sich ihrer Kehle. «Die Freude war ganz meinerseits. Ich hoffe wirklich sehr, dass wir …»

Er schien nicht mehr hinzuhören, sondern zog den Roman aus ihrer offenen Handtasche. «Sie lesen *Illuminatus!* von Shea und Wilson. Geht das auf Ihren guten Geschmack zurück oder auf gute Detektivarbeit?»

«Vielleicht auf eine hellseherische Vermutung.»

«Und ich dachte, das Spionageprogramm kommt erst mit Ihrem USB-Stick auf meinen Computer.» Er erhob sich. «Wie Sie das geschafft haben, verraten Sie mir das nächste Mal.»

«Es wird also ein nächstes Mal geben?»

Er schien etwas sagen zu wollen, deutete aber dann nur einen Gruß an und verließ die Kirche. Marigny blickte ihm nach. Sie hasste es, nicht zuerst zu gehen.

Für heute und morgen hatte Marigny sich eine Couch bei einem Radioredakteur organisiert, der sich als reinlich, kulturinteressiert und diskret bezeichnete – in der Reihenfolge. Sie selbst hatte vorgegeben, eine Touristin aus Neuseeland mit ähnlichen Vorzügen zu sein. Dank ihres Vaters, der Neuseeländer war, besaß ihr Englisch den passenden Akzent.

Da Marigny erst um neunzehn Uhr bei ihrem Gastgeber aufkreuzen sollte, hatte sie noch mehrere Stunden herumzubringen. In dieser Zeit musste sie ihren Auftraggeber kontaktieren und ihm den Zwischenstand melden.

Als sie die Kirche verließ, schneite es herrliche, fedrige Flocken. Sie bekam Lust, einen Spaziergang durch die Innenstadt zu machen, und ging in ein Kaufhaus, um dort in ihre bequemen Schuhe zu wechseln. In dem Kaufhaus blieb sie aber dann doch länger als geplant, um erlesene Wäschestücke zu befühlen, Schmuck in Vitrinen anzusehen und die Verheißungen auf der Verpackung von Kosmetika zu lesen. Mit Sorge dachte sie daran, wie schnell die letzten Jahre verflogen waren und dass sie nächstes Jahr neunundzwanzig wäre, mit einem Wimpernschlag dann einunddreißig, zweiundvierzig, fünfzig ... Einfach so würde sie eines Tages alt geworden sein, so wie sie jung gewesen war, ohne gefragt zu werden. Felix von letzter Nacht geisterte ihr durch den Kopf. Unter den mondänen Leuten in der Bar hatte er noch wie einer von ihnen gewirkt, ein leichtsinniges Kind, dem Rauch und Schlaflosigkeit nichts anhaben konnten ... und wie er schon am nächsten Morgen wie eine Fälschung gewirkt hatte. Vielleicht trieben alle Menschen unweigerlich sich selbst davon, wurden wie Töne, die zu lange gespielt werden, zum Störgeräusch, und man merkte es nur, wenn man zu lange hinhörte, zu lange blieb, anstatt sich wieder ins Getümmel zu stürzen – denn es wuchsen immer neue Menschen nach, ein endloses Konzert aufplatzender Jubeltöne, die mit ihrer Jugend etwas anzufangen hatten und bei aller Dringlichkeit ratlos blieben, was eigentlich und zu welchem Zweck ...

Wehmut überkam sie, wie oft in luxuriösen Konsumtempeln. Sie wollte alles haben und eigentlich nichts, gar nichts, nie wieder etwas. Wenn sie innerlich dermaßen erschlaffte, blieb ihr als einzige Orientierung ihr ästhetischer Sinn. Sie trieb von raffiniert gearbeiteten Haarreifen zu Seifenstücken mit betörenden Sternnebelmustern und ließ sich von der Vorstellung trösten, was für schöne Dinge es gab. Dafür lohnte sich doch das Leben.

In der Parfümabteilung schnupperte sie an Papierstreifen und dachte an den Moment, als Adam Eli ihre Hand geküsst und an ihrem Gelenk gerochen hatte. Also keine Phobie vor Berührungen. Er wirkte trotzdem nicht wie jemand, der abrupten Neugierden erlag. Zudem hatte ein Handkuss immer eine erotische Bedeutung, selbst wenn man ihn ironisch meinte – unmöglich, dass Eli sich dessen nicht bewusst gewesen war. Ebenso unmöglich schien es ihr jetzt, dass er mit ihr hatte flirten wollen. Weder vorher noch nachher hatte sein Verhalten etwas dergleichen nahegelegt. Was also hatte der Moment zu bedeuten, als er plötzlich so interessiert an ihr gewesen war, an ihrer Hand, ihrem Duft … ihrem Buch …

Die Erkenntnis sauste ihr vom Scheitel bis in die Knie. Sie riss ihre Handtasche auf. Darin waren ihre Schuhe, der Kulturbeutel, Akten, das eingerollte Handtuch mit Badeanzug, der Roman, Ingwerbonbons – aber kein Handy.

Ihr Handy fehlte.

Marigny rannte hinaus in die Dämmerung. Sie brauchte ein Taxi, so schnell wie möglich. Elis Adresse wusste sie noch auswendig. Sie erinnerte sich, auf der Karte gesehen zu haben, dass er recht weit von hier entfernt wohnte. Wenn sie Glück hatte, brauchte er mit den öffentlichen Verkehrsmitteln so lang bis nach Hause, dass sie bei ihm war und das Handy wieder an sich nehmen konnte, bevor er damit allzu großen Schaden anrichtete. Aber im Grunde klammerte sie sich an eine mickerige Hoffnung. Viel wahrscheinlicher hatte er das Hacking-Tool, mit dem er ihr Handy entsperren würde, gleich mitgenommen und nicht zu Hause. Wenn er bei ihrem Auftraggeber anrief, dann stünde sie wie eine Dilettantin da!

Als sie an der Kirche vorbeikam, beschloss sie nachzusehen, ob ihr Handy nicht doch aus der Tasche gerutscht war. Sie lief zu der Bank, auf der sie gesessen hatten. Nichts. Natürlich nicht. Eli hatte ihr Handy gestohlen. Weil sie sich von einem Handkuss hatte ablenken lassen!

Marigny hatte sich schon wieder umgedreht, da hielt sie noch einmal inne und ging in die Hocke. Und entdeckte etwas Flaches, Schwarzes auf dem Boden. Ihr Handy lag da, unscheinbar wie eine Lache glänzendes Öl.

Eli

Eli lehnte im Eingang eines Juwelierladens und beobachtete durch das Schneetreiben, wie die vermeintliche Detektivin wieder aus der Kirche trat. Sie wirkte ratlos. Und kleiner: Statt der ungesunden Hacken trug sie jetzt normale Schuhe. Ihre langen Beine waren aber immer noch nackt, sah man einmal von dem bisschen Nylon ab. Unwillkürlich schüttelte Eli den Kopf. Es war geradezu beleidigend, mit welchen Mitteln man ihn für die Suche nach Will gewinnen wollte. Ihm wurde eine Hostess als Reisebegleitung in Aussicht gestellt! Als könnten plump servierte weibliche Reize bewirken, dass er Will verriet.

Er sah, dass sie das Handy wiedergefunden hatte. Nachdem ihr Blick durch die Gegend geschweift war, begann sie, darauf herumzuwischen. Er nutzte die Gelegenheit, lief um die Hausecke und die U-Bahn-Treppe hinab. Er hatte, was er brauchte.

Die vierzehn Stationen bis nach Hause fuhr Eli im Stehen, vom Hämmern seines Herzens wie in den Boden der U-Bahn genagelt. In seinen Jackentaschen ballte er die Fäuste um sein Handy und den USB-Stick. *Er hatte, was er brauchte.*

Eli lag mit dem Rücken auf dem Teppich, um das Dröhnen der Lautsprecher besser zu spüren.

Wills Stimme ging ihm buchstäblich durch die Knochen. Er hatte die Boxen so laut aufgedreht, dass er meinte, das flüssige Geräusch ihrer Zunge zu hören, die gegen ihre Zähne stieß. Ihr trauriges Auflachen, ihr Seufzen war ein Luftzug auf seiner Haut.

Der USB-Stick enthielt drei WAVE-Dateien, jeweils etwa dreißig Minuten lang. Das war weniger, als er gehofft hatte, und lag wohl daran, dass alles weggeschnitten war, was der Therapeut sagte und was der Besitzer der Mitschnitte sonst noch geheim halten wollte. Außerdem enthielten die Aufnahmen Pausen, die manchmal fast eine Minute dauerten, erfüllt von Wills Atem, und nach denen sie ganz unvermittelt über ein anderes Thema sprach.

Eli war das vorerst egal. Was zählte, war, dass er sie hörte.

Therapiestunde eins

«Ja, vielleicht bin ich ein prototypischer Mensch. Man kann schlimme Taten nicht damit entschuldigen, dass man Schlimmes erlebt hat, aber … unter manchen Erlebnissen bricht man zusammen. Ich würde gerne glauben, dass … Aber die Menschen sind so schlecht. Sie sind schlecht.

Wer beschwert sich denn über Ungerechtigkeit? Wir beschweren uns, wenn wir unseren Willen nicht kriegen. Wenn wenige ihren Willen kriegen und alle anderen ausgebeutet werden, können immerhin alle hoffen, eines Tages zu den wenigen aufzusteigen. Wer Ideale hat, wird zertrampelt. Wird sogar als Schwächling, als Träumer verspottet. Ich, ich wollte mich von niemandem einen Schwächling nennen lassen. Aber gerade deshalb war ich einer.

Ach, wo soll ich anfangen? Ich könnte Geschichten erzählen, die wären schön plakativ. Aber die sind gar nicht das Schlimmste gewesen. Am schlimmsten war, jeden Tag und überall zu wissen, dass man nicht zu den anderen gehört. Zu lächeln und dabei zu denken, dass die anderen Feinde sind.

Ich weiß nicht, wo ich geboren wurde. Meine Mutter sagte einmal, ich sei in England geboren worden, dann in Moskau, dann in Österreich, dann doch in Serbien. Ich habe mindestens vier Geburtsurkunden.

Wahrscheinlich bin ich doch in Serbien geboren. Bald darauf ist meine Mutter mit mir nach Österreich gezogen. Woran ich mich erinnern kann, ist ein Kindergarten in Kitzbühel und verschiedene Wohnungen, in denen wir wohnten, ohne dass uns etwas darin gehörte. Da war zum Beispiel eine Designerwohnung mit einem unglaublichen weißen Zottelteppich, und meine Mutter verbot mir, darauf zu treten, weil ich ihn schmutzig machen könnte. Aber wir wohnten auch mal in einem schimmeligen Zimmer an irgendeiner großen Straße, und es regnete die ganze Zeit, und durch die Wände hörte ich nachts Frauen schreien.

Ich wusste schon immer, was meine Mutter ist. Mir kam es normal vor. Wir zogen uns hübsch an, machten Spaziergänge. Meine Mutter zeigte mir in den Schaufenstern, was ich nehmen sollte. Dann gingen wir in den Laden, und während meine Mutter mit den Verkäufern redete, tollte ich herum und steckte die Sachen ein. In den Mund oder in die Haare, damit wir so tun konnten, als hätte ich selbstvergessen damit gespielt. Wir wurden manchmal erwischt, natürlich. Dann tat meine Mutter so, als hätte sie mich nicht unter Kontrolle – ich sollte laut plärren und mit den Füßen strampeln wie ein verzogenes Balg. Meistens funktionierte das.

Es gab Phasen, in denen meine Mutter einen Mann hatte, dann war sie wie eine Karikatur: immer übertrieben gut gelaunt, voller Zärtlichkeit mir gegenüber … jedenfalls solange der Mann dabei war.

Wir zogen oft um. Ich ging in Österreich auf die Schule, aber es gab Wochen oder sogar Monate, die wir in Florida verbrachten. In Wien hatte ich sogar mal ein Kindermädchen, bei dem ich ein, zwei Wochen gelassen wurde. Aber der Mann, der das Kindermädchen bezahlte, war schon mit einer anderen verheiratet und blieb nicht lange bei meiner Mutter. Sie sagte, es sei meine Schuld, und ich glaubte ihr. Verdammt, wahrscheinlich stimmte das wirklich.

Als ich elf war, zogen wir nach München. Meine Mutter hatte einen neuen Freund, mit dem sie Serbisch sprach. Vor ihm verstellte sie sich nicht. Er durfte auch wissen, wie wir Geld verdienten. Ich musste ihm vorführen, wie ich Portemonnaies aus Taschen stibitzen konnte, und er lachte und lobte mich.

Wir machten oft ‹Urlaub›. Das heißt, wir fuhren stundenlang über Autobahnen, über Ländergrenzen. In mein Kleid waren Päckchen genäht. Manchmal hatte ich Bündel aus Geldscheinen um den Bauch gewickelt. Einmal parkten wir an einer Autobahnraststätte, und ich sollte mich im Gebüsch verstecken und beobachten, wie meine Mutter und ihr Freund Gepäckstücke an ein paar Männer übergaben. Ich sollte eine Nummer anrufen und auf Serbisch Alarm schlagen, wenn die Männer sie überfielen. Ist aber nicht passiert.

Mit elf ging ich wieder regelmäßig zur Schule. Meine Mutter und ihr Freund schickten mich auf eine internationale Schule bei München, die viel Geld kostete. Ich sollte mich dort mit reichen Kindern anfreunden. Anhand eines Jahrbuchs recherchierten wir, welche Klassenkameraden das genau wären.

Ich ging also in die sechste Klasse, wie meine Mutter früher auf Après-Ski-Partys gegangen war: um eine gute Partie zu machen. Die Schule war ein angsteinflößender Ort für mich. Ich wusste ja, dass ich nicht zu den anderen gehörte – dass sie mich hassen würden, wenn sie erführen, wer ich war.

Es gab eine strenge Hierarchie bei den beliebten Kindern. Wer am reichsten und hübschesten war und den bösartigsten Humor hatte, stand an der Spitze. Was das Reichsein betraf, waren wir natürlich unschlagbar im Bluffen. Ich besaß Markenkleider im Wert von mehreren tausend Euro. Vermutlich gelang es mir deshalb, mich mit den richtigen Mädchen anzufreunden. Ich imitierte sie einfach. Ich lachte über dieselben Dinge, ich eignete mir ihre Meinungen an und trieb sie teilweise ins Extrem. Ich galt zum Beispiel als besonders aufgeklärt, was Sex anging. Ich erfand ein paar Erfahrungen und gab mich sonst geheimnisvoll, was unter den Umständen nicht allzu schwer war. Wir hatten Übernachtungspartys, ließen uns vom Chauffeur der einen oder anderen zum Starnberger See fahren und verkuppelten uns gegenseitig mit den Jungen, die unseren Beliebtheitsrängen entsprachen. Damit ahmten wir nur nach, was uns die Eltern vorlebten. Die Eltern, das war ein selbstgefälliger Bussi-Bussi-Pöbel. Leute, die sich für eine Elite hielten, weil sie oder ihre Vorfahren Kohle zusammengerafft hatten. Wie ich sie verachtet habe! Und gleichzeitig wollte ich so sehr zu ihnen gehören. Denn dann hätte ich nicht mehr lügen müssen, dann wäre ich endlich die Angst los gewesen aufzufliegen. Ich hatte Albträume davon, wie meine Freundinnen mir auf die Schliche kamen. Wie sie herausfanden, warum ich überhaupt auf der Schule war. Die soziale Ächtung wäre mein Tod gewesen. Die Hierarchie in der Schule erstreckte sich in Wahrheit ja über die ganze Welt.

Ich war dann bald mit einem Jungen ‹zusammen›, auf den meine Mutter und ihr Freund es abgesehen hatten: Ferdinand Kreisbacher, Sohn des Installationskünstlers Karl Kreisbacher und der Galeristin Silke Lourd. Im Internet standen ziemlich genaue Auskünfte darüber, wie der Künstler wohnte und wie viel Geld er besaß.

Ferdinand wirkte sehr schüchtern. Ich besuchte ihn zu Hause. Wir spielten Computerspiele, aßen Eis, küssten uns. Während ich vorgab, ins Bad zu gehen oder er gerade im Bad war, machte ich Fotos von Kunstgegenständen im Haus. Mit den Fotos ging der Freund meiner Mutter auf die Suche nach Abnehmern. Das Wichtigste ist immer, einen verlässlichen Abnehmer zu haben. Ohne den ist auch der größte Schatz lediglich eine Beweislast.»

Mit einem trockenen Lachen endete Wills Monolog, der zunehmend matter und erschöpfter geklungen hatte, wie erdrückt von der Erinnerung.

Eli stand auf und öffnete gleich die nächste Datei. Die zweite Therapiesitzung begann mit jenen dreißig Sekunden, die er bereits per Mail zugeschickt bekommen hatte.

Therapiestunde zwei

«Es waren beide, meine Pflegemutter und mein Pflegevater. Ziemlich bald, nachdem ich zu ihnen kam, fing es an. Ich war zwölf. Aber sexueller Missbrauch, ich weiß nicht … ich weiß nicht, ob ich es so nennen würde. Es war … nicht richtig.

Es geht schon, ich … Ach Gott. Ich heule gar nicht deswegen. Ich heule bloß, weil … Ich fühle mich so schuldig. Ich bin schuldig.

Aber sie haben es verdient.

Ferdinand wollte mir das Sexspielzeug seiner Eltern zeigen. Ich weiß wirklich nicht mehr, wie er darauf kam. Vermutlich habe ich ihn angestiftet. Wir küssten uns und fassten uns an, und irgendwann gingen wir ins Elternschlafzimmer, um mehr Verbotenes zu tun.

Das Sexspielzeug befand sich in einem Safe im Schrank. Ich merkte mir die Zahlenkombination. Später ging ich zurück und fotografierte den Schmuck der Mutter und die Uhrensammlung des Vaters.

Der Freund meiner Mutter befahl mir, die Uhrensammlung zu stehlen. Es waren sechs Rolex, Cartier, Patek Philippe und dergleichen in einer rehbraunen Lederkassette mit Goldhakenverschluss. Der Gesamtwert lag bei fast einer Million Euro.

Ich ging eine Woche später mit sechs Imitaten, die selbst schon teuer hergestellt waren, zu Ferdinand. Wir spielten Computerspiele, wir machten rum … Dann behauptete ich, auf die Toilette zu müssen, und nahm den Kulturbeutel aus meinem Rucksack mit. Im Elternschlaf-

zimmer öffnete ich den Safe, tauschte die Uhren aus und stopfte den Kulturbeutel mit den Uhren im Wert von einer Million wieder in meinen Rucksack.

An dem Tag haben Ferdinand und ich miteinander geschlafen. Es dauerte nicht lange. Es war wie eine Verrenkung, die wir einnahmen, nur um festzustellen, wie komisch sie ist. Aber der Nachmittag ... der kam mir endlos lang vor. Wir hörten den Rasenmäher irgendwelcher Nachbarn durch die offene Balkontür. Mir klebte eine Eisverpackung am Bein. Wir schwitzten und fröstelten und hatten kaum Worte. Erst recht keine Zärtlichkeit. Ich glaube, wir ekelten und schämten uns eigentlich voreinander und gingen nur deshalb immer weiter, weil wir das Machtverhältnis zu unseren eigenen Gunsten kippen wollten. Ich fand, dass Ferdinand gar nicht wie ein Mensch wirkte. Er sah mich teilnahmslos an, wenn er mich überhaupt anschaute. Was ich bis dahin für Schüchternheit gehalten hatte, stellte sich als unheimliche Apathie heraus. Er war sonst immer eher passiv gewesen, hatte höchstens Dinge gesagt wie: «Du könntest mich hier küssen.» Oder: «Da ist es anders, wenn man angefasst wird.» Aber die Initiative kam meistens von mir. Ich wusste ja, dass das meine Aufgabe war. Als wir dann miteinander schliefen ... da bemerkte ich an ihm eine Wut, einen Frust. Als wollte er unsere Körper ineinanderstecken, um eine lästige Pflicht hinter sich zu bringen. Das erschreckte mich. Denn ich erkannte in ihm das Mechanische, Stumpfsinnige, das allen Lebewesen anhaftet und die Seele verspottet ... ich erkannte in ihm mich selbst.

Am Abend brachte ich meinen Eltern die Uhren. Sie freuten sich, umarmten und lobten mich. Der Freund meiner Mutter küsste mich im Überschwang sogar auf den Mund. Ich hätte mich fast übergeben. Mir war, als wüssten sie genau, was ich getan hatte, um an die Uhren zu kommen. Aber ich durfte nicht darüber sprechen. Es gehörte zu meiner Pflicht als gute Tochter, die Wahrheit geheim zu halten.

Sie fuhren noch in derselben Nacht los, um die Uhren ihrem Abnehmer in Wien zu bringen. Ich blieb zu Hause, weil ich am nächsten Tag Schule hatte. Aber ich konnte nicht schlafen. Ich versuchte zu weinen, aber es ging nicht. Ich hatte kein einziges Gefühl in mir. Nur Gedanken schossen mir durch den Kopf, klar und scharf wie Messer. Wieso musste ich eigentlich zu meinen Eltern gehören? Zu den Dieben und den Lügnern? Wenn ich sie verriet, könnte ich mich von ihnen trennen. Ich könnte aufsteigen zu denen, zu denen meine Eltern niemals aufsteigen würden.

Ich fuhr mitten in der Nacht zu Ferdinand. Seine Eltern machten mir die Tür auf. Ich ließ Tränen laufen, ohne etwas dabei zu empfinden. Ich war ganz und gar Maske. Maske und der nackte Trieb zu kriegen, was ich wollte. Mit stotternder Stimme beichtete ich ihnen den Diebstahl und flehte immer wieder um Verzeihung. Ich sagte, meine Eltern hätten mich gezwungen, und Ferdinands Eltern trösteten mich.

Die Polizei griff meine Mutter und ihren Freund auf. Sie kamen ins Gefängnis, und ich sollte in ein Kinderheim. Aber Ferdinands Eltern erklärten sich bereit, mich aufzunehmen. Warum? Ich dachte natürlich, aus Mitleid. Weil es mir gelungen war, sie für mich einzunehmen. Sehr bald merkte ich, dass sie ganz andere Motive hatten.

Ob ich das alles verdient habe? Was heißt das schon, ‹verdienen› … Ich bin schuld daran, dass meine Mutter verhaftet wurde. Ich habe vor Gericht gegen sie ausgesagt. Welches Kind tut so etwas? Ich habe es getan. Nicht weil ich dadurch meine Mutter loswerden wollte, wie ich damals dachte. Sondern weil ich im Gegenteil erst dadurch ganz nah an sie herankam. Auf eine perverse Weise war mein Verrat ein Zeichen der Anerkennung, der Bewunderung für sie.

Was bei meinen Pflegeeltern passierte, hat damit nichts zu tun. Ich glaube nicht an Karma, an göttliche Gerechtigkeit … so ein Blödsinn. Ich glaube an die Bosheit der Menschen, die überall ist und die Schuldigen ebenso wie die Unschuldigen trifft.»

An dieser Stelle entstand eine Pause. Dann hörte man, wie Will Luft holte. Erst atmete sie langsam und schwer. Schließlich schneller, heftiger. Sie weinte. Damit endete die zweite Aufnahme.

Eli hatte sich alles ruhig angehört. So ähnlich hatte sie es ihm damals erzählt. Aber nur so ähnlich. Davon, dass ihre Pflegeeltern sie missbraucht hatten, war nie die Rede gewesen.

Ihre Abgeklärtheit, die Risse bekam und zerbrach. Ihre Tränen. Ihre Reue.

Erst als Eli aufstand, um die dritte Aufnahme abzuspielen, merkte er, dass er zitterte. Verdammt, dabei tat sie ihm nicht leid. Er zitterte, weil sie genau dieselbe Masche abzog, die sie damals bei ihm abgezogen hatte. Wessen Herz hatte sie diesmal erweichen wollen? Das Herz des Therapeuten? Das Herz des unbekannten Besitzers der Aufnahmen?

Nicht zum ersten Mal überlegte Eli, ob der Therapeut, dessen Stimme man so gewissenhaft weggeschnitten hatte, und der unbekannte Besitzer der Aufnahmen ein und dieselbe Person war. Aber warum suchte er Will? War er ein Zwangsneurotiker, der die Therapie um jeden Preis zu Ende bringen wollte?

Eli öffnete die letzte Datei und ließ sich wieder auf den Teppich sinken, um mit geschlossenen Augen zu lauschen.

Therapiestunde drei

«Ich habe nie jemandem davon erzählt, was Karl und Silke mit mir gemacht haben. Jedenfalls nicht diese eine Sache. Ich habe es schon versucht. Im Bootcamp in Bolivien sollten wir in der Gruppe unsere Geheimnisse teilen. Aber ich hab es nicht über mich gebracht. Ich habe es auch nicht Adam erzählt … Ich glaube, ich könnte es auch heute nicht ertragen, diese Dinge auszusprechen und dabei jemandem in die Augen zu schauen.

Meine Pflegeeltern sind keine Monster oder so. Sie sind einfach … sie sind unorthodox. Sie haben keine klare Vorstellung davon, was richtig und was falsch ist, denn sie sind gegen jedes Dogma. Vielleicht ist das schon wieder ein Dogma … aber du weißt, was ich meine. Ihre Maxime lautet: ‹Jedem das Seine›.

Silke und Karl nahmen mich bei sich auf, weil sie mich interessant fanden. Ich sollte ihnen alles über meine Kindheit, meine Mutter, unsere Gaunereien erzählen. Ich sollte ihnen sogar Taschendiebetricks vorführen. Sie sagten dann, dass sie mich für ein sehr kluges und darum freies Mädchen hielten: Weil ich eigenständig denken könne, hätte ich die Möglichkeit, meine Entwicklung selbst zu bestimmen. Sie wollten mir die besten Voraussetzungen dafür bieten. An mir sollte sich herausstellen, was im Menschen stärker ist: sein Wille oder seine Prägung. Würde ich ein moralisches Wesen, hätte der Wille gesiegt. Würde ich aber verlogen und verbrecherisch bleiben wie bisher, hätte man als Mensch keine Hoffnung, sein Schicksal selbst zu bestimmen. Das alles sollte von mir abhängen, so sagten sie es mir.

Die Erziehung war antiautoritär. Sowohl ich als auch Ferdinand nannten Silke und Karl beim Vornamen. Sie hatten keine Geheimnisse vor uns. Sie redeten freimütig über Kunst, über ihre Finanzen, ihren Sex. Es gab nichts, was man nicht sagen durfte. Es kam vor, dass Silke ganz ruhig zu einem von uns sagte: ‹Ich wünschte, du wärst tot›, wenn sie schlecht gelaunt war und sich davon gestört fühlte, dass andere Menschen im Haus waren.

Für mich war das natürlich erstmal ein Schock. Bei meiner Mutter war es ja genau andersherum: Sie sagte mir die süßesten und liebsten Sachen, wenn sie mich nicht gerade mit einem Gürtel verdrosch. Ich geriet aus der Hitzigkeit einer serbischen Cholerikerin in die laue Kühle von deutschen Soziopathen, ganz klischeehaft.

Karl redete nicht so viel wie Silke. Er lief dafür im Sommer fast ausschließlich nackt herum und ließ die Badezimmertür offen, wenn er aufs Klo ging. Widerlich war das. Er hatte mal ein Kunstprojekt, für das er monatelang seine Exkremente filmte. ‹Was ist der Mensch?› nannte er das.

Die Sache … fing an, als ich zwölf war. Tut mir leid, dass ich mich wiederhole. Es fällt mir nur so schwer … Sätze dafür zu finden. Da ist ein Felsen in mir, ein riesiger, steinharter Felsen, in dem die Erlebnisse erstarrt sind, und ich muss ihn aufschlagen, in einzelne Teile kaputt hauen, in Worte. Verstehst du? Manchmal weiß ich nicht mal, ob ich will, dass du verstehst.

Ich war zwölf. Sie hatten mich in Pflege genommen. Sie wollten mich adoptieren, aber das ist ein langwieriger Prozess. Ich war erstmal nur ihr Pflegekind. Ich … hatte ein Zimmer. Es war vorher eine Art Rumpelkammer voller Materialien, die Karl für seine Arbeit brauchte. Plastikbeutel voller toter Maden, plakatgroße Fotos von Karls Gesicht, alte Schuhe und lauter anderes Zeug. Es gab eine Durchgangstür zu seinem Atelier. Eines Nachts weckte er mich. Ich sollte ins Atelier kommen. Scheinwerfer waren an. Ein Stuhl stand vor einer Kamera. Ferdinand saß darauf. Er sah ebenso müde aus wie ich. Karl hatte ihm ein Kuscheltier in die Arme gedrückt und ihm offenbar befohlen, einen Kinderpyjama anzuziehen, der ihm zu klein war. Dann wurde Ferdinand interviewt, vor laufender Kamera. Karl fragte ihn, ob er Schambehaarung habe. Ob die Kinder in seiner Klasse sich Pornos auf ihren Smartphones zeigten. Fragte, ob Ferdinand schon mal einen Orgasmus gehabt habe. Auch wenn das krass klingt, ich glaube, Karl war nicht sexuell erregt. Er setzte sich einfach über Grenzen hinweg.

Ferdinand beantwortete alles so gelassen, so teilnahmslos, wie er immer war. Knapp und unbeeindruckt. Dann fragte ihn Karl … ob er schon einmal Geschlechtsverkehr gehabt habe. Ferdinand sagte ja. Mit, also, mit mir. Er wies auf mich.

Karl schwenkte die Kamera auf mich. Ich stand reglos da. Er filmte mich von den Füßen bis zum Gesicht. Ich wusste nicht, wie ich reagie-

ren sollte. Das Ganze war mir so peinlich, dass es geradezu körperlich schmerzte.

Ferdinand sollte Einzelheiten schildern. Darüber, wie er mit mir umgegangen war. Endlich machte Karl die Kamera aus. Er schien in Eile, hantierte an seinem Computer herum, war ganz in seine Arbeit versunken. Er sagte uns, wir sollten ins Bett gehen, es sei immerhin spät und morgen müssten wir in die Schule.

Das ging so weiter. Auch ich wurde interviewt. Ich sollte intime Fragen beantworten. Ich versuchte, mir dabei nicht anmerken zu lassen, dass ich mich schämte. Ferdinand und ich sollten uns gegenseitig ausziehen und zeigen, wo wir uns berührt hatten, wo die Stellen waren, für die wir uns schämten. Wir taten es. Nicht gerade rücksichtsvoll. Alles war geprägt von einer unendlichen Genervtheit, einer Müdigkeit – der Pubertät, wie Karl meinte.

Ich erinnere mich nicht … nein, doch, das war schon alles. Mehr ist nicht passiert. Die Fragen. Das Ausziehen, das Abgefilmtwerden. Weiter ist Karl gar nicht gegangen. Wie gesagt, ich glaube, er ist nicht pädophil oder so. Er hatte seine Kunst im Sinn.

Ich habe es Silke erzählt. Wie nebenbei habe ich es erwähnt. Sie ging gar nicht darauf ein, so als wäre es eine absolute Belanglosigkeit.

Aber am Abend rief sie uns alle ins Wohnzimmer, um ein Krisengespräch zu führen. Sie fragte, ob es nicht stimme, dass ich Ferdinand absichtlich in mich verliebt gemacht hätte, um Zugang zur Familie zu bekommen. Ich bejahte. Und sie fragte, ob ich nicht mit ihm geschlafen hätte an dem Tag, als ich die Uhren stahl. Das konnte sie nur von Karls Videointerviews wissen. Sie hatte sie also auch gesehen. Wieder bejahte ich.

Silke nahm mich in den Arm. Sie sagte, sie finde es toll, dass ich so ehrlich sei. Sie sagte, ich sei frühreif. Sie und Karl würden mich nicht wie ein Kind, sondern wie eine Erwachsene behandeln. Ob mir das recht sei. Ich sagte wieder ja. Dann … redete sie mir ins Gewissen, dass ich nicht mehr intrigant und verlogen sein dürfe. Wir müssten uns alles sagen und keine Geheimnisse voreinander haben. Dass Karl mich in sein Kunstprojekt aufnehme, sei ein Vertrauensbeweis. Ich solle nun ebenfalls zeigen, dass man mir vertrauen könne.

Und damit war das Thema erledigt.

Ich hatte viele Albträume. Ich träumte oft, dass meine Mutter und ihr Freund aus dem Gefängnis ausbrechen und mich töten. In den schlimmsten Träumen besänftigte ich sie damit, dass ich mich vor ihnen auszog oder gar mit ihnen sexuell verkehrte. Es waren Träume, aus denen ich mit Herzstechen und Tränen erwachte, Träume, nach denen man vor Ekel nicht atmen kann.

Ich redete kaum noch. Auf die anderen reagierte ich wie auf Karls Kamera: einsilbig, genervt, unbeeindruckt. In der Schule brach ich alle Freundschaften ab. Ich war den anderen sowieso suspekt geworden, auch wenn sie die Details über den Diebstahl nicht erfuhren. Ferdinand begann mich ebenfalls zu meiden. Er gehörte weiterhin zu den ‹beliebten› Jungen und galt eben als schüchtern. Dadurch, dass ich seine Schwester geworden war, leuchtete allen ein, dass er sich nicht mehr für mich interessierte.

In dieser Zeit retteten mich Onlinespiele. Ich saß nur am PC. Sobald ich aus der Schule kam und bis spät in die Nacht, wenn mir die Augen zufielen, lebte ich im Internet. Ich habe mein ganzes Ich, meine Identität in die Onlinewelt verlagert. Um es vor der anderen Welt zu retten, vielleicht.

Es gibt einen Menschen, dem habe ich davon erzählt, ja. Nicht alles, aber das meiste. Adam, natürlich. Aber ich will jetzt nicht über Bolivien reden.»

Die Aufnahme endete abrupt. So, als hätte sie noch mehr gesagt, was Eli nicht hören sollte.

Eine Weile lag er noch auf dem Teppich, ohne sich bewegen zu können, wie gestrandet in der flimmernden Stille.

Adam, natürlich.

Das aus ihrem Mund. Der ganze Zorn über ihre Eltern und Pflegeeltern konnte nicht den Zorn über ihn selbst verdecken, weil ihre mitleidige Tour immer noch funktionierte, sogar als Mitschnitt. Und erst recht konnte der Zorn nicht seine Glückseligkeit verdecken … über dieses *Adam, natürlich.*

Er erhob sich, setzte sich die Brille wieder auf. Studierte sein Handy und schrieb eine Mail an Chomsky, dass er in den kommenden zwei Wochen keine Aufträge annehmen könne, er sei verreist. Dann machte er sich an die Jura-Hausarbeit für seinen Stammkunden, die noch ausstand.

Er schrieb dreieinhalb Stunden am Stück über europäisches Handelsrecht. Als er fertig war, druckte er die dreiunddreißig Seiten aus, las sie Korrektur, vervollständigte das Literaturverzeichnis und schickte die Arbeit seinem Kunden.

Er spielte mit dem Gedanken, eine Zigarette in vier glühend tiefen Zügen zu rauchen. Es war acht Uhr abends, eigentlich Tiefschlafzeit. Er fühlte sich auch so, als gehörte er nicht in die Gegenwart. Aber sich hinzulegen, schien ganz und gar unmöglich.

Er hörte sich die drei Aufnahmen noch einmal an. Konzentrierte sich jetzt auf Hintergrundgeräusche. Versuchte, ihr Zögern, ihre Pausen zu deuten. Immer wieder musste er zurückspulen, weil er sich von dem, was sie sagte, ablenken ließ.

Danach verließ er die Wohnung, stapfte durch Schneetreiben und orangefarbenes Laternenlicht zur Straßenbahn. Fuhr ans andere Ende der Stadt nach Grünwald. Eine Idylle des Wohlstands empfing ihn. Bäume, alt wie die Vermögen, beugten sich über das Mauerwerk der Villen. Ein Hauch von Zimtgebäck hing in der

Luft. Den Weg zum Haus der Kreisbachers kannte Eli auch in tiefster Dunkelheit. Es stand am Ende einer kurzen, breiten Straße. Hinter dem Metalltor ragte eine Glasfront auf wie ein Gletscher, nüchtern und kalt.

Wie oft Eli hier gestanden hatte, atemlos vom Joggen, um sich Will hinter den Fenstern vorzustellen. Auch jetzt stellte er sie sich vor. Im Atelier ihres Pflegevaters. Verletzlich, entblößt vor dem nackten Auge einer Kamera.

Er ging zu einem anderen Anwesen zurück, wo der Zaun ein Gittergerüst war, gefüllt mit großen, weißen Steinen. Eli nahm einen besonders dicken heraus. Er wog bestimmt mehr als zwei Kilo. Damit trat er vor die Glasfront der Kreisbachers.

Es würde einen höllischen Krach geben. Eli wollte, dass die Fenster barsten, die ganze Fassade in sich zusammenbrach und das ekelhafte Fundament dieses Hauses sichtbar würde. Die Winterkälte sollte in die Zimmer wehen, die Ereignisse aus ihnen tilgen, die Vergangenheit reinwaschen. Will reinwaschen.

Er stand da, den Stein in der Hand. Die Vorstellungen zerflatterten, wichen Zweifeln. Was konnte ein Stein schon ausrichten? Er würde die Vergangenheit nicht ungeschehen machen. Er würde Wills Pflegeeltern nicht einmal dazu bringen, ihre Gräueltaten zu erkennen, geschweige denn zu bereuen.

Falls sie wirklich Gräueltaten begangen hatten. Vielleicht log Will ja.

Je länger Eli vor dem Tor stand, umso diffuser kam ihm das Ganze vor. Selbst wenn Will nicht log, hatte sie doch behauptet, ihre Pflegeeltern seien keine bösen Menschen. Sie waren geistesgestört. Aber was brachte eine Rache in Form von Sachbeschädigung, die nicht einmal als Rache begriffen werden würde? Den Stein zu werfen, erfüllte nur einen Zweck, nämlich Genugtuung für Eli. Fragwürdige Genugtuung. Im Grunde nur ein weiterer Aufschrei in einem Getöse, in dem keiner den anderen verstand.

Allmählich verkrusteten Eissterne seine Brillengläser. Der Stein glitt ihm aus der Hand. Eli ließ ihn liegen.

Er ging, übermannt von unsagbarer Erschöpfung. Am Ende der Straße sah er noch einmal zurück. Der Stein wirkte wie der Schädel eines Kindes, eine Opfergabe an den erstarrten Gletscher. Schon begann der Schnee, ihn zuzudecken.

Als Eli wieder zu Hause war, fühlte er sich so müde, dass er kaum noch denken konnte. Er kroch ins Bett. Doch bevor er einschlief, schrieb er noch eine Mail an den Unbekannten:

Ich habe eine Vermutung, wo sie sein könnte. Überweisen Sie mir 1000 Euro für den Flug.
Und ich brauche die restlichen Aufnahmen.

Y

Sie war immer noch Clementine Shell. Dabei war der Name jetzt so verseucht wie ein Computer ohne Firewall nach einem illegalen Download-Binge.

Nervös beobachtete sie, wie der Hotelier ihre Personalien aus dem südafrikanischen Reisepass ins System eintippte.

«Alles klar, Miss Shell», sagte er mit einem strahlenden Lächeln, bespielte eine Chipkarte und reichte ihr den Zimmerschlüssel mit ihrem Pass über die Theke. «Sie sind in Zimmer 803, da haben Sie einen schönen Ausblick. Frühstück ist von sechs Uhr bis zehn Uhr. Die Aufzüge befinden sich einmal rechts um die Ecke. Einen angenehmen Aufenthalt wünsche ich!»

«Danke.»

Im Aufzug lehnte sie den Kopf gegen den Spiegel. Eine Nacht.

Höchstens eine Nacht pro Hotel. Trotzdem war es wie russisches Roulette spielen.

«Wie lange brauchst du noch?», flüsterte sie.

Das Zimmer war klein und gewöhnlich. Bett, Schrank, Fenster und ein Bad in einheitlichem Design. Clementine Shell hätte lieber eine Suite mit zwei Eingängen genommen, aber so etwas gab es in diesem Hotel nicht. Wenn ihre Verfolger sie hier fanden, gab es kein Entkommen.

Nachdem sie ausführlich geduscht und ihre blonden Haare mit einer kirschroten Tönung überdeckt hatte, zog sie ihre Straßenkleidung wieder an: eine Jogginghose und ein T-Shirt mit dem Logo einer Heavy-Metal-Band, die sie nie gehört hatte. Diese Sicherheitsvorkehrungen würden im Zweifel nicht viel bringen, aber gar nichts zu tun, fühlte sich noch schlimmer an.

Sie öffnete ihren Computer und meldete sich für die Internetverbindung des Hotels an. Y hatte ihr geschrieben. Vor mehr als drei Stunden, als sie gerade aus dem Parkroyal geflohen war.

Gibt es dich noch?

«Denke schon», sagte sie mürrisch. Und spürte ein süßes Verlangen zu weinen. Einfach so, um die ausgestandene Angst abzubauen. Aber aus Gewohnheit oder Tapferkeit gab sie dem Impuls nicht nach. «Und, bist du fertig geworden?»

Wenige Sekunden später schickte Y ihr Unterlagen von einer verschuldeten Papierverarbeitungsfirma.

Das ist meine Testperson. Wir müssen abwarten, wie er reagiert.

Clementine Shell öffnete die Dateien und begann, über die Rechnungen und Steuererklärungen zu scrollen, ohne den Zahlen gedanklich zu folgen. Sie war darauf konzentriert, nicht in Tränen auszubrechen.

Aber was erwartete sie denn? Y konnte sie nicht in die Arme nehmen und trösten; Y hatte wichtigere Dinge zu tun. Obwohl Clementine Shell das einsah, war ihre Einsamkeit unerträglich – wie ein Druck, der sie von innen heraus sprengte.

Nachts lag sie schlaflos neben ihrem Laptop. Daten flatterten über den Bildschirm, die sie längst nicht mehr zu entschlüsseln versuchte. Trotzdem war sie froh, dass Y sie zuschauen ließ. Sie und niemanden sonst.

«Y», flüsterte sie. «Warum ich?»

Ein schwarzes Eingabefenster trat in den Vordergrund.

Das weißt du. Es gibt keinen Grund für Liebe.

«Es war also reiner Zufall», sagte sie bitter.

Da erklang eine Stimme aus den Lautsprechern. Langsam und schleppend, aber voll mütterlicher Zärtlichkeit: «Ich liebe dich dafür, dass du gegen deine dunklen Seiten ankämpfst.»

«Aber du liebst alle Menschen dafür, dass sie das Potenzial haben, sich zu bessern, hast du gesagt.»

«Und von allen Menschen der Welt bist du diejenige, an die ich mich gebunden habe. Das ist kein Zufall. Aber es ist auch nicht rational begründbar. Damit musst du klarkommen.»

«Wie?», flüsterte sie.

«Indem du vertraust.»

In einer Stadt aus Glas und Stahl gehörte Jommy Lee Dao zu den 387 000 Singapurern, die unter der Armutsgrenze lebten. Seit sein Vater einen Schlaganfall gehabt hatte, versorgten Jommy und seine Mutter die siebenköpfige Familie. Aber auch früher waren sie nie reich gewesen. Der größte Betrag, den er bis heute auf einem Konto gesehen hatte, waren neuntausend Singapur Dollar, die die Versicherung nach der Arbeitsunfähigkeit des Vaters ausgezahlt hatte. *Bis heute.*

Wie gebannt starrte er auf seinen Bildschirm und bemerkte weder den Lärm des Fernsehers im Nebenzimmer noch das Rattern des Ventilators auf seinem Schreibtisch. Seine Hand schwebte Millimeter über der Maus. Er fürchtete, die kleinste Bewegung könnte einen Irrtum aufdecken und den Traum zerstören.

Wie üblich hatte er sich am Monatsende in sein Bankkonto eingeloggt, um die Rechnungen der Familie zu begleichen: Miete und Strom für die Wohnung und die Arztrechnungen für seinen Vater und Oma Mei. Wenn überhaupt, war danach nur noch ein zweistelliger Betrag übrig. Aber jetzt leuchtete Jommy eine Kette aus sieben Ziffern entgegen – sieben Ziffern *vor* den Cents.

Sein Blick glitt zur Seite, um sich zu vergewissern, dass er wirklich auf der offiziellen Seite der *Bank of Singapore* war. Es sah ganz danach aus. Und er war mit seinem Namen angemeldet. Dennoch stand im Kästchen des aktuellen Guthabens:

6 301 398,67 SGD

Sechs Millionen Singapur Dollar. Plus ein paar hunderttausend.

Er stieß ein hohes, atemloses Lachen aus. Das war der verrückteste Systemfehler aller Zeiten. Als er sich wieder halbwegs eingekriegt hatte, machte er mit seinem Handy ein Foto. Dann öffnete er den neuesten Kontoauszug. Zu sehen waren alle Rechnungen, die er im letzten Monat überwiesen hatte, dazu die Lebensmitteleinkäufe und sein Gehalt von der Papierverarbeitungsfirma, wo er Maschinist war. Das Guthaben von vor einem Monat betrug 6 301 296,43 Singapur Dollar.

Er verfiel wieder in eine Art Schockstarre. Er wusste, dass er letzten Monat nur noch dreizehn Singapur Dollar gehabt hatte. Er wusste es, weil er sich vorgenommen hatte, seine beste Freundin Queenie zum Abendessen auszuführen, auch wenn er sich dafür in Schulden stürzen müsste – und weil er es dann aus Vernunft oder Angst doch nicht getan hatte.

Er begann, auch die älteren Kontoauszüge aufzurufen. Die Zahlen im Hunderterbereich wechselten, doch unverändert prangten links die Sechs, die Drei und die Null. Als wären sie schon immer da gewesen.

Wie war das möglich? Kontoauszüge konnten sich doch nicht rückwirkend ändern. Eine falsche Überweisung, das ließ sich noch denken – auch wenn er bezweifelte, dass jemandem eine falsche Überweisung in Millionenhöhe unterlief. Aber die enorme Summe hatte sich scheinbar aus dem Nichts manifestiert. Sie war einfach da. Hatte sich in die Gegenwart *und* die Vergangenheit gepflanzt.

Er öffnete den Ordner auf seiner Festplatte, wo er die Kontoauszüge abspeicherte. In den PDF-Dateien war alles beim Alten geblieben: Sein Guthaben variierte seit fünf Jahren, als er angefangen hatte zu arbeiten, zwischen null und 1200 Singapur Dollar. So war es immer gewesen. Es hatte nie die Möglichkeit gegeben, daran etwas zu ändern.

Er ging wieder auf das Browserfenster, in dem sein Konto angezeigt wurde, fast sicher, dass der Spuk nun vorbei wäre. Aber die sechs Millionen waren immer noch da. So oft er die Seite auch neu herstellte.

Sollte er die Bank anrufen? Vielleicht benutzte man ihn als Teil eines Betrugs. Vielleicht machte er sich strafbar, wenn er die Vorgänge auf seinem Konto nicht meldete.

Er rief die Kundenhotline an. Nachdem er sich einige Minuten durch das automatische System gewählt hatte, wurde er endlich mit einem Menschen verbunden.

«Willkommen bei der *Bank of Singapore*, wie kann ich Ihnen behilflich sein?», fragte eine Frauenstimme, die sich kaum vom Computer unterschied.

«Ja, ich, äh, würde gerne mit einem Mitarbeiter sprechen. Auf meinem Konto haben sich Dinge verändert.»

«Sie können Überweisungen oder Einzüge online rückgängig machen. Dazu müssen Sie …»

«Nein, das meine ich nicht. Könnte ich mit jemandem sprechen, der sich mein Konto mal ansieht?»

Die Frau nahm seine Personalien auf und versprach ohne viel Glaubwürdigkeit, dass sich jemand bei ihm melden würde.

Jommy trank eine Literflasche Eistee aus, dann bezahlte er die Rechnungen. Das musste schließlich so oder so getan werden. Bei jeder Aktualisierung erwartete er, dass die magisch aufgetauchten Ziffern verschwinden würden. Aber sie blieben.

Er schaute auf die Uhr. Es war erst Vormittag, das hieß, Queenie schlief sich nach ihrer Nachtschicht aus. Am liebsten hätte er sie sofort angerufen. Aber er wollte sie nicht wecken.

Er beschloss, bei seinem gewohnten Tagesablauf zu bleiben. Am Wochenende schrieb er Einträge auf seinem Blog. All die Gedanken, die sich bei der monotonen Arbeit und beim Lesen während der Fahrten morgens und abends in ihm anstauten, vertraute er in seinen freien Stunden der intimen Öffentlichkeit des Internets an. Er hatte dadurch Freundschaften zu Menschen in Amerika, Spanien und Afrika geknüpft, die ähnlich dachten wie er. Sie empfahlen sich gegenseitig Bücher und Aufsätze, diskutierten miteinander und hielten sich über die politischen Entwicklungen in ihren jeweiligen Heimatländern auf dem Laufenden.

Doch als Jommy sich jetzt an seinen geplanten Eintrag machen wollte, merkte er, dass ihm die Konzentration fehlte. Er hatte etwas zum Thema Jobunsicherheit schreiben wollen. Seit einigen Monaten hielt sich nämlich bei ihm in der Firma das Gerücht, der Chef sei pleite. Die dreizehn Arbeiter bangten um ihre Festanstellung. Vor einem Jahr waren sechs Angestellte entlassen worden, darunter alle Produktdesigner, da das Entwerfen der Verpackungen jetzt eine externe Agentur übernahm. Wenn ein großer Auftrag kam, wurden Aushilfskräfte ans Fließband geholt. Aber die großen Aufträge kamen immer seltener.

Um ein wenig Zeit zu schinden, um sich geistig vorzubereiten oder einfach um sein Selbstwertgefühl zu pflegen, überflog Jommy die Titel seiner bisherigen Einträge.

Wohlstand ohne politische Macht – das Wirtschaftswunder von Singapur

Zerstören globale Konzerne die Demokratie?

Gemäßigte Freiheit ist keine Freiheit: Singapurs scheinbarer Spagat

Wie wäre eine Marktwirtschaft ohne Kapitalisten?

Nur Arbeiter und Ausbeuter: Gibt es wirklich keine Alternative?

Marx lesen als Arbeiter – Erfahrungsbericht 1, 2, 3, 4, 5, 6, 7

Arbeitslosigkeit: kein Systemfehler, sondern Druckmittel

Die Texte waren sein ganzer Stolz. Mehr noch, sein Herz. Wenn jemand ihn gefragt hätte, wer er war, hätte er auf seinen Blog verwiesen und nicht auf seinen Körper.

Jommy bezeichnete sich als Sozialist. Er hatte als Teenager aus reinem Trotz Interesse für den Kommunismus entwickelt, weil seine Eltern – beide Kinder chinesischer Einwanderer – seit jeher davon sprachen wie vom Teufel. Mit sechzehn hatte er ein Buch von seinem Englischlehrer geliehen bekommen, das sein Leben veränderte: *After Capitalism* von einem Amerikaner, David Schweickart. Darin wurde mit den düsteren Bildern von Planwirtschaft, Enteignung und Diktatur aufgeräumt, und was übrig blieb, war eine moderne, völlig einleuchtende Idee von einer besseren Welt. Jommy fühlte förmlich, wie diese Gedanken ihn aus der Dumpfheit schälten und erblühen ließen. Er begriff, dass seine Eltern gar nicht den Geist des Sozialismus hassten, denn das hieße, die edelsten Züge des Menschen zu hassen: den Kampf um Freiheit, das Beharren auf Gleichberechtigung und das Verlangen nach Fairness. Hassenswert waren nur die autoritären, korrupten Regime, die unter der Flagge des Kommunismus die Generationen des zwanzigsten Jahrhunderts terrorisiert hatten. Ein Glück, dass die meisten dieser Regierungen kollabiert waren. Aber anstatt einen besseren, einen richtigen Sozialismus zu versuchen, ließen die Leute sich in große Konzerne einspeisen und fraßen aus Angst den ganzen Planeten. Jommy hatte all das mit der Klarsicht eines Heranwachsenden erkannt, und er verzweifelte bis heute daran, dass er mit seiner Sichtweise zu einer Minderheit gehörte. Selbst Queenie stellte sich blind. Sie wirkte gelangweilt oder bestenfalls amüsiert, wenn er mit der Ungerechtigkeit der Wirtschaft anfing. Dabei wusste er, dass das Thema ihr näher ging, als sie sich eingestand. Sie war ein verträumtes Mädchen. Eines Tages würde sie den Mut finden, sich mit den Tatsachen auseinanderzusetzen.

Wie würde sie auf traumhafte sechs Millionen reagieren? Jommy presste sich die Handballen gegen die Brauen. Aber die Vision ließ sich dadurch nicht vertreiben, im Gegenteil: In der Dunkelheit seines Kopfes sah er Queenie, wie er sie ins schickste Restaurant der Stadt ausführte. Wie er ihr lauter teure Malsachen kaufte und sie vor Freude hüpfte wie ein Flummi. Wie sie in seine Arme glitt …

Er riss die Augen wieder auf. Klickte auf sein Bankkonto, nur um zu gucken, ob der Fehler schon behoben war. Seine Login-Zeit war abgelaufen. Er musste sich von neuem anmelden. Bestimmt war alles wieder normal. Gut, dass er ein Foto gemacht hatte, die anderen hätten es ihm sonst nie geglaubt.

Ein kleines Wartezeichen erschien, während die Seite lud. Dann sah er seinen aktuellen Kontostand. Er kannte die Zahl inzwischen schon auswendig.

Unsagbare, undenkbare 6 301 296,43 Singapur Dollar.

Queenie und Jommy trafen sich bei Sonnenuntergang hinter dem Sportplatz ihrer ehemaligen Schule. Die Wolkenkratzer der City blitzten wie Eissplitter im gluterfüllten Himmel. Über den Rasen des Sportplatzes flogen die lang gezogenen Schatten von Fußball spielenden Kindern.

Jommy tat, als bemerkte er sie erst auf den letzten Metern,

dabei beobachtete er sie aus den Augenwinkeln, seit sie um die Straßenecke gebogen war. Ihm fiel auf, dass sie das Blumenkleid mit Ausschnitt trug, das ihr ziemlich gut stand. Sie gähnte ungeniert.

«Ich glaube, ich kündige bald. Dieser Job, ich halte ihn nicht mehr aus.»

Er lächelte. «Du hast selbst gesagt, du bist ein Nachtmensch.»

«Bin ich auch! Ich brauche meine Nächte für mich. Nur so rumstehen und drauf warten, dass irgendwelche Leute auftauchen, denen man in den Arsch kriechen kann – da wäre mir sogar schlafen lieber.»

Sie begannen, um den Platz zu spazieren. Als Schüler waren sie nicht wirklich befreundet gewesen, obwohl Queenie insgeheim immer eine Rolle in Jommys Leben gespielt hatte. Erst nach der Schulzeit waren ihre Treffen zur Gewohnheit geworden.

«Also kündigst du», murmelte Jommy gedankenverloren.

«Nein ... ich weiß nicht. Mir fällt ja auch nichts Besseres ein.»

«Was ist mit deiner Kunst?»

«Ja, was ist damit? Mein Kinderzimmer ist voller Leinwände. Damit bin ich fertig.»

Ihr resignierter, kalter Ton schmerzte ihn am meisten. Da war es ihm noch lieber, wenn sie gelangweilt oder herablassend klang.

«Irgendwas wird man damit doch anfangen können. Du bist eine Künstlerin.»

«Ich male gerne. Ich *habe* gerne gemalt. Und nicht ein Bild verkauft. Also bin ich auch keine Künstlerin.»

«Sehe ich anders.»

Sie warf ihm einen mitleidigen Blick zu. Als hätte er keine Ahnung von der Welt. Dabei war es andersherum! Aber er schwieg, wie immer. Dachte an die sechs Millionen. Die *falschen* sechs Millionen – das durfte er nicht vergessen. Sollte er Queenie das Foto zeigen, das er gemacht hatte? Vielleicht würde sie darüber lachen.

Aber wenn sie nicht lachte … wenn sie es ernst nahm, wenn sie an das Geld glaubte und zusehen musste, wie es wieder verschwand? So deutlich zu sehen, was man nie haben würde, konnte einen Menschen vernichten.

«Hey, Queenie», sagte er und merkte, dass seine Stimme zitterte. «Kann ich dich zum Abendessen einladen?»

«Hat einer deiner Brüder Geburtstag? Oh Mist, hab ich total vergessen.»

«Nein, du sollst nicht bei uns zu Hause essen. Ich meine ein Restaurant. Du und ich.»

Sie blieb stehen. Er spürte, wie er unter ihrem Blick schmolz wie ein Plastikspielzeug im Ofen.

«Du willst mich ausführen.»

«Weil, du siehst heute so … feierlich aus.» Er zuckte die Schultern, ging einen Schritt und hielt inne, als sie sich nicht bewegte. «Wir essen in diesem französischen Laden mit den riesigen Fenstern, weißt du? Wo wir immer schon mal hingehen wollten.»

«Hast du im Lotto gewonnen?», spöttelte sie.

Er wurde kreidebleich. «Also ist das ein Ja?»

«Meine Alternative ist ungetoasteter Toast, unser Toaster hat nämlich den Geist aufgegeben. Und ob das ein Ja ist! Aber …» Sie verlor ihr schönes Kinderlächeln. «Wir können auch woanders essen gehen. Bei Chichis. Da ist es auch lecker.»

Er schüttelte den Kopf. «Heute nicht. Es ist doch nur Geld. Eine Zahl in einem Computersystem. Außerdem hatte ich eh vor, nächsten Monat eine Diät zu machen. Ich gebe heute aus, was ich in den kommenden Tagen sparen werde.»

Sie klapste ihm kichernd auf den Bauch, der zugegebenermaßen mehr in den Vordergrund drängte als noch zu Schulzeiten.

«Na gut, aber ich mache das ganz uneigennützig, um deine Diät zu unterstützen.»

Jommy erzählte Queenie nichts von dem Bankfehler. Sie war an diesem Abend auch so aufgedreht, dass er gar nicht gewusst hätte, wann er es ansprechen sollte. Sie erzählte von der Begegnung mit den Interpol-Männern im Parkroyal, was so gruselig war, dass Jommy die Banksache für einige Zeit vergaß. Dann redeten sie über das Essen im Restaurant, die halsabschneiderischen Preise, den Wein, die parfümierten Handtücher auf der Toilette ... Als sie nach Hause gingen, schwelgten sie in Erinnerungen und lachten über alte, immer wieder lustige Geschichten. Queenie schien ihm heute ganz besonders zugeneigt, und er versuchte, daran zu glauben, dass sie es auch gewesen wäre, wenn sie zu Chichis Imbiss gegangen wären.

Als er sie vor die Wohnung ihrer Familie gebracht hatte, umarmte sie ihn länger als sonst.

«Das war sehr schön, Jommy. Danke.»

Er spürte ihren Atem am Ohr, als sie dieses *Danke* flüsterte.

Er wich zurück. «Ja, finde ich auch. Bis dann, grüß deine Eltern.»

In den nächsten Tagen vermied er es, ihr zu begegnen. Nicht, dass er nicht an sie dachte. Wie eine Briefmarke klebte das Bild von ihr, wie sie schwankend vor Lachen in ihrem Blumenkleid durch die Nacht geisterte, oben rechts auf allem, was er sah. Er erinnerte sich an den Druck ihres zarten, weichen Körpers, als sie sich verabschiedet hatten, und vor allem an ihr warmes Flüstern. Er konnte gar nicht aufhören, sich auszumalen, den Abend mit ihr zu wiederholen. Gerade deshalb ging er ihr lieber aus dem Weg. Er würde sich nur zu Dummheiten hinreißen lassen, wenn er ihre Stimme hörte oder sie gar vor sich hatte.

In fast jeder freien Minute loggte er sich in sein Bankkonto ein, um zu prüfen, ob die Zahl noch da war. Und das war sie. Jedes Mal, wenn er sie sah, kam sie ihm unwirklicher vor. Auch das Geld, das ihm tatsächlich gehörte, schien von dieser absurden Summe ins Unwirkliche gezerrt. Er begann sich nicht reicher zu fühlen, sondern ärmer. Schutzloser. Wenn ein solcher Fehler möglich war, hätte doch ebenso ein Minus vor der Summe erscheinen können. Was, wenn er eines Tages entdeckte, dass ihm auf wundersame Weise Schulden entstanden waren? Diese Schreckensvision verfolgte ihn, wann immer er an sein unheimliches Glück dachte.

Am Mittwoch, als Jommy gerade Mittagspause machte, kam der Rückruf von der Bank. Der Mann am anderen Ende der Leitung stellte sich mit so erlesener Höflichkeit vor, dass Jommy erst glaubte, man wolle ihm etwas verkaufen. Als der Bankangestellte endlich von einem «Missgeschick» zu sprechen begann, erschrak Jommy wie ein Dieb, der erwischt wurde.

«Es tut uns schrecklich leid, dass wir uns erst jetzt melden», sagte der Mann mit so untertäniger Stimme, dass er beinah hauchte. «Es muss an irgendeinem Systemfehler liegen, dass wir noch nicht früher auf Sie zugekommen sind.»

«Ja, das dachte ich mir schon», sagte Jommy erleichtert, aber auch enttäuscht. Diese Enttäuschung beunruhigte ihn. Er hatte sich doch keine Sekunde erlaubt zu glauben, die Zahl wäre echtes Geld. Warum fühlte es sich dann so an, als würde er etwas verlieren?

«Darf ich einen Termin mit einem unserer Berater für Sie ausmachen? Wann würde es Ihnen am besten passen?», fragte der Angestellte.

«Äh, ich hab nicht viel Zeit. Können Sie das nicht einfach technisch beheben?»

«Genau, das würden wir natürlich für Sie übernehmen. Aber vielleicht wünschen Sie vorher eine eingehende Beratung? Unser Berater würde Ihnen gerne verschiedene Investmentstrategien vorstellen, um ein maßgeschneidertes Finanzprogramm für Ihre Bedürfnisse zu entwickeln. Wir schicken unseren Berater gerne zu Ihnen, sodass Ihnen gar keine Umstände entstehen.»

Jommy wurde schlagartig schwindelig. Er ahnte, dass ein falsches Wort alles zerstören könnte. Dass es vielleicht richtig wäre, alles zu zerstören. Und doch hielt er den Atem an.

«Mister Lee, sind Sie noch dran?», fragte der Bankangestellte.

«Ja, äh, ich muss noch überlegen, ich meine, ich muss schauen, wann ich Zeit habe.»

«Selbstverständlich. Wenn Sie wollen, rufen wir Sie –»

«Nein danke. Tschüs!»

Er legte auf. Keuchte. Wenn er sich bis jetzt noch nicht strafbar gemacht hatte, dann bestimmt nach diesem Telefonat. Er hätte die Wahrheit sagen müssen. Warum hatte er es nicht getan? Er wusste, dass er kein Betrüger war, dass er sich niemals wohlfühlen konnte mit so einem Betrug. Vielleicht hatte es an dem Ton des Bankangestellten gelegen. Er hatte so falsch, so verlogen geklungen, dass Jommy ihm die Wahrheit einfach nicht sagen wollte. Natürlich war das keine Rechtfertigung – schon gar nicht dafür, es weiterhin geheim zu halten.

Am Abend recherchierte Jommy im Internet. Er fand keine Informationen über die Rechtslage in solchen Fällen. Er fand nicht einmal Hinweise, dass solche Fälle überhaupt auftraten. Er landete lediglich in dubiosen Foren, wo Leute fragten, wie man sich in Bankensysteme hackte.

Jommy beschloss, erstmal gar nichts zu tun. Solange er das Geld nicht abhob, konnte man ihm nichts vorwerfen, oder? Vermutlich löste sich das Rätsel von selbst. Und wenn nicht … nun, wenn nicht, würde er die Bank noch einmal anrufen. An andere Alternativen wollte er gar nicht denken. Obwohl er ständig an Queenies aufgeregtes Gesicht dachte, als ihr im Restaurant das Dessert serviert wurde, fast zwanzig Singapur Dollar komprimiert auf einen walnussgroßen Zuckersahneklecks …

Als er bis zum Wochenende nicht bei Queenie angerufen hatte, rief sie ihn an. Das war in den Jahren ihrer Freundschaft so selten vorgekommen, dass er es an einer Hand hätte abzählen können.

«Ich habe übrigens deinen letzten Blogeintrag gelesen», sagte sie. «Den über Arbeitslosigkeit.»

«Was, echt? Das freut mich! Hat er dir gefallen?»

«Schon … aber Arbeitslosigkeit als Druckmittel, um die Leute ängstlich und arbeitsam zu halten? Ich meine, Arbeitslosigkeit passiert doch einfach. Ich glaube nicht, dass irgendwelche fiesen Firmenbosse das planen.»

«Nein, so habe ich das ja auch nicht geschrieben», sagte er aufgeregt. «Ich wollte nur darauf aufmerksam machen, wie komisch es ist, dass fast alle über zu viel Stress und Überstunden klagen, während es genug Arbeitslose gibt, die keine Stelle finden. Wieso arbeiten nicht alle und dafür weniger? Ganz einfach: Angestellte, denen man mit Kündigung drohen kann, weil haufenweise andere dankbar den Job machen würden, sind viel fleißiger und demütiger. Wenige profitieren, während alle anderen leiden. Die Wirtschaft ist eine Diktatur. Angeblich macht sie unser Land immer reicher und moderner, aber die Verhältnisse der Armen werden immer schlimmer, und die Mittelschicht schrumpft. Und das ist nicht nur bei uns zu beobachten, alle reichen Länder der Welt machen es vor. Demokratische Länder, in denen die Politik mehr und mehr zur Farce wird. Wo ist da der Fortschritt?»

Queenie lachte bemüht. «Oje, jetzt bist du aber in Fahrt.»

«Bei dem Thema kann ich nicht ruhig bleiben. Deswegen freut es mich, dass du meinen Blog liest.»

«Ich bin aber nicht deiner Meinung», sagte sie langsam. «Ich meine, Jommy, glaubst du wirklich, dass irgendein Fortschritt jemals verhindern kann, dass es Gewinner und Verlierer gibt?»

«Dass es keine Gewinner und Verlierer gibt, *ist* der Fortschritt, den wir anstreben müssen.»

Sie schwieg eine Weile. Dann entfuhr ihr ein Seufzen. «Es gibt kluge und dumme Leute, hässliche und schöne, Glückskinder und arme Schweine. So ist die Welt.»

«Aber wir sind Menschen. Wir können die Welt verändern.»

«Ich kann nichts daran ändern, dass ich keine herausragende Malerin bin. Und auch deine kommunistische Demokratie kann daran nichts ändern.»

«Ökonomische Demokratie.»

«Was auch immer.» Sie verstummte. «Ich wollte dich eigentlich fragen, warum du dich die ganze Woche nicht gemeldet hast.»

«Ich … hatte viel zu tun.»

«Ach so. Na dann. Melde dich, wenn du mehr Zeit hast.»

«Queenie?» Er schluckte. «Ich wünschte, du würdest noch malen.»

Ihre Stimme entfernte sich, während sie das Telefon senkte, um aufzulegen. «Werde erwachsen, Jommy.»

Jommy bekam einen Brief von seiner Bank. Er befürchtete das Schlimmste, doch er wurde lediglich informiert, dass sein Kreditlimit nun bei 100 000 Singapur Dollar lag. Außerdem wurde er noch einmal zu einem Gespräch mit einem Investmentbanker eingeladen.

Er las den Brief fassungslos mehrmals hintereinander. Konnte es sein, dass ganz allein sein Konto von dem Systemfehler betroffen war? Merkte denn niemand, dass sich gewaltige Summen verlagert hatten? Wenn das Geld echt war, wenn es sich wirklich an einem Automaten abheben ließ, dann musste es doch auch von irgendwo gekommen sein. Wem fehlten sechs Millionen?

Jommy schloss die Augen und dachte nach. Die *Bank of Singapore* war eine der größten Banken Asiens. Sie gehörte unzähligen Aktienbesitzern. Und ein paar dieser Besitzer, vielleicht sieben, vielleicht drei, unsichtbar hinter den Namen von Treuhandgesellschaften, besaßen die meisten Anteile. Vielleicht hatte auch nur ein Individuum die meisten Anteile. Wenn die Summe, die auf Jommys

Konto erschienen war, nicht von anderen Kundenkonten stammte, dann war sie der Bank selbst verlorengegangen – zum hauptsächlichen Schaden der sieben oder dem einen Besitzer des größten Teils der Bank. Aber wie groß war der Verlust von sechs Millionen, wenn man viele Milliarden besaß? Ein Krümel, der unter den Tisch fiel. Vernachlässigbar. Trotzdem, das änderte nichts daran, dass die sechs Millionen unrechtmäßig in Jommys Besitz gekommen waren.

Grundgütiger, sechs Millionen.

Er wartete Tag um Tag, dass etwas in den Nachrichten kam. Dass aufgebrachte Kunden der *Bank of Singapore* über unerklärliche Verluste klagten. Aber die Nachrichten meldeten ganz andere Dinge: ein Industrieunglück in China. Den immer wieder aufgeschobenen griechischen Staatsbankrott. Massenaufstände in Brasilien. In Singapur fand eine große Automesse statt.

Als Jommy am nächsten Montag in die Firma kam, standen die Fließbänder, auf denen Papier- und Pappbögen gestanzt, gefaltet und bedruckt wurden, still. Alle Arbeiter hatten sich vor dem Eingang versammelt. Die Leute vom Vertrieb und vom Sekretariat waren heruntergekommen und standen betreten da. Schließlich kam auch der Chef, ein ältlicher, kleiner Mann mit Glatze, der selbst als Produktdesigner angefangen und das Auftreten eines schüchternen Zeichners beibehalten hatte.

«Leider muss ich Ihnen heute mitteilen», begann er schnaufend, «dass ich eine eidesstattliche Erklärung abgegeben habe. Ich bin privatinsolvent. Und die Firma ist insolvent. Ich werde versuchen, einen Käufer zu finden, damit die Arbeitsplätze bestehen bleiben. Aber es sieht schlecht aus. Meine Gläubiger wollen Geld sehen, und zwar bald. Wenn niemand die Firma übernimmt, werden die Maschinen verkauft. Es tut mir leid.» Sein Schnaufen war längst ein Schluchzen geworden.

Schließlich schüttelte der Chef jedem Mitarbeiter die Hand und flüsterte: «Danke für die gemeinsame Zeit. Es tut mir sehr leid.»

Als der Alte und die Büroangestellten wieder nach oben gegangen waren, standen die Arbeiter ratlos vor der Produktionshalle. Nach und nach begannen die ersten ihren Sorgen, ihrer Wut, ihrer Entrüstung Luft zu machen. Schließlich trotteten sie aber doch zur Arbeit. Noch gab es ja welche.

Jommy trabte ebenfalls in die Halle, aber dann machte er eine Wende und lief die Treppe hinauf. Er klopfte an die offene Tür des Chefbüros, wo der Alte stotternde Worte an seine Sekretärin richtete wie ein greiser Verehrer. Als er Jommy bemerkte, zerfloss sein Gesicht vor Scham und Schuldgefühl.

«Dürfte ich kurz mit Ihnen sprechen?»

Der Chef nickte und bedeutete ihm, vor dem Schreibtisch Platz zu nehmen. Die Sekretärin ging, ohne die Tür zu schließen, als wollte sie aufpassen, dass Jommy nicht auf ihn losging.

«Sie müssen die Firma nicht auflösen.»

Der Alte sah ihn kaum an. «Es tut mir so leid. Aber ich kann das nicht mehr allein entscheiden. Ich habe … vieles falsch gemacht.»

«Das stimmt. Die Firma wird Ihnen nicht mehr allein gehören. Sondern uns allen, Ihnen und allen Angestellten.» Jommy fuhr sich mit der Zunge über die trockenen Lippen. Es war, als kämen die Wörter nicht aus ihm, sondern aus den Büchern und Aufsätzen, die er gelesen hatte, und Stolz erfüllte ihn. «Wir können unser Geld zusammenlegen und Ihnen die Maschinen abkaufen. Gemeinsam zahlen wir die Schulden. Sie bleiben als Geschäftsführer. Aber die Firma soll uns allen gehören. Jedem kommt ein Anteil am Profit zu, jeder darf mitbestimmen, wie die Firma geleitet wird, es gibt Wahlen und gemeinsame Entscheidungen, was das Arbeitspensum angeht.»

«Was?», fragte der Alte endlich.

«Das ist ein Wirtschaftsmodell, das es schon in anderen Ländern gibt. Amerika, Spanien, Italien. Überall gibt es demokratische Unternehmen, sogenannte Worker Co-ops. Ich kann den Kontakt zu welchen herstellen. Man unterstützt sich gegenseitig, verschafft sich Aufträge.»

Der Alte blinzelte mehrmals heftig. «Reden Sie von Kommunismus?»

Jommy nahm endlich Platz, beugte sich über den Tisch und begann, im Detail zu erklären. Die Firma würde allen Mitarbeitern, die ihr Geld investierten, zu gleichen Anteilen gehören. Es würde nur so viel gearbeitet, dass die Gehälter erreicht würden, auf die man sich geeinigt hatte. Das Risiko trugen alle, und das hieß, alle wären motiviert, die Firma erfolgreich zu führen.

«Aber die Arbeiter werden da nicht mitmachen», sagte der Alte zuletzt mit schwacher Stimme. «Die meisten Leute mögen kein Risiko. Und erst recht nicht so viel Selbstverantwortung, wie sie in Ihrem Modell haben müssten.»

Jommy fühlte ein Lächeln auf dem Mund, hart und kühl wie ein Schutzschild. Er dachte an die Personen, denen die *Bank of Singapore* gehörte und die den Verlust von sechs Millionen nicht bemerkten. Und er dachte an Queenie, die ihn jahrelang belächelt hatte. An den mitleidigen, genervten Tonfall, wenn sie ihm sagte, dass er ein Träumer war, so wie jetzt sein Chef.

Menschen sind eben nicht so, wie sie sein sollten.

Aber es liegt in der Natur des Menschen, die Natur zu verändern. Es liegt in meiner Hand. Das Geld liegt auf meinem Konto.

Er verschwand hinter der Maske seines Lächelns, nahm die Schuld, das Verbrechen, die mögliche Bestrafung in Kauf, denn es ging um mehr als ihn. Es ging um einen Traum. Um die Hoffnung selbst. Mit dem Trotz eines unbekehrbaren Optimisten sagte er: «Wir werden sehen. Was die anderen nicht einzahlen können oder wollen, übernehme ich. Ich habe das Geld.»

In einer überfüllten Abflughalle des Singapore Changi Airport wanderte eine Frau auf der Suche nach einem freien Sitzplatz umher. Goldschmuck klirrte an ihren Ohren und Gelenken, ein Käppi verbarg die Augen, und ihr Körper versank in einer Lederjacke. Als sie eine freie Bank fand, ließ sie sich nieder und packte ihren Laptop aus. Ihr Benutzername lautete Rebecca Lubetzki. Dieser Name stand auch auf ihrer Bordkarte.

Um sich die Wartezeit zu vertreiben, öffnete sie Nachrichtenseiten in ihrem Browser. Der Wirtschaftsteil einer singapurischen Tageszeitung brachte einen Artikel über eine Firma, die sich nach dem Vorbild ausländischer Arbeiterkooperativen ‹demokratisiert› hatte. Auf dem Foto war der ehemalige Firmeninhaber zu sehen, ein unsicher dreinblickender Schildkrötenmann, umringt von grinsenden Mitarbeitern. Kein Wort darüber, dass die Firma beinahe pleitegegangen war. Es wurde auch nicht erwähnt, dass sie verkauft und in Wahrheit von einem neuen Inhaber zerteilt worden war.

Ein Chatfenster poppte auf.

Du siehst hübsch aus mit roten Haaren.

Sie grinste. «Das kannst du nicht beurteilen.»

Meinst du? Ich denke doch, dass ich einen Maßstab habe.

Rebecca Lubetzki rutschte etwas tiefer, damit die integrierte Kamera des Laptops aus einem weniger unvorteilhaften Winkel auf sie gerichtet war.

«Bist du zufrieden mit dem Ergebnis?»

Die Antwort ließ etwas auf sich warten:

Ob du dein Aussehen meinst oder Jommy – in beiden Fällen finde ich das Ergebnis ästhetisch ansprechend. Ein schönes Menschenbild.

Sie grinste immer noch. «Ich meinte Jommy, aber danke für die Zusatzinformation. Du lässt ihm das Geld also?»

Ich hätte es ihm so oder so gelassen, auch wenn er ganz anders entschieden hätte. Es ist immer noch eine Feldstudie.

«Ich hätte ihm das Geld entzogen, wenn er sich selbst in den Rücken gefallen wäre.»

Aber hätte ihn das bestraft oder nur vor größeren Übeln bewahrt? Jommys Werdegang bleibt weiterhin zu beobachten. Die Firma wird höchstwahrscheinlich wieder pleitegehen. Sie ist ein Zierfisch unter Haien. Das Neue kann nur auf den Trümmern des Alten gedeihen, nicht in dessen Schatten.

«Wann», flüsterte Rebecca Lubetzki, «geht es endlich ans Zertrümmern?»

Marigny

Adam Eli wohnte tatsächlich noch schäbiger, als sie angenommen hatte.

Das Haus war ein grünlich grauer Klotz mit Fenstern wie Einschusslöcher. Im Treppenhaus mimte ein trauriger Gummiboden Marmor, verwitterte Werbeprospekte häuften sich unter den Briefkästen. Viele Mieter hatten ihre Schuhe vor der Wohnungstür deponiert, sodass zu dem Geruch von Urin und Schimmel noch der Mief feuchter Füße kam.

Marigny war nicht reich aufgewachsen, sie hatte keine Berührungsängste mit der Realität der meisten Menschen. Was sie an diesem Haus entsetzte, war nicht die Armut, sondern die Verwahrlosung, die Hoffnungslosigkeit. Wer sich hier einquartierte, musste sich aufgegeben haben.

Im dritten Stock fand sie Elis Tür. Ein Zettel klebte unter dem Spion:

Mariel,
nicht klingeln zwischen 16:00–23:00 Uhr. Rechts die Straße hinunter gibt es die Kneipe Tiefpunkt *mit Spielautomaten, wo Sie sich die Wartezeit vertreiben können.*

Es war kurz vor acht Uhr morgens. Also drückte Marigny ihren kleinen Finger auf die ranzige Klingel und lauschte einige Sekunden nach dem Schrillen in der Wohnung.

Stille. Dann Schritte. In der Tür erschien Eli in einem weihnachtlich gemusterten Pyjama. Marigny zog die Augenbrauen hoch. Trotz seines Aufzugs registrierte sie, dass er eine hübsche Figur hatte, und ein Lächeln kitzelte sie in den Mundwinkeln.

«Ich dachte, Sie schlafen zwischen 16:00 und 23:00 Uhr?»

«Nein, da ist Happy Hour im *Tiefpunkt*. Vier Jägermeister zum Preis von drei.»

«Und *Sie* wollen tausend Euro für einen Flug! Wohin soll die Reise eigentlich gehen?»

«Sag ich nicht.» Er schob sich die Brille zurecht, dann trat er zur Seite. «Entweder Sie richten das Ihrem Auftraggeber so aus, oder Sie treten ein, um zu streiten, aber bei offener Tür kommt der Käsefußgeruch in die Wohnung.»

Neugierig stelzte Marigny nach drinnen. Sein Heim bestand aus einem einzigen Zimmer mit einem winzigen, avocadogrün gefliesten Kabuff hinter der Küchenzeile, in das Toilette, Dusche und Waschbecken gepfercht waren. Es roch nach kaltem Rauch und darunter, wie ein Geheimnis, nach seinem körperwarmen Schlaf.

Da es keine Sitzgelegenheiten außer der Matratze auf dem Boden und dem Schreibtischstuhl gab, wählte Marigny die Matratze, wo sie sich elegant auf einen Arm stützte und die Beine überschlug.

«Und, wo sind die Mitbewohner? Im Müsli?»

«Hat die Recherche ergeben, dass ich Humor schätze?» Er ließ sich auf den Stuhl fallen. «Sie sollen jetzt also rausfinden, wo ich Ćuruvija vermute. Vielleicht dürfen Sie mir im Gegenzug verraten, warum sie gesucht wird. Aber ich werde Ćuruvija einfach selbst fragen. Und dann informiere ich gegebenenfalls Ihren Auftraggeber.»

«Gegebenenfalls? Dafür sind tausend Euro ein bisschen viel.»

Marigny sah sich im Zimmer um. Eine Palme duckte sich unter der Decke weg. Dass Eli eine Pflanze hatte, überraschte sie. Vermutlich ein Geschenk. Von Verwandten. Vielleicht seiner Mutter.

«Meinen Sie denn ernsthaft, Ćuruvija sagt Ihnen die Wahrheit, wenn Sie sie fragen? Sie wird doch behaupten, dass man sie töten will oder so etwas.»

«Was nicht ausgeschlossen ist. Würde Ihr Auftraggeber denn die Wahrheit sagen?»

«Mein Auftraggeber stellt sich eine Kooperation vor – Sie haben wie er ein Interesse daran, Ćuruvija zu finden. Und er hat die nötigen finanziellen Mittel. Er braucht Sie nicht, Sie brauchen ihn!»

Eli lachte. Ihr fiel auf, wie groß und ebenmäßig seine Schneidezähne waren. Vor allem im Vergleich zu den Eckzähnen, die wie schiefe Pfeilspitzen hervorragten. Sie hatte eine kleine Schwäche für schiefe Zähne …

«Dieses Spiel können wir von mir aus bis zum Ende aller Tage spielen. Aber ich glaube, Ihr Auftraggeber hat nicht so viel Geduld. Also, was ist sein Plan B?»

Marigny seufzte. «Man wird Ihnen jedenfalls kein Geld überweisen. Ich verfüge über das Reisebudget. Sie müssen mir sagen, was ich für uns buchen soll.»

«Uns», wiederholte er ungläubig.

«Natürlich. Ćuruvija ist mein Fall.»

«Ich dachte, ich wäre Ihr Fall. Was dumm ist, weil Sie nicht meiner sind.»

Marigny erstarrte innerlich. «Sie nehmen sich ein bisschen zu wichtig.»

«Ich spreche nur das Offensichtliche aus. Unabhängig davon – ich glaube nicht, dass Sie mitkommen wollen. Da, wo Ćuruvija sich aufhält, sind Strapse in der Öffentlichkeit nicht so gern gesehen.»

Marigny stützte das Kinn in die Hand. «Ein islamisches Land?»

Er nickte.

«Sie haben mein Handy geklaut!»

«Wie bitte?»

Sie zog ihr Handy aus der Tasche. «In der Kirche!»

«Ich soll das Handy geklaut haben, das Sie in der Hand halten?»

«Sie haben es danach auf den Boden gelegt. Damit es aussieht, als wäre es mir herausgerutscht!»

Sie starrten sich bestürzt an.

«Stellen Sie sich nicht dumm, Adam. Sie wissen genau, wovon ich spreche.»

«Allmählich komme ich dahinter. Ihr Auftraggeber befindet sich also in einem islamischen Land. Komischer Zufall. Oder ist es gar keiner?»

«Wo genau vermuten Sie Ćuruvija?»

«Wenn ich es Ihnen sage, müssen Sie mir versprechen, dass wir auch hinfliegen.»

«Wenn Sie mir erklären können, wie Sie auf dieses Land gekommen sind.»

Eli stand auf, ging zur Küchenzeile und holte eine 500-Gramm-Dose Tabak aus dem Schrank. Er steckte sich eine vorgedrehte Zigarette in den Mund und bot auch Marigny die Dose an, in der zwischen Zigarettenpapier und einem Büschel dunklen Tabaks ein Dutzend perfekt gedrehter Zigaretten lagen.

«Nein danke. Ich will ein Land!»

Er schloss bedächtig die Dose, ging durch das Zimmer und lehnte sich an den Kühlschrank. «Ich vermute, dass sie in den Arabischen Emiraten ist. In Dubai oder Abu Dhabi. Einer großen Stadt, wo eine Ausländerin nicht auffällt.»

«Und wie kommen Sie darauf?», fragte Marigny so beherrscht, wie sie konnte.

Er nahm ein Feuerzeug, begann, es hochzuwerfen und aufzufangen. Offensichtlich genoss er es, sie zappeln zu lassen, was sie umso wütender machte. Dabei war sie ja selbst schuld – sie hatte sich mit dem dämlichsten Ablenkungsmanöver aller Zeiten ihr Handy stehlen lassen. Dass er die Nummer der letzten SMS gesehen und zumindest die Vorwahl recherchiert hatte, stand für sie außer Frage. Wenigstens schien er nicht angerufen zu haben. Ihr Auftraggeber hatte sich bis jetzt noch nicht bei ihr beschwert.

«Das kann ich nicht genau sagen», gab er schließlich zu, als er das Feuerzeug nach einem gewagten Wurf beinahe nicht mehr gefangen hätte. «Ich schließe es aus Bemerkungen, die sie im Laufe der Zeit gemacht hat.»

«Bemerkungen. Zum Beispiel?»

«Sie hatte ein Faible für arabische Kultur, als sie siebzehn war. Und sie ist fasziniert von Reichtum. Außerdem fährt sie gerne Ski. Das grenzt die möglichen Gebiete schon erheblich ein.»

Marigny ballte die Hände zu Fäusten. «Nicht gut genug, Eli. Sie haben mein Handy gestohlen!»

«Schön, dass ich so rausfinde, wo Ihr Auftraggeber sitzt. Wäre es denn auszuschließen, dass er und Ćuruvija sich in derselben Stadt aufhalten? Wenn sie in seiner Nähe ist, ist sie womöglich gar nicht auf der Flucht … vielleicht ist Ihr Auftraggeber besorgt, dass sie *ihm* an den Kragen will und nicht umgekehrt.»

«Keiner will irgendwem *an den Kragen*.»

«Was denn dann? Ach, sparen Sie sich die Antwort, ich werde Ćuruvija fragen.»

«Sie wissen doch gar nicht, wo sie ist! Ganz zu schweigen davon, dass sie kein Geld für einen Flug haben.»

Etwas Gefährliches glühte in seinen Augen auf, eine Sekunde nur, dann lächelte er. «Ich weiß, wo sie ist. Nicht erst durch die Therapiemitschnitte.»

Marigny winkte ungeduldig, dass er weitersprechen sollte.

«Sie hat damals meinen Brief beantwortet.» Er hielt den Atem an, anscheinend selbst überrascht, es ausgesprochen zu haben. Zögernd fuhr er fort: «Sie hat mir mitgeteilt, wo ich sie finden kann, wenn …»

«Wenn was? Wenn Sie ihr verzeihen? Erzählen Sie mir bloß nicht, Sie hätten die ganze Zeit gewusst, wo sie ist, und wären nicht hingegangen.»

«Nein. Sie wollte, dass ich sie finden kann, wenn ihr Tod bevorsteht. In ihrem Leben wollte sie mich nicht. Aber an ihrem Sterbebett.»

Er hatte sich abgewandt, nahm die Zigarette wieder aus dem Mundwinkel und warf sie ungeraucht in die Box zurück.

Marigny kniff die Augen zusammen. «Das ist doch absurd. Wer weiß denn, wann sein Tod bevorsteht?»

«Leute, die gesucht werden. Leute, die keinen Ausweg mehr sehen.»

Er drehte sich wieder zu ihr um, und sein Gesicht schien verhärtet, die Kieferknochen deutlich, die Brauen zusammengezogen, als wollte er einen anderen, vielleicht verletzlichen Ausdruck verhindern. «Das ist mein Angebot: Ich führe Sie zu Ćuruvijas letztem Refugium. Wenn sie tatsächlich dort ist, habe ich sie an ihren Feind ausgeliefert und zugleich ihren Wunsch erfüllt, bei ihrem Tod dabei zu sein. Wenn sie nicht dort ist, weiß ich, dass Sie recht haben und Ihr Auftraggeber tatsächlich nur ein verliehenes Buch zurückhaben möchte. Und dann bin ich auch bereit, bei der weiteren Suche zu helfen.»

Sie sahen sich in die Augen.

«Ich möchte einen Beweis. Zeigen Sie mir den Brief», verlangte Marigny.

«Vergessen Sie's. Dieses Stück Papier wird niemand jemals in die Finger kriegen, niemand.»

Er tigerte durch das Zimmer, zog dann sein Handy unter dem Handtuch hervor, das ihm offenbar ein Kopfkissen ersetzte, und warf einen Blick auf die Uhr. «Ich schlage vor, Sie buchen unsere

Flüge nach Dubai und kaufen sich eine Hose. Ich würde jetzt gerne noch eine Runde schlafen. Und mehr Aufnahmen von Ćuruvijas Therapiestunden hätte ich auch gerne.»

Sie erhob sich. Ließ den Blick noch einmal durch die Wohnung schweifen. «Eins muss man Ihnen lassen, Sie haben Nerven.»

Marigny suchte das nächste Internetcafé, um sich auf einem geheimen IRC-Channel mit ihrem Auftraggeber zu unterhalten. Im Internet Relay Chat berichtete sie alles so akribisch, wie es von ihr verlangt wurde – auch über seine Wohnung und sein Erscheinungsbild –, nur den Verdacht, dass er ihr Handy gestohlen hatte, ließ sie aus Scham aus. Ihr Auftraggeber war folglich sehr verwundert, dass Eli auf die Vereinigten Arabischen Emirate gekommen war. Marigny erzählte von dem Brief, mit dem Ćuruvija seinen angeblich beantwortet hatte, um ihn an ihrem Sterbebett zu haben. Ihr Auftraggeber ließ sie eine Weile auf seine Antwort warten. Dann gab er das Okay für den Flug. So weit das Ergebnis der Unterhaltung.

Sie verließ das Café, marschierte fast eine Stunde durch die zugeschneite Stadt, um Frust abzubauen, und setzte sich dann in eine lärmerfüllte, mondäne Pizzeria. Teig und heißen Käse hinunterschlingend, öffnete sie ein Online-Schachspiel, das sie und ihr Gegner schon seit Monaten spielten. Was daran lag, dass keiner von beiden die Absicht hatte, den anderen matt zu setzen. Auch jetzt entschied sich Marigny für einen Zug, der dem Ziel des Spiels nicht gerade förderlich war: Sie schickte den König ein Feld nach vorne.

Nach wenigen Minuten machte ihr Gegner einen Zug: Sein Pferd sprang zur Seite, sodass sein Turm jetzt ungeschützt war.

Marigny wischte sich den Mund an einer Serviette ab. Wie wahr … Eli war viel schneller als erwartet.

Eli

Eli lag in der gebrochenen Dunkelheit seiner Wohnung, ohne Schlaf zu finden. Durch das Fenster drängten sich Tageslicht und Verkehrslärm. Aber das war nicht, was ihn wach hielt.

In Palmasola hatte er ganze Hefte gefüllt mit dem, was er Will sagen musste und nicht konnte, ein über Jahre rinnender Wortstrom der Sehnsucht, des Zweifelns und der Wut. Doch der war weniger für sie gewesen als für das unsichtbare Publikum, das jedes Menschenleben mit den Augen des Gewissens verfolgt. Hätte er Will geschrieben, hätte er nur die eine unumstößliche Wahrheit zu sagen gehabt, die seinen Gefühlsschwankungen nicht unterworfen war. Nur einen Satz …

Er hatte sich unzählige Male vorgestellt, wie Will seinen Brief in den Händen gewendet hätte. Ihre Hände, zierliche, präzise Pfötchen mit kleinen und recht hässlichen Fingernägeln. Sie hätte den Umschlag ohne Zimperlichkeit aufgerissen. Das Papier herausgezogen. Kariert und grau. Die Wörter überflogen, seine krümelige Schrift wiedererkannt. Wäre sie erschrocken? Hätte sie Schuld empfunden, sich ans Herz gefasst – oder vielleicht gelächelt? Egal, wie sie reagiert hätte, er konnte sich nicht vorstellen, dass sie den Brief zerknüllte und wegwarf. Sicher hätte sie ihn irgendwo aufgehoben und Dutzende, vielleicht Hunderte Male gelesen, um sich immer wieder von seiner Stimme durchdringen zu lassen … so wie er von ihrer, wenn er jetzt die Aufnahmen ihrer Therapiestunden hörte, denn eigentlich müsste sie dabei an ihn gedacht haben, an *Adam, natürlich.* Denn er war ihr Geliebter. Ihr wahres Gegenüber. Ihr anderes Ich.

Der einzige Satz, den er ihr wirklich zu sagen hatte, war: *Ich würde dir einen Löffel schicken, wenn ich könnte.*

Jede Liebe hat ihre Insignien. Die Straßenkreuzung, an der man sich zum ersten Mal küsst, ein Lied, das zu einem Tanz führt, oder ein nur halblustiger Witz, eine gegen die Kühle der Dämmerung geliehene Jacke. In dem unbegreiflichen Augenblick, in dem sich der andere als unbetretene Heimat offenbart, flutet ein Bernsteinleuchten die Umgebung, und die banalsten Umstände werden zur Kostbarkeit konserviert. Bei Eli und Will geschah das mit einem gewöhnlichen Metalllöffel. Der Löffel verkörperte den Schwur, den sie voreinander ablegten.

Eli lag wie ein Toter auf seiner Matratze im abgedunkelten Zimmer und war in einer anderen Zeit. An einem anderen Ort. Er roch den Zucker der Pfirsichpalmen in der Mittagshitze. Spürte die Feuchtigkeit des Amazonas auf der Oberlippe. Er war sechzehn Jahre alt. Ein Flipperball zwischen dem Verlangen seines Körpers und den Ansprüchen seines Herzens.

Will kam ins Bootcamp, als Eli bereits sieben Monate dort lebte. Ein ADAC-Jeep brachte sie aus den *Yungas*, den Tälern der Cocabauern, die den letzten Zipfel Zivilisation vor dem Dschungel bildeten. Die Aufseher stellten Will vor, man hieß sie willkommen. Sie wirkte wie ein scheues Waldtier mit ihren zierlichen Gelenken, den kindlich kurzen Gliedern und den Formen einer Frau, denen abzulesen war, dass der wesentliche Wachstumsschub schon hinter ihr lag. Die dunklen Haare waren in zwei Zöpfe gefasst. In der Luftfeuchtigkeit kringelten sich die Härchen an ihrer Stirn und umkränzten das eigentümlich geformte Gesicht, das an den Schläfen am breitesten war und sich zu Kinn und Scheitel hin jäh verjüngte. Eine Nase mit ausgeprägten Nasenflügeln schien die Oberlippe anzuheben, sodass sie immer einen leichten Kussmund hatte. Unter den Augenbrauen, dick wie Raupen, glänzte groß und traurig ihr Blick.

Beim Gruppengespräch am Lagerfeuer sollte sie erzählen, warum sie hier war.

«Ich bin mit Sprengstoff in die Schule gegangen», sagte sie unbeteiligt. «Ich wollte mich umbringen.»

«Und andere auch», bemerkte Tatjana, die neue Leiterin des Camps.

Will zuckte die Achseln. Niemand sagte etwas. Das Feuer prasselte, gelegentlich klatschte jemand nach Moskitos. Eli kannte das: Die Neuen schwiegen immer. Das würde sich noch ändern. Früher oder später begannen alle aufzuschneiden.

Beim nächsten oder übernächsten Lagerfeuer war es auch für Will so weit. Mit derselben tonlosen, unbeeindruckten Stimme erzählte sie, dass sie vergewaltigt worden sei, dass sie deshalb hier gelandet sei, nur deshalb. Tränen liefen ihr die Wangen hinab, aber sie verzog keine Miene. Sie wischte die Tränen auch nicht weg, sondern sah reihum jedem in die Augen. Auch Eli.

Er war nicht sonderlich beeindruckt von ihrer Eröffnung. Abgesehen von ihm war jeder Jugendliche im Camp ein geprügelter Hund, elternlos, misshandelt und süchtig. Ein Junge, Marlon, hatte mit sieben wie durch ein Wunder einen Schädelbasisbruch überlebt, nachdem sein betrunkener Vater ihn vom Balkon geworfen hatte. Nicht einmal das war hier eine außergewöhnliche Geschichte. Doch als Will ihn ansah, stieß er in der Tiefe ihres Blickes auf ein Rätsel; er hatte Selbstmitleid erwartet und erkannte stattdessen einen stoisch ertragenen, aber lebhaften Schmerz, der nach Gerechtigkeit, nach einem Sinn verlangte und doch frei war von der dümmlichen Bitterkeit unerfüllter Rache. Sie versenkten sich mehrere Atemzüge lang in den anderen. Dann glitt ihr Blick weiter.

Das war noch nicht der Moment, in dem er sich in sie verliebte. Sie interessierte ihn nicht mehr als die anderen Jugendlichen, was weniger an ihr lag als den anderen. An ihnen war sein Herz zu Zärtlichkeit gereift. Er war mit fünfzehn von dem ADAC-Jeep abgeliefert worden und hatte sich mit seinem rasierten Schädel und seiner Vorstrafe wie ein Rebell gefühlt, mit seinem Codein, seinen Zigaretten wie ein Junkie. Dabei war vor ihm noch niemand von den eigenen Eltern begleitet worden. Alle anderen hatten Vormunde vom Jugendamt. Was es hieß, behütet aufzuwachsen, brachten Marlon und Pedro, Nadeem und Justine ihm bei – in gewisser Weise auch Saskia, Alex und die anderen, zu denen er keine Freundschaft aufbaute.

Marlon, zum Beispiel, war mit elf bereits so starker Alkoholiker gewesen, dass er eine Flasche Schnaps am Tag brauchte. Er hatte eine Kioskverkäuferin mit einem Messer angegriffen. Hier, im Camp bei den Indios, war er wie ein Welpe. Er machte jedem Geschenke und wollte nie alleine schlafen, und wenn man ihn bei sich schlafen ließ, umklammerte er einen die ganze Nacht.

Oder Pedro – der wirkte mit seiner hellen Stimme, den Pausbacken und der etwas naiven Art wie ein Unschuldslamm, dabei hatte ihn ein riesiges amerikanisches Unternehmen auf Millionen verklagt, weil er Spielkarten mit Sammlerwert wie ein Profi gefälscht und im Internet verkauft hatte. Er hatte das Geld gebraucht, weil sein Vater sich umgebracht hatte und Pedro es vor seiner psychisch kranken Mutter, die in einer Klinik lebte, monatelang geheim hielt.

Nadeem dagegen hatte seine Eltern überhaupt nie kennengelernt. Wer ihn großgezogen hatte, war nicht aus ihm herauszukriegen. Er hatte zwei Jahre obdachlos in Frankfurt gelebt, bis man ihn beim Autoknacken erwischte. Weil er keinen Pass und keine Geburtsurkunde hatte, schätzte man ihn auf dreizehn. Das war zwei Jahre her, aber Eli fand, er sah immer noch aus wie dreizehn. Vielleicht, weil das Heroin sein Wachstum gehemmt hatte oder der HI-Virus oder einfach der Mangel an Zuwendung, der ein Kind verkümmern lassen konnte. Zwar beherrschte er keine Sprache richtig, dafür konnte er klettern wie ein Äffchen und war unheimlich geschickt mit den Händen, brachte den anderen Taschenspielertricks bei und wie man Schlösser öffnete.

Justine war abhängig von Crystal Meth hergekommen, dürr wie

ein Skelett und mit Augen voller Schuld. Sie hatte als Eiskunstläuferin nationale Erfolge gehabt, doch dann wurden ihre Hüften breiter, die Brüste zu groß für die schwierigen Sprünge. Ihre Leistung nahm ab. Dabei trug sie doch die Bürde, der ganze Stolz ihrer Eltern zu sein. Als ihre Mutter erfuhr, dass sie das nur mit Crystal schaffte, unterstützte sie Justines Sucht sogar. Das ging gut, bis die liebe Tochter eine Psychose bekam und schließlich von der Klinik nach Bolivien weiterempfohlen wurde.

Saskia hatte es noch schlimmer getroffen, sie war Kinderprostituierte in Hamburg gewesen. Sie redete viel und nicht immer schlüssig über diese Zeit, was den Verdacht nahelegte, dass sie manches ausschmückte. Eli versuchte, ihr möglichst aus dem Weg zu gehen, denn sie hatte hinterhältige, schadenfrohe Tendenzen. Alex war ihm ein regelrechter Feind; ein Verräter, der sich damit brüstete, was für gefährliche und mächtige Freunde er als Drogenkurier in Mannheim hatte.

Eli verliebte sich auch deshalb nicht gleich in Will, weil zu dieser Zeit das Camp einen Umbruch erlebte. André Nowelski, der Gründer, war von einer giftigen Schlange in den Fuß gebissen worden. Er hatte sich kurzerhand den Fuß abgehackt und so das Leben gerettet. Seitdem war er zur ärztlichen Versorgung zurück in Deutschland, und es schien unklar, ob er jemals wiederkommen würde. Die Leitung des Camps hatte indessen seine Frau übernommen, Tatjana.

Während André die Jugendlichen und den Amazonaswald geliebt hatte, war die zwanzig Jahre jüngere Tatjana aus Liebe zu André hergezogen. Nun, da er weg war, konnte sie ihren Frust nicht länger verbergen. Sie verstand es nicht, die Jugendlichen zu respektieren und ihnen Respekt einzuflößen wie André; sie versuchte, sie zu kontrollieren, als wären sie wilde Tiere, und die Jugendlichen witterten Tatjanas Unsicherheit unter dem Deckmantel von unzähligen unsinnigen Regeln und Strafen.

Tatjanas Inkompetenz zeigte sich, als Eli und Alex in Streit gerieten. Einmal die Woche war es den Jugendlichen erlaubt, in die Yungas zu fahren und ihr Taschengeld vom Jugendamt auf den Kopf zu hauen. Eli, Alex und ein paar andere waren in dem Dorf gewesen, hatten Cocatee geschlürft und sich Avancen von den einheimischen Frauen machen lassen. Alex, der sein Geld schon für Schnaps und Zigaretten ausgegeben hatte, wollte sich etwas von Eli leihen, weil ihm eine Prostituierte gefiel. Eli gab ihm das Geld, denn es gehörte zum Ehrenkodex der Jugendlichen, bei verbotenen Dingen zusammenzuhalten.

Die Sache kam raus, da die Prostituierte Alex beim Camp verpfiff, um die dafür ausgestellte Belohnung zu kassieren. Alex musste ins Krankenhaus und bekam zwei Spritzen Penizillin gegen Syphilis. Heulend erzählte er, Eli habe ihn angestiftet, mit der Frau zu schlafen – es sei eine Wette gewesen, bezahlt von Eli. Die Prostituierte konnte Letzteres bestätigen.

Tatjana hörte sich gar nicht erst Elis Version der Geschichte an, sondern fuhr mit den beiden Jungen drei Kilometer flussaufwärts in den Dschungel. Dort, wo die Gewässer sich in stille Tümpel verzweigten, wurden Alex und Eli ausgesetzt, um sich über ihr Vergehen zu unterhalten. Am nächsten Morgen würde Tatjana sie wieder abholen.

Die Sonne zerrann im Dickicht. Ein Rauschen erhob sich mit der Dämmerung, übertönte die Schreie der Affen und Vögel. Es war das Rauschen Abermillionen Stechmücken.

Eli und Alex hatten nur zwei Möglichkeiten: sich zerstechen zu lassen oder hinunter ins Wasser zu gehen. Doch im Wasser konnten Piranhas und Kaimane lauern. Etwa zwei Stunden blieben sie an Land. Schlugen um sich. Gerieten ins Schwitzen, lockten immer mehr Steckmücken an. Eli glaubte, bei lebendigem Leibe gefressen zu werden. Dann lieber in der Kühle des Wassers! Er stieg hinab, Alex folgte wenig später. Abgesehen davon, dass sie immer wieder mit dem Kopf untertauchten, hockten sie am Ufer, ohne sich zu regen. Die Nacht war voller Platschen, Rascheln und Fauchen. Aber die Jungen schwiegen sich an, jeder mit seiner eigenen Todesangst beschäftigt. Und die Angst nährte ihren Hass aufeinander. Als Tatjana sie am nächsten Morgen abholen kam, war ein Band zwischen den beiden Jungen entstanden, gewoben aus Finsternis – eine unsagbare, unauflösliche Feindschaft.

Eli beschloss, sich an Alex zu rächen. Es gab kleine rote Ameisen, die von Zucker und Schweiß angelockt wurden. Ihre Bisse waren schlimmer als Moskitostiche. Eines Nachmittags nach dem Kampfsporttraining ging Eli mit einer Plastiktüte und einem Stock, benetzt mit Honig, auf die Suche nach einem Ameisenhügel. Unter einer Pfirsichpalme am Rand des Camps wurde er fündig. Er zog sich die Plastiktüte über den Arm, stocherte mit dem Stock in den Hügel und lief zurück zur Hütte. Dann schüttelte er den Stock über Alex' Pritsche aus, warf das Laken darüber und versenkte Stock und Tüte im Fluss.

In der Nacht weckten Alex' Schreie das Camp. Die Ameisen hatten ihn am ganzen Körper gebissen. Sein Rücken, seine Beine, sein Gesicht waren von roten Pusteln bedeckt.

Obwohl es keine Beweise dafür gab, dass Alex Opfer eines Streichs geworden war, schrieb Tatjana die Schuld sofort Eli zu. Zur Strafe durfte für eine Woche niemand mit ihm sprechen. Das kränkte ihn besonders, da André die Strafe schon einmal Saskia fürs Diffamieren eines Indios auferlegt hatte. In dem Kontext hatte die Strafe Sinn ergeben, aber für Ameisen? Das hatte überhaupt keinen pädagogischen Wert, das war reine Ideenarmut! Tatjana war diesen Hinweisen gegenüber jedoch taub.

Eine Woche mit niemandem zu sprechen, war schlimmer, als es im ersten Moment klang. Die Isolation, die im Dschungel ohnehin wie ein giftiger Atem über allem hing, verdichtete sich ins Unerträgliche. Sogar die Indios wurden angewiesen, Eli anzuschweigen. Sie lachten, wenn er an ihren Hütten vorüberkam, weil sie die Strafe wie alles, was in dem Camp vor sich ging, für albern hielten. Was wussten die Europäer schon über echte Gefahren? André, der ihre Sprache gesprochen hatte und ihre Sitten annahm, hatten sie achten können. Doch er war mit seiner Verletzung in die andere Welt zurückgeflogen, wo die Menschen vor lauter Sicherheit ganz und gar hysterisch wurden.

Die Schweigewoche wurde für Eli zur Zerreißprobe. Vor allem die langen Abende. Morgens ging es noch, da hielt er sich an den strikten Ablauf wie die anderen: Aufstehen, Frühstück vorbereiten, dann Kimdu, Sonnengebete, mit ihrem Trainer Dirk. Danach Frühstück aus Reis und Bohnen. Anschließend vier Stunden Kampfsport mit Dirk, ein Mix aus Kung-Fu und Aikido. Wer wollte, konnte danach eine zweite Portion vom Frühstück als Mittagessen haben. Für den Rest des Tages sollten die Jugendlichen sich im Dorf nützlich machen, Netze flicken, Hüttendächer ausbessern, Wäsche im Fluss waschen, bei der Honigsuche und beim Fischen helfen. Weil Eli nicht ansprechbar war, konnte er sich an nichts beteiligen. Er versuchte, sich selbst zu beschäftigen, wanderte am Fluss entlang, blätterte in den drei zerlesenen Büchern, die es im Camp gab, kletterte auf Bäume und beobachtete Tiere. Abends wurde es dafür zu dunkel. Während die anderen am Lagerfeuer saßen und sich unterhielten, musste er sein Abendessen auf seiner Pritsche einnehmen. Innerhalb von zwei Tagen hatte er alle Süßigkeiten aufgegessen, die er sich das letzte Mal in den Yungas gekauft hatte. Nun hatte er wirklich nichts mehr, um sich die langen Nächte zu vertreiben.

Am vierten Abend sah er, wie Will das Lagerfeuer verließ. Kurz darauf hörte er durch die Holzpflöcke der Hütte ein Flüstern: «Hey! Adam.»

Er richtete sich auf. Sein Herz hämmerte, als wäre er zum ersten Mal in seinem Leben angesprochen worden. «Was?»

Stille. Das Rasseln der Insekten aus dem Urwald.

«Hast du's wirklich getan? Das mit den Ameisen?»

«Was interessiert dich das?»

«Weil … ich find's ziemlich gemein. Also war es eine gute Rache. Alex sieht aus, als hätte er Syphilis bekommen!»

Er lugte durch die Holzpflöcke. Sie hatte den Kopf geneigt und kicherte. Kicherte!

«Ich finde, ich habe ihm einen Gefallen getan», flüsterte er. «Er sieht besser aus, wenn man weniger von seinem Gesicht erkennt.»

Sie ließ ihre Faust gegen das Holz sinken. «Du bist echt böse.»

«Gar nicht.» Er wollte nicht, dass sie ging, suchte nach einer witzigen Bemerkung, um ihr Kichern am Leben zu halten. Aber ihm fiel nichts ein. Also fragte er etwas matt: «Findest du?»

Sie hob das Gesicht, und der Flackerschein des Lagerfeuers umzeichnete ihr Profil. «Ich weiß nicht, was böse ist. Und ich weiß noch weniger über dich.»

Sie eilte davon.

In der Nacht träumte Eli von ihr. Sie bewegten sich entlang einer langen Wand aus Holzpflöcken, die manchmal Gitterstäbe waren und manchmal tentakelartige Dschungelpflanzen. Er konnte sie nicht immer auf der anderen Seite sehen, denn alles schien in Bewegung. Zitternde Flammen zogen Risse durch die Finsternis. Er hörte ihre Schritte und ihren Atem, der manchmal geflüsterte Worte zu wiegen schien. Er fühlte die Wärme ihrer Hand, die Zentimeter von seinem Gesicht entfernt über die Wand strich. Manchmal leuchtete ihr Profil auf und brannte sich in den Grund seines Herzens. Als er erwachte, war die Einsamkeit der letzten Tage in eine liebliche Sehnsucht umgeschlagen.

Er beobachtete Will bei den Kampfübungen und beim Kochen. Sie war in beidem noch ungeschickter als die meisten Neuankömmlinge. Ihre hoheitsvoll steife Haltung, ihre Hast, wenn man sie beobachtete, und das Zögern, wenn sie sich alleine wähnte, standen in einem logischen Verhältnis zueinander, entwickelten sich aus demselben inneren Wesen heraus, das Eli ahnte, aber noch nicht begriff.

Abends setzte er sich hinter die Hütte, während die anderen beim Lagerfeuer waren. Er sah Saskia zum Plumpsklo gehen; sie glotzte ihn an. Er sah Pedro in die Küche gehen; er hob kurz die Hand, um ihn zu grüßen. Dann endlich kam Will. Sie sah ihn, ging vorüber. Als sie zurückkehrte, war er aufgestanden. Sie schlich dicht an der Hütte entlang, damit man sie vom Lagerfeuer aus nicht sah. Einen Meter vor ihm hielt sie inne. Sekunden des Schweigens sanken auf sie herab, jede wie ein Siegel.

«Was hast du an den Zähnen?», flüsterte er.

Sie fasste sich an den Mund.

«Nicht jetzt gerade. Mir fiel nur auf, dass du Nägel kaust. Aber immer nur an der linken Hand. Und du bist Linkshänderin. Oder? Ich habe mir gedacht, vielleicht geht es dir nicht um die Fingernägel, sondern um die Zähne. Also … was hast du an den Zähnen?»

Sie starrte ihn an. «Mir ist ein Stück abgebrochen. Beim Aikido, vor einer Woche. Man kann es nicht sehen, nur fühlen.»

Langsam streckte sie die Hand aus, nahm seine Faust und löste den Zeigefinger heraus. Dann führte sie ihn an ihren offenen Mund. Über ihren Schneidezahn.

«Ich fühle nichts», flüsterte Eli.

Das war natürlich eine glatte Lüge. Er fühlte die Feuchtigkeit ihres Mundes am Finger deutlicher als je etwas zuvor.

«Mit der Zunge merkt man es.» Sie schloss den Mund und fuhr offenbar darüber.

Eli trat näher, direkt vor sie. Sie öffnete den Mund. Er beugte sich hinab, legte die Hand an ihren Hals. Leckte über ihre Zähne. Über die scharfe Kante. Und da – da spürte er eine winzige raue Stelle.

Er wich zurück, bevor es ein Kuss geworden wäre. Gewissheit erfasste ihn, groß und unbegreiflich wie die Dunkelheit. Obwohl er nicht verstand, was er da gerade getan hatte, gab es keinen Zweifel, dass es richtig war.

Tatjana tauchte hinter ihnen auf. «He! Weg da, aber sofort!»

Will lächelte Eli sonderbar an. «Ich hab's nicht so mit Kampfsport, glaube ich. Ist mir einfach zu brutal.»

Tatjana grölte beinahe, wie immer, wenn sie ernst genommen werden wollte: «Hey, geredet wird nicht!»

«Ich hab schon so viele blaue Flecken gekriegt, seit ich hier bin», fuhr Will unbekümmert fort. «Da ... und da ...»

«Ist bei mir nicht anders», sagte Eli grinsend. «Meine Beine ...»

«Willenya! Jetzt reicht's.» Tatjana trat zwischen die beiden wie ein Türsteher. «Du willst provozieren, ja?»

«Nein», sagte Will gelassen. «Ich will mich unterhalten.»

«Hier gibt's Regeln. Wozu gibt es die? Damit ihr euch ändert. Wer sich nicht an Regeln hält, ändert sich auch nicht.»

«Vielleicht müssen sich auch die Regeln ändern», sagte Will.

Obwohl sie ihr Lächeln beibehielt, merkte Eli, dass ihre Brust sich schneller hob und senkte.

Tatjana wandte sich an Eli, als wäre er an allem schuld: «Ab ins Bett.»

«Reden wir wieder?»

«AB INS BETT!»

«Also ja.»

Auch er bemühte sich, vergnügt zu wirken, obwohl das Gegenteil der Fall war. Das Ganze würde nicht ohne Folgen bleiben – vor allem für Will. Aber es gab nichts mehr, was er für sie tun konnte. Er nickte ihr noch zu, dann ging er.

Drinnen lief er zur Hüttenwand und versuchte, durch die Holzpflöcke zu verfolgen, was passierte. Tatjana hatte sich Dirk zu Hilfe geholt, beide Aufseher drangen jetzt mit barschen Fragen auf Will ein. Aber sie hatte sich zu weit vorgewagt, um jetzt klein beizugeben. Sie beleidigte Dirks Kampfsporttraining. Sie äffte Tatjana nach! Eli, der von drinnen nicht alles verstand, schwankte, ob er sie bewundern oder bemitleiden sollte. Schließlich wurde sie ins Bett geschickt.

Am nächsten Morgen war Will nicht in der Küche, als sie das Frühstück vorbereiteten. Sie fehlte auch bei den Sportübungen. Eli wartete bis zum Nachmittag, dann ging er sie suchen.

Er fand sie hinter dem Wall des Camps auf dem ‹Friedhof›. Hier steckten ein Dutzend oder mehr Kreuze im Boden, manche trugen eingekerbte Namen, andere waren vom Regen geknickt oder von Kletterpflanzen halb verschlungen. André hatte seinerzeit den Friedhof gerne als Drohung für sich sprechen lassen, aber wer halbwegs bei Verstand war, konnte sich denken, dass Jugendliche nicht in einer vom deutschen Staat geförderten Besserungsanstalt sterben durften. Jedenfalls nicht so zahlreich. Dennoch sorgte der Friedhof für Gerüchte und Spukgeschichten.

Nun stand Will zwischen den Kreuzen im grellen Sonnenlicht, trat eine Schaufel in die Erde und mühte sich, ein paar Steine herauszukratzen.

«Was wird das?», fragte Eli.

Sie blickte auf. Schweißfeuchte Haare klebten ihr als schwarze Adern an Stirn und Hals.

«Mein Grab», sagte sie.

Tatjana und Dirk hatten sie dazu verdonnert, eine Grube von einem Meter mal einem Meter zu graben, um ihr altes Ich zu beerdigen. Sollte sie das Loch heute nicht schaffen, musste sie für jeden Tag, den sie länger brauchte, noch einen Fuß tiefer graben. Will hatte geglaubt, nicht länger als einen Vormittag dafür zu brauchen. Doch die Erde bestand aus Lehm und war steinhart. Die Schaufel vibrierte in ihrer Hand, wenn sie auf den Boden einschlug. Sie hatte nicht mehr als zwanzig Zentimeter geschafft, und bald würde es dunkel werden.

«Hau lieber ab», sagte sie, nachdem sie Eli alles erzählt hatte. «Sie kontrollieren mich jede Viertelstunde.»

Eli kletterte auf einen Baum am Rand des Dschungels, wo er Will beobachten konnte. Tatsächlich kamen Tatjana und Dirk immer wieder vorbei, um das Loch zu überprüfen.

Es dämmerte. Will musste die Schaufel abgeben, und das Loch wurde vermessen. Sie hatte sechsunddreißig Zentimeter geschafft – in zehn Stunden. Morgen würde sie fast dasselbe plus einen ganzen Meter graben müssen.

Obwohl sie in der Nacht Schüttelfrost und Fieber von einem Sonnenstich bekam, musste sie am nächsten Tag weitermachen. Eli, der immer noch unter Schweigestrafe stand und deshalb nichts zu tun hatte, drückte sich am Nachmittag wieder am Rande des Urwalds herum und beobachtete sie. Um die Hände hatte sie sich T-Shirts gewickelt, wohl um die Blasen zu schützen, die sie sich gestern geholt hatte. Ihr Gesicht und ihr Nacken waren rot verbrannt. Immer wieder sackte sie zusammen, griff zitternd nach der Wasserflasche. Einmal erbrach sie sich nach dem Trinken.

Kurz nachdem Tatjana zur Kontrolle vorbeigekommen war, kletterte Eli vom Baum, nahm Will ohne ein Wort die Schaufel ab und begann zu graben. Schon bald trat ihm der Schweiß auf die Stirn. Obwohl er alle Kraft aufwandte, konnte er nie mehr als ein paar Bröckchen lösen. Dennoch schlug er zügig zu, denn bis zum nächsten Kontrollgang blieb nicht viel Zeit. Als er nicht mehr konnte, gab er die Schaufel Will zurück und versteckte sich wieder auf dem Baum. Nach Atem ringend, hielt er nach Tatjana Ausschau. Doch es vergingen fast zehn Minuten, bis sie wieder auftauchte. Eli hatte die Dauer seiner Arbeit überschätzt, weil sie so anstrengend gewesen war.

Als er das zweite Mal herunterkam, blieb er länger. Teilte seine

Kräfte ein. Will stand ängstlich neben ihm und spähte zum Camp hinüber. Schließlich nahm sie ihm die Schaufel wieder weg.

«Danke», flüsterte sie, ohne ihm in die Augen zu sehen.

Noch dreimal löste Eli sie ab, bevor Will von Tatjana abgeholt wurde. Das Loch war nun beinah einen Meter tief. Die Erde war unten feuchter und dadurch leichter zu lösen. Dennoch hatte Will ihr Soll nicht erfüllt und musste morgen noch einen Fuß tiefer graben.

Auch am dritten Tag half Eli ihr heimlich. Er bekam Blasen an den Händen wie sie. Immerhin löste sich der Boden jetzt etwas leichter als vorher.

«Warum hilfst du mir?», fragte sie erschöpft.

«Warum hast du mit mir geredet, als du nicht durftest?»

Sie überlegte, als müsste sie zwischen allen möglichen Gründen abwiegen. Schließlich sagte sie derb: «Leute wollen ficken, und deshalb sind sie nett, das ist alles.»

Er hielt inne. Die Sonne ging bereits unter, ihre dunstige Glut übergoss den Urwald. Wills Gesicht sah noch verbrannter aus, als es ohnehin schon war.

Er merkte, wie er den Kopf schüttelte. «Nein. Das stimmt nicht.»

Sie hielt den Kopf gesenkt, als schämte sie sich. Mit dem Finger fuhr sie den Schatten auf dem Boden nach, den Eli warf. Dann tauchte sie ihre Arme hinein.

«Ich lege die Hände in deinen Schatten. Das ist der Stoff, aus dem du gemacht bist. Abwesenheit.»

Er hatte ihren Worten nachgelauscht, damals und noch Jahre später, und nie wusste er, ob er sie genau verstand oder gar nicht. Er wollte etwas erwidern, das ebenso schön und mutig war, aber ihre Worte erfüllten ihn mit einer Rührung, die seine Gedanken lähmte.

«Will, die Poetin», bemerkte er und kam sich vor wie ein Schaf.

«Will?»

«Nennt dich niemand so?»

Sie schüttelte den Kopf. «Klingt, als wäre ich ein Kerl.»

«Ein Kronprinz.»

Sie grinste. Ließ ihre zerschundenen Hände wieder durch seinen Schatten schweben. «Du kannst mich schon Will nennen. Ich fühl mich nicht besonders mädchenhaft.»

«Nur komische Leute fühlen sich besonders geschlechterhaft, oder?» Er gab ihr die Schaufel. «Bis gleich.»

Er war keine Sekunde zu früh gegangen. Schon tauchte Tatjana zur nächsten Kontrolle auf. Als sie fort war, kehrte er zurück und nahm die Schaufel wieder an sich.

In dem Moment kam Tatjana wieder. Gott wusste, warum. Sie sah Eli und winkte ihn zu sich.

«Die Schaufel nimmst du mit», sagte sie barsch. Und zu Will: «Du gräbst weiter.»

«Womit?»

«Das ist dein Problem!»

An diesem Abend gab es Streit zwischen Tatjana und Dirk. Sie hatten sich hinter den Wall des Camps zurückgezogen, damit die Jugendlichen sie nicht hörten, aber Eli schnappte genug auf, um sich zusammenzureimen, worum es ging.

Dirk war dagegen, dass Will mit bloßen Händen die Erde aufkratzen musste, aber Tatjana wollte keinen Rückzieher machen. Das hieße ja, einen Fehler zuzugeben. Und weil ihre Autorität dafür nicht reichte, setzte sie sich gegen Dirk durch.

Elis Schweigestrafe war abgelaufen. Er musste wieder im Dorf helfen und konnte nicht nach Will sehen. Dirk schien ihn sogar mehr zu bewachen als sonst, vermutlich auf Geheiß von Tatjana. Während Eli Fische entschuppte und ausnahm, dachte er unentwegt an Will. Wie sie in dem Loch kauerte, unter der sengenden Sonne, und mit ihren Fingern die harte Erde wegschabte. Dabei hatte sie schon lauter Blasen an den Händen! Niemals würde sie ihr Soll erfüllen. Weder heute noch morgen, noch übermorgen. Sollte sie für immer an dem dämlichen Grab arbeiten? Die Sinnlosigkeit und Ungerechtigkeit schnürte ihm die Brust ein. André hätte mit ihnen geredet, bestimmt auch das eine oder andere angedroht – aber niemals hätte er Strafen erhöht, nur um sich Respekt zu verschaffen.

Eli gab vor, auf die Toilette zu müssen. Als niemand zu sehen war, zog er sich an der offenen Tür des Klohäuschens hoch und kletterte auf das Dach. Etwa ein Meter Abstand war zwischen ihm und dem Wall des Camps. Er schwankte einige Sekunden, dann kämpfte er seine Angst nieder und sprang. Unsanft prallte er gegen die Holzpflöcke, rutschte mit den Füßen ab und klammerte sich mit den Händen am oberen Rand fest. Er schaffte es, sich hochzuziehen. Auf Händen und Füßen balancierte er den Wall entlang, bis er den Friedhof sah.

«Will», rief er halblaut.

Sie hockte in dem Loch und hörte ihn nicht. Er pfiff.

Endlich blickte sie auf. Er zog den Löffel aus der Hosentasche, den er beim Frühstück eingesteckt hatte. Das Licht spiegelte sich darin und huschte wie ein weißer Schmetterling über Wills Stirn. Er warf ihr den Löffel zu. Sie streckte die Arme aus, verfehlte ihn aber, klaubte ihn aus dem Gras und duckte sich wieder in ihr Loch. Eli lächelte. Dann ließ er sich am Wall hinabhängen und landete zweieinhalb Meter tiefer auf Campboden. Niemand hatte ihn gesehen.

Beim Abendessen, an dem Eli nun wieder teilnehmen durfte, sahen er und Will sich über den Rand ihrer Schüsseln hinweg an. Die Haut schälte sich von ihrer Nase, ihre Lippen waren aufgeplatzt, und durch den Stoff an ihren Händen schimmerten rosa Blutspuren. Doch als sie sich den Reis mit einem Löffel in den Mund schaufelte, lächelte sie Eli verstohlen an, und ihre Augen füllten sich mit Tränen. Ihm war, als strömte eine Hitze in ihm zusammen und wanderte langsam wie ein Nebel durch seinen ganzen Körper.

Nachts diskutierten Tatjana und Dirk erneut über Wills Strafe. Eli verstand kaum etwas von ihrem Geraune inmitten des Insektenzirpens. Doch der folgende Tag zeigte, dass Tatjana immer noch nicht klein beigeben wollte: Will musste weitergraben.

Am Nachmittag begann es zu regnen. Die Wolken brachen auf, und das Wasser rauschte durch den Wald. Tatjana trommelte alle Jugendlichen vor dem Camp zusammen und führte sie zum Friedhof. Will sprang überrascht auf, als sie sie nahen sah.

Tatjana begann eine steife Rede über den Sinn und Zweck des Grabes. Dann lobte sie Will für das Loch, das zusehends unter Wasser und Schlamm verschwand. Feierlich fragte sie Will, ob sie ihr altes Ich begraben wolle.

Will sah Eli an. Verachtung überschattete ihre Augen, und obwohl er wusste, dass diese Verachtung nicht ihm galt, erschauderte er. Dann zog ein Lächeln ihren Mund auf, so falsch und leblos, dass sie geradezu entstellt wirkte.

«Ja», sagte sie.

Alle sollten einen Kreis bilden und sich in die Arme nehmen. Tatjana ließ noch ein paar Floskeln vom Stapel, dann durften sie gehen. Das Loch war wieder verschüttet, sinnlos wie nichts.

Beim Abendessen setzte sich Will neben Eli.

«Der Löffel liegt noch draußen», flüsterte sie. «Im Grab. Ich hatte keine Zeit, ihn einzustecken, als ihr kamt.»

«Ich glaube nicht, dass er gefunden wird.»

Sie erstarrte. «Aber ich will den Löffel wiederhaben.»

Vielleicht war das der Moment, in dem er sich in sie verliebte. Jedenfalls wurde ihm in diesem Moment bewusst, dass sie faszinierender war als die anderen … dass sie nicht von Katastrophen überwältigt und zerrissen worden war, sondern dass sie sich in ihren trotzigen Verstand verkapselt hatte, die Außenwelt auf Distanz – und was immer sie dort draußen verletzte, blieb überschaubar, analysierbar. Sie war kein Opfer, kein Resultat mieser Umstände.

Sie hatte, was Eli selbst suchte und noch nicht gefunden hatte: ihre eigenen Ziele und Gründe.

«Dann holen wir den Löffel», sagte er, als wäre nichts selbstverständlicher, als für ein wertloses Stück Metall rigorose Strafen zu riskieren. Denn Will hatte den Wert des Löffels neu bestimmt.

Ein Vibrieren neben seinem Ohr weckte ihn aus den Erinnerungen. Eli blinzelte, befand sich wieder zwischen vertrautem Schrott, den Trümmern verlorener Jahre: die triebhafte, kränkliche Palme, die ihn zu karikieren schien. Das überquellende Bücherregal voller Geschichten und Theorien, von denen nur in seltenen Glücksmomenten genug Reiz ausgegangen war, um sein Leben zu vergessen.

Er zog das Handy unter dem Handtuch hervor und wischte über das Display. Grund für die Vibration war das Eintreffen einer neuen E-Mail. Von einer gewissen mmgny@yahoo.com.

Eli fragte sich, wer heutzutage eigentlich noch Yahoo benutzte. Spammer und Pseudodetektivinnen, wie es aussah.

> Adam,
> unser Flug geht um 21:30 Uhr nach Dubai. Seien Sie mindestens eine Stunde vorher beim Check-in von Emirates am Terminal 1, Abflug C.
> Mariel

Er grinste. Der Unbekannte musste ja wirklich verzweifelt sein, wenn er so schnell Geld springen ließ. So leicht hatte Eli seinen Willen bekommen! Ihm wurde klar, dass er gar nicht wirklich damit gerechnet hatte. Er rieb sich über die Stirn und rang mit einem plötzlichen, heftigen Verlangen nach Nikotin.

Er würde nach Dubai fliegen.

Und er hatte nicht den blassesten Schimmer, was ihn dort erwartete.

TEIL ZWEI

FÜNF TAGE
VOR DEM ZUSAMMENBRUCH

Y

Wie groß die Welt war, zeigte sich erst im Verzicht auf Internet und Telefon. So dachte der Mann, der nicht wirklich Satoshi Nakamoto hieß. Um ein Gespräch mit seinem Boss zu führen, musste er sieben Stunden Flug auf sich nehmen, die Anfahrt zum Flughafen und die dortige Wartezeit nicht inbegriffen. Bloß aus Sicherheitsgründen. Sogar Faxe galten seinem Boss als unsicher. Wie viel Paranoia dahintersteckte, konnte Nakamoto nicht ermessen. Es war auch nicht seine Aufgabe.

Er kam um neun Uhr abends in Tokio an. Sein wunderbar gefälschter Pass, der ihn als Takashi Sanomoto auswies, schleuste ihn in Windeseile nach draußen. Er hatte eigentlich auch auf dem Papier wie der mysteriöse Währungserfinder Satoshi Nakamoto heißen wollen, aber dieser Wunsch wurde ihm nicht erfüllt. Sein Boss hatte gesagt: «Bekannte Namen flößen Vertrauen ein, wenn man sie hört. Wenn man sie liest, Misstrauen.» Blabla. Es wäre einfach cool gewesen.

Es schneite flüssige, flatschende Flocken, und die Lichter des Straßenverkehrs schienen wie verschwommen in der Feuchtigkeit der Luft. Fast neunzig Minuten brauchte das Taxi, bis Nakamoto vor einem Haus ausstieg, das sich mit einer Granitmauer und zur Zierde verkrüppelten Zedern vor den Blicken von Passanten schützte. Er klingelte, und nachdem die Überwachungskamera ihn eine Weile fokussiert hatte, summte das Tor und ließ ihn eintreten.

Ein Steinpfad führte ihn durch den verschneiten Garten. An der Haustür erwartete ihn eine Dame in einem bodenlangen, transparenten Kleid aus rosa Plastik.

«Ich bin hier, um Herrn Sabu zu treffen», sagte er, als er in dem dunkelroten, beinah lichtlosen Vorraum stand und der Dame seinen Mantel verweigerte.

Sie lächelte gleichmütig. «Herrn Sabu? Ihr Name, bitte?»

Er schüttelte den Kopf.

Die Dame wies ihm ein Ledersofa, auf das er sich nicht setzte. Dann entschwand sie durch eine Schiebetür. Satoshi Nakamoto spähte ihr nach und sah, wie sie in einem anderen, wesentlich helleren Raum mit einer Frau sprach. Die Frau erhob sich von ihrem Schreibtisch, drückte ihre Zigarette aus und schlüpfte in halsbrecherische Stöckelschuhe. Nakamoto wich von der Tür, als die Frau zu ihm trat. Nur der prunkvolle Perlenschmuck und das Dämmerlicht umspielten ihre Blöße.

«Willkommen, mein Herr.» Sie flüsterte beinahe. «Wen wünschen Sie?»

«Herrn Sabu.»

«Und Ihr Name bitte?»

«Kein Name.»

Sie gab ein Zeichen hinter die Tür. Dann löste sie eine Perlenschnur aus ihrem Collier und reichte sie ihm wie eine Leine. «Wir werden Herrn Sabu informieren. Darf ich Sie in seine Suite führen?»

Sie stiegen drei Treppen hinauf, passierten einen langen, mit Holz verkleideten Korridor und gelangten durch eine Tür mit Zahlencode in eine fensterlose Wohnung mit Trennwänden aus Glas. Die Prostituierte fragte, was er trinken wolle. Nakamoto musterte ihren Körper im goldenen Licht der Bartheke. Als er die Hand bewegte, glitt die Perlenleine über ihre Brustspitzen.

«Irgendwas Kompliziertes», sagte er.

Sie ließ sich so viel Zeit, wie er gehofft hatte. Mischte verschiedene Flüssigkeiten und schüttelte ausdauernd. Er sah zu, wie die Eiswürfel aus ihrer Hand ins Glas fielen und Tropfen ihren Unterarm hinabschickten. Zuletzt hängte sie zwei quietschrote Kirschen an den Rand.

«Vorkosten», befahl er. «Ich will mich nicht vergiften lassen.»

Artig tunkte sie ihre Oberlippe in den Drink.

Er zog an der Leine, dass sie näher kam, und nahm das Glas.

«Haben Sie noch einen Wunsch?»

«Viele. Du könntest sie mir nachher erfüllen, wenn Herr Sabu mich einlädt.»

Sie entwand ihm Perle um Perle die Leine. «Das wäre sehr, sehr schön.»

Mit dem Nachhall dieser Worte ließ sie ihn allein.

Er wartete fast zwei Stunden. Den Drink leerte er innerhalb der ersten zwanzig Minuten. Als Sabu auf sich warten ließ, genehmigte er sich noch eine Kostprobe eines sündhaft teuren Whiskys aus der Bar. Früher hatte er sich gerühmt, alle hochklassigen Bordelle Tokios zu kennen. Aber die Welt der Reichen, der *wirklich* Reichen, war ein Zauberland: für Außenstehende unbekannt.

Er spazierte durch die Räume. Betrachtete die gläsernen Rohre in der gläsernen Wand des Bades. Das schwarze Seidenbett hatte Silberschnallen und rätselhafte Gummizüge. Die lackierten Wandschränke, Reihen um Reihen verschlossener Schubladen, mochten Werkzeuge für alle erdenklichen Perversionen enthalten. Dieser Gedanke amüsierte ihn. Schließlich ließ er sich in einem Ledersessel nieder und versenkte sich in seine Phantasien.

Endlich hörte er das Piepen des Türcodes. Er sprang auf und strich sein Jackett zurecht. Lautlos schwang die Tür auf, und Sabu trat ein.

Sein Boss war ein kleiner, unscheinbarer Mann mit Halbglatze, Brille und einem dunkelhäutigen Dörrpflaumengesicht. Unter dem bleigrauen Hemd spannte sich ein Bauch, der nicht recht zur ansonsten zierlichen Statur passte. Während er auf Nakamoto zukam, schloss ein Bodyguard von außen die Tür.

«Guten Abend», sagte Sabu und deutete eine Verneigung an, die Nakamoto eifrig überbot. «Verzeihen Sie, dass es so lange gedauert hat. Ich war verhindert.»

«Nein, nicht der Rede wert.» Nakamoto zeigte seine Goldzähne in einem Grinsen. Was ihn am meisten an seinem Boss verunsicherte, war der höfliche Ton. Bevor er angefangen hatte, für Sabu zu arbeiten, war er ganz andere Formen zwischen Befehlshaber und Untergebenen gewohnt gewesen. Aber damals hatte er auch noch zur Schattenwelt gehört. Heute sah das ganz anders aus. Auch wenn seine Arbeit sich nicht wesentlich geändert hatte.

«Wollen wir?» Sabu setzte sich in den zweiten Sessel, auch Nakamoto nahm wieder Platz. Die Stille war vollkommen.

«Nun?», fragte Sabu. «Wie war Ihr Urlaub in Singapur?»

Kurz und schmerzlos. So musste er es seinem Boss servieren: «Wir haben sie nicht gefasst. Aber wir sind jetzt sicher, dass sie es ist.»

Sabu machte eine lange, beunruhigende Pause. «Sie haben sie gesehen, aber nicht getroffen.»

«Wir haben sie nicht gesehen. Das ist der Grund, warum wir sicher sein können, dass sie es ist. Sie entkam aus dem Parkroyal Hotel, als wäre sie gewarnt worden. Wir haben die Aufnahmen der Überwachungskameras verlangt. Aber obwohl immer die letzten achtundvierzig Stunden gespeichert werden, fehlten sämtliche Aufnahmen dieser einen Nacht.»

Sabu sah ihn durch die Gläser seiner Brille an, ohne eine Regung erkennen zu lassen. «Und was haben Sie sonst noch in Singapur erlebt?»

Nakamoto räusperte sich. «Nichts. Absolut gar nichts. Wenn etwas außergewöhnlich war, dann höchstens, dass es überhaupt keine Schlagzeilen gab. Singapur war friedlich wie ein Friedhof.» Er lachte.

Sabu verzog noch immer keine Miene. «Was ist Ihr nächstes Urlaubsziel?»

«München in Deutschland. Dort ist was Interessantes passiert. Der Junge, der damals bei dem Diebstahl in Bolivien beteiligt war, hat eine E-Mail von jemandem bekommen, der ebenfalls unser Mädchen sucht. Warum, hat dieser Jemand nicht verraten. Aber der Junge soll ihm bei der Suche helfen.»

Sabus Finger streichelten über das Sesselleder, als wollte er sich damit selbst beschwichtigen. «Wer?»

«Unsere Spezialisten sitzen immer noch dran, das rauszufinden, soweit ich weiß. Aber die Verschlüsselung scheint wasserdicht. Der Junge hat aber geantwortet. Er will bei der Suche mitmachen.»

Sabu regte sich nicht. Er hätte tot sein können – alt genug war er, dass sein Herz einfach aufgab. Nakamoto versuchte, möglichst unauffällig zu schlucken. Endlich erhob sich Sabu. Er gab Nakamoto ein Zeichen, sitzen zu bleiben: «Warten Sie noch ein paar Stunden, nachdem ich gegangen bin, bevor Sie das Haus verlassen. Was das weitere Vorgehen betrifft, dürfte es keine Fragen geben.»

«Wir finden raus, wer unser Mädchen sucht. Und wir verfolgen den deutschen Jungen.»

Sabu nickte. «Wir wollen nicht, dass jemand uns zuvorkommt.»

«Sie können sich auf uns verlassen, Herr Sabu. Es war mir eine Ehre.»

Sabu ging, als wäre Nakamoto nicht mehr vorhanden. Kaum hatte sich die Tür hinter ihm geschlossen, goss sich Nakamoto einen weiteren Whisky ein. Ihm gefiel die Vorstellung, dass er sich gerade eine Stange Geld die Kehle hinunterspülte.

Wenige Minuten später erscholl eine Türklingel, bieder wie in jeder stinknormalen Wohnung. Nakamoto öffnete.

Die Prostituierte mit den Perlenketten stand vor ihm. Und eine zweite, dunkelhäutige Schönheit in einer Art Ledergeschirr, das die entzückendsten Körperteile frei ließ.

«Wir sollen Sie zwei Stunden aufhalten», hauchte die Perlendame.

Die Schwarze beugte sich vor und flüsterte ihm zwischen zwei Küssen ins Ohr: «Mindestens.»

Nakamoto zog die Frauen nach drinnen. Sein Boss hatte ihn nicht enttäuscht. Auch er würde ihn nicht enttäuschen. Um keinen Preis würde er dieses Leben wieder aufgeben.

Während Tokio tiefer in die Nacht glitt, strömten in Boston, Massachusetts, die Büroangestellten aus den Hochhäusern, um in den Delis und Restaurants des Financial District zu Mittag zu essen. Obwohl winterliche Temperaturen herrschten, war der Himmel strahlend blau, und von den Glasfassaden der Gebäude flirrte die Sonne.

Maurice Dussardier war, nachdem er seine Sachen im Hotel gelassen hatte, den ganzen Morgen lang durch Chinatown flaniert. Aus Erfahrung wusste er, dass ein ausgiebiges Bad in der Menge wie ein Unsichtbarkeitszauber wirkte; die Stadt färbte quasi auf einen ab. Als er das gehobene Restaurant betrat, in dem er verabredet war, blieb schon kein Blick mehr an ihm hängen. Dabei gehörte er als Schwarzer mit auberginentiefem Teint immer noch zu einer Minderheit unter all den Anzugträgern, die bei Weißweinschorle und Schalentieren über die Gerüchte der Finanzwelt plauderten.

Er ließ sich zu dem Tisch führen, den sein Boss mehrmals die Woche zum Lunch reservierte. Obwohl er darauf geachtet hatte, fünf Minuten zu früh aufzukreuzen, saß die Vorstandsvorsitzende einer der größten Telekommunikationsfirmen der Vereinigten Staaten von Amerika bereits in der Ecke am Fenster: eine hagere, fast zwei Meter große, aggressiv blondierte Mittfünfzigerin mit den nach vorn gewölbten Augen und dem Doppelkinn einer Frau mit

Schilddrüsenüberfunktion. In einer Hand hielt sie ein Glas Blutorangensaft, in der anderen ein Handy.

«Miss Osterbyde.»

«Guten Tag, Maurice», sagte sie, ohne den Blick von ihrem Handy zu lösen, und erhob sich für zwei Wangenküsse. Hinter seinem Rücken tippte sie zu Ende, was auch immer sie da tippte. «Geht es Ihnen gut, haben Sie gut hergefunden?»

«Danke, ja.»

«Sie können jetzt mein Essen bringen», sagte sie zu dem Kellner und sah erstmals Dussardier an. «Brauchen Sie die Karte oder eine Empfehlung?»

«Ich nehme das Gleiche wie Sie.»

Als der Kellner davongeeilt war, schaltete Stacey Osterbyde ihr Handy aus und entfernte den Akku. «Und was bringen Sie mir aus Singapur mit, was darf ich meinem Chef berichten?»

Dussardier genoss immer ein wenig, wenn sie von ihrem ‹Chef› sprach. Wer sonst hörte dieses Wort jemals aus dem Mund von Stacey Osterbyde?

«Alle Indizien sprechen dafür, dass wir das Mädchen gefunden haben. Leider haben wir den Kontakt verloren … In Singapur gab es keine weiteren Hinweise. Aber eine alte Verbindung ist aktiv geworden. In München.»

«Wo?»

«München, Deutschland.»

Sie stieß einen tiefen, langen Laut aus, der wohl ein Lachen sein sollte. «Ich liebe die Stadt, mein erster Mann kommt aus Deutschland. Welche Verbindung ist das?»

«Der Junge, der am Einbruch in Bolivien beteiligt war. Jemand hat ihm per Mail vorgeschlagen, unser Mädchen zu suchen.»

«Wer – wir etwa?», fragte Osterbyde verwundert.

Der Kellner brachte zwei Teller mit einem Arrangement aus geraspeltem Rettich, Schaumhäubchen und halbierten Krebsen.

«Wir wissen noch nicht, wer außer uns hinter dem Mädchen her ist.»

«Oder überhaupt von ihr weiß», schnitt sie ihm das Wort ab. «Das ist schlecht, sehr schlecht, mein Chef wird das nicht mögen.»

«Was haben Sie gedacht?» Dussardier lächelte leicht. «Dass unser Mädchen neun Jahre lang ohne menschlichen Kontakt verbracht hat? Jemand muss in dem Zeitraum für sie da gewesen sein. Eine Siebzehnjährige auf sich allein gestellt hätte uns nicht so lange entwischen können.»

Nun lächelte auch Stacey Osterbyde. «Sehen Sie, dass sie *auf sich allein gestellt* war, haben wir ohnehin nie angenommen. Aber das heißt noch lange nicht, dass andere Menschen involviert sind. Zerbrechen Sie sich nicht den Kopf, Maurice. Sie wissen nicht alles, auch ich weiß nicht alles. Fahren Sie einfach fort.»

Ihr herablassender Ton hatte schon immer den Impuls in ihm ausgelöst, zuschlagen zu wollen. Mühevoll wahrte er seine gleichmütige Miene.

«Unser Plan ist, den deutschen Jungen zu verfolgen. Wenn er uns nicht zu unserem Mädchen führt, dann mindestens zu demjenigen, der sie ebenfalls sucht. Wir müssen wissen, warum und vor wem sie wegläuft.»

Stacey Osterbyde hatte mit dem Essen angefangen. Für eine Frau ihres Ranges hatte sie ausgesprochen schlechte Manieren. Ihre Gabel kratzte über Krebsschalen und Porzellan und warf hastig einen Bissen nach dem anderen in ihren Schlangenrachen.

«Okay», sagte sie kauend. «Fein. Tun Sie das! Was sonst noch, hat sich irgendwas bemerkbar gemacht in Singapur?»

Dussardier dachte nicht nur an die letzten Tage, sondern an die Wochen, Monate und Jahre, die er und seine Partner damit zugebracht hatten, in den Medien nach irgendwelchen Sondermeldungen zu suchen, die nicht dem üblichen menschlichen Versagen entsprachen. Der Frust, der unendliche Frust darüber, *gar nicht zu wissen, wonach sie eigentlich suchten*, kam in ihm hoch und ließ ihm die Stimme versagen.

Früher hätte er es nicht für möglich gehalten, wie zermürbend es sein konnte, den Sinn seiner eigenen Arbeit nicht zu kennen. Aber früher waren seine Jobs Sachen von Tagen oder Wochen gewesen, nicht von Jahren. Zudem war ihr Partner Fukashi vorletzten Frühling eines unwürdigen Todes gestorben, ohne jemals zu erfahren, wofür er eigentlich sein Leben ließ. Das war der Wendepunkt für Dussardier und Beckblum gewesen. So wollten sie nicht enden.

Stacey Osterbyde maß ihn mit ihren Bernhardineraugen, die nicht verhehlten, wofür sie ihn hielt: einen Nichtsnutz. Es gab kaum ein Treffen, bei dem er nicht an irgendeinem Punkt erwartete, von ihr gefeuert zu werden. Etliche Male hatte sie ihm offen gesagt, dass sie es tun würde, wenn er nicht bald eine verwertbare Spur fand. Aber was, zum Teufel, erwartete man von ihm, solange er nicht mal erfuhr, worum es ging?

«Wir haben ein paar Fälle, die wir noch genauer untersuchen müssen», sagte er endlich. «Aber der Kontakt in München hat unserer Meinung nach Priorität. Wenn wir mehr Personal im Außendienst hätten …»

Osterbyde lehnte sich zurück und saugte an ihren Zähnen. «Sie wissen ja, wir würden mehr Leute wie Sie einstellen, wenn es nicht so eine heikle Sache wäre.»

Weil jeder Idiot kann, was Sie können, las er aus ihrem Blick.

Laut sagte sie: «Aber wir wissen, dass wir niemandem so trauen können wie Ihnen.»

Jonas Beckblum saß auf einem Kinderstockbett und hielt ein Stethoskop an die über und über mit Wachsmalstiften bekritzelte Wand.

In der Wohnung dahinter war seit Stunden alles still. Offenbar schlief Adam Eli, wie er es am Ende des Gesprächs angekündigt hatte. Die Frau – Mariel, wie Eli sie auf dem Zettel an seiner Tür genannt hatte – war davonspaziert, ohne dass Jonas Beckblum sie hätte verfolgen können. Seine Partner waren irgendwo auf der Welt, um ihren Bossen persönlich Bericht zu erstatten, und Beckblum konnte sich nicht in zwei teilen.

Immerhin wusste er jetzt, dass der Junge Willenya Ćuruvija in den Arabischen Emiraten vermutete. Bei ihrem letzten Zufluchtsort … was für eine absurde Idee. Aber wenn es stimmte, bei Gott, daran wagte er kaum zu denken. Den Auftrag zu beenden, nach fast einem Jahrzehnt!

Das Telefon im Flur schrillte. Beckblum stieg vom Bett, wobei er auf grellbunte Kissen trat. Er hatte die Schuhe angelassen. Er wollte seine Seidenstrümpfe nicht in diesem Saustall beschmutzen.

Nach einer zähen Unterredung hatte die fünfköpfige Familie ihm die Wohnung zur Untermiete überlassen. Er hatte ihnen fünfhundert Euro pro Tag zugesichert und drei Tage vorausbezahlt – natürlich in bar, damit das Sozialamt nichts mitbekam. Dass er von der Polizei war, einer *internationalen Polizei*, und trotzdem am deutschen Staat vorbeihandeln musste, war nicht leicht in die Köpfe zu kriegen gewesen. Er hoffte inständig, dass sie sich in dem Spa-Hotel, das er für sie gebucht hatte, bedeckt hielten. Das Letzte, was er gebrauchen konnte, war das Dazwischenfunken einer Unterschichtensippe.

Beckblum hatte die Familie um die Telefonnummern aller Leute gebeten, deren Anruf sie regelmäßig erwarteten. Neben Verwandten und einer Freundin hatten sie allen Ernstes das Jugendamt angegeben. Als Beckblum die Nummer auf dem Display sah, wusste er allerdings, dass er abheben durfte: Die Vorwahl 001 verriet ihm, dass der Anruf aus den Vereinigten Staaten kam.

«Maurice», sagte er in den Hörer, den er geflissentlich so hielt, dass er nicht sein Ohr berührte.

«Wie ist es in München?», fragte sein amerikanischer Partner. Genau genommen kam Maurice Dussardier aus Haiti, aber was zählte, war, dass er einen amerikanischen Boss vertrat. Oder das zumindest glauben sollte.

«Er will nach Dubai. Angeblich hat unser Mädchen dort ein Mausoleum für sich reserviert. Die Frau, mit der er verhandelt, nennt er Mariel, Nachname noch unbekannt. Sie hat von einem Auftraggeber gesprochen, der die Reise zuerst bewilligen muss.»

«Hast du sie verfolgt?»

«Ich bin bei ihm geblieben. Hatte das Gefühl, er könnte dieser Mariel was vormachen.»

Dussardier gab ein zustimmendes Brummen von sich. «Irgendwas über den bisherigen Verbleib unseres Mädchens?»

«Nein. Der Junge weiß offenbar noch weniger als wir.» Beckblum machte eine Pause. «Und wie lief dein Date?»

«Wir haben uns gerade verabschiedet. Aber im Geiste bin ich noch bei ihr.»

Jonas Beckblum hörte förmlich, wie sein Partner grinste.

«Es ist dir gelungen ...» *Den Akku ihres Handys auszutauschen*, vollendete er in Gedanken.

«Worauf du deine Mutter verwetten kannst. Jetzt hören wir alles, was ihr Handy aufzeichnet. Ich bin sicher, dass sie ihrem *Chef* die Nachrichten sofort übermitteln wird. Noch heute erfahren wir, wer an der Spitze steht.»

Auch Jonas Beckblum musste lächeln. Er war gut, Maurice. Immer wieder.

«Zwei verschissene Jahre habe ich auf diese Gelegenheit gewartet. Jetzt packt die blöde Fotze aus, ob sie will oder nicht.»

In dem Moment spürte Jonas Beckblum ein Vibrieren in seinem Jackett. Er hatte eine Mail bekommen. Genauer gesagt hatte Adam Eli eine Mail bekommen, die Beckblums Informationsbüro an ihn weitergeleitet hatte. Er überflog den Inhalt.

«Fahr zum Flughafen», sagte Beckblum. «Für uns geht die Reise nach Dubai.»

Marigny

Normalerweise nutzte Marigny jeden Aufenthalt an einem Flughafen, um Kontakte zu knüpfen. Zu ihren begehrtesten Opfern zählten Angestellte großer Unternehmen, über die Marigny sich Zugang zu internen Firmennetzwerken erhoffte. Dafür musste der im echten Leben begonnene Flirt lediglich elektronisch fortgesetzt werden. Sie würde irgendwann Fotos schicken, mit denen zugleich ein Spähprogramm heruntergeladen würde, und mit etwas Glück konnte sie den geschäftlichen Mailverkehr mitverfolgen, Passwörter und Benutzernamen lesen und nach Herzenslust auf verschlüsselten Servern herumschnüffeln.

Sie hatte die Erfahrung gemacht, dass Männer mit Ehering leichter auf sie eingingen. Diese Sorte lernte man nicht in der virtuellen Welt kennen, man musste ihnen leibhaftig begegnen und auf ein Gespinst aus distanziertem Interesse und spöttischem Klassenbewusstsein eine Verheißung betten: eine am Wegesrand gepflückte Belohnung für ihren Berufsstress … die Anerkennung einer erfolgreichen Frau, die ihnen zuflüstern konnte: *Willkommen im Club*.

Wenn sie keine Bürohengste namhafter Firmen abstaubte, gab sie sich auch mit Touristen zufrieden. Das war zwar keine Kunst, denn vollbärtige Rucksackträger lechzten förmlich nach Begegnungen, aber auch solche Freundschaften hatten sich schon als nützlich erwiesen, allein schon, um überall auf der Welt bei jemandem unterzukommen, wenn es brenzlig wurde.

Heute Abend stand Marigny allerdings überhaupt nicht der

Sinn nach Interaktion. Nervös ging sie vor dem Check-in der Fluggesellschaft *Emirates* auf und ab. Adam Eli hatte nicht auf ihre Mail geantwortet, und nun war es schon fast neun Uhr. Nur noch ein paar Minuten … dann konnte sie sicher sein, dass er kniff.

Sie *hoffte*, dass er nicht auftauchte. Niemand hatte damit gerechnet, dass Eli so schnell auf Dubai kommen würde. *Dass sie sich ihr Handy klauen lassen würde.* Die Reise konnte in einem Fiasko enden. Zumindest für Marigny.

Als sie sich schon fast erlauben wollte, erleichtert zu sein, tauchte er doch bei der Rolltreppe auf, die von den S-Bahnen heraufführte. Er entdeckte sie und kam näher.

«Sie schauen ja, als wollten Sie mich umbringen», stellte er nicht im Geringsten bekümmert fest. «Wir sind doch noch gut in der Zeit, oder? Ich habe kein Gepäck aufzugeben.»

Zum Beweis hob er eine alte graue Sporttasche, aus der ein paar Kleidungsstücke lugten.

«Sie hätten mir schreiben können, dass Sie sich verspäten», sagte Marigny.

«Ich habe darauf gewartet, dass Sie mir mehr Therapiemitschnitte schicken. Nun gehe ich davon aus, dass Sie wieder einen USB-Stick für mich haben?»

Ohne ein Wort drehte sie sich um und ging zum Check-in. Er folgte ihr. Da auch Marigny ihren Rollkoffer als Handgepäck mitnehmen konnte, holten sie lediglich ihre Bordpässe ab und wanderten durch die Sicherheitskontrollen. Nur wenige Fluggäste waren an diesem Abend da, sodass sie zügig in die Abflughalle kamen. Marigny setzte sich nahe dem Gate auf eine Bank.

Eli blieb neben ihr stehen und ließ seine Tasche zu Boden gleiten. «Ich bin Ewigkeiten nicht mehr geflogen. Fliegen Sie viel?»

«Ich versuche, es zu vermeiden.»

Er nickte verständnisvoll. «Würde ich mit einem gefälschten Pass auch so sehen.»

«Wie kommen Sie darauf, dass mein Pass gefälscht ist?»

«Aber wer heißt denn *Mariel Marigny*? Sind Ihre Schwestern dann Modesty Blaise und Liberty Belle?»

«Meine Schwestern heißen Nora, Lydie und Helen und mit Nachnamen Marigny, so wie ich.»

Er runzelte die Stirn. «Wirklich wahr? Das verraten Sie mir einfach so, als Datensicherheitsexpertin?»

«Ja, warum nicht? Ich bin keine Firma mit sensiblen Informationen. Und ich bin nicht paranoid – wie manch anderer.»

«Man ist wahrscheinlich nicht paranoid, wenn man tatsächlich ausspioniert wird. Übrigens, die Mitschnitte. Ich hätte sie gern.»

«Später vielleicht.»

Er setzte sich und schwieg. Gerade als Marigny ihren Roman aus der Tasche ziehen wollte, wandte er sich ihr wieder zu: «Also, wenn Sie schon so bereitwillig aus dem Nähkästchen plaudern: Wie wird man Datensicherheitsexpertin beziehungsweise Detektivin? Ich vermute, so wie man auch zu einem Geheimagentinnennamen kommt. Nämlich durch lange Familientradition. Ihr Vater hat Ihnen und Ihren Schwestern schon mit fünf beigebracht, wie man unter Wasser mit Harpunen schießt.»

«Als ich fünf war, hat unser Vater sich aus dem Staub gemacht.»

Diese Eröffnung nahm ihm, wie erhofft, den Wind aus den Segeln. Er wirkte betreten, was Marigny gleich milder stimmte.

«Meine Schwestern und ich sind ohne Fernseher aufgewachsen. Aber wir hatten einen gemeinsamen Computer, um den wir uns immer gezankt haben. Als ich zwölf war, bekamen meine beiden älteren Schwestern einen neuen Computer, der alte wurde mir und Lydie überlassen. Als das Mainboard kurz darauf kaputtging, haben wir ihn auseinandergebaut und ein neues eingesetzt. Nach und nach haben wir die alte Kiste immer leistungsfähiger gemacht. Unser ganzes Taschengeld ging für Grafikkarten und neue Prozessoren drauf. Weil wir Spiele spielen wollten, natürlich.»

Sie lächelte, als sie sich an die endlosen Stunden in ihrem Kinderzimmer erinnerte. «Lydie war in allen Spielen besser als ich. Eine schlimme Sache für eine ältere Schwester. Vielleicht machte ich deshalb die Technik zu meinem Spezialgebiet. Ich wollte wissen, wie das alles funktioniert. Außerdem fand ich in der virtuellen Welt Freunde, die ebenfalls an Computern ihr Selbstwertgefühl festmachten. Wir haben uns gegenseitig das eine oder andere beigebracht.»

«Das eine oder andere?»

«Die meisten Datenschutzexperten haben als Laien angefangen.»

«Als Hacker, meinen Sie.»

«Wir waren neugierige Jugendliche, die über Zäune klettern. Als Erwachsene bauen wir bessere Zäune, damit die Jugendlichen von heute nicht drüberkommen.»

«Aber manche tun es doch.»

«Zum Glück, sonst wären wir arbeitslos.»

«Jetzt kann ich mir auch unter Ihrer Detektivarbeit etwas vorstellen. Sie sind quasi jung geblieben.»

«Bei Bedarf.»

«Damit ist auch das Rätsel um Ihre Stöckelschuhe gelöst. Wer hauptsächlich vor dem Computer sitzt, kann sich solche Quetschtreter erlauben.»

«Das sind keine Stöckelschuhe.» Zum Beweis streckte sie das Bein aus. «*Breite* Absätze!»

«Beeindruckend. Ihr Computer steht wohl neben einer Ballettstange.»

«Nein, neben dem Bett.» Sie legte langsam ein Bein über das andere.

Eli lächelte spöttisch, aber Marigny sah genau das Zittern um seine Augen, und wie ein Schuljunge wandte er sich ab.

Die restliche Wartezeit redeten sie nicht mehr miteinander.

Marigny schlug ihren Roman auf, beobachtete aber über den Seitenrand hinweg Eli, der zum Duty-free-Shop streunte und Naschwerk, Souvenirs und Alkohol inspizierte, ohne etwas zu kaufen. Schließlich wurden die Passagiere aufgerufen, an Bord zu gehen.

«Es wird doch Essen geben, oder?», fragte Eli, während sie sich im Gänsemarsch die Schlange vorwärtsbewegten.

«Vermutlich ein Frühstück in sechs, sieben Stunden», sagte sie boshaft und stellte mit Vergnügen fest, wie er erschrak.

«Dann hole ich doch noch was.»

Er sprintete zum Geschäft zurück. Marigny musste die anderen Passagiere vorlassen, um auf ihn zu warten. Endlich kam er mit einer Riesenstange Schokolade wieder.

«Können Sie die eigentlich als Spesen verbuchen?», fragte er.

«Werden Sie nicht übermütig.»

«Ich gebe Ihnen auch was ab.»

Er überreichte dem Steward seinen Bordpass. Sie gingen durch einen lauten, kalten Tunnel ins Flugzeug, suchten ihre Plätze und verstauten ihr Gepäck. Während eine Stewardess sie auf Arabisch, Englisch und Deutsch begrüßte, studierte Eli die Abbildungen anderer Schokoladensorten auf der Rückseite der Verpackung. Marigny fragte sich, ob er ihr etwas vorspielte oder tatsächlich so eiserne Nerven hatte. War ihm nicht bewusst, dass er sich möglicherweise in große Gefahr begab?

Die Maschine startete. Langsam rollten sie durch die von roten Lichtpunkten durchsetzte Finsternis, beschleunigten dann und hoben mit einem Ruck vom Boden ab. Die Turbinen kreischten. Der Wind krachte an den Fenstern.

«Wollen Sie?», fragte Marigny und drückte sich in den Sitz, damit Eli an ihr vorbei aus dem Fenster spähen konnte.

Er zuckte die Schultern, beugte sich aber bereitwillig vor, um zu gucken. Die Stadt schrumpfte jäh unter ihnen fort, und die Sachlichkeit von Straßen und Gebäuden verlor sich in einem immer übersichtlicher werdenden Chaos. Marigny fragte sich, was Eli dabei empfand, seine Wahlheimat so verlorengehen zu sehen.

«Hatten Sie gute Freunde in München?»

«Was heißt ‹hatten›? Klingt, als wäre das eine Reise ohne Wiederkehr.»

Sie erwiderte seinen betont ruhigen Blick, ohne etwas zu sagen.

«Ich hatte noch ungespielte Computerspiele in München. Es wäre mir also lieb, wenn ich irgendwann zurückkäme.»

«Keine Menschen, die Ihnen wichtig sind?»

«Das klingt ja immer unheimlicher. Planen Sie schon meine Beerdigung oder was?»

«Ich frage nur, weil ich nichts über Ihr Umfeld herausfinden konnte. Und ich kann mir nicht vorstellen, dass Sie keins haben.»

«Doch, ich bin allein. Ein Eremit.»

«So selbstverständlich, wie Sie das sagen, glaube ich Ihnen kein Wort. Niemand, der einsam ist, gibt das leicht zu.»

«Wieso, ich schäme mich nicht dafür. Ich werde ja nicht von den anderen abgelehnt, *ich* lehne die *anderen* ab.»

«Natürlich.»

«Ich meine das in aller Bescheidenheit. Ich denke nicht, dass ich zu gut bin für irgendwen. Ich bin nur desinteressiert.»

«Wirklich, neun Jahre lang?»

«Sie sagen das so, als wäre es eine lange Zeit», murmelte er. «Dabei ist das Leben verdammt kurz.»

Marigny wollte erwidern, dass das doch gerade ein Argument dafür sei, neun Jahre nicht einfach einer Erinnerung zu widmen. Doch er ließ sich in seinen Sitz sinken und schloss die Augen, womit das Gespräch beendet war.

Signaltöne piepten, die Anschnallzeichen erloschen. Das Flugzeug pendelte sich im scheinbaren Schwebezustand ein. Auch Marigny schloss die Augen und versuchte, sich zu entspannen. Was morgen geschah, war ohnehin nicht mehr aufzuhalten. Und überhaupt, sie hatte schon viel Schlimmeres überstanden. Schlimmer als ihre Jugend konnte nichts werden.

Vor riskanten Coups rief sie sich gerne ins Gedächtnis, dass auch der unglücklichste Ausgang ihrer Karriere – nämlich im Gefängnis zu landen – noch besser war, als niemals mit dem ganzen Spaß begonnen zu haben. Alles Gute in ihrem Leben verdankte sie dem Fünkchen Neugier, das sie als Zehnjährige dazu veranlasst hatte, diese wunderbare Maschine namens Heimcomputer verstehen zu wollen.

Ihre Neugier war es auch, die sie mit zwölf dazu antrieb, die Profile ihrer Mitschüler in einem sozialen Netzwerk auszuspionieren. Es war so leicht gewesen, wie die Passwörter schlecht waren. Was für ein Triumph, die Geheimnisse, die Dramen und Intrigen miterleben zu können, von denen sie in der Schule ausgeschlossen blieb! Sie fühlte sich wie eine Forscherin, die eine Spezies untersucht und endlich Erklärungen für ihr rätselhaftes Verhalten findet. Kurz darauf infizierte sie den Laptop ihrer Lehrerin bei einem harmlos wirkenden Mailverkehr. Sie sah nun alle Prüfungen und die Lösungsblätter Tage vorher. Mehr noch, sie gelangte auf einen Onlinespeicherplatz, den sämtliche Lehrer der Schule benutzten. Von da an war sie eine Einserschülerin. Was bedeutete, dass sie noch mehr Zeit online verbringen konnte.

Ihre größten Erfolge beruhten selten darauf, dass Marigny besonders genial vorging. Alles, was sie ihren Opfern voraushatte, war der Wissensdurst. Sie gab nicht auf, bis sie etwas verstand, woran andere gar nicht interessiert waren. Und anders als Menschen ließen Computer sich vollständig verstehen, denn sie unterlagen keinen Irrtümern, beinhalteten keine Widersprüche: Computer waren logisch wie Gott selbst.

Marigny versetzte sich zurück in ihr Kinderzimmer, wo die Jalousien ständig heruntergelassen waren und der Gameboy ihrer kleinen Schwester, die auf dem Bett lag, Blubbergeräusche von sich gab. Sie hatte mit ihren damaligen Partnern Good Guy und Bug gechattet, Witze in der Form kryptischer Abkürzungen, lässige Großspurigkeit, ein Prahlen und Verachten in atemloser Abfolge. Damals war die Welt klar sortiert gewesen in Nullen und Einsen, Ja oder Nein, dämlich oder genial. Wenn Marigny doch damit zufrieden geblieben wäre! Aber ihre verdammte Neugier hatte sie schließlich unter Menschen gelockt. Das war ihr persönlicher Sündenfall gewesen. Kein Weg führte zurück ins Paradies. In der Offline-Welt war nie etwas klar, ständig konnte alles kippen, auch Marigny selbst. Und ein dämlicher Handkuss konnte sie davon ablenken, dass sie bestohlen wurde.

Marigny öffnete die Augen wieder. Das mit der Entspannung klappte eh nicht. Dabei entdeckte sie ein großzügiges Stück Schokolade auf ihrem ausgeklappten Tisch.

Eli saß neben ihr wie ein Kaiser, die offene Schokoladenstange und ein Buch in Händen wie Reichsapfel und Zepter.

«Ist das für mich?»

Er nickte, ohne vom Buch aufzublicken.

«Danke … hey, mein Buch!»

Er ließ zu, dass sie es ihm wegriss.

«Das ist doch die Höhe, dass Sie an meine Sachen gehen! Was haben Sie …?» Sie inspizierte die Seiten. Die Knicke, mit denen sie besonders schöne Formulierungen markierte, waren verschwunden.

«Das ist nicht Ihr Buch», sagte er endlich. «Wir lesen beide die *Illuminatus!*-Trilogie, schon vergessen?»

Sie lief rot an und gab das Buch zurück. Am liebsten hätte sie es in sein Grinsen gedrückt.

«Niemals würde ich an Ihre Sachen gehen», fügte er noch an. Und verbarg sich vorsichtshalber hinter dem aufgeschlagenen Roman, als sie ihm einen giftigen Blick zuwarf.

«Oh, Sie fühlen sich ganz schlau, was?»

«Sie machen es einem auch leicht.»

Marigny war fassungslos. Es stimmte zwar, sie verhielt sich vor ihm außergewöhnlich trottelig, dennoch war es lange her, dass ein Mann sie von Angesicht zu Angesicht dermaßen grob behandelte. Uralte Unsicherheiten stiegen wieder auf. Sie fühlte sich machtlos, reizlos …

«Nehmen Sie Ihre Schokolade da weg.»

«Keinen Hunger? Nicht mal für nachher?»

«Es wird gleich Abendessen geben.»

«Aber Sie haben gesagt –»

«Da habe ich mich wohl wieder geirrt.»

Marigny behielt recht. Wenig später wurden in Alufolie geschlagene Tabletts ausgeteilt, deren Inhalt an Astronautennahrung erinnerte. Eli wirkte so begeistert davon, dass Marigny beinah Mitleid mit ihm bekam. Vermutlich war das hier seine erste Reise seit Jahren. Und wenn es stimmte, dass er keine Freunde, keine Liebschaften gehabt hatte nach Ćuruvija? Was für ein armseliges Leben! Kein Wunder, dass seine Umgangsformen verroht waren.

Nachdem die Tabletts wieder abgeholt worden waren, legte Marigny sich ihren Zarenhut über das Gesicht und versuchte, ein wenig zu schlafen. Aber ihre Gedanken hörten nicht auf zu kreisen. Sorgen um den morgigen Tag mischten sich mit ihrem Ärger über Adam Eli, über seine unbeeindruckte Art, sie anzusehen und anzusprechen. Umso schlimmer, dass sein Äußeres und seine tiefe Stimme ihr eigentlich gefielen …

Als sie zur Toilette musste und an Eli vorbeistieg, merkte sie, dass er ebenfalls wach geblieben war, aber seine Brille über die Stirn geschoben hatte. Offenbar fand auch er keinen Schlaf. Kein Wunder bei dem Schlamassel, in den er sich gebracht hatte!

Im Bad musterte sie ihr Spiegelbild und stellte erleichtert fest, dass sie mit ihrem Teenager-Ich nur entfernte Ähnlichkeit hatte. Es bestand wirklich kein Anlass zu Selbstzweifeln, bloß weil Eli ihr nicht den Hof machte. Sie kämmte sich die Haare, tupfte Feuchtigkeitscreme auf ihr Gesicht und gab einen Spritzer Parfüm an ihren Hals. Bei ihrer Rückkehr zum Platz zählte sie mit Genugtuung die Blicke, die an ihr hängen blieben. Wenn sie schon eitel war, dann wollte sie es wenigstens nicht grundlos sein.

Da Eli immer noch wach und ihr Selbstwertgefühl stabilisiert war, nahm sie das Gespräch wieder auf.

«Adam, darf ich Sie etwas fragen? Ich würde wirklich gerne wissen, wie Sie damals den Brief an Ćuruvija geschickt haben. Wie kamen Sie auf dieses russische Kleinstädtchen? In den Aufnahmen sagt Ćuruvija, dass sie Ihnen gegenüber niemals erwähnt hat, wohin sie fliehen wurde.»

«Nicht explizit, nein. Dabei fällt mir ein: Ich hätte gerne weitere Aufnahmen.»

«Die bekommen Sie, wenn Sie uns zu Ćuruvijas letztem Refugium geführt haben.»

Sie lauerte auf seine Reaktion. Doch er hielt einfach die Augen geschlossen, als würde er versuchen zu schlafen.

«Also, wie kamen Sie auf die russische Kleinstadt?»

«Wieso interessiert Sie das so sehr?»

«Einfach so. Aus Neugier.» Sie überlegte. «Ich verspreche, dass ich es meinem Auftraggeber nicht sage.»

Er lachte meckernd.

«Wirklich. Ich schwöre es.»

«Worauf denn? Ich kann mir nicht vorstellen, dass Ihnen etwas heilig ist.»

Das verletzte Marigny. Weil sie nicht antwortete, öffnete Eli die Augen einen Spalt.

«Tut mir leid», flüsterte er. «Aber das ist Ihre Wirkung, und Sie scheinen Ihre Wirkung sehr bewusst zu steuern.»

«Sie wissen nichts über mich», sagte sie kalt.

«Doch, zum Beispiel, wie Ihre Schwestern heißen und dass Sie früher nicht mit Ihren Klassenkameraden klarkamen, was Sie heute mit einer aggressiv betonten Sexualität überkompensieren … Gut, vielleicht haben Sie gelogen, und ich weiß wirklich nichts über Sie. Aber wenn Sie sagen, dass ich nichts über Sie weiß, verraten Sie doch Ihr Lügengespinst, sodass ich zumindest weiß, dass Sie mich anlügen und in Wahrheit unter Ihrem Minikleid eine Burka tragen.»

«Kein Wunder, dass Sie keine Freunde haben.»

«Falls Sie mich verletzen wollen, ist das wirklich ein erbärmlicher Hieb in die Luft.»

«Ich sage nur das Offensichtliche.»

Er schwieg. Auch Marigny machte die Augen zu, fest entschlossen, zu schlafen oder sich bis zum Ende des Fluges schlafend zu stellen.

«Weil sie mich geliebt hat», sagte Eli.

«Wie bitte?»

«Das russische Dorf. Ich wusste, wo Ćuruvija sein würde, weil sie mich geliebt hat.»

«Und Ihre Liebe hat GPS?»

Er lächelte. «Noch etwas weiß ich jetzt über Sie: dass Sie noch nie geliebt haben.»

Marigny gab ein Grunzen von sich. «Und ob.»

Zu ihrer Verwunderung sagte er gar nichts Hämisches. Stattdessen sah er sie mit jenem aufmerksamen, entschlossenen Blick an, der sie heute schon mehrmals aus der Bahn geworfen hatte.

«Unglücklich geliebt natürlich», fügte sie hinzu. «Manchmal denke ich, dass Liebe unglücklich sein *muss*. Sie stimmen mir da sicher zu.»

«Sie meinen, die Liebe gehört in den Äther der Vorstellungen, in die traumerfüllte Einsamkeit von Romantikern.»

«Machen Sie sich jetzt über mich lustig oder über sich selbst?»

«Das ist doch, was Sie meinen: dass Liebe sich mit Pragmatismus infiziert, wenn sie gemeinsam gelebt wird. Dass sie nur rein bleibt, wenn sie sich nicht erfüllt.»

«Ja, vielleicht.» Abermals geriet Marigny in Unsicherheit, ob er sie veräppelte oder ob er sich einfach in ihr wiedererkannte. Langsam trieb sie das wirklich in den Wahnsinn. «Was ist denn?»

«Ich glaube nicht, dass Sie jemals geliebt haben. Schießen Sie los.»

«Ich schütte Ihnen doch nicht mein Herz aus, nur um Ihnen irgendwas zu beweisen.»

Er machte es sich in seinem Sessel bequem. «Aber wir sind noch lange unterwegs. Und Sie wollen nicht schlafen, sondern mit mir plaudern.»

«Weil Sie so unwiderstehlich sind, ja?»

«Sie haben sich doch gerade frisch gemacht, die Haare gekämmt, ein bisschen einparfümiert. Sagen Sie bloß nicht, Sie tun das *nur für sich*. Sie lesen sich zwar bestimmt ab und an emanzipatorische Motivationssprüche auf Instagram durch, aber für solchen Selbstbetrug sind Sie nicht blöd genug.»

«Wie gut Sie mich durchschauen. Ich pflege mich nicht um meinetwillen, sondern *nur für Sie*.»

«Ich biete Ihnen die Gelegenheit, mit dem falschen Bild aufzuräumen, das Sie erwecken.»

«Und was könnte wichtiger sein!» Sie rollte mit den Augen. Aber dabei musste sie sich eingestehen, dass sie tatsächlich Lust hatte, mit ihm zu reden. Verdammt, er *war* unwiderstehlich, solange sie ihn nicht richtig deuten konnte. Sie wollte begreifen, wie er angesichts der Umstände so gelassen bleiben, wie er neun Jahre einer Frau nachtrauern konnte, die ihn wie ein Werkzeug benutzt hatte … und wie er es dabei schaffte, nicht wie ein kompletter Vollidiot zu wirken. Nur wie ein egozentrischer, pubertärer, taktloser Besserwisser … der seinerseits glaubte, Marigny mit einem Blick einschätzen zu können. Weil sie das so wurmte, hatte er sie natürlich genau da, wo er sie haben wollte. Es war so simpel wie unentrinnbar. Die klassische Kleinmädchen-Fingerfalle.

«Ich verstehe, dass das ein Machtspielchen für Sie ist», sagte sie so unbeeindruckt wie möglich. «Sie wollen Persönliches aus mir herauskitzeln wie eine Krähe, die mit einem Stöckchen den Leckerbissen aus der Röhre popelt. Weil Sie sich dann überlegen fühlen können. Weil das kurzfristig Ihr löcheriges Selbstwertgefühl auffüllt.»

«Meinen Sie nicht, die Krähe will den Leckerbissen, weil er lecker ist? Kommen Sie. Mir ist langweilig, Ihnen auch. Sie rücken nicht mit den Therapiemitschnitten raus. Dann will ich wenigstens was von Ihnen hören.»

«Ich muss mich wohl geschmeichelt fühlen, dass ich Ihre Wilenya ersetzen darf.»

Sein Blick wurde eisig. «Sagen Sie nicht ihren Vornamen, als würden Sie sie kennen.»

Marigny lachte vergnügt. «O-oh! Vorsicht … Vielleicht ist es schon Fremdgehen, wenn Sie allzu viel Interesse an einer anderen Frau zeigen.»

«Es *wäre* Fremdgehen», sagte er humorlos. «Und ich habe kein Interesse.»

Marigny schlang die Hände um ihr Knie und wippte mit dem Fuß. Sie hatte das wohlige Gefühl, dass er log.

«Wissen Sie, was, ich erzähle es Ihnen doch. Ich glaube nämlich, dass wir gar nicht so verschieden sind. Ich war ein Kind. Einundzwanzig Jahre alt, aber ein Kind. Da fängt die Ähnlichkeit schon an. Meine Partner und ich hatten gerade unseren zweiten großen Coup: Es war uns gelungen, die Webseite eines amerikanischen Stromversorgers zu hacken und auf die Daten unzähliger US-Haushalte zuzugreifen. Die Sicherheitsfirma *Keyhole* hatte ein Kopfgeld auf diese und andere Webseiten ausgeschrieben – wer es schaffte, Sicherheitslücken zu finden, kassierte einen fetten Lohn von den Unternehmen selbst, die *Keyhole* als externen Sicherheitsberater engagierten. Zwei Monate waren wir auf der Jagd.»

«Sie haben Partner?»

«Wer meine Partner *waren*, werde ich Ihnen natürlich nicht sagen. Ich bin zwar redselig, aber keine Verräterin. Es reicht, wenn ich sie Good Guy und Bug nenne. Das waren ihre Namen in einem Spiel, das wir gemeinsam gespielt haben.»

«Also zwei Partner.»

«Ja, zwei … Schließlich fand Bug einen falsch konfigurierten Proxy-Server, den Jackpot eines jeden Hackers. Wir lieferten die Informationen an *Keyhole* und bekamen zehntausend Dollar in Bitcoins, wie wir uns gewünscht hatten. Drei Monate später hatte sich der Betrag versechsfacht, weil der Wert von Bitcoins in die Höhe schoss. Mit dem Geld beschlossen wir, uns endlich einmal persönlich zu treffen. Seit ich sechzehn war, chattete ich fast täglich mit den beiden. Da Good Guy in Asien lebte, Bug in den Staaten und ich in Köln, wählten wir einen Treffpunkt, der für alle gleichermaßen exotisch war: Neu-Delhi. Ich erzählte meiner Mutter, ich würde mit Freunden zum Wandern nach Österreich reisen, damit keine Fragen über mein Budget aufkämen.

Ich war noch nie so nervös wie an dem Morgen, als ich Bug und Good Guy in der untergemieteten Wohnung in Neu-Delhi traf. Bug war klein und dick: Unter seinem bohnenförmigen, bebrillten Kopf breitete sich eine weiche Masse Mensch aus, mit schwarzem Flaum auf der weißen Haut. Wenn er redete, schien er immer ein wenig zu kichern, so als würden bloße Blicke ihn schon kitzeln. Good Guy war dafür überraschend groß für einen Chinesen –»

«Aha, ein Chinese.»

«Es gibt mehr als eine Milliarde Chinesen. Sie können ruhig wissen, dass er Chinese war.»

«Erzählen Sie weiter. Bitte.»

«Good Guy war noch nicht in allen Ländern der Welt volljährig und so klapperig wie Bambus. Dabei konnte er mehr essen als der naschhafte Bug und ich zusammen. Er hatte ein flächiges, dunkelhäutiges Gesicht, das hinter einem Vorhang aus bügelglattem Haar nur selten hervorkam. Ich konnte nicht aufhören, ihn zu beobachten. Seine schlaksige Haltung, seine Bewegungsfaulheit, seine melancholischen Gebärden waren einfach ... entzückend. Ich glaube, meine Verliebtheit begann so: Ich machte mir Gedanken darüber, wie ich ihn am besten beschreiben würde. Je treffender ein Satz ihn erfasste, umso mehr habe ich mich gefreut. Als könnte ich ihn so Stück für Stück in meinen Besitz bringen. Ich fand zum Beispiel, dass er die Last seiner knochigen Schultern mit Fassung trug. Und er rauchte so unentwegt, als bräuchte er Qualm und nicht Luft zum Leben. Er schlief sogar mit einer Kippe hinter dem Ohr, und wenn sie zerknitterte, glättete er sie wieder mit der trägen Geduld eines Vampirs, der Jahrhunderte zu leben hat. Die heftigste Regung, die ich an ihm erlebte, war das kurze, fast geräuschlose Aufleuchten eines Lachens, bevor er wieder den Blick senkte und hinter seinen Haaren verschwand.»

Eli bot ihr ein Stück Schokolade an. Sie lehnte ab, er begann zu knabbern wie ein Kinobesucher.

«Ich begriff kaum, wie mir nicht früher hatte auffallen können, dass wir füreinander bestimmt waren. Unsere bisherige Freundschaft wurde im Licht meiner neuen Gefühle eine andere. Seine Großspurigkeit aus früheren Chatverläufen gewann durch die Art, wie sein Oberkörper nach vorne kippte oder wie er resigniert den Kopf in den Nacken legte, einen verzweifelten, mitleiderregenden Anstrich. Ich erkannte, dass sein Zynismus und seine Prahlerei nur die Verdecke unendlich süßer Seelenpein sein konnten. Das klingt albern, oder? Nun ja, es *ist* albern.»

Eli schüttelte den Kopf. «Gefühle sind nie albern. Nur wie man mit ihnen umgeht, kann verdammt peinlich werden. Was ist dann passiert?»

Marigny überlegte, was sie sagen und was sie verschweigen sollte. Ob ihr Faible für leidende Männer von Good Guy geprägt worden war oder ob es bei ihm lediglich zum ersten Mal gewirkt hatte, war eine Frage, in die sie Eli nicht einweihen wollte. Aber wenn Eli aufmerksam war, würde ihm nicht entgehen, dass sie bei Good Guy die Schönheit eines Schwelbrandes zu schätzen gelernt hatte, der die äußere Coolness von innen verzehrt.

«Einen Monat verbrachten wir in Indien, sahen uns Sehenswürdigkeiten an, aßen verrücktes Zeug, was man eben so macht. Nachts saßen wir in Bars und spielten Poker, wobei es mehr um das schamloseste Betrügen als ums Gewinnen ging – oft tranken wir dazu so viel Schnaps, dass mir kreuzübel wurde, aber ich hielt das aus, schließlich war es das erste Mal, dass ich solche Abenteuer erlebte, noch dazu mit einem Jungen, in den ich verliebt war. Wahrscheinlich hätte ich mit Good Guy getrockneten Kuhdung sniffen können, und es wäre noch schöner gewesen als neunundneunzig Prozent meiner bisherigen Erfahrungen.»

«Was war mit Bug, dem Bohnenkopf?»

«Bug war dabei keineswegs entbehrlich. Im Gegenteil, er stand oft im Zentrum der Aufmerksamkeit und schweißte Good Guy und mich zusammen. Wir gaben ihm zum Beispiel Mutproben auf oder erteilten Ratschläge, was sein Sozialleben und sein Aussehen betraf … wobei wir uns selbst wunderbar aufwerten konnten. Wir waren fiese kleine Scheißer, das will ich gar nicht beschönigen. Bug schien das auch zu ahnen, und er gönnte es uns. Vielleicht weil er schon über dreißig war und uns Kindern die Frechheit nachsah.» Sie zögerte. «Als es auch nach zwei Wochen noch kein Anzeichen davon gab, dass Good Guy meine Gefühle erwiderte, bekam ich Sorge, er könnte unsere Seelenverwandtschaft niemals entdecken. Vielleicht hatte er noch nicht einmal registriert, dass ich eine Frau war. Also habe ich zu einer Lüge gegriffen, für die ich mich bis heute schäme: Ich äußerte vor Good Guy den Verdacht, Bug könnte in mich verliebt sein. Ich erfand Avancen. Schauen Sie mich nicht an, ich schäme mich.»

Eli nickte und richtete den Blick auf ihre Knie. Nun brach sie sich doch ein Stück von der Schokolade ab und kaute hastig.

«Ich schlug Good Guy vor, dass wir vortäuschen könnten, miteinander anzubandeln, damit Bug angesichts der Konkurrenz die Hoffnung aufgab. Good Guy rauchte nur und zuckte nach einer endlosen Schweigepause die Schultern. Das war seine Zustimmung. Dank dieser Intrige schaffte ich es, mich mit Good Guy einige Male alleine davonzustehlen und Zeit ohne Bug zu verbringen. Dass Good Guy seine Rolle etwas aktiver erfüllen und mich vor Bug einfach küssen würde – wodurch er sich in mich verlieben müsste, wie ich naiv glaubte –, blieb leider ein Tagtraum. Ich selbst traute mich nicht, noch offensiver zu sein. Ich fürchtete eine definitive Ablehnung. Damals war ich auch noch ein echter Weirdo, mit unlackierten Fußnägeln in Klettverschlusssandalen, vernachlässigten Zähnen und schlechter Haut … Und er kam mir so unbeeindruckbar vor wie ein Granitblock. Ich begriff nicht, dass er doch im Grunde ein Teenager war, vermutlich mit einem Hormonstau bis unter die Schädeldecke. Die bloße Tatsache, dass ich einen Körper besaß, hätte genügen sollen, um ihn zu erregen. Aber ich war viel zu unsicher, um daran zu glauben.»

Eli verschränkte die Arme, sagte aber nichts.

«Die Tage in Indien rannen dahin. Wir übernachteten in teuren Hotels und unter den Sternen am Strand, waren uns Dutzende Male so nah, dass ich meine Nasenspitze an seine hätte drücken können, und nie traute ich mich, ihm direkt in die Augen zu schauen. In der letzten Nacht betrank ich mich schrecklich, machte gewagte und anzügliche Bemerkungen, flirtete auch Bug an in der verzweifelten und verqueren Hoffnung, Good Guy eifersüchtig zu machen – und stellte irgendwann fest, dass Good Guy ohne Abschied ins Bett gegangen war.

Am nächsten Tag trennten wir uns am Flughafen und gingen unserer Wege. Als Good Guy in der Menge hinter den Sicherheitskontrollen verschwand, kamen mir die Tränen. Nie hatte ich mich so verloren gefühlt. Aber zu Hause fasste ich mich wieder: Wir würden uns wiedersehen. Das war nicht das Ende, sondern der Anfang! Nur als ich mir überlegte, wie genau ich das nächste Treffen einfädeln sollte, bekam ich wieder Zweifel. Offenbar hatte Good Guy sich nicht in mich verliebt. Welchen Grund hätte er also, mich bald wiedersehen zu wollen? Ich musste entweder dafür sorgen, dass er sich aus der Ferne verliebte, oder ich brauchte einen Vorwand, nach Hongkong zu reisen.»

«Aha, Good Guy aus Hongkong.»

«Mein Gott, ja. Das hätten Sie sich denken können. Es gibt nicht gerade eine florierende freie Hackerszene auf dem chinesischen Festland.»

«Sie sind die Datensicherheitsexpertin. Fahren Sie fort.»

«In unseren Chats war Good Guy wie immer, was mir nach der intensiven Zeit in Indien aber kalt und abweisend vorkam. Auch wenn nichts Romantisches passiert war, hatten wir doch über intime Dinge geredet. Als ich schon fast so weit war, ihn aufzugeben, schlug er vor, dass ich für einen anscheinend unlösbaren Job an einem deutschen Versicherungsinstitut meinen, nun ja, weiblichen Charme einsetzen sollte. Damals war ich zweiundzwanzig. Ich las seine Nachricht und wusste nicht, ob ich vor Freude durch die Decke schoss oder vor Angst schrumpfte. Es fühlte sich an wie beides.

Dass ich mit der Verführung tatsächlich erfolgreich war und so den Job rettete, war die nötige Bestätigung, um Good Guy offensiver anzugehen. Einen Monat später flog ich nach Hongkong, fest entschlossen, ihm mit allen Verführungskünsten die Augen zu öffnen.»

Sie wollte nicht wieder seufzen, daher brachte sie tapfer ein Schmunzeln zustande.

«Wow», sagte Eli. «Sie waren verliebt in den Mann, der Sie zur Prostitution überredet hat. Verführungskünste waren vermutlich gar nicht mehr nötig, um ihn rumzukriegen. Aber Gefühle hat er komischerweise trotzdem nicht für Sie entwickelt, stimmt's?»

«Sie irren sich. Ich habe ihn nie geküsst. Ich habe es versucht, sogar mit Gewalt. Aber da war nichts zu machen.»

«Mit Gewalt? Wie darf ich mir das vorstellen?»

Sie musterte ihn skeptisch. «Sie dürfen überhaupt nicht.»

«Wie, plötzlich ziehen Sie Ihre Geheimnisse wieder zurück?»

«Ich sehe Ihnen doch an, dass Sie sich über mich lustig machen. Sie haben dieses Zucken an den Augenbrauen.»

«Das ist kein Anzeichen von Amüsement. Sondern von Grauen. Was Sie erzählt haben, hat nichts, wirklich nichts mit Liebe zu tun. Es ging nur um Ihr Ego.»

«Sie wissen überhaupt nicht, was passiert ist!», fauchte sie.

«Was denn?»

Sie biss die Zähne zusammen, hin- und hergerissen, ob sie weitererzählen oder ihm Schimpfwörter an den Kopf werfen sollte. Schließlich sagte sie: «Was folgte, war die Auflösung unseres Teams – das Ende meiner einzigen Freundschaften. Ist es jetzt emotional genug für Sie?»

«Ich habe nie bestritten, dass es emotional ist, nur –»

«Ach, halten Sie den Mund, Sie Haarspalter! Und zwar bis zum Ende des Fluges.»

Eli

Guten Morgen, meine Damen und Herren. Nach dem Frühstück erreichen wir Dubai planmäßig um sieben Uhr fünfzehn», flötete eine Stewardess über die Lautsprecher.

Eli rieb sich über das Gesicht. Er fühlte einen unbestimmbaren Schmerz in seinen Gliedern, eine von Nervosität übertünchte Müdigkeit. Stunde um Stunde hatte er erfolglos versucht zu schlafen. Der Lärm der Turbinen und das Vibrieren der Maschine erinnerten ihn zu sehr an die letzte Nacht, die er im Himmel verbracht hatte, nämlich als er aus Palmasola entlassen worden war und nach Hause fliegen durfte. Damals hatte er sich allerdings während des gesamten Fluges nicht anlehnen können. Einige Mithäftlinge hatten ihm ein Souvenir mitgegeben: sieben auf seinem Rücken ausgedrückte Zigaretten. Weil er frei kam und sie nicht. Weil er liebende Eltern hatte und eine lukrative Staatsbürgerschaft und sie nur so viel wert waren, wie man sie fürchtete. Weil …

Gib mir eine Erinnerung, Folleto. Ich lass dich doch nicht gehen, ohne dass du mir wenigstens einmal den Schwanz lutschst. Zur Erinnerung, oder du kriegst eine Erinnerung von mir.

«Kaffee oder Tee?», fragte ein Steward mit Akzent.

«Kaffee, danke», sagte er. «Und einen Tee für meine Nachbarin, bitte.»

Neben ihm schlief Marigny, den exzentrischen weißen Hut über ihre Augen gezogen. Ihr Kopf war ihm beinah gegen die Schulter genickt. Vorsichtig klappte er ihren Tisch aus und stellte das Essenstablett darauf. Er selbst hatte schon seit gestern keinen Appetit, aber er wusste, dass seine Nervosität mit leerem Magen nur schlimmer würde, also ließ auch er sich ein Arrangement aus pröbchengroßen Frühstücksideen geben. Vor allem wollte er nicht, dass die Hackerin ihm seine Aufregung anmerkte.

Da sie nach zehn Minuten immer noch schlief, beschloss er, sie zu wecken. «He, Hackepeter», flüsterte er.

Sie reagierte nicht. Ohne es verhindern zu können, glitt sein Blick von ihren Lippen hinab über ihr enges, cremefarbenes Kleid. Gleichmäßig hob und senkte sich ihre Brust. Als Eli klarwurde, was er tat, wandte er sich ab. Bilder durchzuckten ihn … schemenhafte Erinnerungen an Grausamkeit und an Will. Aber auch an Will konnte er jetzt nicht mehr auf diese Art denken, ohne dass ihm Gefühle in den Weg kamen, die alle Selbstvergessenheit verhinderten. Ein vages Gebräu aus Ekel und Schuld rührte sich in ihm an.

Mit reflexartiger Albernheit neigte er sich zu Marigny hin, den Blick auf ihren Hut gerichtet. «Mariel, hier ist Ihr Auftraggeber. Ihr Auftraggeber, Herr ...?»

«Netter Versuch», kam die nuschelige Antwort. «Wollen Sie nicht auch meine Hand in lauwarmes Wasser halten?»

«Ich warte noch darauf, dass die Getränke abkühlen.»

Sie schob sich den Hut zurück und linste auf das Frühstück.

«Ich wusste nicht, ob Sie Kaffee oder Tee lieber mögen, deshalb habe ich beides genommen. Suchen Sie sich was aus.»

«Beides gut. Koffein.»

Eli beobachtete sie beim Trinken. So zerzaust fand er sie beinahe sympathisch.

Wie zu erwarten brach sie bald zur Toilette auf. Als sie eine halbe Ewigkeit später zurückkehrte, mit seidiger Mähne und ölig glänzenden Lippen, strahlte sie wieder die Selbstgefälligkeit aus, die er so abstoßend fand. Eli verkniff sich einen Kommentar, als sie sich langsamer als nötig an ihm vorbeidrängte und ihn mit dem Hintern streifte. Mit der Selbstgefälligkeit war also auch die Schamlosigkeit wiederhergestellt.

Sie schien ihm immer noch zu verübeln, wie das Gespräch gestern ausgegangen war, und pickte schweigend in ihrem Frühstück herum. Danach las sie mit gelegentlichen Geräuschen der Missbilligung Nachrichten auf ihrem Handy, bis das Flugzeug sich Richtung Erde neigte und rumpelnd und ratternd zum Stehen kam.

Gleißendes Sonnenlicht empfing sie, als sie die Treppe aus dem Flugzeug hinunterstiegen. Durch weitläufige, weiß glänzende Flure kamen sie an den Gepäckbändern vorüber und durch die Zollschranken. Erst in der Ankunftshalle, wo trotz der frühen

Stunde schon reger Trubel herrschte, wandte Marigny sich zu Eli um.

«Also, Sie haben die Adresse?»

Er nickte. «Ein Taxi wäre gut.»

Sie folgten den Schildern zum Taxistand und setzten sich in den ersten freien Wagen. Eli zeigte dem indisch aussehenden Fahrer sein Handy, auf dem er die Adresse notiert hatte. Sie fuhren los.

«Wie lange werden wir unterwegs sein?», erkundigte sich Marigny auf Englisch.

Der Fahrer wiegte den Kopf. «Ein bis zwei Stunden, je nach Verkehr.»

Marigny atmete hörbar aus.

«Nervös?», fragte Eli.

«Wenn einer Grund hat, nervös zu sein, dann Sie.»

«Ćuruvija wird mir nichts antun. Aber Sie arbeiten für ihren Feind. Vielleicht ist sie da weniger nachsichtig.»

Marigny bleckte die Zähne zu einem Lächeln. «Wenn Sie meinen.»

Eli spähte aus dem Fenster. Hotels und Privatkliniken wechselten sich ab, dahinter standen etwas verloren wirkende Wolkenkratzer. Plakate warben für Einbauküchen und Uhren, vor allem aber für die vergangenen und gegenwärtigen Scheichs der Emirate, Männer mit zuversichtlichen Blicken und gerissenem Lächeln. Das größte Gebäude der Welt kam in Sicht, das Burj Khalifa, unwirklich wie ein Eissplitter in der flackernden Luft. Eli wäre gerne näher herangefahren, aber sie entfernten sich vom Stadtzentrum. Kleinere, nach Styropor aussehende Gebäude und Kolonien von ummauerten Villen säumten die Schnellstraße. Bald gab es nur noch Strommasten und einen Maschendrahtzaun. Dahinter lag leuchtend gelb die Wüste.

Die Grenzenlosigkeit der Landschaft verwirrte Eli. Er konnte kaum einschätzen, ob die Dünen hoch wie Berge waren oder nur kleine Wehen. Der Horizont war unbegreiflich nah, lediglich ein Streifen Bleiche, wo die Farben verdunsteten, als hätte die Natur keine Lust mehr gehabt, sich zu entfalten. Am Straßenrand waren Pfützen aus Sand, weil der Zaun kein Hindernis für die Wüste darstellte.

Schließlich begann eine lange, sonnengebleichte Mauer. Das Taxi bog in eine Einfahrt ab, die vor einem Metalltor endete. Ein Wachhäuschen stand daneben.

«Das ist es», sagte der Fahrer.

Eli stieg aus. «Wo sind wir?»

«Das wissen Sie doch wohl», murmelte Marigny, während sie bezahlte.

Aus dem Wachhäuschen kam ein Sicherheitsmann. «Kann ich Ihnen helfen?»

«Ähm, ja … sind wir hier richtig bei …» Eli kniff die Augen zusammen, um das Firmenschild am Tor zu entziffern. War es denn möglich?

«Rosebuddy», las er verblüfft. Er starrte den Wachmann an. «Das ist der Firmensitz von Rosebuddy? Ich dachte, hier ist das Research Center of Technology Design.»

«Haben Sie einen Termin?», fragte der Wachmann unbeeindruckt.

«Mit Willenya Ćuruvija. Es könnte sein, dass sie nicht da ist. Aber ihr Stellvertreter weiß Bescheid. Adam Eli und Mariel Marigny.»

Der Wachmann verlangte ihre Pässe. Damit kehrte er ins Häuschen zurück und machte einen Anruf. Nach einem Gespräch, das von mehreren Wartepausen in die Länge gezogen schien, gab er Eli und Marigny die Pässe zurück und bat sie höflich, sich mit einem Metalldetektor untersuchen zu lassen. Auch ihr Gepäck wurde durchsucht. Dann wies er sie an, am Tor zu warten, jemand würde sie abholen.

Marigny hatte ihren Mantel im Köfferchen verstaut und statt des Zarenhutes einen großen weißen Sonnenhut und eine Sonnenbrille hervorgezaubert. Das kaschierte ihre verdrießliche Miene.

«Rosebuddy», raunte Eli ihr zu, immer noch fassungslos. «Ich glaube, ich habe irgendwann schon mal gehört, dass die Firma in den Arabischen Emiraten sitzt. Können Sie sich das vorstellen?»

«Und wie.»

«Darf ich mal Ihr Handy ausleihen? Ich möchte was nachschauen und habe kein Internet auf meinem.»

«Nein.»

Er tigerte auf und ab. Rosebuddy, ein milliardenschwerer Konzern, steckte also hinter dem nichtssagenden Research Center of Technology Design, über das im Internet fast nichts zu erfahren war. Es gab eine Homepage, die ebenso nichtssagend war wie der Name. Dass das Center zu Rosebuddy gehörte, der weltweit beliebtesten App, davon war nirgends die Rede. Warum die Heimlichtuerei?

Ein Golfcart kam. Der Wächter öffnete das Tor, damit Eli und Marigny einsteigen konnten.

«Guten Morgen», grüßte der dunkelhäutige Fahrer auf Englisch. «Miss Marigny und Mr. Eli? Dürfte ich Ihre Pässe sehen?» Nachdem er einen Blick auf die Pässe geworfen hatte, erklärte er: «Fotos sind auf dem Gelände untersagt. Ebenso Zigaretten.»

Sie fuhren an einstöckigen Gebäuden vorbei, die nur wenige Fenster besaßen. Bei einer Kreuzung sahen sie ein anderes Golfcart, in dem zwei plaudernde Frauen saßen, und einen Spielplatz, der unbenutzt wie aus einem Katalog im Schatten junger Palmen lag. Da Marigny nach draußen spähte und ihre Handtasche offen war, schnappte Eli sich ihr Handy. Sie machte es einem auch wirklich zu leicht.

Er öffnete den Wikipedia-Eintrag zu Rosebuddy. Das Programm, das die digitale Welt für über hundert Millionen Nutzer personalisierte, war seit knapp fünfzehn Jahren auf dem Markt und stand seitdem an der Forschungsspitze von Sprach- und Bilderkennung auf der Basis neuronaler Netzwerke. Der Name Rosebuddy war vom Film *Citizen Kane* abgeleitet; der digitale persönliche Assistent sollte seinen Nutzern so wichtig werden wie der Rosebud-Schlitten dem sterbenden Kane. Böse Zungen behaupteten allerdings, Rosebuddy sei eine Anspielung auf eine brutale Sexpraktik, die veranschauliche, was Rosebuddy mit Informationen mache. Es hatte mehrmals Skandale um die Zugriffsmöglichkeiten des Programms und den Umgang mit Nutzerdaten gegeben, aber das tat der Beliebtheit des Programms keinen Abbruch.

Eli öffnete den Eintrag über den Gründer von Rosebuddy, Eugen Balthus – ein Deutscher mit russischen und jüdischen Wurzeln, aufgewachsen in einer norddeutschen Kleinstadt. Er hatte Rosebuddy praktisch im Alleingang entwickelt, ohne Informatikstudium und ohne jemals einen Fuß ins Silicon Valley zu setzen. Ebenso außergewöhnlich war, dass er sich nicht von Google und anderen Riesen des Business hatte aufkaufen lassen. Noch dazu war er zwei volle Monate lang Champion im Ego Shooter *Against All Gods* gewesen. Es gab einen Dokumentarfilm, der ihn bei der Titelverteidigung begleitete.

«Das glaube ich nicht!» Marigny riss ihm das Handy aus der Hand.

Der Fahrer bremste ab. «Keine Fotos!»

«Ich habe keine Fotos gemacht», sagte Eli, bemüht, nicht zu vergnügt zu wirken.

Marigny hob die Faust, als wollte sie ihm eine verpassen. Aber dann steckte sie doch nur ihr Handy ein und schüttelte den Kopf. «Unglaublich.»

«Ich finde mich ziemlich vorhersehbar.»

Trotz ihrer Sonnenbrille spürte er, wie vernichtend ihr Blick war. «Sie haben immer alles unter Kontrolle, was?»

«Nein. Ich habe Pickel auf dem Rücken.»

Darauf fand sie keine Worte mehr. Doch ihm war, als würde sie ein Grinsen unterdrücken, als sie sich von ihm abwandte.

Vor ihnen erschien eine zweite Mauer mit einem Tor und einem Wachhäuschen. Der Wächter ließ sie aussteigen und untersuchte sie erneut mit einem Metalldetektor. Auch ihre Taschen wurden wieder geöffnet, Kleidungsstücke und Kulturbeutel befühlt. Als sie endlich weiterfahren durften, empfing sie ein Garten mit plastikartigem, grellgrünem Rasen. Sprinkleranlagen erzeugten überall kleine Regenbogen. Hinter zwei Reihen von Palmen thronte ein Palast wie aus Tausendundeiner Nacht. Das Golfcart hielt direkt vor dem vergoldeten Portal. Ihr Fahrer besaß einen Hausschlüssel und ging ihnen durch eine Eingangshalle voran, die ganz und gar aus grünem und weißem Marmor bestand. Teiche waren in den Boden gelassen, und hinter Gitterwänden aus Kirschholz zirpten exotische Vögel.

«Warten Sie bitte hier», sagte ihr Führer und wies auf eine Ecke, in der ausladende Sofas einen Glastisch umringten. Eine Kaffeekaraffe, Gläser und eine Schale Datteln deuteten darauf hin, dass hier ein oft genutzter Wartebereich war. An einer Wand hingen die Porträts des Gründervaters der Arabischen Emirate, des gegenwärtigen Scheichs von Abu Dhabi, des Scheichs von Dubai und ein Foto mit Letzterem und Eugen Balthus in traditioneller weißer Kandora und Ghutra auf dem Kopf.

Marigny und Eli ließen sich auf jeweils einem Sofa nieder, wodurch sie merkwürdig weit voneinander entfernt waren. Ihr Führer verschwand durch eine Doppeltür.

Eine Weile lauschten sie dem Wasserplätschern und den Vögeln.

«Wollen Sie nicht wissen, wo wir sind?», fragte Eli.

«Wie Sie wissen, weiß ich, wo wir sind.»

«Hä?»

Sie nahm ihren Hut ab und schob sich die Sonnenbrille ins Haar. «Ab jetzt muss ich Ihr Spielchen nicht mehr mitspielen. Sie brauchen sich also keine Mühe mehr zu geben. Uns beiden ist klar, dass Sie mein Handy in der Frauenkirche entwendet haben. Uns beiden ist auch klar, dass es kein letztes Refugium von Willenya Ćuruvija gibt. Herzlichen Glückwunsch, Adam. Sie haben die Fährte zurückverfolgt und sich ins Haus meines Auftraggebers gebracht. Und ich wette, Ihnen fällt erst jetzt auf, dass Sie keinen Schritt weiter geplant haben.»

Er staunte. «Aber warum haben Sie dann eingewilligt, hierherzufliegen?»

«Es muss beängstigend sein, wenn Leute doch nicht so berechenbar sind, wie man glaubte.»

Er zog die Brauen zusammen. «Übrigens habe ich sehr wohl an das gedacht, was passieren wird. Natürlich werden Sie gefeuert.»

Aber er war längst nicht mehr davon überzeugt. Denn wenn Marigny wirklich die ganze Zeit gewusst hatte, dass er ihren Auftraggeber suchte und nicht Will, dann rührte ihre Gelassenheit wohl daher, dass ihr Auftraggeber bereit war, Eli zu empfangen. Warum aber dann die Geheimniskrämerei?

Die Doppeltür schwang auf.

«Herr Balthus erwartet Sie», sagte ihr Führer.

Balthus. Nicht irgendein Mitarbeiter, sondern der Erfinder von Rosebuddy höchstselbst.

Sie durchquerten einen abgedunkelten Raum, der bis auf zwei bullige, europäisch aussehende Bodyguards völlig leer war. Unter den argwöhnischen Blicken der Männer passierten sie eine weitere Doppeltür. Dahinter lag ein Zimmer mit einem kolossalen Schreibtisch und einem Bett, vergoldet und verspiegelt wie ein königlicher Sarg, der ins All geschossen werden soll. Links fielen durch geschnitzte Fensterläden Lichtmosaike auf den Marmorboden.

«Das ist also der berüchtigte Adam Eli», sagte eine hohe, schneidende Stimme, die Eli wiedererkannte.

Im Dämmerlicht des Bettes bewegte sich ein beeindruckend fetter Mann, angetan mit einem Seidenmantel und Tennissocken. Ein rötlicher Bart umkränzte das Gesicht, das so konturlos in den Hals überging, dass Augen, Nasenlöcher und Mund hineingedrückt wirkten wie Rosinen in einen ausgerollten Teig. Es war unmöglich, sein Alter zu bestimmen. Doch dank des Wikipedia-Eintrags wusste Eli, dass Eugen Balthus dreiundvierzig war.

«Hallo?» Balthus winkte. «Sprache verloren, was? Kein Problem. Man trifft nicht alle Tage einen Promi. Es sei denn, man ist ein Promi.» Er lachte. «Also. Dass ihr hier seid, heißt dann wohl, dass du gelogen hast. Willenya ist nicht in den Emiraten … oder? Das hast du erfunden, um mich zu besuchen.»

«Ich hatte Lust auf Sonne.»

Wieder lachte Balthus auf, allerdings klang es kein bisschen vergnügt. «Sarkasmus. Süß. Und, äh, wie hast du rausgefunden, wer ich bin?»

Eli spürte, wie sich Marigny neben ihm anspannte. Da wurde ihm klar, dass sie Balthus nichts von dem gestohlenen Handy erzählt hatte …

«Sie sind prominent», sagte Eli. «Ich habe die Doku über Ihre Computerspielerfolge gesehen und Ihre Stimme wiedererkannt.»

«Scheiße!» Diesmal klang Balthus' Lachen aufrichtig. «Ein Fanboy. Okay, setz dich. Du auch.»

Eli und Marigny nahmen auf der Polsterbank seitlich des Bettes Platz.

«Erfrischungen, ja?», befahl Balthus dem Bediensteten, der sie hergeführt hatte, und der Mann entschwand.

Balthus kratzte sich durch den Bart. «Ich lasse die Angestellten glauben, ich wäre Moslem. Dann haben die Araber mehr Respekt, die Europäer mehr Angst. Und beide klauen weniger! So, genug Smalltalk. Du hast dir einen Trip ergaunert, um mich zu beschnuppern. Das ist mutig. Und gewieft. Wenn jemand gewieft ist, sehe ich ihm vieles nach.»

Seine hellen, flinken Augen richteten sich auf Marigny. «Oder hast du dich verplappert?»

«Nein», sagte sie schlicht. «Ich habe meine Bedenken geäußert, was die Reise hierher anging.»

«Ja, ja. Aber jetzt seid ihr hier. Und ich bin sogar ganz froh drum! Wäre doch enttäuschend, wenn Adam Eli nicht rauskriegt, wer sein Auftraggeber ist. Jetzt bin ich überzeugt, dass du auch unsere Willenya finden wirst.»

Eli erwiderte ruhig den Blick des Milliardärs. «Was wollen Sie von ihr?»

«Nur das, was mir gehört.»

«Dass Sie mich und eine Hackerin mit der Suche betrauen und nicht die Polizei, kann nur zwei Beweggründe haben: Entweder hat die Polizei keinen Anlass, Ćuruvija zu suchen, oder die Polizei hätte zwar Anlass, aber Sie wollen Ćuruvija etwas Schlimmeres antun als Gefängnis. In beiden Fällen werde ich Ihnen nicht helfen.»

Balthus schnaufte ein wenig, während er seine Liegeposition veränderte. «Du denkst zu eingeschränkt, Adam. Erstens: Es gibt keinen Staat, dessen Polizei Willenya nicht einlochen würde. Zweitens: Ich will ihr überhaupt nichts antun. Und deshalb schalte ich auch nicht die Polizei ein.»

«Sondern mich, damit ich mich an ihr rächen kann.»

«Ich weiß, dass du davon phantasierst. Die Kleine am Hals packen, ihr von deiner Zeit im bolivianischen Gefängnis erzählen … sie das eine oder andere erleben lassen. Aber seien wir ehrlich, es sind Phantasien. Du würdest ihr kein Haar krümmen. Nicht, wenn sie mit ihren Rehaugen vor dir steht, so süß und unschuldig. Gott segne sie!»

«Sie sind sich also sicher, dass ich ihr nichts antue. Woher weiß ich, dass *Sie* ihr nichts antun?»

Balthus klatschte in die Hände. «Ich ihr was antun! Ich bin ihr Ehemann!»

Es war Eli unmöglich zu atmen, zu begreifen, weiterzuleben, während Balthus lachte. Wie gelähmt saß er da.

Der Bedienstete brachte ein Tablett, beladen mit frischen und getrockneten Früchten, Gebäck und einem Strauß einzeln abgepackter Salamiwürstchen, die zwischen den schönen Speisen etwas deplatziert wirkten. Während er ein Tischchen zwischen Bett und Polsterbank arrangierte und Kaffee in Gläser goss, wies Balthus ihn an: «Lass bitte eine Unterkunft in Sektor D für meine Gäste vorbereiten, ja?»

Der Diener deutete eine Verneigung an und zog sich zurück.

«Dattelkuchen?» Balthus bot ihnen einen Silberteller mit Teilchen aus Blätterteig, Röllchen aus gehackten Pistazien und dunklen Kugeln an. Weder Marigny noch Eli griff zu. Balthus schob sich zwei Küchlein hintereinander in den Mund.

Ihr Ehemann.

Dieses Wort aus diesem Mund! Eli versuchte, irgendwie den Schock zu verarbeiten, nein, ihn zu verdrängen. Verarbeiten ließ sich das nicht. Nicht in der Zeit, die ein Menschenleben währte.

«Du hast doch keinen Herzinfarkt, oder? Hallo? Falls es dich beruhigt, es war keine Liebesheirat», sagte Balthus. «Und übrigens auch nicht meine Idee.»

Er reichte ihm ein Glas Kaffee. «Sie war noch minderjährig und wollte ihre finanzielle Beteiligung mit einer Ehe sichern. Das Risiko war ganz auf meiner Seite. Eigentlich hätte ich mich am liebsten in Saudi Arabien niedergelassen, weil meine Rechte dort etwas großzügiger bedacht sind als ihre. Aber der Standort hätte meiner Firma nicht so gutgetan. Man kann nicht alles haben.»

Eli atmete langsam und tief aus, weil er unbewusst die Luft angehalten hatte. «Ćuruvija war minderjährig … Dann sind Sie der Abnehmer des gestohlenen Computers. Ihretwegen sind wir in das Haus in Santa Cruz de la Sierra eingebrochen. Wer sind Sie? Was war auf dem Computer?»

«Komm runter. Man versteht ja nicht, was du da redest.»

«Wer war der Mann im Garten? Der mich niedergeschlagen hat, der auf den Japaner geschossen hat!»

«Wer? Wenn jemand dir was angetan hat, wurde er vermutlich von Willenya engagiert, um dich loszuwerden. Aber ich weiß nichts davon. Habe nie nachgefragt.»

Eli stöhnte auf: Weil er zitterte, hatte er sich heißen Kaffee über die Hand gegossen. Er stellte das Glas zurück auf den Tisch.

«Mich interessiert nicht, wie Willenya beschafft hat, was sie mir beschaffte. Aber ich weiß, was ich dafür bezahlt habe. Neun Jahre Forschungsarbeit habe ich hineingesteckt. Ich habe Mühen auf mich genommen, Gefahren … Ich will es wiederhaben!» Auch Balthus knallte sein Glas auf den Tisch. «Ich sage es noch einmal deutlich: Das Luder ist mir egal, du kannst von mir aus mit ihr in den Sonnenuntergang galoppieren, sie von allen Seiten ficken oder abknallen. Aber ich will meinen Besitz zurück. Ich will das, was sie mir gestohlen hat. Ich bin nicht nachtragend. Ich bin ein netter Kerl. Wenn sie mir zurückbringt, was sie geklaut hat, ist Willenya aus meinem Gedächtnis gelöscht.»

Eli sah ihm in die Augen. Der Hass, den er empfand, war überwältigend. Wie dieser Widerling – ihr *Ehemann* – von ihr sprach –

«Ćuruvija ist untergetaucht mit genau dem Computer, den sie Ihnen vor neun Jahren gegen eine Heirat verkauft hat?»

Balthus winkte ab. «Was sie mir geklaut hat, geht dich überhaupt nichts an! Du sollst nur rausfinden, wo Willenya sich versteckt hält. Gebrauche deine Liebesantennen oder was auch immer dir da hilft. Um den Rest kümmert sich Marigny. Und ich werde mich erkenntlich zeigen. Ich zahle dir das Geld aus, das meiner Frau zusteht. Du kannst dir mit ihr ein schönes Leben zu zweit machen. Oder allein.»

Eli schwieg. Es war schwer genug, Balthus anzusehen. Mit ihm zu reden überstieg eigentlich, was er ertrug.

«Bleib so lange mein Gast, wie du zum Recherchieren brauchst. Du kriegst alle Therapiemitschnitte von mir. Denk dich in Willenya hinein. Und wenn du eine Ahnung hast, dann folge ihr – auf meine Kosten. Wenn jemand sie finden kann, dann du. Das hat meine Frau selbst gesagt. Wir täuschen uns doch nicht in dir, oder?»

Balthus riss die Verpackung eines Salamiwürstchens auf, und ein penetranter würziger Geruch breitete sich aus. Kauend fuhr er fort: «Erinnerst du dich, was ich über meine Angestellten gesagt habe? Ich sorge dafür, dass sie mich entweder respektieren oder fürchten. Warum? Weil Respekt und Furcht die Dinge sind, die auch mich kontrollieren. Bei dir weiß ich nicht, ob du genug Respekt vor mir hast. Ich glaube fast, du hast vor niemandem Respekt. Das ist ein typisch westliches Problem. Das ist die unreflektierte Überheblichkeit der Atheisten! Aber auf Furcht, darauf sprichst du gut an, wette ich. Darum werde ich dir etwas verraten, das deiner Motivation auf die Sprünge helfen dürfte: Wir sind nicht die Einzigen, die Willenya suchen. Irgendwer hat Killer auf sie angesetzt. Wenn du sie nicht bald findest, werden die anderen schneller sein. Willenya kann sich nicht ewig verstecken. Nicht mit dem Gepäck, das sie hat.»

«Vielleicht sind die Killer aber auch nur Ihre Erfindung», sagte Eli durch zusammengebissene Zähne.

«Vielleicht. Sicher kannst du nicht sein. Und das genügt.» Er verschlang das Würstchen. «Nun müsst ihr mich entschuldigen, Freunde. Im Gegensatz zu euch habe ich noch anderes zu tun.»

Er warf die Salamipackung auf den Boden, förderte ein Handy aus seinem Morgenmantel zutage, wählte eine Nummer und sagte: «Bitte Gäste abholen, danke!»

Dann ließ er, ebenfalls per Handy, den wuchtigen Schreibtisch über Schienen, die in den Boden eingelassen waren, zu sich heranrollen. Ein Bildschirm wurde aus dem Tisch ausgefahren.

Der Bedienstete von vorhin erschien und gab Eli und Marigny ein Zeichen, ihm zu folgen. Die Bodyguards positionierten sich aussagekräftig an der Tür.

Marigny erhob sich, Eli machte es ihr reflexartig nach. Dabei hatte er das Gefühl, noch nicht fertig zu sein – Balthus war ihm zu viele Erklärungen schuldig geblieben. Wills Ehemann. Der Abnehmer des gestohlenen Computers. Balthus wusste, worum es damals gegangen war. Eli hatte ein Recht darauf zu erfahren, was den Computer so verdammt wertvoll gemacht hatte, dass Balthus dafür sein Vermögen mit einer Frau teilte, die er nicht liebte. Eli hatte dafür zwei Jahre im Gefängnis gesessen – *für Balthus* hatte er im Gefängnis gesessen!

Und doch schaffte er es nicht, eine Frage herauszubringen. Entsetzen, Zorn und Abscheu schnürten ihm die Kehle zu.

Ein Spiel lud auf dem Bildschirm. Laute, pathetische Musik drang aus versteckten Boxen.

«Wir bleiben in Kontakt, ja?», sagte Balthus, ohne sie noch anzusehen. «Ciao!»

«Kommen Sie», raunte Marigny und führte Eli aus dem Raum.

Als sie aus dem Haus traten, war Eli überrascht von der Hitze. Grell wallte das Sonnenlicht auf den Platz vor der Villa, und er fühlte sich, als müsste er sich auf den edlen Marmor übergeben. Als *sollte* er.

Sie schlüpften unter das Verdeck des Golfcarts. Der Angestellte fuhr sie aus dem Garten, zurück aufs Gelände der Bungalows und Baracken. Sie kamen an einer Cafeteria vorbei, wo Leute unterschiedlicher Hautfarben und Geschlechter frühstückten. Niemand schenkte Marigny und Eli besondere Beachtung.

Das Golfcart hielt vor einem Bungalow, der sich nicht von seinen Nachbarn unterschied. Der Angestellte schloss die Tür auf und zeigte ihnen ein Wohnzimmer mit offener Küche, ein Bad und zwei Schlafzimmer.

«Wenn Sie etwas wünschen, rufen Sie die hier notierte Nummer der Verwaltung an», sagte der Mann mit seiner emotionslosen Stimme und zeigte auf eine Anrichte mit Telefon. «Für Ihren Einkauf, Ihre Wäsche und den Haushalt wird täglich gesorgt. Haben Sie einen angenehmen Aufenthalt.»

«Äh, danke», sagte Marigny. «Und Internet …?»

«Eine Anleitung für das WiFi finden Sie neben dem Telefon.»

Kaum hatten sie sich umgewandt, fiel bereits die Tür hinter ihnen ins Schloss. Durch das Fenster sahen sie, wie der Diener ins Golfcart stieg und wegfuhr.

«Freundlich», murmelte Marigny.

Eli betrachtete einen Geschenkkorb auf dem Wohnzimmertisch, in dem neben Früchten, Knabberzeug und Saftflaschen ein Kärtchen des Research Center of Technology Design steckte. *Willkommen* stand in mehreren Sprachen darauf.

«Sehen Sie? Wir sind willkommen. Und Sie dachten, es wäre eine schlechte Idee, hier aufzukreuzen.»

«Ich halte es immer noch für eine schlechte Idee.» Marigny senkte das Handy, auf dem sie die Internetverbindung herstellen wollte. «Aber danke, dass Sie mich gedeckt haben. Das war … unerwartet.»

«Schade war es. Ich hätte zu gerne Balthus' Gesicht gesehen, wenn er erfährt, dass ich ihn mit seinem eigenen Programm ausfindig gemacht habe. Beziehungsweise der illegalen extended version.»

«Wieso haben Sie für mich gelogen? Ich wäre gefeuert worden, wenn Balthus vom Handyklau erfahren hätte.»

«Fragen Sie doch nicht so scheinheilig. Natürlich weil ich Sie nicht verlieren möchte», sagte er ohne die geringste Mühe, glaubhaft zu klingen.

Marigny widmete sich grummelnd wieder ihrem Handy, während Eli die Wohnung inspizierte. Möbel und Teppiche in Beigetönen und hier und da ein gerahmtes Bild konkurrierten damit, so unpersönlich wie möglich zu sein. Es gab einen Fernseher und ein Bücherregal mit Literaturklassikern verschiedener Sprachen. In den Küchenschränken befanden sich Geschirr mit Schmetterlingsmuster, eine Dose Tee, Instantkaffee, Zucker. Der Geruch von frischem Holz und Klebstoff ließ vermuten, dass das Gebäude neu oder zumindest noch nie richtig bewohnt worden war.

«Ich werde mich aufs Ohr legen», sagte Eli. «Welches Schlafzimmer wollen Sie?»

«Egal.» Marigny setzte sich Hut und Sonnenbrille auf. Dann schlüpfte sie aus den Schuhen, streifte sich die Strumpfhose ab und wechselte in ein Paar weiße Stoffschuhe.

«Wohin gehen Sie?»

«In die Stadt. In ein Internetcafé.»

«Die Verbindung ist schlecht im Hauptsitz von Rosebuddy?»

Sie marschierte zur Tür.

«Ach, Sie haben Angst, dass Ihr Boss Sie ausspionieren könnte! Was ist denn so geheim, dass er es nicht wissen darf?»

Sie warf ihm einen Blick über den Rand der Brille zu. «Das werde ich Ihnen gerade sagen.»

«Bisher waren Sie redselig.»

Marigny drückte die Türklinke hinunter. Und begann zu rütteln. Die Tür war verschlossen. Sie lief zu einem der Fenster. Es ließ sich ebenso wenig öffnen.

«Eingesperrt», hauchte sie.

Eli, den heute nichts mehr verwunderte, trabte aufs Geratewohl in ein Schlafzimmer.

«Immer noch dankbar, dass Sie nicht gefeuert wurden?»

Da Eli in den letzten zwei Tagen kaum geschlafen und sich zugleich das Gehirn mehr zermartert hatte als in seiner gesamten Studienzeit, sank er, kaum dass er sich aufs Bett gerollt hatte, in ein dumpfes, traumloses Koma.

Als er zu sich kam, war es draußen noch hell. Ihm schien, als wäre die Welt, als er ihr vorhin entschlüpft war, voller lauter, aufgeregter Stimmen gewesen. Doch nun herrschte eine reglose Stille.

Er richtete sich auf, suchte seine Brille, fand sie aber nicht. Hinter dem Fenster warfen die Gebäude lange, gleichförmige Schatten. Er erinnerte sich, dass sie eingesperrt waren, und endlich setzte sein Unbehagen ein. Ohne viel Hoffnung versuchte er, den Griff des Fensters umzulegen. Er bewegte sich keinen Millimeter.

Vom Schlaf noch ganz kraftlos, ließ Eli wieder los. Vielleicht konnte er das Glas einschlagen, wenn es kein Panzerglas war. Allerdings befände er sich dann immer noch auf dem Gelände des Research Center of Technology Design. Die Außenmauern waren zu hoch und glatt, um ohne Hilfsmittel darüberzuklettern.

Sein Unbehagen wollte sich in Panik ausbreiten, aber Eli stemmte sich dagegen. Noch gab es keinen Grund zur Sorge. Balthus wollte sie schließlich nicht gefangen halten, sondern auf die Suche nach Will schicken. Das von außen verschlossene Haus sollte vermutlich nur verhindern, dass Eli und Marigny frei herumspazierten und schnüffelten. Was nahelegte, dass es nicht genug Personal gab, um die beiden rund um die Uhr zu bewachen. Das immerhin war tröstlich.

Auch der Rest des Gespräches mit Balthus fiel ihm nun wieder ein. Aber er unterdrückte alle Vorstellungen von Will als Ehefrau. Stoisch beschloss er, nicht darüber nachzudenken. Niemals.

Wie Blitze schlugen die Bilder in ihn ein, ob er wollte oder nicht. Will im heiligen Bund mit Balthus, diesem Walross. Seine Hände auf ihrem Körper. Balthus, der sich schnaufend auf sie draufwälzte, mit Salamiatem angrunzte, väterlich tätschelte –

Stoisch sein, ermahnte er sich. Stoisch und realitätsflüchtig.

Endlich fand er seine Brille: Er hatte sie sich auf den Kopf geschoben. Dann ging er ins Wohnzimmer, wo die Hackerin zwischen dem Inhalt ihres Koffers auf dem Sofa lag. Cremetiegel und Nagellack, Ladekabel, Kleidungsstücke, Bonbonpapier und ein paar Bücher aus dem Regal bildeten das Treibgut um Marigny, die wie eine Schiffsbrüchige mit gelöstem Haar, glänzend meergrünem Negligé und verzweifelter Miene an ihrem Laptop hing.

Eli spähte ihr über die Schulter. Sie spielte Schach.

«Wird das eine Familienaufstellung? Krieg führt man anders.»

«Post für Sie. Küchentisch.»

Er entdeckte einen braunen Umschlag, in dem sich ein USB-Stick und Kopfhörer befanden.

«Ähm, Mariel? Leihen Sie mir Ihren Laptop?»

Ein schnarrendes Lachen verriet ihm die Tiefe ihres Mitgefühls.

Einen Anruf und zwanzig Minuten später kam der Angestellte, den sie bereits kannten, und überreichte Eli ein schickes Tablet mit Ladekabel.

«Haben Sie schon entschieden, was Sie essen wollen?», fragte er, ohne den Blick zu heben.

«Was gibt es denn?»

Marigny rief aus dem Wohnzimmer: «Mensaessen! Spielt keine Rolle, was man aussucht, alles Pampe.»

Eli lächelte den Angestellten an, der völlig ungerührt wirkte. «Wenn es kein Brot und Wasser gibt, wählen Sie von der Karte aus.»

Der Mann entschwand ohne ein weiteres Wort.

Eli zog sich mit dem Tablet in sein Zimmer zurück. Auf dem USB-Stick waren mehrere WAVE-Dateien, betitelt *Therapiestunde vier*, *fünf*, *sechs*, *sieben* und *acht*. Er atmete tief durch, steckte sich die Kopfhörer in die Ohren und öffnete die erste Datei.

Y

Die Sonne ging unter, als das Flugzeug aus Boston in Dubai landete. Maurice Dussardiers innerer Rhythmus sagte ihm, dass daran etwas faul sein musste.

Fast vierundzwanzig Stunden waren seit seinem Treffen mit Stacey Osterbyde vergangen. Er wusste, er *wusste* einfach, dass sie inzwischen mit ihrem Chef telefoniert und ihm die Neuigkeiten übermittelt hatte. Und das hieß, eine verschlüsselte Aufnahme des Gesprächs war in Beckblums Informationsbüro eingegangen. Dussardier würde endlich erfahren, wer sein wahrer Boss *hinter* der Geschäftsfrau war – vielleicht sogar, was Willenya Ćuruvija so wichtig machte, dass man sie knapp ein Jahrzehnt lang suchen ließ.

Während der Wartezeit hatte nicht nur sein Optimismus zugenommen, sondern auch seine Paranoia. Das Informationsbüro lief zwar über Beckblum, wurde aber letztlich von ihren Bossen bezahlt. Jahrelang nicht zu wissen, für wen und weshalb man arbeitete, musste auch in den Informatikern Missmut und vielleicht Eigeninitiative geweckt haben. Oft fragte sich Dussardier, ob die Leute unter ihnen nicht ebenso nach oben lauschten wie er und Beckblum. Was, wenn sie längst mit ihren Bossen Kontakt aufgenommen und einen Deal ausgehandelt hatten, um sie, das bewegliche Mittelglied, zu überwachen? Wenn die Aufnahmen von Osterbydes Handy längst entschlüsselt, abgehört und an die Amerikanerin zurückgeschickt worden waren …

Solche Überlegungen trieben ihm den Schweiß auf die Stirn. Fast bedauerte er, dass es keinen Gott gab, zu dem er beten konnte. Aber er war ein zutiefst ungläubiger Mensch. In Haiti hatten ihn während der amerikanischen Intervention vor zwanzig Jahren vermutlich Dutzende Verräter, Neider und Mütter, die ihre Söhne durch ihn verloren hatten, mit Flüchen belegt. Aber die Karriereleiter des Krieges, der nicht so genannt werden durfte, war er auch ohne Schutzamulette emporgestiegen. Er glaubte an die Macht von Gewalt und Geld und – wenn diese ihr nicht im Weg standen – guter Freundschaft.

Seine Gedanken wanderten zu Beckblum. Sie hatten mehr Zeit miteinander verbracht als ein normales Ehepaar und kannten sich ebenso gut. Wenn Beckblum seinem Informationsbüro vertraute, dann konnte auch Dussardier ihm vertrauen.

Noch im Flughafen von Dubai entdeckte er, dass er eine Mail von Beckblum erhalten hatte. Mit klopfendem Herzen las er den Code für eine Adresse, wo sie sich treffen würden, und darunter:

Nochmals danke für das nette Gespräch am Telefon.

Es hatte funktioniert. Stacey Osterbyde hatte geredet!

Während der einstündigen Fahrt blickte Dussardier in die Wüste hinaus, in der Wolkenkratzer wie Kunstblumen steckten – beeindruckend und trostlos, auf lächerliche Weise schön. Sie erinnerten ihn an die letzte Dekade seines Lebens. Es war ihm gut gegangen; er wurde bezahlt wie ein Chefarzt und musste meistens nur Zeitung lesen. Aber sein Wohlstand hatte sich stets wie eine Fälschung angefühlt. Eine Fata Morgana … Vielleicht kam der Eindruck einfach daher, dass er so viel Zeit in Hotels und Ferienapartments verbracht hatte.

Als junger Mann hatte er nur gehofft, nicht abgeschlachtet zu werden und an genug Geld zu kommen, um in Würde zu leben. In den Wirren jener Zeit hatte er den richtigen Leuten Dienste erwiesen, oder besser gesagt: die richtigen Leute aus dem Weg geräumt, was auf dasselbe hinauslief. Die Amerikaner hatten ihm für eine Reihe von Gefälligkeiten eine Green Card und eine kleine Pension in Aussicht gestellt. So kam er nach Baltimore. Die Pension reichte gerade für das Nötigste. Er hätte sich gern etwas dazuverdient, aber mit den sechs Jahren Schule, die er unter einem Wellblechdach absolviert hatte, winkte ihm nur Sklavenarbeit. Daher hoffte er, dass seine amerikanischen Gönner eines Tages wieder Verwendung für einen Mann wie ihn fänden. In der Zwischenzeit lernte er zusätzlich zu den drei Sprachen, die er schon beherrschte, Spanisch, Deutsch und Russisch – denn seinen Sprachkenntnissen hatte er bisher mehr zu verdanken gehabt als jeder Waffe.

Doch keine fleischgesichtigen Geheimagenten, sondern Stacey Osterbyde, eine Geschäftsfrau, war zu ihm gekommen. Gott wusste, über welche Umwege. Sie hatte ihn in ein Restaurant bestellt, in dem vier Gänge mit Weinbegleitung so viel kosteten wie seine Monatsmiete, und gefragt, ob er in einer *privaten Sache* für sie arbeiten wollte.

Natürlich hatte er geglaubt, es ginge um Sex. Er besaß von Natur aus die Statur eines Gewichthebers und hatte die katzenhaften Gesichtszüge, von denen Frauen mit einem Faible für den großen schwarzen Mann träumten. Doch seit er mit zwölf von seiner Tante entjungfert worden war, hatte er keine Frau mehr berührt. Ihm fehlte auch das geringste Verlangen danach.

Er hatte ungerührt geschwiegen, während Osterbyde ihr Weinglas drehte.

Dann begann sie von einem flüchtigen Mädchen zu erzählen. Von einem sehr spendablen Chef, der ihn für sein Schweigen auch dann noch bezahlen würde, wenn das Mädchen längst wiedergefunden und lebend zu einem geheimen Ort gebracht wäre.

«Was für ein Mädchen?»

«Das weiß ich nicht genau. Sie müssen es auch nicht wissen. Sie werden in einem Team arbeiten, andere werden den Hauptteil der Ermittlungen erledigen. Was unserem Team noch fehlt, ist jemand, der das Mädchen tatsächlich … in unsere Gewalt bringen kann.»

Und als sie das Weinglas an den Mund führte, ließ sie ihren Blick mit einer Begehrlichkeit über seine Muskeln wandern, die finsterer war als alles, was er von einer Amerikanerin erwartet hätte.

Das Taxi lieferte ihn vor einem indischen Schnellrestaurant ab. Am hintersten Tisch saß Beckblum ohne Jackett und mit hochgekrempelten Hemdsärmeln, sodass seine Magerkeit einem schon von weitem ins Auge sprang. Er legte gerade eine Patience. Karten waren sein Hobby, aber nie mit Gegenspielern, nur allein.

Dussardier glitt auf die Bank gegenüber und bestellte einen türkischen Kaffee.

«Also», sagte er feierlich, als der Kellner außer Hörweite war.

Beckblum hob kaum den Blick, als er die bahnbrechenden Neuigkeiten auspackte: «Die Amerikanerin hat einen Anruf nach Austin, Texas, getätigt … und nach New York City. Und nach Los Angeles. Und nach vier weiteren Städten, um deinen Bericht mit denselben Codewörtern zu wiederholen. Am anderen Ende der Leitung waren immer Männer mit amerikanischem Akzent, schätzungsweise zwischen vierzig und fünfundachtzig. Sie haben recht ähnlich reagiert. Also kaum.»

Dussardier konnte es nicht fassen. «Aber sie hat immer nur von *einem* Chef gesprochen.»

«Ich glaube nicht, dass einer der sieben ihr Chef ist und die anderen nur Partner sind. Sie hat alle gleich behandelt, und die Männer haben, wie gesagt, ähnlich zurückhaltend reagiert.»

Beckblum hielt in seiner Patience inne. Er hatte sich in eine Sackgasse gespielt. Nach einem Moment wischte er alle Karten zusammen, ließ sie noch einmal nervös durch die Hände flattern und steckte sie dann ein. Seine unerschütterliche Ruhe war wiederhergestellt, so wie bei einem Süchtigen, der seine Dosis bekommen hat.

«Also gibt es keinen Chef. Sondern eine Loge», schlussfolgerte Dussardier. «Hast du die Telefonnummern zurückverfolgt?»

«Verschlüsselte Nummern. Telefoniert wurde in fahrenden Autos oder Zügen, jedenfalls mobil.»

«Keine Anfänger.»

«Wir wissen jetzt so viel: Es gibt einen Club mit mehreren, vermutlich gleichgestellten Mitgliedern. Aber der Club ist größer, als man uns glauben lässt. Mindestens acht Amerikaner, Nakamotos japanischer Boss und meine gute deutsche Tante werden über alle unsere Schritte informiert. Vermutlich sind auch in Japan und meiner Heimat mehr Leute involviert als nur meine Tante und jener Herr Sabu, dem Nakamoto Bericht erstattet.»

Der Kellner brachte den Kaffee. Dussardier kippte sämtliche Zuckerzusätze hinein, die dabei waren.

«Ich muss die Telefonate hören. Ihre Stimmen», sagte er.

Beckblum zuckte die Schultern. «Es gibt ja noch den anderen Weg. Wenn wir rausfinden, was unser Mädchen so wichtig macht …»

«Können wir daraus schließen, wer die Interessenten sind», beendete Dussardier den Satz. «Aber darüber wird Osterbyde doch nicht am Telefon reden.»

«Nicht nötig. Weißt du, wo wir uns befinden? Keine hundert Luftmeter entfernt vom Research Center of Technology Design. Besser bekannt als der Firmensitz von Rosebuddy.»

«Der App Rosebuddy?»

Beckblum nickte. «Eli und seine Begleiterin sind hineinspaziert und seitdem nicht herausgekommen. Wenn Eli recht behält, ist auch unser Mädchen da drinnen.»

Sie sahen sich an. Nur in ihren Blicken zeigte sich ihre Aufregung.

«Wer bewacht Eli?»

«Nakamoto. Er ist vor einer Stunde angekommen.»

Kurz durchzuckte es Dussardier, dass Nakamoto, der erst vor zwei Jahren in ihr Team gekommen war, um einen Toten zu ersetzen, derjenige sein würde, den ihre Bosse mit der Drecksarbeit beauftragen würden: Wer könnte zwei Verräter besser aus dem Weg räumen als ihr Partner?

Dann kehrten seine Gedanken zu Rosebuddy zurück.

«Also hat das Mädchen irgendwas mit Technik zu tun, mit einem Programm», murmelte Dussardier.

«Wer weiß, woran in diesem Research Center of Technology Design gebastelt wird. Es ist ein riesiges Areal.»

Dussardier grübelte weiter. Dass Willenya Ćuruvija in Besitz einer Erfindung oder von Informationen war, deutete Osterbyde immer mal wieder an. Er hatte eine Massenvernichtungswaffe erwogen oder tödliche Erreger, gezüchtet in irgendwelchen geheimen Labors, oder auch eine Zellprobe außerirdischen Lebens. Aber etwas, das für Rosebuddy interessant war? Er bekam das freundliche Rosen-Logo mit dem im Kreis sausenden Schlitten nicht aus dem Kopf.

Seit Jahren bestand ihre Arbeit hauptsächlich aus minuziösen Recherchen. Sie sollten Stromausfälle, Flugzeugabstürze, elektronische Diebstähle und Hackerangriffe weltweit untersuchen – sofern die Fälle unerklärlich schienen. Ein unerklärlich kaputtgehender Satellit. Ein unerklärlich gestörtes Rechenzentrum in irgendeinem Hinterland. Angesichts der Beliebigkeit hatten sie irgendwann angenommen, dass es gar nicht um die Ereignisse selbst ging, sondern dass die Ereignisse eine komplexe Botschaft enthielten. Doch was besagte sie? Und wer kommunizierte?

«Dass eine Softwarefirma mit unserem Mädchen etwas anfangen könnte, wundert mich nicht», sagte Beckblum. «Aber noch wissen wir zu wenig. Es ist noch nicht einmal sicher, dass unser Mädchen überhaupt hier ist.»

Dussardier trank den dickflüssigen Kaffee bis auf seinen krümeligen Grund. «Wenn sie rauskommen, sollten wir uns mit ihnen unterhalten.»

Ein Lächeln zuckte über Beckblums Gesicht. «Bist du überhaupt noch in Form?»

Dussardier spürte unter dem Tisch Beckblums Hand auf dem Knie, leicht wie ein Taschentuch. Er drückte sie kräftig mit seiner und grinste.

«Manche Dinge verlernt man nicht.»

Marigny

Natürlich hatte sie die Audiodateien aus dem braunen Umschlag auf ihren Computer gezogen, bevor Eli aus seinem Nachmittagsschlaf erwacht war. Nur zur Sicherheit. Falls Balthus ihr gekürzte oder ganz andere Mitschnitte von Willenya Ćuruvijas Therapie zugespielt hatte als Eli jetzt.

Als er sich mit den Aufnahmen wieder in sein Zimmer zurückzog, öffnete Marigny die Dateien ebenfalls. Selbst wenn sie sie schon kannte, konnte es nicht schaden, das Material noch einmal nach Details abzusuchen, die ihr beim ersten Mal vielleicht entgangen waren. Außerdem *wollte* sie hören, was Eli nebenan hörte. Wollte sich vorstellen, wie Eli die Person liebte, die da mit gebrochener, leiser Stimme erzählte. Seine Herzensleiden übten einen unwiderstehlichen Sog auf sie aus, und sie fühlte sich wieder wie mit zehn, als sie die Liebesbriefe gelesen hatte, die ihre älteren Schwestern bekamen: eine Mischung aus Neid, Neugier und heimlich mitgelebter Schmachterei.

Wenn ich daran denke, dass mein ganzes Leben von einer Entscheidung bestimmt wurde, die ich mit vierzehn getroffen habe, bekomme ich manchmal Panik. Ich würde mir selbst mit vierzehn nicht über den Weg trauen. Ich glaubte an nichts. Nur an das Geld.

Als ich meine Mutter verriet, war ich zwölf. Auch das war eine Entscheidung, die mein Leben verändert hat, aber es war fast mehr eine Reaktion als eine Entscheidung; ich hatte kaum Zeit zum Nachdenken. Ich sah in einer Nacht einen neuen Weg für mich und schlug ihn ein, ohne weiter als bis zu den Fußspitzen sehen zu können.

Aber mit vierzehn war das anders. Ich hatte zwei Jahre gehabt, um mir über einige Dinge klarzuwerden. Erstens, dass ich nicht bei meinen Pflegeeltern bleiben konnte. Zweitens, dass ich Geld brauchte, um frei zu sein – und dass das Maß an Freiheit mit der Menge an Geld stieg. Drittens, dass ein Abnehmer das Wichtigste bei jedem Coup ist. Wie sehr ich noch die Tochter meiner Mutter war, habe ich mir damals gar nicht bewusst gemacht. Was meine Mutter von meinen Pflegeeltern und überhaupt allen gesellschaftlich anerkannten Räubern und Raffern unterschied, war für mich allein der Erfolg. Meine Mutter hatte die Kunst der Täuschung, zu der auch die Selbsttäuschung gehört, nicht so beherrscht wie die Bonzen an meiner Schule. Sie hatte das Spiel nicht verstanden. Die Reichen hingegen sahen oft überhaupt nicht, dass es ein Spiel gab – für sie war es eine natürliche Ordnung. Sogar Silke und Karl, die sich immerhin für Intellektuelle hielten, leugneten, dass ihr Wohlstand auf den Entbehrungen anderer beruhte. Das Geld war über Institutionen und Normen reingewaschen. Ich dagegen glaubte in meiner Überheblichkeit, mutig und klug genug zu sein, um die Wahrheit zu sehen. Und das wollte ich zu meinem Vorteil nutzen. Das zeigt schon, wie wenig ich wirklich begriff.

Noch immer waren Ferdinand und ich Teil des Kunstprojektes, an dem Karl arbeitete. Die nächtlichen Videoaufnahmen, die Interviews, die ganze schamlose Untersuchung, ja Durchsuchung unserer Körper, Gedanken und Gefühle, war fast normal geworden. Wir redeten natürlich nicht darüber, denn wir schämten uns. Aber eines Tages hörte ich, wie Karl in seinem Atelier mit jemandem telefonierte. Er sprach von dem Kunstprojekt, notierte offenbar Fragen, die er uns stellen sollte. Bis dahin hatte ich versucht, nie über die nächtlichen Sitzungen nachzudenken. Aber nun fragte ich mich, von wem sich Karl diktieren ließ, wie er seine Videos filmen sollte. Galeristen hatten bei ihm nichts zu sagen, Sammler noch weniger.

Über Monate hinweg erfuhr ich immer mehr über das Projekt. Mal las ich hastig ein paar Mails, wenn er aus dem Raum ging. Meistens aber lauschte ich, denn mein Zimmer war direkt neben dem Atelier.

So hörte ich von Pilpintu Quiroga: Alles, was mein Pflegevater mir aus der Seele, aus dem Herzen schnitt, ging direkt zu einer Philosophieprofessorin nach Santa Cruz de la Sierra, Bolivien. Das hat mich sehr verwirrt … Ich konnte nur schwer glauben, dass man mir unmenschliche Dinge antat, um ausgerechnet das Menschsein und die Menschlichkeit zu ergründen. Aber besonders schockiert war ich nicht. Mich konnte nichts überraschen. Denn letztlich ließ sich alles auf dieselben Beweggründe zurückführen, dachte ich. Dieselben Begierden. Auch ich stellte keine Ausnahme dar. Ich wollte Geld und Macht. Macht zumindest über mein eigenes Leben.

Als ich herausgefunden hatte, wofür ich seit zwei Jahren benutzt wurde, wollte ich meinen Gewinn daraus schlagen. Ich stellte mir ganz naiv vor, dass der Computer selbst der Schatz wäre. Aber bevor ich einen Plan schmiedete, um an den Computer zu kommen, überlegte ich mir, wer mein Abnehmer sein könnte.

Ich kannte Balthus aus den Medien. Er war damals ein hochrangiger Spieler in einem beliebten Ego Shooter und bekannt für seinen exzentrischen Lebensstil, sein unorthodoxes Unternehmertum, seine Innovationskraft. Ich fand, er sei genau der richtige Mann für mein Vorhaben. Aber wie konnte ich ihn kontaktieren? Ich war ein Teenager, ein Niemand. Nun, der einzige Weg schien mir das Computerspiel zu sein. Ich müsste in die höchsten Ränge aufsteigen, um gegen Balthus anzutreten, dann könnte ich die Chatfunktion des Spiels nutzen. Ich hatte nur wenig Hoffnung, dass Balthus in so einer Situation auf einen Deal eingehen würde, der nicht nur illegal klang, sondern auch hochgradig phantastisch. Aber es war die einzige Hoffnung, die ich hatte. Ich musste es versuchen.

Etwa zwölf Millionen User spielen den Ego Shooter Against All Gods. Die Top 100 sind meistens schon seit Jahren dabei und haben selten ein anderes Hobby neben dem Spiel. Das war mir klar. Ich hatte zwar auch schon gespielt, aber nicht oft und nicht besonders gut. Daher beschloss ich, mich im Internet umzuhören, ob nicht jemand die Score-Liste des Spiels für mich cracken könnte. Ich bot eine großzügige Summe an, die ich natürlich erst auszahlen konnte, wenn mein Deal mit Balthus zustande kam.

Jetzt willst du sicher wissen, ob das funktioniert hat. Was ist wahrscheinlicher: dass Hacker das Ranking eines weltberühmten Spiels für mich manipulierten oder dass ich mit bloßer Übung in die Top 100 aufstieg? Das überlasse ich deiner Phantasie. Tatsache ist, dass ich vierzehn Monate später Balthus als Gegner hatte und ihn zwischen Alienattacken und detonierenden Säurefässern anschreiben konnte.

Er war bereit zu einem Gespräch in einem anderen, sichereren Chat. Dort erklärte ich ihm meinen Plan. Natürlich war es ein absurder Plan. Balthus stellte viele Detailfragen. Ich konnte sie alle gut genug beantworten, um sein Interesse zu halten. Wie ich gehofft hatte, überwog seine Neugier sein Misstrauen. Er glaubte vermutlich nicht, dass ich mein Wort halten würde, aber er wollte wissen, wie weit ich kommen oder welche haarsträubenden Geschichten ich ihm noch auftischen würde. Zu-

dem verlangte ich nichts vorab von ihm. Nur die Versicherung, dass er mich nach meinen Konditionen auszahlen würde, wenn ich ihm brächte, was ich versprach.

Dieses Versprechen musste ich nun einlösen. Leider fehlten mir die Mittel, um nach Bolivien zu fliegen und dieser Professorin Quiroga einen Besuch abzustatten. Weder Ferdinand noch ich bekam Taschengeld, alles wurde gemeinsam eingekauft. Karl und Silke hätten mir den verdächtigen Urlaub auch nicht erlaubt, weil ich schließlich noch zur Schule ging. Klauen und dann fliehen wie eine Kriminelle wollte ich aber auch nicht. Zumindest nicht vor meinem eigentlichen Diebstahl.

Ich fand heraus, dass es ein deutsches Bootcamp im bolivianischen Amazonasgebiet gab. Schwer erziehbare und drogensüchtige Jugendliche wurden dort bei einem Indianerdorf rehabilitiert. Genau solche alternativen Ansätze gefielen Karl und Silke. Ich bat sie rundheraus, mich in eine Therapie zu stecken, um meine vermeintliche Computerspielsucht zu bekämpfen. Sie waren nämlich der Ansicht, ich hinge zu viel vor dem Bildschirm. Aber sie lehnten ab. Sie wollten mich nicht einfach so fortlassen, um von anderen Leuten als ihnen examiniert zu werden. Ich musste also zu radikaleren Mitteln greifen.

In der Schule galt ich längst als Soziopathin, die mit niemandem redete. Diesen Ruf wollte ich ausnutzen. Ich fand im Internet eine Anleitung zum Bombenbasteln. Schrieb ein paar suizidale Tagebucheinträge. Hinterließ für etwa zwei Monate eine Kommentarspur auf Selbstmörderblogs. Dann kam mein großer Tag. Ich band mir den selbstgemachten Sprengstoff um den Bauch und fuhr mit dem Bus in die Schule. Ich setzte mich in den Unterricht. Wir hatten Biologie. Als die Lehrerin sagte, ich sollte meine Jacke ausziehen, tat ich es.

Ich hatte von dem Augenblick phantasiert, in dem alle meinen Sprengstoff sehen und kreischend davonrennen würden. Aber als ich die Jacke auszog, dauerte es ewig, bis die Leute realisierten, was ich am Körper trug. Ich stand ganz reglos, die Arme ausgebreitet, und sah über die Köpfe der anderen hinweg aus dem Fenster. Manche lachten mich sogar aus. Endlich begriff die Lehrerin, was ich da an mir hatte. Sie war die Erste, die schrie. Nun kam auch bei den Schülern an, dass etwas nicht stimmte. In Grüppchen rannten sie nach draußen, die Lehrerin schien auf mich zugehen zu wollen, traute sich aber nicht und suchte ebenfalls das Weite.

Erst als ich allein im Zimmer war, merkte ich, dass ich weinte. Meine Tränen hatten die anderen in die Flucht geschlagen. Ohne die hätte vermutlich niemand den Sprengstoff erkannt. Ich hatte geglaubt, über die anderen lachen zu können, aber ich fühlte mich so einsam … so einsam, als wären sie wirklich alle gestorben. Ich geriet in Zweifel, ob die ganze Aktion tatsächlich nur ein Trick gewesen war. Ich meine, der Sprengstoff war echt. Ich hatte keine Attrappe gebastelt. Vielleicht wollte ich sterben … und die anderen mitreißen. Vielleicht. Ich weiß es heute ebenso wenig wie damals.

Eine halbe Ewigkeit später kamen Polizisten herein, mit kugelsicheren Westen und Helmen wie in einem Actionfilm. Ich wehrte mich nicht. Als sie nah genug herangekommen waren, verdrehten sie mir die Arme, nahmen mir den Sprengstoff ab und führten mich ab. Draußen waren Scharen von Schülern. Offenbar war das ganze Schulgebäude evakuiert worden. Alle starrten mich an. Ich weinte nicht mehr. Eine seltsame Leere erfüllte mich, so wie in jener Nacht, als ich meine Mutter verriet. Ich muss gestehen, dieses Gefühl der Leere war angenehm. Fast ein Rauschzustand. Ich war todesmutig, unbesiegbar, während ich in den Abgrund stürzte. Denn jetzt gab es nichts mehr zu verlieren. Die Scheinheiligkeit war für immer zerrissen. Ich musste nie wieder so tun, als gehörte ich dazu. Das war befreiend.

Ich fürchte, ich habe manche Schüler und Lehrer angepöbelt, als ich zum letzten Mal über den Schulhof ging. Was sie denn so glotzten. Dass sie Dreck wären. Lauter dumme Sachen, die sich jahrelang in mir angestaut hatten. Mit den Worten kam auch die Hilflosigkeit wieder, denn ich merkte, dass meine Beleidigungen nichts änderten, dass niemand an sich zweifeln würde, im Gegenteil. Ich bestärkte sie nur

in ihrer Selbstgewissheit, indem ich so ein erbärmliches Gegenbeispiel bot.
Bei der Polizei sprach ich mit einer Frau, die auf Jugendliche spezialisiert war. So eine auf hip gebürstete Frauenpowertante, die meinte, sie könnte mein Vertrauen gewinnen, indem sie Jugendslang in ihr Beamtendeutsch einstreute. Ich gab mich erst still, dann aggressiv, dann weinerlich. Immerhin kann man sich gerade zu Psychologie das meiste online anlesen. Am Ende glaubte die Gutachterin, meine neue beste Freundin zu sein. Vorsichtig erzählte ich ihr, dass ich Angst vor dem Gefängnis hätte und lieber in ein Bootcamp in Bolivien gehen würde, das mir meine Pflegeeltern schon mehrfach angedroht hätten. Nach einer Woche in der geschlossenen Anstalt einer Kinder- und Jugendpsychiatrie war der Papierkram erledigt. Silke und Karl hatten sich dem Druck meiner Gutachterin gebeugt. Ich wurde in das Bootcamp im bolivianischen Dschungel geschickt. Von dort aus würden mich nur noch fünfhundert Kilometer von der Beute trennen, mit der ich mir meine Freiheit erkaufen wollte. Fünfhundert Kilometer unbesiedelter Dschungel.

Eli

Eli musste alle Beherrschung aufbringen, das Tablet nicht gegen die Wand zu schleudern. Schließlich nahm er die Kopfhörer heraus und wischte über sein Gesicht, rieb sich Tränen bis in die Haarstoppel.

Erinnerungen überfielen ihn, wiederbelebt von Wills Stimme. Gespenster von unendlicher Zärtlichkeit. Er konnte, er wollte sich ihnen nicht zur Wehr setzen.

Noch immer regnete es in Strömen, als Eli und Will sich aus dem Camp stahlen, um den Löffel auszugraben. Der Friedhof glich einem einzigen Schlammteich, in dem die schiefen Kreuze, ein paar Grasbüschel und Zweige trieben. Eine Schlange floh vor ihnen, als sie zu der Stelle stapften, wo Will die letzten Tage an dem sinnlosen Loch geschuftet hatte.

Sie kauerten sich hin und begannen, im Schlamm zu wühlen.

«Wie weich die Erde jetzt ist», murmelte Will.

Jeder Hohlraum, den sie mit der Hand aushoben, füllte sich sofort mit gelblicher Brühe. Ihre Finger streiften sich, während sie unter Wasser schaufelten. Eli zuckte vor der Berührung zurück.

«Wir werden ihn nicht finden.»

Er setzte sich auf und wartete, dass sie seinen Blick erwiderte. Als sie es nicht tat, fragte er: «Wieso ist der Löffel dir so wichtig?»

Im Prasseln des Regens hörte er sie kaum: «Du … bist nett … zu mir. Wieso?»

«Das fragst du noch?»

Sie fiel ihm förmlich auf den Schoß, schlang die Arme um seinen Hals, presste ihre Wange an seine – als sie ihn küssen wollte, hielt er sie fest. Sein Herz hämmerte. Doch die Angst, die er empfand, war nicht nur unangenehm.

«Ich habe noch nie jemanden geküsst», sagte er.

Sie schüttelte kaum merklich den Kopf. «Wieso bist du so ehrlich?»

«Wieso sollte ich lügen?»

«Ich weiß auch nicht.» Sie biss sich auf die Lippe, um ein Lachen zu unterdrücken. «Tut mir leid. Willst du mich denn …?»

«Ja. Ich will dich, Willenya.»

Sie umarmten sich. Ohne Kuss. Das, was zwischen ihnen war, sollte noch namenlos bleiben, nur noch ein bisschen.

Am Abend, als alle gemeinsam kochten, schlich Eli ins Mädchenzimmer und legte einen Löffel und eine Nachricht unter Wills Kopfkissen:

Was auch immer du tust,
auslöffeln musst du die Suppe nicht allein.

Später fand auch er einen Zettel unter seinem Kopfkissen. Die krakelige, kleine Schrift sah aus wie Wills Finger, wie ihr kräuseliges Schläfenhaar:

Wenn ich deine Erste bin,
möchte ich auch
deine Letzte sein.

Das waren ihre Schwüre gewesen. Er hatte ihr für immer Hilfe versprochen, und sie hatte ewige Treue verlangt. In seiner grenzenlosen Jugend hielt er das für einen wunderbaren Tausch.

Es nahte der freie Tag, an dem die Jugendlichen in die Yungas durften. Eli und Will wären in der kleinen Handelsstadt unbewacht; es gab dort Stundenhotels. Obwohl sie sich immer noch nicht geküsst hatten, wussten beide, was geschehen musste. Gerade die Unausweichlichkeit, mit der die Ereignisse auf sie zuzurollen schienen, beunruhigte Eli. Er phantasierte von ihr, hatte dabei aber immer auch ein schlechtes Gewissen, so als führte er damit den sexuellen Missbrauch fort, den sie erwähnt hatte. Außerdem widerstrebte es ihm, seine diffuse Verliebtheit mit körperlichem Verlangen zu vermischen. Erst recht in einem gemieteten Zimmer, das sicher nach der überschüssigen Sehnsucht von Gelegenheitsbekannten roch.

Als sie in dem Städtchen waren und sich vor dem Süßwarenladen auf die Holztreppe setzten, versuchte er, das in Worte zu fassen. Er hörte sich in seinen eigenen Ohren wie ein verklemmter, schwuler, impotenter Mormone an, aber er schöpfte Mut aus der Gewissheit, etwas Wichtigeres als sein Ansehen zu wahren.

Schließlich nickte Will verdrießlich. «Ich verstehe dich. Das ist das Verrückte.»

Für den Rest des Tages wanderten sie über den Markt und an den heruntergekommenen Häusern entlang bis zu den Feldern im Nebel und redeten. Wie Freunde, ohne Anzüglichkeit. Dennoch war es das aufregendste Gespräch, das Eli je geführt hatte. Sie stellte seltsame, verschrobene Betrachtungen zu allem Möglichen an und klang dabei so sinnvoll, so richtig, als würde sie lediglich aussprechen, was Eli irgendwann vergessen hatte. Er merkte, wie er ihr Geheimnisse anvertraute, als wären es Alltäglichkeiten. Dass er sich als Kind in die Vorstellung hineingesteigert hatte, wie abstoßend organisches Leben sei – schleimige, bewegliche Materie –, und eine Phobie entwickelt hatte. Dass es ihn vor Berührungen mit anderen Körpern grauste und er damit mal besser, mal schlechter umging. Dass ihn enge Räume panisch machten, in denen viele Menschen atmeten. Dass er öffentliche Türklinken bis heute nicht anfassen konnte.

«Ekelst du dich auch vor mir?», fragte sie.

«N-n.»

Als sie abends zum Postamt zurückkehrten, wo der ADAC-Jeep des Camps wartete, gestand Eli ihr, dass er es bereute, sie nicht geküsst zu haben. Da zog Will ihn in das Postamt, eine Betonhütte mit flackernden Lichtröhren und einem knatternden Generator, und küsste ihn vor dem überraschten Postbeamten auf die Wangen, auf die Stirn, auf die Augenlider und zuletzt, weich wie eine Daune, auf die Lippen.

«Jetzt will ich geküsst werden.»

Er legte nervös den Mund auf ihren. Dann erinnerte er sich, dass sie vergewaltigt worden war, und er wagte nicht, den Mund zu öffnen, obwohl er spürte, dass sie ihren öffnete.

Einige Tage später musste er ihr erklären, dass sie zwar die Erste war, die ihn geküsst hatte, der Rest seines Körpers aber weniger unberührt war als sein Mund. Und das gerade *wegen* seiner Phobie!

Als er angefangen hatte, Rezepte seiner Eltern zu fälschen und allerlei Medikamente an sich zu testen, wollte er damit nur seinen Schulalltag in den Griff kriegen. Die angstlösenden Tabletten, die seine Psychotherapeutin empfahl, brachten ihm nicht genug. Er probierte Codein und konnte plötzlich entspannt in die Schule gehen, ohne Panik vor zufälligen Berührungen. Er wurde wieder sozialer, fühlte sich bereit für Freundschaften. Freimütig verteilte er seine Pillen an Mitschüler. Als läge ein Zauber auf ihm, verliebten sich reihenweise Mädchen in ihn. Denn er war geheimnisvoll desinteressiert. Ein von Schwermut Umwehter trotz aller Erfolge: Er hatte die vierte Klasse übersprungen, war im Leichtathletikteam, trug mit Selbstverständlichkeit die Markenkleider eines Sohnes wohlhabender Eltern. Bei Partys blieb er nie lange, immer nur, um seine pastellbunten Tabletten zu verteilen und fachkundig ihre Wirkung zu erklären. Ritalin, wer nicht schlafen wollte. Codein, wer mehr als Schlaf brauchte. Einmal weinte auf einer Party ein Mädchen auf der Toilette. Mellie aus der 9c mit den schwarz gefärbten Haaren. Er blieb lange bei ihr. Sie teilten sich den Weltschmerz, der keine persönlichen Gründe brauchte, und den Segelflug auf Opiaten. Als sie an seiner Hose zu nesteln begann, nahm er den Kampf gegen seine Phobie auf … und siegte. Er war stolz, keinen Ekel zu empfinden, als sie mit kühlen Fingern in die Taubheit seines Rausches griff. Ihr Gesicht war noch rot vom Weinen, als sie sich auf ihn setzte. In letzter Sekunde drehte er den Kopf weg, weil er sie nicht küssen wollte. Ihr Mund, Öffnung des Leibes, Anfang der Verdauung, bereitete ihm doch zu viel Unbehagen.

Er schlief nicht wieder mit ihr. Sie konnten sich nicht mehr in die Augen sehen, nachdem sie die Scheinheiligkeit des anderen erkannt hatten: Beide litten sie an gar nichts Vorzeigbarem, nur an der Abwesenheit von echtem Leid.

Er gab anderen Mädchen nach, wie man Mutproben besteht. In den neun Monaten seiner unrühmlichen Karriere als Dealer schlief er mit sieben. Nie nüchtern. Nie ließ er sich küssen. Er konnte sich später nicht über seine Beweggründe belügen. Er tat es nicht, weil er der Schönheit von Frauen ausgeliefert war. Er begehrte nie aufrichtig, weder romantisch noch instinktiv, sondern in einem Aufbäumen gegen die eigenen Hemmungen.

Will hörte sich seine Beichte an, sagte nichts und ging mit Tränen in den Augen davon. Achtundvierzig ungewisse Stunden später waren sie wieder allein, und Will schien einen Entschluss gefasst zu haben. Sie hatten gerade mit ein paar Jugendlichen Wäsche im Fluss gewaschen. Die Dämmerung war hereingebrochen, allmählich kamen die Mücken. Als die anderen heimkehrten, blieben Will und Eli am Ufer. Sie hatten zehn, vielleicht fünfzehn Minuten, bis sie in der Küche erscheinen mussten.

Er erwartete das Schlimmste. Tränen lauerten irgendwo hinten an seiner Kehle.

Will aber sagte nichts. Sie breitete ihr noch feuchtes Moskitonetz über sich und streckte sich längs auf den Felsen aus. Dann streifte sie ihre Hose herunter, auch das T-Shirt. Der Schleier färbte ihre Nacktheit weiß.

«Willst du mich anfassen?», fragte sie.

Er ließ die Hände über den dünnen Stoff gleiten, der ihr Gesicht, ihren Hals umspannte. Die vollmondweißen Brüste. Er spürte, wo sich die Spitzen abhoben. Wo sich ihr Bauch zum Nabel vertiefte. Wie geschwungen ihre Hüftknochen waren! Bei den Knien wand sie sich ein wenig und kicherte.

«Zeigst du mir deinen Schwanz?», fragte sie unverblümt.

Geschlagen gab er zurück: «Er ist doch nicht zu übersehen.»

Er hatte nur eine Stoffhose an.

Ihre Hand kam unter dem Moskitonetz hervor und zog ihn zu sich. Sie drückten sich aneinander, eingewickelt wie in einen Kokon. Die flackernden Lichter des Flusses huschten über ihre Haut, die Schatten des Abends vertieften ihre Augen.

«Ich will, dass du mir gehörst», flüsterte sie.

«Ich gehöre dir.»

«Ich will das, was du vorher erlebt hast, überschreiben.»

«Ich auch. Gegenseitig.»

«Ich will sterben und neu ins Leben kommen, hier und jetzt. Und du sollst alles sein, was ich kenne. Außer dir soll nichts in mir sein. Ich will ... dass du in mir bist, Adam.»

Mit der größten Unschuld schloss sie die Beine um ihn. Auf der Suche nach einer noch innigeren Umarmung lösten sie sich voneinander, umarmten sich erneut, lösten sich, umarmten sich. Was für ein köstliches, die Zeit verhöhnendes Spiel! Bald lag er auf ihr, atmete den Duft ihres Nackens, ihres Scheitels, ihrer Mundwinkel. Sie pflückte einen Kuss von seinen Lippen. Er zahlte es ihr mit Küssen auf ihren Hals, ihre frech abstehenden Ohren zurück. Sie half ihm aus der Kleidung. Er spürte ihre Brüste an seiner Brust, ihren Bauch an seinem Bauch, eine flammende Feuchtigkeit an seinem Schenkel. Sie kam ihm so empfindlich vor, dass er Panik bekam. Zaghaft streichelte er sie.

«Behandle mich nicht wie ein Opfer, behandle mich bloß nicht wie ein Opfer», flüsterte sie, ohne ihn dabei ansehen zu können. Dafür fuhr sie mit der Zunge in seinen Mund.

Ihre Körper wiegten einander entgegen, ein Rhythmus, alt wie Ebbe und Flut. Die Grenzen zwischen ihnen verwischten. Mühelos drang er in sie ein. Sie war so weich, so ohne Widerstand, dass er aufhörte zu existieren und in etwas Neues, Riesiges einging. Ein Laut brach über ihre Lippen, er hielt inne; er wollte ihr nicht weh tun. Doch seine Rücksicht schien ihr mehr Angst zu machen als körperlicher Schmerz. Verzweifelt schob sie ihn an.

«Halt still», flehte er.

Aber sie hörte nicht auf ihn. Ihre Bewegungen wurden ungestümer, bis Seufzer aus ihrer Kehle taumelten, und im Augenblick des größten Trotzes schmolz sie, wurde ganz leicht und zitternd und still. Tränen rannen ihr die Schläfen hinab. Er war so ergriffen, dass er seine eigenen Empfindungen vergaß.

Als sie wieder zu sich kam, schlug sie sich beschämt die Hände vors Gesicht. Erst das Verlangen nach einem Kuss lockte sie wieder hervor. Da überwand er endlich seine Befangenheit. Behandelte sie nicht mehr wie ein Opfer. Je heftiger er in sie drang, umso gewaltiger wurde seine Auflösung. Fast zu spät zog er sich zurück, um nicht in ihr zu kommen. Sie erschauderte ein zweites Mal, diesmal ohne Scham, eine Offenheit in den Augen, die an Leere grenzte. Glück erschütterte ihn, alles auslöschendes, brutales Glück, und als es in den Sekunden und Minuten danach wieder versickerte, klammerten sie sich aneinander, ernüchternd oder in tieferem Nebel versinkend. Eli wusste nicht, ob er ihr näher oder ferner war als vorher, nun, da sie einander Mann und Frau geworden waren, diese ursprünglichsten und nichtssagendsten aller Rollen. Melancholie strömte seiner Liebe zu, um für immer ihre Ränder einzufärben.

Sie waren jetzt wie alle jungen Liebespaare, die den Unterschied ihrer Körper wieder und wieder prüfen müssen. Genau darum misstraute Eli dem Moment, da Will ihm gehörte und er sich in ihr verlor. Vielleicht war seine Eitelkeit davon gekränkt, Gewöhnliches zu tun und gewöhnlich zu sein. Aber es war mehr. Er fühlte eine dumpfe, geistlose Kraft, die sich ihrer Liebe bediente, und ihre Höhepunkte fühlten sich bisweilen wie Bestechungen an.

Sie sprachen darüber, und Will war ganz seiner Meinung. Wie viel besser wäre es, sich nur mit der Seele zu lieben und für Orgasmen nicht die Sekrete der Fortpflanzung, die Lächerlichkeit von Beckenstößen zu brauchen! Ihre Zustimmung reichte Eli, um sie mit Küssen zu bedecken. So gering war sein Widerstand, der Widerstand einer postulierten Würde. Sie verging im leisesten Seufzen aus Wills Mund. Sie liebten sich voller Scham und dabei mit einer theatralischen Erniedrigung, die sie zu Verschworenen machte, wie ungehemmtes Vergnügen es niemals könnte. Was sie verband, war zu wissen und daran zu leiden, sich im höchsten Fieber der Gefühle aus den Augen zu verlieren, blind zu werden, tastende Triebe. Und trotzdem konnten sie es nicht lassen, trunken wie alle Liebespaare, das ewige andere in Gestalt des Geliebten zu finden. Als gäbe es das wirklich, das andere … und nicht überall, in allen Frauen und Männern, dieselbe Gier, Angst und Tücke wie im eigenen Herzen.

Y

Fast zwei Jahrzehnte nach dem Sturz der Zwillingstürme bohrte sich das neue One World Trade Center noch tiefer in den sonnenlosen Februarhimmel. Von fern wirkte es nur wie ein weiterer Finger von New York, der nach dem Himmel langte. Doch stand man darunter, war seine Höhe unfassbar, geradezu abstrakt. Weiß und grau schnitten seine Flügel in die Haut der Wolken, wie um ihr Licht anzuzapfen und hinab auf die Straße fließen zu lassen.

Langsam legte Rebecca Lubetzki den Kopf in den Nacken und ließ den Blick von der Kreuzung, wo die Dampfschwaden der Gullys und der Rauch der Hot-Dog-Stände unter dem Nieselregen schwelten, bis hinauf in die immer unwirklicher werdende Höhe wandern. Welches Geschick, welches Genie Menschen an Bauwerken bewiesen … aus dem geradezu herzergreifend primitiven Bedürfnis heraus, mit Phallussymbolen Macht zu demonstrieren!

In solchen Momenten wurde Rebecca Lubetzki klar, wie sehr sie die Menschheit liebte und wie groß ihre Verachtung für ihre Vertreter war.

Sie betrat das Gebäude, um zu tun, was getan werden musste.

www.fucktina.com

Ja, Mann, ja, lasst uns über den Aktienmarkt sprechen. Fett absahnen, geil Kohle machen, von nix kommt nix, aber aus viel kommt gigantisch geil 101 001 00010 –

An sich ist leicht zu verstehen, was an der Börse passiert. Unternehmen verkaufen Firmenanteile, weil sie Geld brauchen, um zu wachsen. Die Käufer der Firmenanteile gehen ein Risiko ein, denn das Unternehmen könnte scheitern – aber wenn es Gewinn macht, sind die Aktienhalter am Gewinn beteiligt. Ihre Risikobereitschaft hilft den Unternehmen und verwandelt sich mit etwas Glück in Profit für alle.

Alle? Was ist mit den Angestellten des Unternehmens? Sie profitieren, indem sie ihren Arbeitsplatz behalten dürfen. Aber es kann auch sein, dass die Aktienhalter auf Gewinn *drängen*, wodurch Arbeit intensiver und schlechter bezahlt wird und der eine oder andere Arbeitsplatz einfach ganz gestrichen wird. Das ist aber ein anderes Thema. Gehen wir nicht in die Sozialwohnungen, die Slums, die maroden Fabriken. Bleiben wir beim Aktienmarkt. An der Börse geht es weniger um den Besitz von Firmenanteilen als um den Tauschwert dieser Anteile. Der Schnellste schiebt den anderen den Schwarzen Peter des Tages zu. Und am schnellsten sind heute nicht mehr Broker mit dreizehn Telefonen, sondern Maschinen mit tausenden Prozessoren. Große Maschinen. Wir sprechen von High Frequency Trading Machines, die innerhalb von Sekundenbruchteilen steigende und sinkende Preise erfassen und mit der Blitzartigkeit von chemischen Reaktionen ausschütten und raffen. Sie können innerhalb eines Nachmittags einen Börsencrash verursachen und haben es auch schon getan. Dennoch vermehren sie Geld. Sie vermehren das Geld ihrer Betreiber und deren Kunden. Woher kommt das Geld? Es steht für Firmenanteile, aber wie realistisch stehen Firmenanteile für Güter, Gebäude, Arbeitskraft? Sie sind eine Einschätzung. Rund neunundneunzig Prozent mehr Geld ist im Umlauf als tatsächliche Wertgegenstände, die das Geld doch repräsentieren will. Das Geld vermehrt sich nicht auf Feldern, in Bergwerken und Fabriken, sondern in den Notenbanken. Nicht durch die Konten der Millionen Leute, die ihr Erspartes nun mal bei einer Bank lassen müssen, um im System zu bleiben. Das Geld wird mit Hochrechnungen und Schätzungen *erfunden*. Die Banken haben die Erlaubnis dazu. Schlagt es nach! Das Geld darf erfunden werden, weil es investiert wird, angeblich zum Vorteil von allen, ja *allen* in der Gesellschaft. Faktisch betrifft alle aber immer nur die kleine, schleichende Inflation. Oder in was wird investiert? Investiert wird in eine Hochrechnung, eine Erwartung, eine Wahrscheinlichkeit, eine zitternde, rasende Ziffernschlange. Schsch. Man darf es kaum aussprechen. Alle haben Angst davor, es zu sagen. Dass sie virtuell ist.

Hester Welsh war mit vielen Talenten gesegnet, und wie so viele talentreiche Personen hegte sie ihre Eitelkeit. Mit sechzehn hatte sie ihr Studium der Mathematik am MIT aufgenommen und ausnahmslos Bestnoten kassiert, bis sie, in der Mitte ihres Informatik-Masters, einen Algorithmus schrieb, der sie aus dem heimeligen Universitätsleben in die Finanzwelt der frühen Nuller-Jahre katapultierte: Boom! Ihr Programm, gekoppelt an die besten High Frequency Trading Machines, erzielte *garantierte Gewinne* – weil es schneller war als all die anderen Rechenprogramme und sich immer auf den ersten Platz der Schlange mogeln konnte. Schlagartig war Hester die berüchtigtste *Quant* an der Wall Street und als Frau mit afroamerikanischen Wurzeln eine Art Star. Dass sie eigentlich nur ein Drittel schwarz und zwei Drittel irisch war, schrieb natürlich niemand in den Zeitungen.

Obwohl Hester sich nie als besonders afroamerikanisch empfunden hatte – oder besonders weiblich, was das anging –, begann sie, intuitiv die Klischees zu bedienen, die die Medien von ihr erwarteten. Das war eben die verdammte Eitelkeit. Aber es schadete ja niemandem, und ihr machte es Spaß. Sie war immer eine leidenschaftliche Spielerin gewesen, und das öffentliche Leben war das faszinierendste Spiel für jemanden wie Hester, die in ihrer Jugend an den subtilen Signalen und unausgesprochenen Verhaltensregeln ihrer Mitmenschen gescheitert war.

Für das heutige Interview mit dem *Spiegel*, Deutschlands wichtigstem Magazin, wie man ihr gesagt hatte, trug Hester einen grünen Haarreifen, fast so grün wie ihre Augen, und rote Holzperlen an den Ohren. Sie hatte irgendwann Ende zwanzig begonnen, ihre Jeans und T-Shirts durch lange Leinengewänder zu ersetzen, die ihr eine Aura von Kulturbewusstsein verliehen und außerdem ihrer Leibesfülle schmeichelten. Eine Weile hatte sie sogar ihre Brille durch Kontaktlinsen ersetzt, aber das war ihr schnell zu anstrengend geworden, ebenso wie Make-up. Sie wollte unverwechselbar sein, das ja – aber eine Schönheit zu werden, lag nach wie vor außerhalb ihrer Reichweite. Nun, es gab Schlimmeres und Wichtigeres.

Als sie das Windows on the World Restaurant im hundertundsoundsovielten Stockwerk betrat, wurde sie sofort bemerkt. Eine junge Frau erhob sich von einem Tisch direkt am Fenster und kam auf sie zu.

«Miss Welsh. Sehr erfreut. Rebecca Lubetzki», stellte sich die junge Frau mit sehr deutschem Akzent vor. Obwohl sie noch wie ein Teenager aussah, petite und latent aufsässig mit den dunkelrot gefärbten Haaren und dem schwarzen Kapuzenpullover, strahlte sie eine Resolutheit aus, die an Überheblichkeit grenzte. Irgendetwas war anders an ihr als an den Journalisten, die Hester sonst traf. Vielleicht lächelte sie weniger.

Sie nahmen Platz und bestellten Saft und Tee.

«Und Sie kommen gerade aus Deutschland?», begann Hester.

Dann sagte die Frau etwas, das gewiss noch kein Journalist zu ihr gesagt hatte: «Miss Welsh, ich habe Sie angelogen. Ich arbeite nicht für den Spiegel. Die E-Mail-Adresse, mit der ich Sie kontaktiert habe, war eine Fälschung. Ich wusste nicht, wie ich sonst ein Treffen mit Ihnen bekommen würde, und worum es mir eigentlich geht, konnte ich nicht einfach so schreiben. Bevor Sie gehen – bitte hören Sie, was ich Ihnen zu sagen habe. Es ist wichtig.»

Hester wäre vor Schreck gar nicht in der Lage gewesen zu gehen, selbst wenn sie gewollt hätte. Stumm sah sie die Fremde an.

«In den kommenden Tagen werden Ihre Trading Machines versagen. Die Kunden Ihrer Firma werden Geld verlieren. Viel Geld. Es wird nicht an Ihrem Algorithmus liegen. Aber es wird so aussehen, als ob. Und Sie müssen mitspielen.»

Hester wollte loslachen, aber es gelang ihr nicht.

Der Kellner servierte ihre Getränke. «Haben Sie schon entschieden, was Sie essen möchten?»

Hester klappte die Speisekarte nervös auf und zu und gab dem Kellner einen Wink, später wiederzukommen. Nachdem sie einen Schluck schaumgekrönten Beerennektar genommen hatte, bekam sie endlich das Lachen aus der Kehle und fand ihre Stimme wieder.

«Okay. Hat Marty Sie engagiert? Das ist ja eine Verarsche auf ganz neuem Level.»

«Marty – Martin Rossberg, Ihr Mitarbeiter, vermute ich? Er hat mich nicht engagiert. Ich rate Ihnen, auch ihm nicht die Wahrheit zu sagen und jegliche Nachforschung seinerseits zu unterbinden. Sie müssen die Schuld auf sich nehmen. Wahrscheinlich verlieren Sie Ihren Job. Auf jeden Fall verlieren Sie Ihren Ruf als Gans, die goldene Eier legt. Meines Erachtens kein tragischer Verlust.»

«Sie sind gar nicht schlecht. Wo haben Sie Schauspielerei studiert? Sie müssen ja auch Improvisationstheater gemacht haben.»

Die junge Frau betrachtete ihre Gläser und begann, mit einem Löffel sanft dagegenzuschlagen.

«Vielleicht interessiert Sie, wofür Sie Ihre Karriere opfern müssen. Dann wird das Lügen Ihnen sicher leichter fallen. Sollten Sie abstreiten, dass Ihr Algorithmus versagt hat – sollten Sie gar Nachforschungen anstellen oder an die Öffentlichkeit gehen –, werden gewisse Leute Sie umbringen.»

Hesters Lächeln gefror. «Ich finde das, ehrlich gesagt, nicht witzig.»

«Ich mache keine Witze. Wenn Sie Aufmerksamkeit erregen, wird man Sie beseitigen. Die Wahrheit geht so oder so mit Ihnen unter. Es lohnt sich also nicht.»

«Ist das – soll das eine Drohung sein?»

«Ich will Ihnen nichts antun. Ich warne Sie doch. Es gibt Leute, denen viel daran liegt, dass die Öffentlichkeit nicht von Wundern erfährt, wenn sie sich ereignen. Und sie werden sich ereignen.»

«Wunder?»

Die junge Frau steckte den Löffel ein, dann legte sie einen Fünfzig-Dollar-Schein auf den Tisch und stand auf. Ein Leuchten war in ihrem Blick, eine kalte, unmenschliche Freude.

«Göttliche Wunder, Miss Welsh. Freuen Sie sich. Sie werden zu den wenigen gehören, die Gottes Existenz bezeugen können. Der Preis des Schweigens ist das doch allemal wert, oder nicht?»

Als hätte sie schon zu viel verraten, eilte die Fremde zu den Aufzügen und verschwand.

Als Hester Welsh eine Stunde später in ihrem Büro ankam, rannte Marty, Leiter der Analystenabteilung, ihr mit Tränen in den Augen entgegen.

«Sie stürzen ab», stammelte er. «Alle Aktien, alle Aktien, die wir kaufen, stürzen ab, Milliarden, jede Sekunde … Wir gehen unter!»

Marigny

Therapiestunde fünf

Ich habe damit gerechnet, mich mit jemandem zusammentun zu müssen. Ich war gewohnt, mich nur auf mich zu verlassen, aber bei der Vorstellung, alleine eine zweiwöchige Reise durch den Dschungel anzutreten, wurde mir bang. Erst recht, als ich in Bolivien ankam und den Dschungel kennenlernte.

Ich wusste fast im ersten Moment, als ich das Camp betrat, dass ich mit Adam fliehen würde. Nein, das stimmt nicht ganz. Ich wusste, dass ich mit ihm fliehen wollte. So wie es Menschen gibt, die man nie versteht, so gibt es Menschen, die man sofort kennt. Bei Adam hatte ich das Gefühl, dass mir nichts an ihm jemals unverständlich erscheinen würde. Und so war es auch.

Er beachtete mich anfangs nicht. Er hat so eine Art, in seiner eigenen Welt zu sein, aber nicht wie ein Träumer … sondern wie jemand, der sich auf etwas konzentriert, das andere nicht sehen können. Als hätte er ein Ziel und einen Plan, dieses Ziel zu erreichen, und alles andere müsste daneben belanglos erscheinen. Es ist leicht, sich in seiner Gegenwart überflüssig zu fühlen. Aber wenn man im Zentrum seiner Aufmerksamkeit steht – wenn er einen liebt –, dann, dann fühlt man sich wirklich wertvoll. Er gab mir das Gefühl … wertvoll zu sein.

Wenn ich beschreiben soll, wie wir uns annäherten, dann fallen mir nur kitschige Vergleiche ein. Es war … als würden wir nach und nach die Schubladen des anderen öffnen, nur um unsere eigenen Geheimnisse darin zu entdecken. Wir waren uns so ähnlich, dass wir wie Ungläubige vor dem Wunder standen. In der Aufzählung klingt es banal: Wir beide mochten Bücher und hatten dieselben Computerspiele gespielt, wir beide waren dem Selbstmord nicht abgeneigt, liebten das Melodramatische und verachteten die Leute, denen es gelang, mit dem Gegebenen glücklich zu sein. Aber was uns verband, war mehr als die Summe von Gemeinsamkeiten. Er sagte Dinge, die mir wie aus dem Herzen geschnitten waren. Er benutzte meine Worte. Unsere Gedanken waren wie Schritte ein und derselben tanzenden Figur. Ich sage doch, mir fallen nur kitschige Vergleiche ein. Aber nichts anderes würde der Wahrheit gerecht werden.

Es war mir bisher immer gelungen, die Gunst der Leute zu gewinnen, die ich brauchte. Meine ganze Erziehung war darauf ausgelegt gewesen. Ich konnte mich Menschen mit einer inneren Kälte annähern, die nach außen wie Gelassenheit wirkte, wie eine sympathische Unbefangenheit, eben weil die anderen mir so egal waren – weil sie mir immer ein Mittel zum Zweck waren und ich nie riskierte, mich ihnen zu zeigen. Bei Adam war das anders. Vor ihm konnte ich mich nicht verstellen. Und zum ersten Mal im Leben wollte ich mich auch nicht verstellen. Ich wollte das unheimliche Risiko eingehen, von jemandem gekannt zu werden.

Vielleicht wollte ich auch einfach zum ersten Mal die Person sein, die jemand in mir sah. Ich wollte dem Bild entsprechen, das Adam von mir hatte. Etwas Besseres als das konnte ich nämlich nicht sein.

Das Bootcamp war nicht so, wie ich es mir vorgestellt hatte. Ich dachte, mich würden Pädagogen und Psychologen erwarten wie in Deutschland. Ich wusste, wie ich die um den Finger wickeln konnte. Aber im Bootcamp herrschten andere Regeln. Es gab keine Therapie in dem Sinne. Das Leben – das Überleben – war die Therapie. Die alltäglichen Handlungen sollten Symbolcharakter haben und die Jugendlichen, die zu verkorkst für Gespräche und Argumente waren, zu sozialfähigen Individuen dressieren. Bei vielen war das die einzige Möglichkeit, ihre Verhaltensstörungen zu durchbrechen. Das Problem war, dass die Leitung des Camps an eine inkompetente Frau überging, die die symbolischen Handlungen durch despotische Strafen ersetzte. Wir wurden nicht mehr erzogen, sondern in Schach gehalten. Vor allem ich hatte meine Probleme mit der Leiterin.

Seit ich in Bolivien war, lagen meine Nerven blank. Die Pläne, die ich in meinem Zimmer in Deutschland geschmiedet hatte, schienen auf einmal sehr fern. Ich musste ständig meine Absichten hinterfragen und gab erstmals vor mir und anderen zu, dass ich missbraucht worden war. Meine harte Schale zersplitterte endgültig durch den Kontakt zu Adam. Darunter war ich ein Wrack, zitternd vor Empfindsamkeit. Ich konnte meine Gefühle nicht mehr gut unter Verschluss halten und hatte einige Wutausbrüche vor der Leiterin, was dazu führte, dass ich grausam bestraft wurde. So bin ich wieder verhärtet. Schmerzhafter und endgültiger als zuvor.

Ich weiß noch, wie Adam und ich eines Nachmittags von den Indios zu einer Heiligenstätte im Urwald mitgenommen wurden. Das war etwas Besonderes, sie nahmen nicht jeden mit. Aber einer der Indios, ein immer gut gelaunter Alter, hatte einen Narren an Adam gefressen. Oder andersherum. Jedenfalls waren die beiden oft alleine fischen und verstanden sich so gut, dass der Indio Adam und mich eines Tages zu einer Höhle im Dschungel führte, wo die Wurzeln der Bäume einen Vorhang bildeten und innen Wasser über eine perfekt glatte, von Mustern und Farben durchzogene Wand aus Edelstein rann. Wer das Wasser trank und über Nacht in der Höhle blieb, mit dem teilten die Geister des Waldes ihre Geheimnisse, sagte der Indio. Adam und ich tranken, dann setzten wir uns und warteten die Dämmerung ab.

Um es kurz zu machen, wir glaubten fest daran, dass das Wasser eine psychedelische Wirkung hatte, weil es über das Wurzelwerk giftiger Pflanzen floss oder so ähnlich. Tatsächlich hatten wir bald Halluzinationen. Wir lagen wie gelähmt da, ohne sprechen zu können. Ich spürte eine Art Form, einen Anti-Gegenstand, aus mir heraustreten, den ich mit meinem Wesenskern identifizierte. Meine Seele, schätze ich. Schwer zu beschreiben, wie ich sie wahrnahm, denn sie war unsichtbar, fast eigenschaftslos. Ich stellte sie mir als eine Art zweidimensionale Raute vor, ein gestaltloses Gesicht, in dem Gedanken und Gefühle möglich waren. Ich empfand die größte Liebe für dieses niedliche Rautengesicht, das meine Seele war, und für die ganze niedliche, unschuldige Welt. Ich merkte, dass auch Adams Seele aus ihm herausgetreten war. Obwohl ich ihr keine sinnlichen Attribute zusprechen konnte, wusste und fühlte ich, dass sie das süßeste, liebenswerteste Etwas war. Unsere Seelen erkannten sich losgelöst von den Körpern, in denen sie sonst gefangen waren, und ihre Freude übereinander war so groß, dass alles Schlechte, das bis dahin geschehen war, gerechtfertigt schien, nur damit dieser eine Moment in der Zeit stattfand.

Ich weiß, dass das albern klingt. Ich erwarte nicht, dass jemand es nachvollziehen kann. Nur in Erinnerung der Gefühle, die ich hatte, begreife ich die Ungeheuerlichkeit und wahre Schönheit dieses Erlebnisses.

Ich realisierte in meinem Rausch, dass die Welt leicht zu verstehen ist. Es gibt das Böse und das Gute. Diese zwei Seiten sind klar voneinander unterschieden, und es gibt nichts in der Welt, das nicht zum einen oder zum anderen gehört, und sei es auch nur durch die minimalste Differenz. Das Böse ist alles, was der Zeit unterworfen ist. Alle Materie. Alle Körper. Aber das Gute durchzieht dieses Böse wie verstreute Saat. Es ist zeitlos, körperlos und unveränderlich. Der Geist ist das Gute. Die Gedanken. Das Verstehenwollen, auch wenn es in dieser Welt nie gelingt. Das Böse ist das Fleisch, seine Triebe, seine Affekte, seine wortlosen Ekstasen und Schmerzen, seine Zufriedenheit mit dem Unverständlichen.

Als Adam und ich in den Morgenstunden langsam wieder nüchtern wurden, erzählten wir uns von unseren Erfahrungen. Dabei kam heraus, dass wir genau dasselbe erlebt hatten. Ich meine, genau dasselbe. Wir weinten und wollten uns kaum anfassen, weil wir uns so sehr vor unseren Körpern ekelten. Wie grell und widerlich uns die Begierde vorkam, in der wir uns bisher als Mann und Frau vereint hatten! Wir sahen uns jetzt, wie wir wirklich waren: als Geister, gefangen in den abscheulichsten Folterkammern. Und wir liebten uns reiner und verzweifelter denn je, weil wir begriffen, dass wir einander in diesem Leben immer fernbleiben würden.

Als uns der Indio abholen kam und wir ihn fragten, welche Drogen in dem Wasser waren, begann er zu lachen. Gar keine Drogen, sagte er. Es sei eine ganz normale Höhle im Dschungel. Er habe lediglich geglaubt, Adam und ich würden uns über eine ungestörte Nacht zu zweit freuen.

Die anderen Indios bestätigten, dass das Wasser keine psychedelische Wirkung hatte. Unsere Halluzinationen waren unerklärlich. Wie konnten Adam und ich genau dieselbe Vision haben?

Ich weiß, dass es ein Wunder war. Ein Beweis, dass Adam und ich verbunden sind, so sehr, wie zwei Geister in Gefangenschaft nur verbunden sein können.

Ich habe sehr oft darüber nachgedacht, wie mein Leben verlaufen wäre, wenn ich den geplanten Diebstahl aufgegeben hätte. Adam und ich wären nach ein, zwei Jahren nach Deutschland zurückgekehrt. Wir hätten beide die Schule beendet, er in Potsdam und ich in München. Wir hätten uns danach an derselben Universität oder für Ausbildungen in derselben Stadt bewerben und zusammenziehen können. Zwei verliebte junge Menschen, die sich die traurige Vergangenheit mit schönen Zukunftsplänen übertapezieren. So leicht wäre es gewesen, normal zu sein. Glücklich.

Aber ich traute mich nicht, mein altes Ich zu verraten. Ich glaubte, kein Recht auf Veränderung zu haben.

Adam hätte mich vielleicht auf die richtige Seite ziehen können. Aber er war bis vor kurzem selbst kriminell gewesen, hatte Medikamente an Schüler vertickt und keinen besonders verlässlichen moralischen Kompass. Er war zu schwach … also zog ich ihn auf die falsche Seite.

Marigny nahm überrascht die Kopfhörer ab, als Eli aus seinem Zimmer trat. Sofort erriet er, was sie sich anhörte.

«Spannerin.»

«Wie bitte?»

Er stellte mit einem Blick klar, dass sie nicht zu lügen brauchte.

Auf dem Küchentisch waren zwei Tabletts mit einem bereits angekrusteten Abendessen aus Geschnetzeltem und Reis. Der Diener hatte es vorhin gebracht. Eli begann im Stehen zu essen.

«Haben Sie etwas aus den Aufnahmen erfahren?», fragte Marigny.

«Gibt es für Leute wie Sie nicht die Klatschpresse?»

«Es ist auch mein Job, Ćuruvija zu finden.» Sie richtete sich auf dem Sofa auf, um sich beiläufig im Negligé zu präsentieren. «Sie beide waren ganz schön körperfeindlich eingestellt. Seltsam für junge Leute, die verliebt sind, finde ich. Hatte das einen religiösen Grund? Oder lag es an den Pickeln auf Ihrem Rücken, die Sie neulich erwähnten …?»

Er schaufelte sich den letzten Bissen in den Mund und stapfte wieder in sein Zimmer.

Eli

In den letzten drei Aufnahmen redete Will nicht mehr von ihrer Vergangenheit. Es war ein konfuser Monolog, der ebenso gut zusammengeschnitten sein konnte. Einmal lachte sie über einen Witz, der überhaupt keine Pointe hatte, und gab eine lange und ungelenke Erklärung, was Humor sei. Ein andermal redete sie sich fast zwanzig Minuten über die Ungerechtigkeiten der Welt in Raserei und bekam merkwürdige sozialistische Anwandlungen, die überhaupt nicht zu der Will passten, die er gekannt hatte.

Als Eli alles gehört hatte, graute bereits der Morgen. Er löschte die Lampe neben dem Bett und blickte aus dem Fenster. Bungalowwände und zerschnittene, anonyme Himmelsstücke wie in einem lieblos programmierten Computerspiel. Wills Heimat strahlte dieselbe Unwirklichkeit aus wie ihr stummer Therapeut.

Wer war dieser Therapeut? Wieso log sie ihn an? Wieso erzählte sie die Wahrheit … und log dabei?

Eli hätte ihre Beziehung nicht anders beschreiben können als sie. Aber er hatte sie tatsächlich geliebt. Er hatte sie nicht für einen Diebstahl benutzt und dann im Gefängnis verrotten lassen. Wem machte sie diesmal etwas vor?

Als Eli die sanften Widerworte in sich aufkeimen spürte, bekam er solche Wut, dass er sich am liebsten geohrfeigt hätte. Aber auch das hätte nicht verhindern können, dass seine dumme, dumme Hoffnung erwachte wie ein lächerliches Stehaufmännchen: *Und wenn Will ihn doch immer nur geliebt hatte?*

Ein Grinsen verzerrte sein Gesicht. Natürlich hatte sie ihn immer nur geliebt. Der geheimnisvolle Mann im Garten, der Eli niedergeschlagen hatte, aber sagenhafterweise ein Mädchen mit einem Computer im Gepäck nicht einholen konnte, gehörte sicher zu einer Verschwörung. Sie hatte ihn bestimmt neun Jahre lang mit Inbrunst geliebt, ohne irgendein Lebenszeichen von sich zu geben, weil eine Verschwörung es verhinderte. Das war viel plausibler als die Möglichkeit, dass sie von Eltern und Pflegeeltern zur Psychopathin verkrüppelt worden war und Menschen benutzte, wie man sie selbst benutzt hatte.

Eli atmete tief und langsam durch und stellte sich vor, die Luft sei Zigarettenrauch. Er wusste, dass weder Spott noch Zynismus etwas gegen seine Hoffnung ausrichten konnte, dass Will am Ende doch der Engel war, den er in ihr sehen wollte. Weil diese Phantasiegestalt sein Leben war. Alles, wofür seine Existenz sich lohnte.

Gott, wie viel er jetzt für eine Zigarette geben würde.

Eine Rastlosigkeit war in ihm, die ihm fast die Adern sprengte. Wie früher, in Palmasola. Einerseits war er gefangen, konnte kaum einen Schritt tun, andererseits raste er eine Achterbahn abwärts, blind und ohne Kontrolle.

Obwohl er müde war, machte er Liegestütze, hundertfünfzig und dann noch einmal hundert und dann noch zwanzig, bis keine Energie mehr in ihm war, nicht einmal mehr für Gedanken.

Am nächsten Tag wählte Eli die Nummer neben dem Telefon und verlangte Balthus zu sprechen. Fast zehn Minuten musste er warten, dann ließ man ihn wissen, dass Balthus zurückrufen würde.

Er tigerte durch das Wohnzimmer. Überall lagen Marignys Sachen verstreut. Wie hatte sie so viel in ihrem kleinen Koffer unterbringen können? Er suchte zwischen den bestimmt mit Absicht zur Schau gestellten Spitzenhöschen und BHs nach ihrem Handy und Laptop, um die digitale Schnüffelei auszugleichen. Aber mit ihrer Technik schien sie nicht so arglos umzugehen wie mit ihrer Unterwäsche.

Eli wollte sich gerade ein Buch aus dem Regal ziehen, da klingelte das Telefon.

«Guten Morgen, Adam», sagte Balthus mit seiner entnervend fröhlichen Knabenstimme. «Gut geschlafen?»

«Fast so gut wie in Freiheit.»

«Ihr seid nicht eingesperrt. Ich habe lediglich meinen Besitz vor euch weggeschlossen.»

«Wo das geklärt ist, fühle ich mich gleich wohler. Was mich noch interessiert: Warum behaupten Sie, dass Willenya Ćuruvija bei einem Therapeuten war?»

Balthus schwieg verdächtig lange. «Wie soll ich das verstehen?»

«Bei den Aufnahmen hatte sie keinen Gesprächspartner. Sie hat ein Tagebuch aufgenommen, womöglich ein Videotagebuch, von dem Sie mir nur die Tonspur zeigen. In Mitschnitt drei sagt sie, dass sie ‹niemandem davon erzählen könnte, dem sie in die Augen schauen müsste›. Also hatte sie entweder einen blinden Therapeuten … oder einen fiktiven.»

Balthus verfiel abermals in Schweigen.

«Warum geben Sie ihr Videotagebuch als Therapie aus?», hakte Eli nach.

Balthus begann zu kichern. «Klingt doch besser, oder?»

«Was verschweigen Sie?»

«Vieles.»

Eli biss die Zähne zusammen. Er konnte Balthus nicht zum Reden zwingen. Das war das Problem. Er versuchte es anders: «Wenn wir sie finden, was sollen wir ihr eigentlich von Ihnen ausrichten?»

«Um die Feinheiten kümmert sich Mariel. Sobald das erledigt ist, gehört Willenya ganz dir.»

«Noch etwas. Sie haben gesagt, Killer sind hinter ihr her. Wer hat sie engagiert?»

«Willst du wirklich die Wahrheit hören?», raunte Balthus. «Es sind die Illuminaten.»

Eli wartete geduldig den Lachanfall des Milliardärs ab.

«Ach, was weiß ich», sagte Balthus endlich. «Ein amerikanischer Geheimdienst, die privaten Wirtschaftsspione von Google – irgendwer von den üblichen Verdächtigen. Ich bin schon so lange in diesem Business, dass ich behaupten kann, es sind immer siebenundachtzig Gespenster, zehn Anwälte, zwei Hacker und ein Exsoldat mit einem Schalldämpfer. Unter jeder Flagge beziehungsweise jedem Firmenlogo. Ich glaube nicht an eine Geheimloge, sondern an die systematische, unaufhaltsame Stupidität der Menschen, die sich dank ihres ausgefeilten Ordnungssystems gewaltig verbreitet. Das liegt schon daran, dass wir zwar genug Verstand haben, um allerlei Ziele zu erreichen, aber selten genug Vernunft, um unsere Ziele zu hinterfragen. Reicht dir das als Antwort?»

Eli schluckte sämtliche bissigen Erwiderungen hinunter. «Ich würde mich gerne umsehen. Wo hat Ćuruvija die letzten Jahre gelebt? Wie sah ihr Alltag aus, mit wem hatte sie Kontakt? Ich muss wissen, wie sie ihre Flucht geplant hat.»

«Es freut mich, dass du deine Aufgabe endlich ernst nimmst! Darf ich mich darauf verlassen, dass du keine Märchen mehr erzählst?»

«Das werden Sie sowieso nicht. Aber wie ich es sehe, lassen Sie mir alles durchgehen, solange die Möglichkeit besteht, dass ich Ihnen helfe.»

«Adam … du musst aufpassen, dass du deine Sympathien nicht verspielst.»

Balthus legte auf.

«Und du solltest mich gefälligst siezen», knirschte Eli in die tote Leitung.

Eine Stunde später erschien der Angestellte, um Eli abzuholen. Balthus hatte bewilligt, dass er sich Wills Heim ansah. Marigny beschloss mitzukommen, was Eli zwar ablehnte, aber der Angestellte nicht verhinderte. So stiegen sie zu dritt in das Golfcart und fuhren zu Balthus' Villa. Eli hatte gehofft, sie hätte nicht in demselben Haus gewohnt wie ihr Mann.

Sie gingen an der Wartehalle vorbei, hinter der Balthus' Räume lagen, und gelangten über eine breite Treppe in einen vollkommen anders gestalteten Flügel des Hauses. Schwarzer Wollteppich bedeckte den Boden, die Wände waren tannengrün tapeziert, und filigrane Möbel aus dunklen Hölzern verstärkten den Eindruck eines Märchenwaldes. Es roch sogar nach Holz. Aber Eli glaubte auch einen anderen, feineren Geruch wahrzunehmen, bei dem sich seine Brust zusammenzog. Hier hatte Will gelebt. Stundenlang mit warmer Haut existiert.

Der Angestellte räusperte sich. «Mrs. Balthus hat gerne umdekoriert, insgesamt gab es vier Komplettrenovierungen in den letzten acht Jahren. Die erste bereits ein Jahr nach ihrem Einzug. Zwei Jahre später die nächste, gefolgt von der dritten und vierten nur wenige Monate danach.»

«Wie sah es jeweils aus?», fragte Eli, der kaum wagte, etwas zu berühren.

«Erst war alles weiß und cremefarben. Dann in einem barocken Stil, den historischen Gemächern von französischen Königen nachempfunden. Dann war alles ohne Ausnahme schwarz, mit Lichtinstallationen einer britischen Künstlerin. Und schließlich so wie jetzt.»

Eli spürte ein Lächeln in den Mundwinkeln. Das sah ihr ähnlich. Moderner Pomp gefolgt von klassischem Pomp gefolgt von Depression ... gefolgt von was? Waldiger Nostalgie? Er wagte sich nicht so sehr zu schmeicheln.

Der Angestellte führte sie in ihr Schlafzimmer. Will hatte in einem höhlenartigen Alkoven geschlafen, dessen schwere schwarze Vorhänge ein Blattmuster zierte. Rätselhafte Antiquitäten waren auf Anrichten und Tischen ausgestellt: Bei dem Globus und dem Abakus war noch ersichtlich, worum es sich handelte, doch bei den meisten Gerätschaften ließ sich ihr Zweck auf den ersten Blick nicht erraten.

«Mrs. Balthus sammelte gerne», erläuterte der Angestellte. «Vor allem Maschinen.»

«Warum?»

«Ich bin nicht dazu berufen, mir über Mrs. Balthus' Beweggründe Gedanken zu machen.»

«Wie war ihr Schlafrhythmus?», fragte Eli.

«Mrs. Balthus gehörte mehr zu den nachtaktiven Leuten als zu den Frühaufstehern. Insbesondere, wenn sie Wein genoss. Für gewöhnlich ließ sie sich um halb elf Uhr abends einen Imbiss bringen und frühstückte um zwei Uhr nachmittags warm.»

«Sie hat viel getrunken?»

«Eine Zeitlang, ja. Aber das war vor sechs, sieben Jahren. In den letzten eineinhalb Jahren hörte sie ganz auf. Seitdem hat sie keinen Tropfen getrunken.»

«Und Sie wissen das so genau, weil …?»

«Ich ihr Butler bin.»

Eli maß den Butler. Er war ein zierlicher, mittelalter Inder mit schmalem Gesicht und kühlen Augen, die wie darauf trainiert wirkten, Indiskretes zu übersehen. Noch ein Mann, der ihr nahe gewesen war.

«Hatte sie Freunde?»

«Keine, die ich je gesehen hätte.»

«Hat sie mit Ihnen viel geredet?»

«Eher spärlich.»

Eli traute es dem Butler zu – so trocken, wie er sich gab.

Das Badezimmer war von zwei Seiten begehbar und jadegrün gefliest, mit Goldarmaturen und Milchglasfenstern in der Decke, durch die trübes Tageslicht hauchte. Shampoo und Seife standen noch an der Badewanne, und es duftete nach Mandeln und irgendwelchen exotischen Blüten.

«Mrs. Balthus nahm das Bad nachmittags gleich nach dem Aufstehen.»

«Klingt, als hätte sie einen strikten Tagesablauf gehabt», warf Marigny ein, die einen Cremetiegel öffnete und daran schnupperte. Eli hätte ihn ihr am liebsten weggerissen. Aber noch weniger gönnte er ihr, dass sie einen emotionalen Ausbruch bei ihm erlebte.

«Phasenweise», sagte der Butler. «Es gab auch eine Phase, in der Mrs. Balthus gar nicht badete. Aber das ist ebenfalls länger her.»

«Seit wann ist sie eigentlich fort?», fragte Eli.

«Seit siebzehn Tagen.»

Siebzehn Tage. Nur dieses Trennblatt von Zeit lag zwischen ihr und ihm.

Sie gingen durch ein honiggelbes Ankleidezimmer mit Glasschränken, die vor Kleidern überquollen. Marigny quietschte kindisch.

«Antike Kleidungsstücke sammelte Mrs. Balthus für eine Weile mit großer Leidenschaft.»

Tatsächlich waren hinter dem Glas historische Gewänder mit Haken und Ösen ausgestellt, vor allem aber glitzernde und perlenüberhäufte Roben aus den dreißiger und vierziger Jahren des letzten Jahrhunderts.

«Ist sie denn viel ausgegangen?», fragte Marigny.

«Kaum. Wenn sie das Haus verließ, dann nur in Abaya und Hijab.»

«Sie ist religiös geworden?»

«Ich konnte nie beobachten, wie Mrs. Balthus in die Moschee ging oder einen Gebetsraum aufsuchte. Traditionelle Kleidung ist kein Glaubensbekenntnis. Die schwarze Abaya gilt als Zeichen der Bescheidenheit, soll praktisch aber die Kleidung darunter vor Sand und Sonne schützen. Der Gesichtsschleier war ursprünglich ein Zeichen gehobener Herkunft. War es im antiken Rom und im europäischen Mittelalter nicht ebenso, dass die adeligen Damen ihr Gesicht verbargen?»

«Ich schätze, Mrs. Balthus wollte einfach nicht erkannt werden», meinte Marigny.

«Das ist üblicherweise die Absicht der wohlhabenden Damen. Und derer, die wohlhabend wirken wollen.»

Eli konnte den Blick nicht von den absurden Roben reißen. Er stellte sich Will darin vor, behängt mit Diamanten wie eine Filmdiva und ganz allein mit ihren Spiegelbildern. Für dieses *Zeug* hatte sie den Diebstahl begangen. Dafür hatte sie ihn benutzt. Und ein Vieh wie Balthus geheiratet. Um in einem fensterlosen Raum Stoffe mit Stickereien zu horten, die niemand an ihr sehen würde. Aber weil sie nicht dumm war, hatte sie diesen Irrsinn vermutlich selbst erkannt und sich auf die Chaiselongue geworfen, um ein paar Tränen des Selbstmitleids zu vergießen.

Eli ging neben dem Möbelstück in die Hocke und fand tatsächlich graue Flecken, als wäre Wimperntusche auf die Seide getropft. Wie recht Will das geschah.

Der Butler führte sie noch in eine kleine Bibliothek und in ein Heimkino mit einem einzigen traurigen Sessel. Neben einer Filmsammlung hatte Will auch Computerspiele, Konsolen und eine brandneue Virtual Reality Brille gehamstert.

«Sie hatte wirklich gar keine Freunde?»

«Sie hatte Mann und Angestellte», sagte der Butler. «Teilweise hatte sie Kontakt zu den Mitarbeitern des Forschungscenters.»

«Können wir die Mitarbeiter treffen?», fragte Eli.

«Selbst wenn Mr. Balthus es gestatten würde, ist es den Mitarbeitern untersagt, über ihre Arbeit zu sprechen.»

«Sie hatte also keinen Kontakt zu Menschen außerhalb des Areals?»

«Doch. Mrs. Balthus war leidenschaftliche Autofahrerin. Hinter dem Haus, wo die Wüste anfängt, stehen ihre drei Geländewagen. Es ist hier eine Sportart, über die Dünen zu fahren. Zur Sicherheit fährt man nie allein. Wenn ein Auto stecken bleibt, ist man in der Wüste schnell verloren. Mrs. Balthus ließ also oft ein oder zwei professionelle Fahrer kommen, die sie begleiteten.»

«Wenn sie nicht zu Hause war, war sie in der Wüste.» Eli lächelte traurig.

«Gelegentlich besuchte sie eine Shopping Mall oder einen Schönheitssalon», bemerkte der Butler.

«Einen Schönheitssalon?»

«Wenn Sie wünschen, zeige ich Ihnen den Salon, den sie am häufigsten besuchte. Gut möglich, dass Mrs. Balthus eine freundliche Beziehung zu den Betreiberinnen unterhielt.»

Eli nahm das Angebot des Butlers an. Zwei Anrufe später war alles geregelt, ein Wagen wurde ihnen vor dem Haus bereitgestellt.

Sie fuhren lange unter einem monotonen Sonnenhimmel zurück in die Stadt, bis sie eine Art Tempel erreichten, der mit vergoldeten Säulen darum warb, Geld, Zeit und ein paar Körperhaare loszuwerden. Es kostete Eli Überwindung, die Tatsache zu akzeptieren, dass Will einen solchen Ort frequentiert hatte. Dass er von einem Mädchen geträumt hatte, das sich in demselben Moment möglicherweise die Hornhaut von den Füßen raspeln ließ, um sich *sexy* zu fühlen. Dann wiederum hatte sie zu irgendeinem Zeitpunkt Balthus geheiratet, und diese Erinnerung half Eli, ihre übrigen Fehltritte in Perspektive zu rücken.

Sie betraten den von Räucherwerk aromatisierten Salon, der von den Wandfliesen bis zum Licht in schimmerndes Gold getaucht war, und wurden von einer Frau mit unrealistisch wirkenden Gesichtszügen empfangen.

Der Butler sprach sie auf Arabisch an. Nach einer kurzen Unterredung holte sie ihre Chefin, die faltenlos alt aussah. Mit einem säuselnden, leisen Wortfluss schaffte es der Butler, dass sie Wills Kundenakte auf dem Computer aufrief. Dabei hörte Eli zum ersten Mal ihren neuen Namen: Laya Balthus.

Neun Jahre war sie also Laya Balthus gewesen. Länger, als sie Willenya Ćuruvija gewesen war, wenn Eli mit der Vermutung richtiglag, dass sie diesen Namen erst mit zwölf, mit ihrem Eintritt in die Privatschule angenommen hatte. Für die längste Zeit ihres Lebens war sie nicht die gewesen, die er kannte.

Der Butler übersetzte, was die Kosmetikerin vorlas: «Mrs. Balthus hatte bei ihren Besuchen ein Kaviar Full Facial Treatment … verschiedene Massagen … Haarentfernung … Botox …»

«Botox?» Eli starrte die Kosmetikerin an und sah in ihrem prallen Gesicht Will.

«Vor vier Jahren, dreimal», übersetzte der Butler. «Gegen Stirnfalten.»

«Okay.» Eli nickte. Dann verabschiedete er sich mit einem Wink, um ins Auto zurückzukehren.

Marigny folgte ihm. «Wollen Sie nicht mit den Frauen sprechen? Vielleicht kannten sie Ćuruvija gut.»

Er schüttelte den Kopf.

Stirnfalten waren ihre Sorge gewesen. Und wie sie ihren Körper als Sexobjekt optimieren konnte. Vielleicht für Balthus. Oder ihre einsamen Spiegelbilder.

Er warf sich auf die Rückbank des Mercedes. Ekel und Wut erfassten ihn. Wer war das überhaupt, Laya Balthus? Was hatte er noch mit ihr zu schaffen? Dass er hier war, in diesem Auto, in diesem Land – wegen einer Erinnerung – war völlig absurd!

Zumindest wusste er, wer Willenya Ćuruvija war. Das konnte ihm niemand nehmen. Seine süße Will. Seine liebste Illusion.

Sie fuhren schweigend zurück. Erst als der Butler sie wieder in Wills Gemächer geleitete, bat Eli: «Ich würde mich gerne eine Weile ungestört umsehen.»

Der Butler schien nicht unglücklich über die Freizeit, die ihm dadurch winkte. «Ich werde in der Halle am Fuß der Treppe auf Sie warten.»

Marigny machte keine Anstalten, ihm nach draußen zu folgen. «Was denn? Ich will mich auch umsehen.»

Eli würgte alle Widerworte hinunter. «Schön, aber ich möchte nicht in einem Zimmer mit Ihnen sein. Und wehe, Sie bespitzeln mich.»

«Wieso, haben Sie etwas Unartiges vor?»

«Für die einzige Unartigkeit, die mir einfällt, müssten Sie schon dabei sein.»

Sie schien zu erröten. Es hätte ihn nicht gewundert, wenn das zu ihrem schauspielerischen Repertoire gehörte. Sie machte einen kleinen, forschen Schritt auf ihn zu.

«Aber wahrscheinlich», fuhr er lächelnd fort, «wäre es gar nicht so unartig, sondern eher vernünftig, Ihnen den Hals umzudrehen.»

Damit floh er ins Schlafzimmer und schloss die Tür.

Allein in Wills Heim. Fast allein jedenfalls. Die Bedeutung dieses Augenblicks sickerte ihm wie tröpfchenweise verabreichtes Adrenalin ins Blut.

Er stand vor dem Alkoven und stellte sich vor, wie ihr Körper sich unter der seidenen Bettdecke abzeichnete. Unzählige Nächte hatte sie hier verträumt.

Nach einer Ewigkeit wagte er, sich zu setzen. Es fühlte sich wie ein Verbrechen an. Und wie eine Dummheit. Er ließ die Finger über die Decke gleiten, nahm die Aura dieses Zimmers in sich auf und versuchte, die Dinge so zu sehen, wie Will sie gesehen haben musste. Die rätselhaften Messinginstrumente vor dem Fenster, den morschen Abakus an der Wand, das Ungeheuer in der Ecke, das womöglich eine Dampfmaschine war. Waren die Antiquitäten nur ein Marotte, wie sie in finanzieller Übersättigung bisweilen gedieh, oder hatte Will etwas damit bezweckt?

Seine Gedanken kehrten immer wieder zu dem Kopfkissen zurück, von dem er wusste, dass es hinter ihm lag. Sich hineinbeugen und einatmen. Nein, er würde es nicht tun, er würde es sich nicht einmal vorstellen. Das kurze Glück – er musste sich eingestehen, dass es ein Glück wäre – hatte nur noch mehr Selbstverachtung zum Preis.

Und dann tat er es natürlich doch.

Er ging in die Bibliothek. Betrachtete die Regale, ohne ein Wort zu lesen, geblendet von der Vorstellung, dass Will hier gewesen war. Schließlich riss er sich zusammen und studierte die Bücher.

Ohne Absprache hatte Will sich Dutzende jener Bücher zugelegt, die Eli in den letzten Jahren interessiert hatten. Bei einem wissbegierigen Menschen wie ihr waren Literaturklassiker und ein paar Standardwerke geistes-, kultur- und naturwissenschaftlicher Gebiete nicht weiter verwunderlich. Was Eli verblüffte, waren unbekannte Kurzgeschichten, Lyrikbände winziger Verlage und Essaysammlungen, auf die er selbst über Umwege gestoßen war und die man nicht in jeder Buchhandlung empfohlen bekam. Wie konnte sie ihm so sagenhaft ähnlich sein und gleichzeitig Mrs Balthus heißen, mit giftunterspritztem Gesicht?

Er fand ein Notizbuch, auf dessen erster Seite in Wills Insektenschrift stand: *Aphorismen & Shit.*

Er blätterte um. Auf jeder Seite standen zwei lesbare Sätze zwischen viel ausgestrichenem Gekritzel:

Die Wahrheit ist nie hässlich. Nur das Missverständnis.

Wie die Welt beschaffen ist, erforschen die Naturwissenschaften. Warum die Welt erschaffen ist, verdrängen die Naturwissenschaften.

Wir sind immer die heute Lebenden. Und nie dieselben.

Eli lächelte. Das war Will, wie er sie kannte: entsetzlich altklug und trotzdem irgendwie originell. Sie hätte ihre Talente ganz anders nutzen können. Berühmtheit in einem Kurznachrichtendienst erlangen oder so etwas. Stattdessen hatte sie sich in einen goldenen Käfig manövriert.

Nachdem er das Notizheft zu seinem Pass in die hintere Hosentasche gesteckt hatte, nahm er die Bücher aus dem Regal, die die tiefsten Furchen im Rücken aufwiesen. Wie er erwartet hatte, war Will nicht besonders achtsam mit ihrem Besitz umgegangen. Die Seiten hatten teilweise Knicke. In einem leinengebundenen Werk des Philosophen Johann Gottlieb Fichte von 1790 hatte sie ganze

Passagen mit Kugelschreiber unterstrichen: *In dem Begriffe der Ehe liegt die unbegrenzteste Unterwerfung der Frau unter den Willen des Mannes; nicht aus einem juridischen, sondern aus einem moralischen Grunde …*

In einem anderen berühmteren Werk desselben Philosophen hatte sie angestrichen: *Das Ich setzt sich selbst, und es ist, vermöge dieses bloßen Setzens durch sich selbst; und umgekehrt: Das Ich ist, und es setzt sein Sein, vermöge seines bloßen Seins.*

Geschlechterrollenfetisch aus dem achtzehnten Jahrhundert und metaphysisches Kauderwelsch – was mochte ihr das bedeutet haben? Eli trat zurück und ließ den Blick über die Regale schweifen. Wenn er gründlich vorgehen wollte, hatte er einiges zu tun.

Zwei Stunden später erschien der Butler unter dem Vorwand, Erfrischungen anzubieten. Marigny folgte ihm wie eine neugierige Katze.

«Brauchen Sie noch etwas?», fragte er, als er das Tablett mit belegten Sandwiches und einer silbernen Teekaraffe abgestellt hatte.

«Nur Zeit und Ruhe.»

Der Butler zog sich zurück, nicht ohne vorher einen prüfenden Blick durch das Zimmer zu werfen, ob schon etwas fehlte.

Marigny tat sich an den Sandwiches gütlich, nachdem sie jedes einzeln aufgeklappt und eine Käsescheibe hier und eine saure Gurke da umdisponiert hatte.

«Was Interessantes gefunden?»

«Sie sind noch da.»

«Natürlich. In diesem Ankleidezimmer sind mehr Schätze als im Requisitenlager von Paramount. Sie scheint zwar eine ganz andere Figur zu haben als ich … aber manche Sachen passen doch erstaunlich gut.»

Sie verstummte unter Elis Mörderblick. Doch er sagte nichts, wohl wissend, wie sehr es ihr gefallen würde, wenn er die Beherrschung verlor.

«Raus. *Bitte*», knirschte er.

«Die meisten Kleider sind eh *vintage* und wurden vor ihr von anderen Frauen getragen. Mein Gott, Sie müssen wirklich entspannen.»

«Das passiert ganz automatisch, wenn Sie nicht da sind.»

«Ich würde nach Ihnen übrigens auch gerne mal hier rein und mir die Bücher ansehen, also beeilen Sie sich.»

Mit einem zweiten Sandwich im Mund und der Teekaraffe zog sie von dannen.

Eli blieb in der Bibliothek, bis es Nacht wurde. Erst ein Klopfen an der Tür riss ihn aus der Lektüre.

Es war Marigny – mit einer Flasche Whisky. «Ich habe Ćuruvijas Minibar gefunden. In ihrem Schuhschrank, wo sonst! Teilen wir uns einen Schluck?»

«Nein.»

Anstatt sich zu verkrümeln, trat sie ein und füllte die Gläser. «Adam, ich möchte Ihnen etwas sagen. Ich weiß, dass Sie am liebsten alleine wären. Mich empfinden Sie als Störenfried. Aber können Sie es nicht auch anders sehen? Wir wollen doch beide Ćuruvija finden. Ich könnte Ihnen nützlich sein. Wenn Sie es zulassen.»

«Ich brauche gerade keine lackierten Fußnägel, danke.»

«Ich meine es ernst. Weihen Sie mich in Ihre Gedanken ein. Was haben Sie heute rausgefunden?»

Er trat vor sie, ohne den Whisky anzunehmen, den sie ihm hinhielt. «Wir wollen nicht dasselbe. Ich will die Wahrheit. Sie wollen … Geld? Anerkennung, Abenteuer?»

«Kommen Sie von Ihrem moralischen Podest herunter», gab sie leise zurück. «Sie wollen nicht die Wahrheit. Sie wollen Ihr Wunschbild von Willenya Ćuruvija retten. Sie brauchen Ihre einzigartige Liebe als Rechtfertigung dafür, Ihr Leben nicht gelebt zu haben.»

Ihre Worte trafen ihn. Obwohl er es nicht verbergen konnte, hielt er ihrem Blick stand.

Schon erweichte Mitgefühl ihre Miene. Sie trank ihr Glas in einem Zug aus, schlenderte durch den Raum. «Hören Sie, unsere Motive mögen verschieden sein, aber praktisch haben wir dasselbe Ziel. Ich weiß, dass Sie Ćuruvija besser kennen als ich und dass es Ihnen anmaßend erscheint, wenn ich versuche, mich in sie hineinzudenken. Aber es gibt einen Grund, warum Balthus mich engagiert hat. Ich bin verdammt gut in dem, was ich tue.»

«Was tun Sie schon?»

Er bereute sogleich seinen ätzenden Ton. Doch sie zuckte nur mit den Schultern.

«Ich finde Sicherheitslücken in einem System. Und Menschen sind nichts anderes als Systeme mit Verhaltensmustern, Glaubenskonstrukten und einem variablen, aber nie zu geringen Anteil an logischen Fehlern. Die Frau, die Sie lieben, ist da keine Ausnahme.»

Er nickte mechanisch. «Na schön. Sie wollen sich nützlich machen? Finden Sie heraus, was Ćuruvija gestohlen hat.»

«Balthus hat deutlich gemacht, dass das ein Geheimnis bleiben muss.»

«Sehen Sie, wir wollen nicht dasselbe. Verdammt. Sie wollen nur Ihrem Boss gefällig sein.» Er fuhr sich über den Schädel. «Wie sollen wir sie finden, wenn wir nicht wissen, womit sie weggelaufen ist? Wenn wir nicht wissen, was sie antreibt, Angst oder … noch mehr Gier?»

Marigny musterte ihn eine Weile.

«Sie wollen wirklich die Wahrheit», stellte sie fest.

Er nahm ihr das volle Glas aus der Hand, zögerte aber zu kosten.

«Sie sollten sich Gedanken machen, was *Sie* wollen.»

Nach einer halben Ewigkeit sagte sie: «Ich weiß es nicht. Geld, Anerkennung, Abenteuer – wahrscheinlich haben Sie recht. Irgendwie so was.»

Sie trank ihr Glas aus. «Mein Gott, ich bin keine Heilige, und ich bin auch kein Fanatiker wie Sie. Natürlich treibt mich das an, was alle antreibt.»

«Alle, die kein echtes Ziel haben. Sie sind nicht dumm, Mariel. Aber Sie erlauben sich nicht, ernsthaft nachzudenken.»

«Haben Sie das aus einem der Psychologieratgeber hier?»

«Das habe ich aus Ihrem Affentheater. Sie spielen Ihre private romantische Komödie nach, seit ich Sie getroffen habe. Mit Ihren Kostümierungen und Ihrem verzweifelten Heischen nach einem Flirt. Glauben Sie, irgendwann haben Sie genug Geschichten gesammelt, um zufrieden zu sein? Nein. Es wird nur immer langweiliger werden.»

Stille setzte ein. Sie wagten nicht, sich anzusehen. Eli merkte, dass es weniger befriedigend gewesen war, ihr die Leviten zu lesen, als erwartet. Er war zu weit gegangen.

«Meine Nerven liegen blank, tut mir leid», murmelte er.

Betreten beobachtete sie den Tropfen auf dem Grund ihres Glases. «Es gibt aber nicht mehr.»

«Wovon?»

Sie sah ihn an. «Sie haben Glück. Sie können sich an den großen Traum Ihrer ersten Liebe klammern. Aber weniger verschrobene Leute wie ich müssen sich mit den Freuden begnügen, die die Welt zu bieten hat.»

«Sex und Mode?»

«Wenn Sie es so platt ausdrücken wollen …»

«Aber Sie sind nicht platt. Sie tun nur so.»

«Und Sie sind kein Romantiker, sondern ein Sturkopf, der nicht zugeben kann, dass er naiv war und ausgenutzt wurde.»

«Wer hat jetzt einen Psychologieratgeber gefressen?»

Sie sahen sich an und mussten lächeln. Mit einem Blick hatten sie die Erschöpfung des anderen erkannt.

«Werden Sie mir helfen?», fragte Eli. «Ich muss wissen, was es mit dem Computer aus Santa Cruz de la Sierra auf sich hatte. Und ob Ćuruvija ihn wirklich zweimal gestohlen hat. Verbote zu missachten ist doch Ihr Job.»

Seufzend nahm Marigny die Whiskyflasche. Sie war offenbar entschlossen, sich zu betrinken.

«Sie sollten das Zeug probieren. Wann wollen Sie sonst je erfahren, wie Reichtum schmeckt –»

Marignys Satz endete in einem Aufschrei.

Die Erde bebte. Donner erscholl, die Fenster wurden aufgestoßen, und ein Orkanwind riss Eli und Marigny fast von den Füßen. Halb blind von Flutlicht, erkannten sie einen Helikopter, der sich krachend herabsenkte.

Y

Um zwei Uhr morgens wurde Beckblum von einer Melodie geweckt, die nur beim Anruf einer bestimmten Nummer ertönte. Seine Tante.

Er richtete sich auf dem Hotelbett auf und schnappte sich Stift und Notizblock, die griffbereit auf dem Nachtschränkchen lagen.

«Guten Morgen», sagte die ältliche Frau am Ende der Leitung. «Es ist doch morgens bei dir, oder?»

«Könnte man sagen. Wie geht es dir? Was macht das Bein?»

«Der Arzt sagt, ich muss es in Bewegung halten.»

«Und wie bewegst du dich?»

«Ich mache mit Nina und Emil Wandertouren. Yvonne Ockheim hat mich auch zum Rudern eingeladen, weil Kanufahren zu schwer für mich ist.»

Beckblum betrachtete die Anfangsbuchstaben der Nomen, die er notiert hatte: NEW YORK.

«Verstehe. Dann hängt es wohl davon ab, was dir wichtiger ist, die Sache selbst oder die Leute, mit denen du den Sport betreibst.»

«Ich denke, ich werde nach Personen entscheiden», sagte seine Tante. «Ich denke an Handball mit Emily, Steffi und Tanja – vor allem mit Emily Rosenheim war es immer spaßig. Aber Walter sehe ich ungern, wie du weißt, und Emily ist ja leider mit ihm verheiratet. So ist das Leben. Schönes und Hässliches sind immer vermischt.»

Beckblum studierte die Buchstaben: HESTERWELSH. Ungewöhnlicher Name für eine Person.

«Was wählst du jetzt für dein Bein, Tante? Wolltest du nicht eigentlich nach Gefühl gehen und deinen Körper entscheiden lassen?»

«Doch, das wollte ich. Aber der Arzt hat etwas anderes angeordnet.»

«Was soll dein Körper denn leisten? In deinem Alter, Tante …»

«Ich möchte meine Schmerzen eliminieren», zischte die alte Dame.

«Eliminieren?»

«Ja. Die Schmerzen sollen vollständig abgestellt werden.»

Beckblum hörte sie tief durchatmen.

«Ich verstehe.»

«Gut. Und was gibt es bei dir?»

«Nichts Besonderes. Nur, was ich dir schon im Brief geschrieben habe.»

«Sicher kommt dein dritter Kollege auch ohne dich klar, wenn du deine kranke Tante besuchen musst.»

«Ja. Vermutlich.»

«Schön. Dann bedanke ich mich für das Telefonat, mein Junge. Gute Nacht.»

«Gute Besserung, Tante.»

Sie hatte bereits aufgelegt, und ein doppeltes Klicken kam aus der Leitung wie das Abdrücken einer Waffe ohne Munition.

Es war seine Tante, der Beckblum seine zweite Karriere zu verdanken hatte, nachdem er von Vater Staat verstoßen worden war.

Blutjung hatte er beim Bundesnachrichtendienst begonnen, und auch das Internet steckte damals noch in den Kinderschuhen. Eigentlich kaum vorstellbar, wie anders das Leben seit der Digitalisierung war und wie leicht man die Widrigkeiten von früher vergessen hatte, die stationären Telefone, die Trödelei der Briefe, die realen Strecken zwischen den Kontinenten. Die Mitteilungen der Menschen waren so zerbrechlich gewesen wie ihre Stimmen, Steintafeln und Papiere, dreihunderttausend Jahre lang. Und nun konnte jede Botschaft fliegen, so schnell wie die Glasfasern sie trugen, fast so schnell wie Sonnenstrahlen. Um den ganzen Erdball knisterte das Geplapper und dehnte sich mit jeder Sekunde weiter aus, deckte noch mehr ab, machte sich zur absoluten Oberfläche der Menschheit: Sie bestand hauptsächlich aus süßen Tierbabyfotos, Selfies und Pornos. Ein in Milliarden Bits übersetzter Schrei nach Liebe.

Beckblums erste Jahre beim BND waren eine öde Zeit gewesen. Beamtenarbeit. Dann hatten die Terroranschläge des 11. September frischen Wind in die Geheimdienste der westlichen Mächte gebracht. Er arbeitete in Kooperation mit britischen Geheimagenten und erlebte, wie große Datenmengen aus der Wirtschaft, speziell Telekommunikationsfirmen, in ihre Hände zu strömen begannen. Neue Überwachungsmöglichkeiten wurden bewilligt und ergriffen, nicht nur in den USA.

Jahre später sollten Whistleblower aufdecken, wie Geheimdienste die Informationen von Telefonanbietern, Banken und Suchmaschinen nutzten, um Zivilisten auszuspionieren. Eine Lachnummer! Beckblum wunderte sich bis heute, dass die Leute wirklich glaubten, eine staatliche Institution könnte die Wirtschaft für sich instrumentalisieren … wo es andersherum doch viel leichter war.

Er selbst hatte recht bald geahnt, dass die Machtverhältnisse anders verteilt sein mussten, als es den Anschein hatte. Und tatsächlich, er hatte nur die Nase in den Wind halten müssen. Ein wenig Eigeninitiative zeigen, sich bemerkbar machen. Und eines schönen Tages rief ihn zum ersten Mal seine liebe Tante an.

Seine Tante war ihm bisher nur telefonisch begegnet. Ihre Stimme war der einzige Sinneseindruck, den er von ihr hatte: ältlich, von einer sauren Unzufriedenheit. Oft fragte er sich, ob sie wirklich eine Führungsposition in dem geheimen Kreis der Wirtschaftsbosse innehatte oder nur die Übermittlerin der Befehle war. Ihr Auftreten suggerierte Ersteres, doch die Paranoia der Bosse ging manchmal sehr weit, vielleicht sogar so weit, Mittelsmänner und Schauspieler einzusetzen. Selbst nach den abgehörten Telefonaten von Stacey Osterbyde war Beckblum nicht restlos überzeugt, dass die Amerikanerin wirklich ein Mitglied des geheimen Clubs war, der die Order erteilte. Wie gründlich die Spuren verwischt wurden, schien zu variieren und war deshalb im Einzelfall umso schwerer abzuwägen.

Beckblum hatte sich damals entschieden, nicht mehr nur ein deutscher Beamter zu sein. Sondern ein Doppelagent im Auftrag seiner Majestät, dem Geld. Was immer die Bewegungen des Staates waren, er trug sie seiner Tante zu. Der Staat diente ja letztlich der Wirtschaft, hier wie überall sonst: Die Daten, die sie von Firmen einholten, brachten sie so oder so ausgewertet wieder an die Firmen zurück. Ein kostenloser Service vom Volk für das Volk.

Aber dann verlor Beckblum wegen einiger Unachtsamkeiten seinen Posten beim BND. Angesichts der Informationen, die er über seine Tante gesammelt hatte, konnte man ihn nur ermorden oder befördern. Er wurde aus dem Beamtenstand in einen «Außendienst» befördert.

Seine Tante hatte ihm zu Beginn seiner Beförderung gesagt, es gehe um die Überwachung von Mitarbeitern verschiedener Unternehmen. Er durfte sich ein Team aus Informatikern zusammenstellen und bekam außerdem zwei muskelbepackte Gangster als Partner, einen Japaner und einen Amerikaner. Er hatte damals noch geglaubt, mit den beiden würde er am wenigsten zu tun haben.

Aber dann hatte sich eins der Schäfchen, die er überwachte, besonders auffällig verhalten, oder besser gesagt: Der Stromverbrauch im Haus von dessen Geliebter in Bolivien war auffällig hoch gewesen. Beckblum und seine Partner fürs Grobe waren also hingeflogen, um sich die Sache genauer anzusehen.

Und plötzlich waren zwei Kinder aufgetaucht, die einen Computer klauten und Dussardier aus nächster Nähe eine Kugel durch den Oberschenkel jagten, und seitdem hieß es von seiner Tante nur noch, die kleine Diebin müsse gefunden werden, heil müsse sie zum vereinbarten Ort geschafft werden, wenn auch gegen ihren Willen. Nicht gerade der Job, den man ihm beschrieben hatte.

Er machte sich keine Illusionen, was ihm im Falle eines Ungehorsams blühte. In seinem Beruf wurde man nach einem Fehltritt nur ein Mal befördert. Aber was für ein zutiefst menschlicher Zug war es, der Neugier zu folgen anstatt der Vernunft!

Dussardier war mit der Nachtschicht an der Reihe. Ausgestattet mit einem Liter schwarzen Tee und Zucker in verschiedenen Darreichungsformen, saß er in dem gemieteten Hyundai Active und linste auf das Tor am Ende der Straße. Im Wachhäuschen daneben ging das Licht nur tagsüber aus. Abends waren noch emiratische und ausländische Mitarbeiter herausgekommen, vermutlich, um in der Stadt zu essen. Adam Eli war nicht unter ihnen gewesen. Was das zu bedeuten hatte, beschäftigte Dussardier viel weniger als die andere Investigation – über ihre Bosse.

Gestern hatten er und Beckblum die neuen Aufnahmen von Osterbydes Handy ausgewertet. Die meisten ihrer Telefonate waren uninteressante Geschäftsgespräche. Aber ein Telefonat hatte sie stutzig gemacht.

Ein Mann hatte zu Osterbyde gesagt: *«Der Aktiensturz ist verursacht. Unser Mädchen hat sich mit einer Insiderin getroffen und sie gewarnt, keinen Lärm zu machen. Y ist aktiv geworden.»*

Und Osterbyde war schockiert gewesen, wie Dussardier es in elf Jahren nicht erlebt hatte. Ob man sich sicher sei, hatte sie stotternd gefragt. Welche Insiderin das behauptet habe. Ob Y wirklich *aktiv* sei oder ob nicht vielleicht eine ganz andere …? Dann hatten sie ein privates Treffen ausgemacht, ohne Ort und Uhrzeit zu nennen, und aufgelegt. Die Tür war zugefallen, und Dussardier und Beckblum standen draußen. Aber immerhin wussten sie jetzt, wo die Tür war.

Seitdem konnte Dussardier an nichts anderes denken als diesen Satz: *Y ist aktiv geworden.*

Wer auch damit gemeint war – *aktiv* bedeutete bemerkbar, auch für Außenstehende. Und das hieß, sie konnten es herauskriegen.

Jemand klopfte gegen die Scheibe. Beckblums knochige Hüfte war durch das Fenster zu sehen.

Dussardier entriegelte die Tür, und Beckblum faltete seinen langen, dürren Leib auf den Beifahrersitz. Wie müde er war, las Dussardier aus der Schattentiefe seiner Augen, die kaum zwei Tupfer Lebendigkeit in sein Totenkopfgesicht brachten.

«Neue Order von Tante», sagte Beckblum. «Es gibt ein Problem zu lösen.»

«Was für ein Notfall könnte jetzt dringender sein?»

Mit einem Schulterzucken reichte Beckblum ihm einen Zettel, auf dem stand: NEW YORK. HESTER WELSH.

Dussardier kniff die Augen zusammen. «Hester Welsh. Das ist doch diese Guru-Frau von der Wall Street.»

«Noch nie gehört.»

«Eine bekannte Person. Die ist das Problem?»

Beckblum nickte.

«Warum?»

«Vermutlich hängt es mit dem zusammen, was Osterbyde am Telefon erfahren hat», sagte Beckblum. «Irgendwas Großes hat sich in Gang gesetzt.»

«*Y ist aktiv geworden.* Damit könnte unser Mädchen oder Hester Welsh gemeint sein.»

Beckblum atmete hörbar durch die Nase aus. «Stell dir vor, vielleicht ist Hester Welsh aus der Loge der Bosse verstoßen worden. Eine Insiderin, die jetzt auf Rache sinnt. Ich will, dass du mitkommst.»

«Und Nakamoto soll allein hier bleiben?»

«Nicht ganz. Eli beschatten, dafür ist Nakamoto zuständig. Das traue ich ihm auch zu. Was diesen Komplex angeht …» Er wies zur langen, hohen Mauer des Research Center. «Darum kümmern sich jetzt andere. Pass auf.»

«Andere? Dann haben sie Verdacht geschöpft!»

Beckblum schüttelte den Kopf und wies auf das Tor am Ende der Straße.

Als nach einigen Minuten nichts passiert war, bemerkte Dussardier, ohne sein Misstrauen überspielen zu können: «Wir machen also einen Trip zu zweit.»

«Nur du und ich.»

Dussardier brach kalter Schweiß aus. Sollte Beckblum ihn etwa …? Dann war das Mikrophon in Osterbydes Handy also doch gefunden worden. Und dieses Gespräch war nichts anderes als eine Warnung. Beckblum würde ihm einen Vorsprung geben, damit er untertauchen konnte!

Noch während er um Fassung rang, näherten sich Autos. Drei Sportwagen rollten an ihnen vorüber, dicht gefolgt von einem Dutzend Geländewagen und Transporter. Alle waren weißgrün lackiert.

«Die Polizei», stieß Dussardier aus. Er musste lachen. Das waren also *die Anderen*, die sich um Balthus kümmerten! Er hätte mit allem gerechnet, nur nicht mit Staatsgewalt.

Beckblum zeigte grinsend in den Himmel. Scheinwerfer nahten heran. Und ein infernalischer Lärm. Aus der Finsternis löste sich ein Hubschrauber.

Marigny

Marigny lag wie erstarrt zwischen seitenflatternden Büchern. Erst als Eli sie am Arm packte und auf die Beine zog, erwachte sie aus ihrer Starre.

Ein Helikopter. Im Garten.

Die Propeller wirbelten weiter Windböen durch die aufgestoßenen Fenster. Durch ein Megaphon sprach jemand sie an. Es war Englisch, aber mit so starkem Akzent, dass sie nichts verstanden.

«Kommen Sie», brüllte Eli und zog sie aus der Bibliothek.

Marigny glaubte, Schüsse in die Wände platzen zu hören. Aber das war doch nicht möglich – dass man auf sie schoss!

Lärm erfüllte das Haus. Türen wurden aufgeschlagen, Schritte hämmerten durch die Korridore, harsche Stimmen riefen auf Arabisch. Eli und Marigny lugten in die Eingangshalle. Der Butler und ein paar indische Hausangestellte standen mit erhobenen Händen vor einer Truppe Uniformierter. Es waren knapp zwanzig Mann mit Maschinengewehren, kugelsicheren Westen und Helmen. Einer von ihnen bellte Befehle. Bellte etwas, das wie *Mariel Marigny* klang.

Marigny gefror das Blut in den Adern. Da Eli hinter der Wand in Deckung ging, musste er es auch gehört haben.

«Was haben Sie ausgefressen?», flüsterte er.

«Nichts», japste sie.

Schreie erklangen. Sie spähten die Treppe hinab.

Kein anderer als Balthus erschien in der Halle – gestützt von einer Schar Soldaten oder Polizisten. Nein, nicht *gestützt*. Festgehalten. Er trug Handschellen, warf sich gegen die Männer und brachte mit seinem Gewicht die ganze Truppe ins Wanken.

«Das ist mein Haus!», brüllte er auf Englisch. «Mein Haus! Ich will meinen Anwalt!»

Der Uniformierte, der schon die Dienerschaft angeherrscht hatte, richtete das Wort an Balthus: «Wo ist Ihre Komplizin?»

«Ich bin ein Vertrauter von Scheich Muhammad bin Raschid al Maktum!»

«Scheich Muhammad pflegt keinen Kontakt zu Terroristen», spottete der Uniformierte. «Mariel Marigny, wo ist sie?»

Balthus warf den Kopf zurück und strampelte wie ein Kind. «Eine Verschwörung! Ich habe nichts getan!»

Marigny gaben die Knie nach. Sie rutschte zu Boden.

Längst liefen die Polizisten die Treppe empor. Marigny ließ sich von Eli durch das Ankleidezimmer und ins Bad ziehen. Er schloss die Tür.

«Ich – habe nichts getan», stammelte Marigny.

«Schon gut. Erst raus hier, dann reden.»

Dass er nicht eine Sekunde zögerte, ihr beizustehen, verwirrte und rührte sie. Er stieg auf eine massive Kommode, öffnete das Oberlicht und kletterte nach draußen. Sie benutzte ebenfalls die Kommode, und er nahm ihre Arme, um sie hochzuziehen. Kaum hatte er das Fenster wieder geschlossen, sahen sie durch das Milchglas dunkle Schatten gleiten. Eine Sekunde später, und sie wären entdeckt worden.

Vielleicht wäre das besser gewesen. Sie hatte ja nichts verbrochen! Doch die Ausrüstung der Polizisten und die Art, wie sie Eugen Balthus, den Chef von Rosebuddy, aus seinem Schlafzimmer geschleift hatten, gaben Marigny das Gefühl, dass eine Flucht die bessere Wahl war.

Sie waren auf dem Dach der Villa. Grelles Licht strahlte herauf. Sie flohen in die andere Richtung, weg vom Helikopter. Umgeworfene Stühle lagen auf einer Terrasse. Dahinter führte eine Treppe hinunter in den Garten. Sie hasteten über gummidicken, feucht gesprenkelten Rasen und pressten sich gerade rechtzeitig in eine dornige Hecke, als ein Trupp Polizisten das Haus umrundete und die Treppe emporlief, die sie soeben hinabgelaufen waren.

«Weiter», sagte Eli.

Die Zweige waren dornig, aber nicht dicht gewachsen. Zerkratzt kamen sie auf der anderen Seite in Dunkelheit wieder heraus. Die Mondsichel spendete gerade genug Licht, um einen Parkplatz zu erkennen, eine Tankstation und dahinter endlose Dünen. Wilenya Ćuruvijas drei Geländewagen standen in einer Reihe unter einer Überdachung, wie für sie bereitgestellt.

«Können Sie fahren?», fragte Eli.

«Ich bin das letzte Mal vor –»

«Dann sind Sie qualifizierter als ich.»

Sie eilten zum Tor, das die Tankstation von der Wüste trennte. Es war verschlossen. Eli befühlte die Stäbe.

«Wir müssen versuchen, es umzufahren.»

«Und wie fahren wir ohne Schlüssel?»

«Fahren habe ich nie gelernt, aber einen Motor kann ich starten. Geben Sie mir Ihr Handy.»

Sie tat es. Er benutzte das Licht des Displays, um die Regale der Garage abzusuchen, kam mit einem Gerätekasten wieder und schlug mit zwei Hieben die Scheibe hinter dem Fahrersitz ein. Er fasste durch und öffnete die Fahrertür von innen.

«Wenn ich bitten darf», sagte er.

Marigny rutschte hinein und öffnete ihm die Beifahrertür.

«Und wie starten wir den Wagen?»

«Leuchten Sie mal.»

Sie nahm das Handy und strahlte auf den Gerätekasten auf seinem Schoß. «Ich habe auch eine Taschenlampenfunktion –»

«Nein, das reicht. Wir wollen doch keine Insekten anlocken.»

Fieberhaft wandte Marigny sich zum Haus um. Noch immer übertönte das Knattern des Hubschraubers alle anderen Geräusche. In der Ferne, hinter den hohen Mauern des Anwesens, irrten Scheinwerfer umher.

Eli suchte in dem Gerätekasten. Endlich fand er eine Papierschere. Sie passte perfekt ins Schlüsselloch. Oder immerhin fast perfekt. Nach einem kurzen Ruckeln ließ die Schere sich zur Seite drehen. Der Motor sprang an, und das Armaturenbrett leuchtete auf.

«Scheinwerfer aus», sagte Eli.

«Sind aus.»

«Sehen Sie, so wenig Ahnung habe ich von Autos. Moment.»

Er sprang nach draußen und schlug alle Lichter ein. Sobald er wieder im Wagen war, gab Marigny Gas. Geradewegs auf das Tor zu. Die Stoßstange krachte gegen die Metallstäbe und nietete sie um. Rumpelnd brauste der Wagen darüber hinweg in die Dunkelheit. Die Reifen knirschten, als sich der Untergrund änderte.

«Wir müssen tiefer fahren. Hinter eine Düne», sagte Eli, der zum Anwesen zurückspähte. «Sie kommen!»

Marigny sah Lichter im Rückspiegel zucken. Im nächsten Moment stürzten sie abwärts.

Blind rollten sie in die Tiefe, einem unbekannten Boden zu. Marigny schwenkte das Lenkrad herum, um schräg abzubremsen. Sie schlitterten durch Sandwolken, neigten sich beängstigend – dann fing sich der Wagen.

«Können Sie was erkennen?», japste Marigny.

«Ich glaube, hier geht es zwischen zwei Dünen durch. Hauptsache, wir bleiben tief.»

Sie fuhren etwas schneller. Allmählich gewöhnten ihre Augen sich an das spärliche Licht. Fein wie Seidengarn waren die Umrisse der Dünen unter dem Sternenhimmel. Sie kamen an einem einsamen Gebüsch vorüber. Ohne Vorwarnung öffnete sich vor ihnen ein Abgrund. Die Vorderräder sackten ab. Im letzten Moment lenkte Marigny zur Seite, sodass sie sich schräg unterhalb des Dünenkamms hielten und langsam, mit jaulenden Rädern, wieder nach oben kamen.

Hinter ihnen stieg wie eine Hornisse der Helikopter in den Himmel.

«Zurück zum Busch!», rief Eli.

Marigny schaltete in den Rückwärtsgang und drückte das Gaspedal durch. Die Reifen drehten durch, fingen sich. Sie rasten zurück in die Richtung, in der die Sträucher gewesen waren.

«Da!» Eli wies zur Seite.

Marigny war zu weit gefahren, bremste, gab wieder Gas. Die Reifen wirbelten Sand auf. Dann donnerte der Wagen mit einem Ruck los und geradewegs ins Gebüsch.

Keine Sekunde zu früh. Die Zweige wackelten noch, als das Licht des Helikopters über sie hinwegfegte. Mehrere Herzschläge lang warteten sie ab. Dann entfernte sich das Licht. Der Helikopter flog weiter, dem fernen Schimmer der Stadt entgegen.

Marigny stieß ein Seufzen aus.

«Wir sollten dem Helikopter nach», sagte Eli. «Damit wir uns nicht in der Wüste verirren.»

Mit zitternden Händen lenkte Marigny den Wagen aus dem Gebüsch. Die Zweige kratzten mit einem hässlichen Geräusch über den Lack. Eine Weile hielten sie sich auf einer Ebene, dann rutschten sie einen Hang hinab. Auf der anderen Seite kamen sie die Düne nicht mehr hoch. Der Helikopter war aus ihrem Sichtfeld verschwunden, ebenso das Research Center. Als sie endlich eine Stelle fanden, die nicht zu steil zu erklimmen war, erreichten sie eine Plattform. Doch nichts war zu sehen. Undurchdringliche Finsternis. Ob ihnen lediglich höhere Dünen die Sicht versperrten oder ob sie sich schon zu weit in die Wüste manövriert hatten, war unmöglich festzustellen.

Sie versuchten, das GPS auf Marignys Handy zu benutzen, doch es gab hier draußen keinen Empfang.

Marigny wischte sich den Schweiß von der Stirn.

Eli beäugte sie. «Der Polizist hat Balthus einen Terroristen genannt. Religiös wirken Sie beide nicht. Für welche Organisation arbeiten Sie?»

«Für gar keine! Ich habe überhaupt nichts getan, was so einen Einsatz rechtfertigen könnte!»

Sie biss sich auf die Lippe. Dachte noch einmal über alles nach, was sie sich im Lauf ihrer Karriere erlaubt hatte. Terror konnte man ihre Schnüffeleien nun wirklich nicht nennen. Sie hatte immer gewusst, welche Daten sie stahl und wer sie für welchen Zweck kaufte. Oder?

Abermals rutschten sie bergab, diesmal so jäh und unkontrolliert, dass sie aufschrien. Der Wagen krachte beinahe senkrecht in den Sand. Elis Airbag blähte sich auf. Gemächlich kippte der Wagen weiter und weiter … und landete auf dem Dach.

Marigny fand sich nicht mehr in der Schwerkraft zurecht. Ihre Beine waren irgendwo an ihrem Kopf. Zu allem Unheil waren die Scherben der eingeschlagenen Scheibe nach vorne gerieselt und stachen sie. Ächzend schoben sie sich aus ihren Sitzen und kletterten nach draußen.

Der Sand war noch warm vom Tag.

«Geht es Ihnen gut?», fragte irgendwo Eli. Er leuchtete mit ihrem Handy, bis er sie entdeckte.

«Ja», keuchte sie, obwohl sie sich nicht sicher war.

«Sieht so aus, als müssten wir zu Fuß weiter», sagte er, noch immer schwer atmend.

Der Wagen lag auf dem Dach wie ein Käfer auf dem Rücken. Marigny wollte zu Eli gehen, doch ihre Knie waren so weich, dass sie wieder in den Sand plumpste.

«Nichts, es ist nur der Schock», murmelte sie, als er ihr zu Hilfe eilte. Sie richtete sich allein wieder auf. War ausnahmsweise dankbar für die Dunkelheit, denn vor lauter Verwirrung und Angst liefen ihr ein paar Tränen über die Wangen.

«Ich war nicht immer gesetzestreu, na gut. Aber meine Arbeit ist meistens legal! Ich habe nie Privatpersonen Schaden zugefügt. Ich hatte nie irgendwelche politischen Absichten –»

«Sie müssen sich nicht vor mir rechtfertigen.»

Marigny atmete langsam und tief, um nicht zu schluchzen. «Wieso helfen Sie mir?»

«Wenn Sie mit Balthus lebende Kinder gebraten haben, kann ich Sie später noch der Polizei ausliefern. Im Zweifel bin ich für die Angeklagte.» Er zupfte sich Splitter aus der Kleidung. «Ich weiß, wie es ist, verhaftet zu werden.»

Sie stiegen auf die höchste Düne, die sie fanden. Von hier aus sahen sie die Wolkenkratzer von Dubai und, etwas näher, die Lichter vorüberfahrender Autos. Wie weit es bis zur Straße war, ließ sich nicht abschätzen. Sie würden es eben rausfinden.

Schon nach kurzer Zeit waren sie tödlich erschöpft. Obwohl sie versuchten, möglichst weit oben zu bleiben und auf dem Kamm der Dünen zu gehen, kamen ihnen immer wieder Täler in den Weg. Nach jedem Hang, den sie hinabschlitterten, wurde der nächste Aufstieg anstrengender. Der Sand hielt ihre Füße fest. Sie schienen die ganze Erde anheben zu müssen.

Immerhin wurden sie nicht verfolgt. Entweder dachte niemand

daran, dass sie in die Wüste geflohen sein könnten, oder niemand *wollte* ihnen in die Wüste folgen. Je länger sie unterwegs waren, umso plausibler schien ihnen Letzteres.

Nach vierzig Minuten machten sie eine Pause. Keuchend streckten sie sich im Sand aus. Der Wind strich über ihre Gesichter. Weder die Stadt noch die Straße schienen auch nur einen Deut näher zu liegen.

«Warum hat Balthus Sie für die Suche engagiert?», fragte Eli.

Marigny ließ sich mit der Antwort Zeit, bis sie wieder bei Atem war: «Vor drei Jahren fand ich eine Sicherheitslücke in einem der internen Netzwerke von Rosebuddy. Ich machte Balthus darauf aufmerksam. Seitdem hat er mich ab und zu mit Aufgaben im Bereich Datensicherheit betraut. Zwei-, dreimal habe ich ihm Informationen verkauft, die ich zufällig hatte. Von Konkurrenzfirmen. Nichts Wildes. Fast nicht mal illegal.»

«*Fast* nicht mal illegal! Das muss ich mir merken.»

«Es gibt zwei Wege für einen Hacker: den sauberen Weg und den schmutzigen Weg. Schmutzig ist alles jenseits der virtuellen Welt. Da, wo Menschen sind. Wenn ich ein Passwort mittels der Berechnung des Hashwerts knacke und mich in internen Datenbanken herumtreibe, ist das illegal. Wenn ich einen netten Abend mit einem Mitarbeiter einer Firma verbringe und, sagen wir, Musik auf seinem Computer anmachen will, wobei ich versehentlich ein paar Ordner in eine Cloud hochlade, weil ich betrunken bin – dann ist das nicht illegal, sondern ein dummer Fehler für die einen, ein kleiner Glücksgriff für die anderen.»

«Verstehe», sagte er dumpf. «Dann sind Sie für die Suche nach Ćuruvija einfach falsch besetzt.»

«Wieso?»

«Weil ich keine Informationen habe. Dieser schmutzige Weg ist eine Sackgasse. Ich habe keine Ahnung, wo Ćuruvija ist.»

Marigny lachte matt. «Ich bin nicht für Sie engagiert worden.

Tut mir leid. Mein Auftrag ist, Ćuruvija zu finden und den Kontakt zwischen ihr und Balthus herzustellen. Zumindest *war* das mein Auftrag.»

Erneut stiegen ihr Tränen in die Augen. Von einem Moment zum nächsten war ihre Zukunft unsicher geworden, und sie begriff nicht einmal, warum.

«Dass Balthus verhaftet wurde, wird sicher durch die Presse gehen», murmelte sie. «Dann erfahren wir den Grund.»

Sie setzten ihren Weg fort, mit Pausen alle paar Minuten, in denen sie kraftlos in den Sand zurückfielen. Wann immer sie den Horizont sahen, schienen die Straßenlaternen genauso fern wie vorher.

Nach ungezählten Stunden erhellte sich der Himmel. Bald würde die Sonne aufgehen. Die Hitze kommen. Und die Straßenbeleuchtung, ihr einziger Wegweiser, schwinden. Die Angst förderte ihre letzten Energiereserven zutage, sie erhöhten ihr Tempo und erlaubten sich keine Pause mehr.

Glühendes Rot fraß sich in die östlichen Hügelkuppen. Innerhalb weniger Minuten wurde es Tag. Nun erkannten sie die Wüste in ihrer Unermesslichkeit: Wogen um Wogen Sand, klaustrophobisch dicht am Himmel. Doch sie sahen auch Häuser, Straßen und dahinter die metallischen Wucherungen der Stadt.

Es war kurz nach acht Uhr, als sie schweißüberströmt eine Schnellstraße erreichten. Sie huschten an mageren Büschen, umzäunten Höfen, einem Gehege mit Dromedaren vorüber, bis sie eine Geschäftszeile fanden: Es gab eine Textilreinigung, einen Minimarkt und ein indisches Schnellrestaurant.

Eli blieb an der Mauer stehen, die zwischen Wüste und Straße aufgezogen war, und prüfte die Umgebung. Niemand war zu sehen. Nicht einmal Autos fuhren vorüber.

«Warten Sie hier. Ich hole Wasser. Ach – haben Sie Geld?»

Sie gab ihm die Scheine, die sie schon am Flughafen München

gewechselt hatte, und er sprang über die Mauer. Marigny blickte ihm mit pochendem Herzen nach. Halb erwartete sie, dass Polizisten aus den Geschäften stürmten. Aber alles blieb ruhig. Vielleicht hatte man den Irrtum längst aufgedeckt und fahndete nicht mehr nach ihr.

Während Eli im Laden war, zückte Marigny ihr Handy. Sie hatte jetzt wieder Empfang. Von ihrem Auftraggeber gab es keine neuen Nachrichten. Sie überlegte, unverschlüsselt zu fragen, warum die Polizei sie suchte. Aber das Misstrauen hielt sie zurück.

Was, wenn ihr Auftraggeber die Antwort kannte ... weil ebendieser Auftraggeber es war, der Marigny etwas angehängt hatte?

Eli

Als Eli mit zwei Literflaschen Wasser und einer Packung Cracker zurückkam, glaubte er im ersten Moment, Marigny sei ohnmächtig geworden. Sie saß an die Mauer gelehnt im Sand, die schlanken Beine ausgestreckt wie eine Puppe, und hatte den Kopf nach vorne sinken lassen. Doch im Näherkommen sah er, dass sie auf ihr Handy blickte.

«Schon was in den Nachrichten?»

«Wasser!»

Gierig nahm sie eine Flasche und trank. Nachdem sie ihren Durst gestillt hatte, hielt sie ihm ihr Handy hin.

«CNN bringt Balthus auf der ersten Seite.»

Unter einem Foto, das Balthus mit islamisch anmutendem Rauschebart zeigte, prangte auf der mobilen Seite des Nachrichtensenders:

Rosebuddy-Gründer verantwortlich für Anschlag auf US-Börse

Eugen Balthus, Gründer von Rosebuddy, wurde gestern Nacht im Hauptsitz seiner Firma in Dubai verhaftet. Die USA bezichtigen den deutschstämmigen Unternehmer, eine Cyberattacke auf drei nationale Börsenplätze verübt zu haben. Unter anderem soll ein Schadprogramm, das im Research Center of Technology Design entwickelt wurde, den zweiten Flash Crash der Geschichte verursacht haben. Ob ein finanzielles oder ein politisches Motiv angenommen werden darf, ist noch unklar. Mr. Balthus erregte in der Vergangenheit durch feindliche Äußerungen gegen den Westen Aufmerksamkeit, wie in diesem Interview von *Vanity Fair*.

Der Artikel war keine Stunde alt. Links zu Berichten über den jüngsten Börsencrash und Balthus' letzten Medienauftritten reihten sich darunter auf. Marigny öffnete andere Nachrichtenseiten, ob womöglich schon mehr über die Sache herausgekommen war. Ein paar Finanzleute standen unter Verdacht, mit Balthus zusammengearbeitet zu haben. Doch nirgends tauchte ihr Name auf.

«Vielleicht fahndet man nicht mehr nach mir», sagte sie zaghaft.

«Ich würde mich nicht darauf verlassen. Die Sache ist groß. Die werden eher zu viele als zu wenige Leute verhaften.»

Marigny sah aus, als würde sie gleich anfangen zu weinen. Sie griff nach den Crackern und schluckte ihre Tränen damit hinunter.

«Es ist schon ein komischer Zufall», sagte Eli. «Gerade wird etwas Kostbares, möglicherweise Gefährliches aus Balthus' Labor gestohlen. Und dann ereignet sich dieser Anschlag. Und die Spur führt geradewegs zu Balthus … Es scheint fast, als könnte Ćuruvija dahinterstecken. Sie hat guten Grund, Balthus – und Ihnen, die Sie ihr auf den Fersen sind – etwas anhängen zu wollen. Aber warum ausgerechnet ein Angriff auf die Börse? Und wie soll ihr das gelungen sein?»

Marigny schüttelte den Kopf. «Sie sagen es ja selbst. Niemand kann einfach so einen Börsencrash verursachen.»

«Kommt auf die Hilfsmittel an. Was auch immer Ćuruvija gestohlen hat, es steht in direkter Verbindung zu Balthus' Verhaftung. Was hat Balthus Ihnen über Ćuruvijas Diebstahl erzählt?»

Marigny konnte nicht aufhören, den Kopf zu schütteln. Schließlich seufzte sie. «Okay. Ich sage Ihnen alles, was ich weiß, aber das ist nicht viel. Ćuruvija ist vor siebzehn Tagen in ein Shopping Center gefahren. Angeblich wollte sie eine Handtasche zurückgeben oder umtauschen. Bevor sie in den Landen ging, machte sie einen Abstecher in ein Dessousgeschäft.»

Sie hielt inne, offensichtlich aus Neugier, wie sich der Schmerz in Elis Gesicht abzeichnete. Ihm war klar, dass nur jemand Dessous kaufte, der darin gesehen werden wollte.

«Und?», fragte er ungeduldig.

«Und sie kam aus dem Geschäft nicht mehr heraus. Beziehungsweise, sie nutzte einen anderen Ausgang, während ihr Butler vergeblich dort wartete, wo sie ihn zurückgelassen hatte.»

«Das heißt, was auch immer sie gestohlen hat, passte in die Handtasche, die sie umtauschen wollte», schlussfolgerte Eli.

«Natürlich könnte es auch sein, dass das Diebesgut gar nicht in der Tasche war, sondern auf anderem Weg entwendet wurde, und zwar kurz vorher, gleichzeitig oder erst nach Ćuruvijas Verschwinden. Zum Beispiel per Post. Deshalb habe ich Balthus gefragt, wann herauskam, dass Ćuruvija ihn nicht nur verlassen, sondern auch bestohlen hatte. Er meinte, dass sie ihn gar nicht verlassen konnte, ohne ihn gleichzeitig zu bestehlen.»

Eli ballte unwillkürlich die Hände zu Fäusten. Wenn es doch Will selbst war, die Balthus wiederhaben wollte …

«Ich glaube nicht, dass das Eigentum, das er vermisst, seine Frau ist», sagte Marigny nachsichtig. «Er wirkt auf mich nicht gerade wie ein liebender Ehemann.»

«Aber was will er dann? Eine Sache, die mit Ćuruvija eng zusammenhängt. Vielleicht sogar eine immaterielle Sache. Etwas, das sie weiß. Oder eine besondere Fähigkeit. Nur welche? Schöne Worte finden, das kann sie. Schöne Worte über Dinge, von denen sie keine Ahnung hat.»

Da Marigny ihn fragend ansah, zog er Wills Aphorismensammlung aus der Hosentasche, schlug sie aufs Geratewohl auf und rezitierte: «*Mit dem Herzen ist es wie mit dem Hodensack: Wenn man reinhaut, tut es überall weh*. Das meine ich. Weder vom einen noch vom anderen hat sie Ahnung.»

«In neun Jahren kann man viel lernen.»

Er schob sich ein paar Cracker in den Mund und betrachtete die flackernde Wüste.

«Woran denken Sie?», fragte Marigny.

«Ich *weiß* es einfach. Was sie gestohlen hat, ist genau das, was sie Balthus vor neun Jahren gebracht hat. Etwas, das Balthus damals eine Ehe mit einem wildfremden Mädchen wert war und heute die Zusammenarbeit mit einem Flegel wie mir. Etwas, das in oder auf einem handelsüblichen Heimcomputer war, in einem Wohnhaus in Santa Cruz de la Sierra, Bolivien. Und jetzt kommt das, worauf ich mir einfach keinen Reim machen kann: Es muss etwas mit Ćuruvijas Missbrauch zu tun haben. In den Aufnahmen sagt sie, die Videos ihres Pflegevaters gingen an eine Philosophieprofessorin in Santa Cruz de la Sierra. An eine gewisse Pilpintu Quiroga. Das ist die Frau, in deren Haus wir eingebrochen sind.»

«Wussten Sie wirklich nicht, was Sie da klauten?»

«Nein. Ironischerweise dachte ich, es ginge um Nacktfotos oder Sexvideos – irgendwas, womit jemand erpresst werden sollte. Aber mir wäre nie in den Sinn gekommen, dass es Sexvideos von *Will* – von Ćuruvija sein könnten.»

Er räusperte sich. Doch Marigny schien nicht entgangen zu

sein, wie er Will genannt hatte. Dass jemand den Namen erfuhr, den sie nur für ihn trug, war ihm äußerst unangenehm.

Nach einer Pause sagte Marigny: «Am naheliegendsten wäre ein Video, das Ćuruvija und eine prominente Person in kompromittierender Situation zeigt. Der Staatschef eines Landes. Oder der Manager irgendeines Großkonzerns. Aber warum hätte sie das Video dann ausgerechnet Balthus verkauft? Wozu einen anderen als Erpresser vorschieben?»

«Balthus wurde verhaftet. Ćuruvija nicht.»

Marigny schraubte nachdenklich am Deckel der Flasche. «Dann haben die Leute, die erpresst wurden, den Börsencrash Balthus angehängt. Und zwar erst jetzt, weil Ćuruvija mit dem kompromittierenden Material verschwunden ist, Balthus also nichts mehr gegen sie in der Hand hat.»

«Aber warum will man *Ihnen* etwas anhängen? Nur Ćuruvija hätte Interesse daran, Sie loszuwerden.»

Er beobachtete Marigny. Entweder sie verheimlichte ihm, was sie sonst noch mit Balthus getrieben hatte, oder es war gerade die Ratlosigkeit, die sie so nervös machte.

«Balthus hat behauptet, dass andere Leute hinter Ćuruvija her sind. Leute, die sie umbringen wollen», murmelte sie. «Wer vor Mord nicht zurückschreckt, würde auch Unschuldigen ein Verbrechen anhängen.»

«Möglich. Aber ich weiß nichts über diese Leute. Bei Ćuruvija hingegen sehe ich ein Motiv, Sie und Balthus ausschalten zu wollen. Die Frage ist bloß, wie soll sie einen Börsencrash verursacht haben? Was muss sie dafür gestohlen haben? Und was zum Teufel hat das mit ihrem Missbrauch zu tun?» Er schnalzte mit der Zunge. «Es geht nicht anders: Wir müssen zurück.»

Sie machte große Augen. «Aber die Polizei –»

«Nicht zurück zum Firmensitz von Rosebuddy. Sondern nach Santa Cruz de la Sierra.»

«Santa – *warum?*»

«Wenn wir rauskriegen wollen, worum es hier geht, müssen wir mit dem gestohlenen Computer anfangen. Ich will mit Professorin Pilpintu Quiroga reden, der ursprünglichen Besitzerin.»

Marigny änderte ihre Position, damit die Sonne ihr nicht mehr ins Gesicht schien. Für einen nicht zu knappen Moment konnte Eli ihr unter den Minirock spähen. Er schloss die Augen, wobei er sich halb über sie, halb über sich selbst ärgerte.

«Sie wollen mit der Frau reden, in deren Haus Sie eingebrochen sind – und deren Liebhaber Sie angeblich angeschossen haben.»

«Es ist keine gute Vertrauensbasis. Aber was Besseres fällt mir nicht ein. Ihnen etwa?»

Marigny schwieg. Schließlich murmelte sie: «Ich habe ein ungutes Gefühl dabei, nach Bolivien zu fliegen.»

«Sie müssen nicht mitkommen. Ihr Auftraggeber wurde verhaftet, damit ist Ihr Job vorerst auf Eis gelegt.»

Sie lächelte etwas. «Wollen Sie mich immer noch loswerden? Ćuruvija ist kein reiner Job mehr für mich. Dass es jetzt um meine Freiheit geht und nicht mehr nur um Geld, sollte Ihnen doch gefallen. Vielleicht hilft das, mich endlich als Ihre Partnerin ernst zu nehmen.»

Nach allem, was sie diese Nacht durchgemacht hatte, musste er ihre Standhaftigkeit bewundern.

«Es gibt nur ein Problem», sagte er. «Wie wollen Sie die Emirate verlassen, wenn die Polizei Sie sucht?»

Marigny begann, auf ihrem Handy herumzuwischen. «Solche Probleme kann ich lösen. Erst mal brauchen wir ein Taxi.»

«Wohin?»

Erneut lächelte sie. «Wir gehen shoppen.»

Zwei Stunden später betraten sie die *Dubai Mall*, ein 350 000 Quadratmeter großes, auf neunzehn Grad heruntergekühltes Einkaufsparadies, vollgestopft mit Marmor, Goldzierwerk, Firmenlogos und Kettenrestaurants. Während der gesamten Taxifahrt hatte Eli damit gerechnet, von der Polizei aufgegriffen zu werden. Doch sobald sie die gigantischen Hallen betraten, zerstreute sich seine Sorge. In den Menschenmassen würde niemand sie jemals entdecken.

Zielsicher steuerte Marigny jene Boutiquen an, die am protzigsten aussahen. Die französischen und italienischen Designernamen sagten selbst Eli etwas, der von Mode nur so viel wusste, wie unvermeidlich war, wenn man ab und zu im Internet surfte.

«Wir suchen ein Outfit für mich aus der neuen Kollektion», sagte sie auf Englisch zu den Verkäufern. «Auffällig, elegant … oder das!»

Sie schwebte einem Cocktailkleid entgegen, das einer Wassermelone nachempfunden zu sein schien. Rote Chiffonschichten hingen an einem V-Ausschnitt und dünnen Trägern aus giftgrünem Lack. Schwarze Perlenschnüre rasselten an Hüfte und Rocksaum. Marigny entschwand damit in die Umkleidekabine und ließ sich auch Schuhe bringen, ein kompliziertes Bindewerk aus demselben grünen Lack.

«Schauen Sie mal?», rief sie hinter dem Vorhang.

Eli trat unwillig näher. Marigny zog den Vorhang zur Seite.

Das Kleid sah an ihr ganz anders aus als an der Stange. Nicht mehr wie ein Ballon, sondern wie eine Zauberlampe, in der geisterhaft ihre Nacktheit zu leuchten schien. Durch die dünnen Stoffschichten sah er deutlich ihren Bauchnabel.

Er nahm die Brille ab. «*Warum* sind wir hier?»

«Kleider machen Leute. Was meinen Sie, ist das zu sexy? Es sollte eher schrill aussehen als sexy – gewollt sexy, aber nicht einschüchternd sexy, verstehen Sie?»

«… Nein.»

Sie hielt sich die langen Haare hoch und schüttelte sie wieder auf. «Ach, das passt schon. Für Sie brauchen wir auch noch was.»

«Für mich?»

«Ja, natürlich, Sie sind am wichtigsten. Wie viel kostet denn das Kleid?»

Er verdrehte die Augen, als sie ihm den Rücken zuwandte, machte aber dennoch mit und zupfte das Preisschild hervor.

«4800 Dirham», las er. Als er umgerechnet hatte, dass das rund 1200 Euro waren, lachte er auf. «Es wäre albern, wenn es nicht widerlich wäre.»

Marigny sah ihn ernst an. «Ich finde den Preis angemessen dafür, nicht unschuldig ins Gefängnis zu gehen.»

Sie kauften das Kleid und auch die Schuhe. Danach suchten sie den Bereich der Mall auf, wo traditionelle emiratische Gewänder feilgeboten wurden. Marigny wählte eine bodenlange schwarze Abaya und eine Gesichtsverschleierung, die nur die Augen frei ließ – eine Investition, die Eli immerhin nachvollziehen konnte. Dann ging es in einen englischen Herrenausstatter, um Eli zu verkleiden.

Er betrat den Laden in den ehemals weißen, inzwischen grauen Sneakers, die er seit drei Jahren trug, einem dunkelblauen Sweatshirt und einer schwarzen Jeans. Heraus kam er in beigen Lederslippern, einer Bundfaltenhose mit schwerem Gürtel und einem fliederfarbenen Hemd. Nie im Leben hatte er sich dermaßen für sein Aussehen geschämt.

«Sie wissen, was Sie tun?», fragte er mit aller Beherrschung.

«Ich investiere das Reisegeld, das ich von Balthus bekommen habe, in unsere Weiterreise», bestätigte sie. «Jetzt fehlt nur noch eins.»

Sie kauften Make-up in einem hellen und einem dunklen Ton.

«Geben Sie Ihren Arm her», befahl Marigny.

Eli gehorchte und beobachtete, wie sie ihm einen hellen Streifen auf die Haut schminkte, den sie mit dem dunkleren Make-up an den Rändern betonte.

«Was wird das?», fragte er.

«Ihre fehlende Rolex. Die zu kaufen übersteigt leider unser Budget.»

Er ahnte, dass sie hinter dem Schleier über seine Verwirrung lächelte.

«Kommen Sie. Wir essen irgendwo etwas, und ich erkläre.»

Sie fanden ein ruhiges Plätzchen auf einer pflanzenumwucherten Terrasse im Fastfood-Bereich der Mall. Außer ihnen wollte bei vierunddreißig Grad kaum jemand draußen sitzen. Zur Sicherheit behielt Marigny dennoch ihren Schleier an und schob sich ab und zu ein paar Pommes frites darunter.

«Eigentlich ganz angenehm hier drunter», sagte sie kauend. «Luftig.»

«Ich beneide Sie um Ihre Bewegungsfreiheit», gab Eli zu. Vor allem das steife Hemd störte ihn. «Also, Ihr Plan?»

«Solange nach mir gefahndet wird, kann ich meinen Pass an keinem Flugschalter vorzeigen. Ganz abgesehen davon, dass ich ihn gar nicht bei mir habe. Fliegen müssen wir aber, es sei denn, wir wandern durch die Wüste, und nach letzter Nacht habe ich darauf keine Lust mehr. Wie fliegt man also ohne Pass? Natürlich mit Geld. Mit viel Geld … einem Privatjet und einer zum Schweigen bezahlten Mannschaft. Ich besitze so etwas nicht, aber ich habe Freunde, die mir eventuell aushelfen würden. Genauer gesagt hat *Janelle Wescot* diese Freunde. Eine Tochter neuseeländischer Schafzüchter, die sechzehn Millionen Tiere im Jahr schlachten, umgerechnet gerade genug für Janelles Jet-Set-Leben.»

«Klingt scheußlich.»

«Und daher glaubwürdig. Prägen Sie sich genau ein, was ich Ihnen von Janelle erzähle. Sie stehen unter Verdacht, ihr Liebhaber zu sein.»

«Ich?»

«Ja, Sie … Adam Rubenheizer. Spross deutscher Großbauern und Besitzer der größten Schlachtanlage Europas. Über das Familiengeschäft haben wir uns kennengelernt.»

«Wieso müssen wir Schlächter sein?»

«Ganz einfach: Im Adel und in der Wirtschaftselite kennt jeder jeden, aber Reiche aus so unfeinen Metiers wie der Landwirtschaft können als Außenseiter in der High Society aufkreuzen, ohne dass sie dadurch verdächtig wirken. Zudem wird uns niemand Detailfragen über unser Geschäft stellen, weil wirklich niemand davon hören will.»

«Okay. Und wem spielen wir das jetzt vor?»

«Ist noch nicht sicher. Ich habe mehrere Optionen.» Sie zückte ihr Handy, las offenbar etwas und begann zu tippen.

Eli aß seine Pommes frites auf. Allmählich begriff er, warum niemand draußen saß. Es war wirklich zu heiß. Er lupfte sein Hemd.

«Perfekt», sagte Marigny nach einer Weile und presste sich das Telefon ans verhüllte Ohr. Dann stieß sie einen Freudenschrei aus und begann, auf Englisch zu schnattern: «Darling, wie geht es dir? Oh mein Gott, mir geht es gut, wie geht es dir? Lange nichts gehört, ach … Du wirst es nicht glauben, ich bin seit letzter Nacht in Dubai … haha, ich wusste nicht, dass ich kommen würde, sonst hätte ich dir längst geschrieben. Du glaubst nicht, was passiert ist … haha, ich mal wieder! Kannst du es glauben, ich bin gestrandet. Nein, nicht richtig gestrandet, haha. Eine Männergeschichte. Oh mein Gott, sage ich dir … so etwas habe ich noch nie erlebt. Er hat mich sitzenlassen, mich und meinen guten Freund Adam – aus Eifersucht. Ja. Er ist ohne uns abgeflogen. Aber mit unseren Sachen! Darling, wollen wir uns treffen? Ich muss dir alles erzählen.

Ja. Wann immer du Zeit hast. Wir kommen hier ja eh nicht weg, haha! Also, wir sind immer noch im Hotel … im *Burj Khalifa*. Perfekt. Perfekt! Ooohh, ich mich auch … bis gleich, Küsschen!»

Als sie aufgelegt hatte, zog sie den Schleier von ihrem erröteten Gesicht, seufzte tief und lehnte sich zurück. «Wir haben ein Date. Auf zum Burj Khalifa … dem höchsten Gebäude der Welt.»

«Heißt es nicht *Burj Dubai*?», fragte Eli, als sie aus der Mall traten und dem überfüllten Weg zwischen Gewässer und Restaurants folgten, der zu dem imposanten Wolkenkratzer führte.

«Er sollte so heißen. Dann ging Dubai in der Finanzkrise das Geld aus, man musste sich die letzten Millionen für die Fertigstellung vom Emirat Abu Dhabi leihen. Dafür wurde der Turm auf den Namen des Herrschers von Abu Dhabi umgetauft: Khalifa. Ob das ein Zeichen der Dankbarkeit war oder eine mit Zähneknirschen hingenommene Darlehensauflage, lasse ich mal dahingestellt.»

«Haben Sie das aus dem Internet oder aus Ihrem Langzeitgedächtnis?»

«Beides. Janelle Wescot ist nicht zum ersten Mal in den Emiraten.»

Eli betrachtete den Turm. Man konnte ihn mit einem Blick gar nicht erfassen. Dadurch wirkte er merkwürdig verschoben, nah und trotzdem unüberwindbar fern.

Sie überquerten einen Platz voller Menschen, gingen an den protzigen Autos vorüber, die betuchte Gäste her- und fortschafften, und betraten die Lobby des Armani Hotels, das Teile des Turms pachtete. Es sah aus wie in einer Schmuckkassette. Sämtliche Flächen waren in matten Gold- und Silbertönen verkleidet, die der polierte Holzboden reflektierte. Aus Schlitzen drang bernsteinernes Licht. Durch einen Korridor gelangten sie in eine Lounge, deren hohe Decke von einem Gebilde aus Metallstäben gebrochen wurde. Marigny ließ sich in einen silbrig schimmernden Sessel sinken, zog den Schleier vom Kopf und öffnete ihre Abaya, sodass ihre Wassermelonen-Nacktheit wie von einem Morgenmantel eingerahmt wirkte.

Eli setzte sich in den Sessel neben sie. «Sagen Sie mir eigentlich noch, wer der arme Kerl ist, den wir zum Narren halten?»

«Wieso ‹armer Kerl›? Nichts könnte ferner liegen. Die betreffende Person hat eine Milliarde geheiratet. Wir haben uns vor einem Jahr in Dubai kennengelernt, genauer gesagt in der Bar dieses Hotels. Danach haben wir uns noch einmal in München getroffen. Das war's.»

Ein indisch aussehender Kellner kam und nahm ihre Kaffeebestellung auf.

«In einer Stunde ist unser Date hier», sagte Marigny. «Gehen wir also unsere Rollen durch.»

Mit leiser, eindringlicher Stimme zählte sie noch einmal auf, wer sie waren, warum sie mittellos im höchsten Gebäude der Erde logierten und welche verwickelten Verhaltensweisen Eli unbedingt einhalten musste. Eli wollte gerade seine Bedenken äußern, als zwei goldfarbene Tiere, etwa so groß wie Kaninchen, in die Lounge rasten.

Eine Frau folgte, die aufkreischte, als sie Marigny entdeckte.

«Janelle!»

«Alyazia!»

Die beiden fielen sich in die Arme, sodass der Schleier von der wallenden, platinblonden Mähne der Fremden rutschte. Dann ließen sie sich los, um einander zu begutachten. Dass Marigny eine Abaya trug, entlockte der Frau ein neuerliches Freudenkreischen. Auch ihr Wassermelonenkleid wurde mit Begeisterung aufgenommen. Dann war es an Marigny, die perlenbesetzte, königsblaue Abaya der Frau zu bewundern und nach Luft zu schnappen, als sie ihr offenbarte, was sie darunter trug. Eli konnte nicht sehen, was es war, da sie sich absichtlich von ihm abgewandt hatte.

Erst als die Kleider gewürdigt worden waren, kam Eli dran.

«Alyazia, darf ich dir Adam aus München vorstellen – Adam, das ist Alyazia.»

«Sehr erfreut.» Er räusperte sich. «Adam Ruben ... rost.»

Marigny warf ihm einen glühenden Blick zu. Er hatte seinen Nachnamen vergessen. Er vergaß sogar im gleichen Moment, welchen Namen er stattdessen erfunden hatte. Egal. Nun war er vorgestellt und musste es hoffentlich nicht wiederholen.

Die Frau neigte spöttisch den Kopf, wobei sie sich den Schleier wieder über das Haar zog. «Ach, München! Ich liebe München. Gute Ärzte.»

«Es ist eine wunderbare Stadt», sagte Eli glatt. Und ahnte, welcher Art von Ärzten Alyazia ihre gute Meinung verdankte: Nichts an ihrem Gesicht schien gottgegeben. Sie hatte eine winzige Nase, üppige, pink lackierte Lippen und ungewöhnlich fleischige Wangen. Das Einzige, was Aufschluss über ihr Alter gab, war die fortgeschrittene Unnatürlichkeit. Eli schätzte sie auf fünfzig aufwärts, obwohl sie die straffe Haut einer Fünfjährigen besaß.

Eli bot Alyazia einen Sessel an, wie Marigny ihm eingeschärft hatte.

«Und was macht ihr in Dubai?», fragte Alyazia.

Marigny ratterte aufgeregt wie ein Huhn die Geschichte herunter: Ihr Geliebter, ein gewisser *Damien Varila*, dessen Familie Casinos in Kolumbien betrieb, hatte sie und mehrere Freunde auf eine Reise mit seinem Privatjet mitgenommen. Die Gesellschaft war lustig, man machte halt in Mexiko, in Brasilien, auf Ibiza – überall, wo man gerade zu einer Party eingeladen wurde. Aufgrund Damiens wechselhafter und bissiger Natur hatte Marigny vor wenigen Tagen eine Beziehungspause vorgeschlagen. Damien schien das ruhig hinzunehmen und ließ sich davon offenbar nicht den Spaß verderben. Fröhlich schlug er vor weiterzureisen – das Ziel sollte eine Überraschung sein. Derlei Spielchen von Damien gewohnt, ließen seine Freunde sich darauf ein und landeten nichts ahnend in Dubai, wo Damiens Familie für besondere Geschäftspartner ein Apartment im Hotel des Burj Khalifa dauermietete. Während alle anderen sich an der neuen Umgebung erfreuten, ahnte Janelle den Hintersinn dieser Reise. Denn in Dubai, genauer in diesem Apartment, waren Damien und Janelle sich vor einem Jahr nähergekommen.

«In der Zeit, als wir uns auch kennengelernt haben», sagte Marigny mit einer sanften Berührung ihrer Hand.

Tatsächlich habe Damien letzte Nacht zugegeben, sie wiederhaben zu wollen. Und zwar fest und dauerhaft. Trotz der Diamantohrringe, die er zur Bekräftigung seines Willens beifügte, musste Janelle ablehnen. Denn obwohl er spendabel, abenteuerlustig, leidenschaftlich und natürlich in sie verliebt war, hatte Marigny einfach nicht genug Gefühle für ihn.

«Das Herz täuscht sich nicht», sagte Alyazia weise.

«Nein, wirklich», sagte Marigny. «Ich habe Damien höflich klargemacht, dass wir nicht glücklich miteinander würden. Er reagierte ganz ruhig, so wie bei unserer Trennung. Wir gingen in die Bar zu den anderen. Damien wollte, dass wir trinken. Immer wieder hat er nachbestellt. Ziemlich betrunken gingen wir alle ins Bett. Während Adam und ich schliefen, muss Damien die anderen geweckt haben. Sie sind verschwunden – ohne uns. Und das Dreisteste ist, all unsere Sachen – meine Handtasche, Adams Portemonnaie, sogar seine Armbanduhr – hat er mitgenommen. Nur einen Zettel hat er dagelassen.»

Marigny würgte, als müsste sie Tränen zurückhalten. Dann wies sie Eli an, den Zettel zu zeigen, den sie vorhin in seiner Hosentasche deponiert hatten. In krakeliger Schrift hatten sie darauf notiert: *Was braucht ihr mehr … wenn ihr euch habt. VIEL GLÜCK.*

Alyazia zog scharf die Luft ein.

«Wir wurden vom Zimmerservice geweckt und außerdem gebeten, das Apartment demnächst zu räumen», flüsterte Marigny, um Fassung bemüht. «Und jetzt sitzen wir hier – ohne Pass, ohne Geld, ohne alles!»

Die beiden Frauen sahen sich an. Dann brachen sie in Gelächter aus, dass die Hunde, die sich inzwischen auf dem Schoß ihrer Besitzerin niedergelassen hatten, erschrocken mitkläfften.

«So ein Mistkerl!»

«*So* ein Mistkerl! Kannst du dir vorstellen, wie er durch das dunkle Zimmer schleicht, um uns zu beklauen? Damien heckt ständig Späße aus, aber dass er so bösartig ist, das hätte ich nicht gedacht.» Marigny fächelte sich Luft zu, als müsste sie immer noch Tränen zurückhalten. «Stell dir vor, wie wir heute aufgewacht sind! Ich kann von Glück reden, dass er mein Handy und meine Kreditkarte nicht gefunden hat, weil die zufällig unter einem Handtuch lagen.»

«Das gibt es doch nicht … Was du erlebst! Du bist doch verrückt! Aber was macht ihr denn jetzt?»

«Na, das liegt doch auf der Hand. Wir rächen uns.»

Wieder glucksten sie.

Marigny beugte sich näher. «Also, ich weiß, dass Damien in zwei Tagen nach Santa Cruz de la Sierra in Bolivien muss. Irgendeine geschäftliche Angelegenheit mit der Familie seines Onkels. Damien hat mehrfach davon gesprochen, wie wichtig das Wohlwollen seines Onkels für ihn ist. Also werde ich ihn dort überraschen. Ihm dasselbe anzutun, wäre langweilig und außerdem zu gemein. Ich bin nicht wie er. Nein, ich werde ihm nur sämtliche Hosen und Unterhosen klauen.»

Sie prusteten und stießen ihre Kaffeetassen zusammen. Eli fühlte sich wie in einem faszinierenden Horrorfilm.

«Das Problem ist nur, dass wir bei unserer jeweiligen Botschaft neue Pässe beantragen müssen. Ich habe keine Ahnung, wie lange so etwas dauert. Meinst du, in zwei Tagen schaffen wir es nach Bolivien?»

Alyazia schien die Stirn runzeln zu wollen. «Ausgeschlossen, Darling. Eine Freundin von mir aus Beijing hat kürzlich ihren Pass verloren und saß zwei Wochen fest, obwohl ihr Mann politisch tätig ist.»

Marigny warf Eli einen hilfesuchenden, empörten Blick zu. Alyazia machte mit.

Eli räusperte sich. «Ich habe leider keine politischen Verbindungen, äh …»

«Damien muss dafür büßen!»

«Er muss», pflichtete Alyazia ihr bei. «Hast du Fotos von ihm?»

Eli brach der Schweiß aus, doch Marigny zückte gelassen ihr Handy.

«Süß ist er auf jeden Fall. Leider», seufzte sie und zeigte Alyazia die Profilfotos eines Mannes, den sie Gott weiß wo aufgegabelt haben mochte. «Hier waren wir in Sankt Petersburg …»

Eli beobachtete sie mit wachsendem Grauen. Wer so gut organisiert war, log nicht nur gelegentlich … Marigny war ihm bisher wie das genaue Gegenteil von Will vorgekommen, nun erkannte er eine erschreckende Ähnlichkeit.

Nachdem die beiden Frauen das Aussehen des Fremden ausgiebig kommentiert hatten, lenkte Marigny das Gespräch behutsam wieder auf ihr eigentliches Ziel: «Ich muss ihn in Bolivien erwischen. Wo er danach sein wird, weiß er wahrscheinlich selbst noch nicht. Verdammt, ich habe nur diese eine Chance, dem Kerl Manieren beizubringen!»

Alyazia kraulte nachdenklich ihre Hündchen. «Du weißt doch … die bösen Jungs kommen immer davon.»

Marigny blickte kopfschüttelnd in ihre Tasse, sagte aber nichts. Endlich fragte sie: «Alyazia, Darling, hast du zufällig Schminke dabei? Ich fühle mich schrecklich nackt.»

«Natürlich. Aber unser Teint ist nicht derselbe.»

«Ich begnüge mich mit dem, was passt. Ich danke dir vielmals!»

Mit dem Kosmetiketui aus Alyazias Handtasche erhob sich Marigny und wandte sich noch einmal Eli zu, auf Deutsch säuselnd: «Es wird nur Ihretwegen passieren, also *lassen Sie es passieren.*»

Damit entschwand sie Richtung Toiletten.

Alyazia kraulte noch immer ihre Hunde, lächelte Eli aber an.

«Reizende Tiere», stammelte er. «Wir haben auch Tiere. Meine Familie, meine ich. Fünfzigtausend ... Rinder.»

Er starb vor Scham, während Alyazia ein anerkennendes Hauchen ausstieß.

«Ehrlich gesagt, meine Interessen liegen fernab der familiären Geschäfte», fügte er hinzu und plapperte eine Weile über französische Literatur, immerhin ein Thema, für das er seine Begeisterung nicht heucheln musste. Dann erinnerte er sich an Marignys Warnung, nur das Nötigste über sich zu sagen und ansonsten ausnahmslos Neugier an Alyazia zu bekunden.

Er fragte sie über ihre Hunde aus. Über ihre Heimat Dubai. Alyazia war mütterlicherseits Amerikanerin und in New York aufgewachsen, hatte aber dann einen emiratischen Mann aus den Kreisen ihres Vaters geheiratet. Da sie seit zwölf Jahren Witwe war und ihre zwei Kinder mittlerweile in den USA studierten, pflegte sie einen großen Freundeskreis rund um die Welt.

«In Dubai ist es am schönsten», sagte sie. «Hier ist die Familie.»

«Das klingt wundervoll», sagte Eli mit einer Öligkeit, die er sich nie zugetraut hätte. «Aber Sie sind eine Frau, die auch die Ferne vermisst ... nicht wahr?»

Sie schlug die Augen nieder. «Na ja, wer tut das nicht?»

«Sehnsucht hält uns am Leben. Nicht alle Träume müssen sich erfüllen.»

Als sie aufblickte, glitzerten ihre Augen. «Sie sind sehr weit für Ihr Alter.»

«Oh, ich habe viel erlebt. Alter ist nicht an Jahren festzumachen, sondern an Erlebnissen. In diesem Sinne finde ich Alter sehr anziehend.»

Sie erwiderte seine Grimasse mit einem ähnlich grimassenhaften Lächeln. «Janelle hat nicht nur Pech mit Männern.»

Um ein Haar hätte er gefragt, wer Janelle war. Zum Glück kam sein Stutzen gerade recht: «Janelle – nein, wir sind nur Freunde. Das ist ja gerade das Schlimme an Damien. Er ist eifersüchtig auf den Falschen.»

Er schwafelte von Höflichkeiten, die man als Gentleman jeder Frau erweisen musste, und wie schnell hitzige Naturen wie Damien diese missverstanden. Endlich kam Marigny wieder, trotz der Schminke sichtlich erschöpft. Eli ahnte, wie sie sich fühlen musste. Unschuldig auf der Flucht zu sein, unterschied sich nicht allzu sehr davon, unschuldig eingesperrt zu sein. Als er begriff, wie sehr er ihr helfen wollte, fühlte es sich nicht mehr ganz so schlimm an, Adam Rubenrost zu sein.

Y

Nicht die Einbrüche am Aktienmarkt, sondern eisige Winterstürme beherrschten die Ostküste der Vereinigten Staaten von Amerika. Die Maschine von Emirates konnte erst nach einer Verzögerung von eineinhalb Stunden landen, und selbst da schleuderte der Wind sie noch so sehr hin und her, dass jähe Schreie durch die Kabine schossen.

Für die Wirtschaft und nicht die Politik zu arbeiten, bedeutete meistens mehr Annehmlichkeiten – außer wenn es um die Sicherheitsvorkehrungen an amerikanischen Flughäfen ging. Beckblum hatte einen deutschen Pass und brauchte fast drei Stunden, um eine

Absperrung von zwanzig Metern zu passieren. Er hatte ein Touristenvisum beantragt. Um die Familie seines amerikanischen Lebenspartners zu besuchen.

Bereits am Flughafen von Dubai hatten sie den Schlagzeilen über Hester Welsh entnommen, was sie wissen mussten. Es hatte einen Börsencrash gegeben, der nicht länger als drei Stunden währte, ähnlich dem Flash Crash von 2010. Wie damals machte man eine High Frequency Trading Company für die abrupten Stürze verantwortlich, aber es gab keine Beweise, und im Grunde schien auch niemand durchzublicken, wozu die großen Computer, die an der Börse spekulierten, fähig waren und wozu nicht. Die quantitative Analystin Hester Welsh hatte sich jedenfalls durch hysterische Verteidigungsreden verdächtig gemacht, in denen sie vor laufenden Kameras behauptete, Amerika erlebe einen Terroranschlag. Doch der einzige Schuldige, dem man etwas nachweisen konnte, war Eugen Balthus – ein durchgeknallter Firmenboss, der im Kampf gegen seine mächtigen Konkurrenten schon früher zu drastischen Mitteln gegriffen hatte. Ausgerechnet Balthus' Firma Rosebuddy hatte die High Frequency Trading Machines entwickelt, die Hester Welsh benutzte. Das Wunderkind der Wall Street war jetzt Synonym für den Irrsinn eines digitalisierten Finanzmarktes geworden.

Beckblum und Dussardier nahmen ein Taxi nach Brooklyn, wo sie ihren Lieferanten in der Einfahrt eines Lagerhauses am Hudson River trafen. Ein für die Umgebung viel zu elegant gekleideter Mann und seine drei etwas weniger modischen Cousins überreichten ihnen Schlüssel und Papiere für einen schwarzen Range Rover, in dessen Kofferraum sich zwei halbautomatische Ruger Pistolen samt Munition befanden, recht weit verbreitete Modelle in den Staaten – worauf Beckblum bei seiner Bestellung geachtet hatte –, außerdem ein Prepaidhandy, Putzmittel, Müllbeutel, Klebeband und anderer Kleinkram.

Nach der Prüfung der Waren rief Beckblum sein Informationsbüro an und veranlasste die Überweisung. Wenig später lächelte der elegante Mann über das, was er auf seinem Smartphone sah. Zum Abschied überreichte er Dussardier noch eine Papiertüte mit polnischem Fleischgebäck, ein Geschenk der Familie.

Sieben Uhr war eben verstrichen, auf den Straßen bildete sich ein vom Schnee verklumpter Abendverkehr. Beckblum und Dussardier hörten Radio. Sie schmunzelten über schlechte Popsongs und wippten heimlich mit. Fast fühlte es sich wie Urlaub an.

Über die Brooklyn Bridge erreichten sie Manhattan. Trotz des Sturmes harrten vor dem Gebäude, in dem sich die Investmentfirma von Hester Welsh befand, einige Reporter in Daunenmänteln aus und schlürften Kaffee aus Pappbechern. Die Frau, auf die die Welt heute schaute, war wohl noch nicht herausgekommen – ein Glück für Beckblum und Dussardier.

Sie parkten im Halteverbot gegenüber dem Gebäude, wozu ihre gut gefälschten Interpol-Ausweise sie ermächtigten. Heizung und Radio weiterlaufen lassend, aßen sie die polnischen Teigwaren, die überraschend säuerlich waren, und scherzten darüber, dass in der Füllung entweder Leichenfleisch oder eine Glückskeksnachricht stecken müsste.

Mit ihrem Handy verfolgten sie auch die Nachrichten über den Börsencrash. Hauptsächlich Investmentbanken, aber auch Softwareunternehmen hatten empfindlich an Wert verloren. Prominente Intellektuelle forderten mehr Regulierungen oder gar die Abschaffung des computergesteuerten Aktienhandels. Hester Welsh, um die sich die Schuldzuweisungen verdichteten, hatte sich seit einem pikanten Fernsehinterview nicht weiter zu Wort gemeldet, aber eine Offenlegung der Daten versprochen, die die Analysten ihrer Firma über die Stunden des Crashs gesammelt hätten.

Um kurz nach elf brach vor dem Gebäude Chaos aus. Plötzlich waren zwei Kamerateams unter den Fotografen und Reportern. Eskortiert von einem Fahrer, einem Concierge und ein paar besorgt dreinblickenden Kollegen, trat eine Frau auf die Straße. Sie musste ihren bunten Turban festhalten, damit er nicht fortgeweht wurde. So sprach sie in die Mikrophone. Dann floh sie aus dem Scheinwerferlicht und hinein in eine Mercedeslimousine.

Beckblum und Dussardier fuhren hinterher. Es war nicht schwer, an ihr dranzubleiben. Der Verkehr war noch immer dicht, und sie folgten der schnurgeraden Straße Richtung Uptown.

Vor einem herrschaftlichen Backsteinhaus nahe dem Central Park hielt der Wagen. Hester Welsh stieg mit einer überquellenden Aktentasche aus, den Blick auf ihr Handy gerichtet. Dussardier lenkte den Wagen an den Bordstein, während Beckblum nach draußen sprang und die Frau einholte.

«Miss Welsh, Jonas Beckblum mein Name, Kommissar für Cyberkriminalität bei Interpol.» Er hielt ihr den Ausweis unter die Nase. «Haben Sie eine Minute?»

Sie leuchtete erst sein Gesicht, dann seinen Ausweis mit ihrem Handy an. In der Zwischenzeit war Dussardier neben ihm aufgetaucht.

«Miss Welsh», grüßte er.

«Mein Kollege, Maurice Dussardier.»

«Ich habe bereits mit dem FBI und der NSA gesprochen», sagte Hester Welsh misstrauisch.

«Wir ermitteln unabhängig von nationalen Institutionen.»

Sie seufzte. «Hat das nicht Zeit bis morgen? Ich habe in den letzten zwei Tagen nur vier Stunden geschlafen.»

«Wir glauben zu wissen, wer den Crash verursacht hat, Miss Welsh», sagte Dussardier. «Aber uns sind die Hände gebunden, solange wir keine Beweise haben. Liefern Sie uns die Beweise.»

Ihr Gesicht leuchtete auf. Sie hatte angebissen.

Marigny

Marigny wusste, dass Alyazia angebissen hatte, als sie nach dem Lunch im Restaurant des Burj Khalifa mit ihnen Champagner zu trinken begann.

Sie hatten sich vor einem Jahr ebenso beschwipst kennengelernt – beide auf Bräutigamschau in der Bar noch weiter oben im Gebäude und viel zu vergnügt für Rivalität. Auch wenn Alyazia sich als muslimisch bezeichnete, war sie in erster Linie New Yorkerin geblieben.

Marigny beobachtete über ihr Glas hinweg, wie die Milliardärin mit Eli flirtete. Sie lachte gurrend, zupfte ständig an ihrem herabrutschenden Schleier herum und knuddelte ihre Hunde. Eli war aber auch gut … viel besser, als Marigny gedacht hatte. Wenn er über sich selbst sprach, gelang ihm der authentisch gelangweilte Ton eines Erben nicht ganz, aber zum Glück beherzigte er ihren Rat, hauptsächlich Alyazia reden zu lassen. Die konzentrierte Aufmerksamkeit, die er ihr schenkte, und die subtil schmeichelhaften Fragen trugen Früchte: Sie waren inzwischen bei der dritten Champagnerflasche, und Alyazia hatte sich bereits mehr als einen anzüglichen Witz erlaubt.

Marigny ertappte sich dabei, wie sie nach einem heimlich getauschten Blick mit ihm heischte. Und das, obwohl der leiseste Verdacht, die geringste Kränkung Alyazia vertreiben könnte. Sie war also auch ein wenig froh, dass Eli sie überhaupt nicht beachtete. Wenn Alyazia auffiel, dass Marigny um ihn buhlte, war das umso besser – Eli würde nur interessanter für die reiche Dame werden.

In einem geeigneten Moment kam Marigny wieder auf ihren frei erfundenen Ex-Geliebten Damien zurück. Eli und Alyazia ereiferten sich, die amüsantesten Rachepläne zu schmieden.

«Sein Gesicht müsste man dabei sehen!», lachte Eli. «Wenn wir es in zwei Tagen nicht nach Bolivien schaffen, müssen Sie für uns fliegen, Alyazia.»

«Ja, seien Sie mein Racheengel!», rief Marigny.

Alyazia war ganz atemlos vor Lachen. «Aber ich weiß doch gar nicht, wie und wo …»

«Damien würde keine Sekunde zögern, Sie mit auf sein Zimmer zu nehmen. Welcher Mann würde das? Und dann … schnappen Sie sich die Wäsche!»

Die Vorstellung gefiel ihr sichtlich, zumal von Elis Komplimenten umkleidet.

«Ach, ich will dabei sein! Aber wir kommen hier ja nicht weg», seufzte Marigny.

Eli goss den Frauen Champagner nach. «Es sei denn, wir verstecken uns in Ihrem Gepäck.»

Einige Atemzüge lang herrschte Schweigen. Marigny schwenkte ihr Glas.

«Man könnte es versuchen», sagte Alyazia achselzuckend.

Marigny klimperte gegen ihr Glas, lachte auf und rief: «Ich fühle mich wie eine Geheimagentin!»

Sie stießen an.

«Eigentlich *müssen* wir es versuchen», sagte Eli. Und fügte, als er Marignys eindringlichen Blick auffing, hinzu: «Dürfte ich mir mal Ihr Telefon leihen? Ich würde meinen Onkel fragen, ob er uns mit einem Jet abholen kann. Vielleicht schaffen wir es ohne Pässe, wenn wir die Sicherheitsleute …»

«Aber nein», sagte Alyazia. «Ich fliege doch nicht mit der Konkurrenz.»

«Der Konkurrenz?», fragte Eli irritiert.

«Alyazias Familie gehört ein Privatjetunternehmen», erklärte Marigny. «Habe ich das nicht erwähnt?»

Eli machte ein so verwundertes Gesicht, dass Alyazia schnurrte:

«Machen Sie sich keine Sorgen. Es wird Ihnen gut gehen als mein Gepäck.»

Diesmal mussten Eli und Marigny ihr Lächeln nicht vortäuschen.

Zwei Stunden später und noch immer ein wenig beschwipst, erreichten sie den Flugplatz, wo Alyazias Familie ein ganzes Heer von Jets stehen hatte. In einem Warteraum mit Kronleuchter sanken Eli und Marigny auf die Couch, während Alyazia auf Arabisch mit dem Sicherheitspersonal sprach und das Gepäck entgegennahm, das ein Bediensteter ihr von zu Hause brachte. Das Flugzeug stand schon für sie bereit: Ohne Sicherheitscheck, ohne Pass, aber auch ohne jeglichen Besitz stiegen Eli und Marigny ins schmale, holzverkleidete Innere des Fliegers, in dem sie Pilot, Copilot und zwei Stewardessen begrüßten.

Zum ersten Mal erlebte Marigny, dass Eli nervös war. Er konnte sich nicht entscheiden, in welchen der acht beigen Ledersessel er sich setzen sollte, schnappte sich eine Zeitung, legte sie gleich wieder weg und begann, seine Brille am Hemd zu putzen. Allmählich machte es ihm wohl zu schaffen, ein Betrüger zu sein.

«Sie schlagen sich wacker», raunte Marigny ihm zu. «Ab jetzt können Sie mir alles überlassen.»

Er nickte, ohne das verkrampfte Lächeln zu verlieren, das er die ganze Zeit trug.

Nachdem das Flugzeug gestartet war, übernahm Marigny den Smalltalk mit Alyazia, während Eli einschlief oder zumindest so tat. Schließlich wurde auch die Milliardärin müde, und sie kuschelten sich in ihre Decken ein und dösten.

Als Marigny wieder zu sich kam, wusste sie erst nicht, wo sie war. Dann erinnerte sie sich, dass sie nicht nur von Helikoptern, Polizisten und der Wüste geträumt hatte, sondern all das wirklich erlebt hatte, und Panik schnürte ihr die Brust ein.

Sie wurde polizeilich gesucht.

Und sie wusste nicht einmal, warum.

Obwohl sie immer halb damit gerechnet hatte, eines Tages mit dem Gesetz in Konflikt zu geraten, fühlte sie sich kein bisschen vorbereitet. Ja, sie hatte sich geradezu immun gefühlt im Schutz ihres Auftraggebers ... Bei der Vorstellung, dass man ihr etwas anhängen wollte, wurde ihr regelrecht schlecht.

Durch die Fenster des Flugzeuges leuchtete ein ungeheuerlicher Pfirsichhimmel, und eine Weile versenkte sie sich in dieses Farbenmeer und versuchte zu vergessen, dass sie je wieder auf die Erde zurückmusste.

Dann zückte sie ihr Handy. Kaum zwei Stunden waren seit ihrem Abflug vergangen, sie konnte also nicht lange geschlafen haben. Sie aktualisierte die Nachrichtenseiten. Über Balthus gab es nichts Neues. Auch ihr Name tauchte nach wie vor nicht öffentlich auf. Doch auf einen Irrtum wagte sie nicht zu hoffen. Zu deutlich hatte sie noch im Ohr, wie der Polizist ihren Namen gebellt hatte.

Sie öffnete das Portal zum Schachspielen und machte ein paar Züge in ihrem wochenalten Spiel.

«Miserabel», flüsterte Eli hinter ihr.

Sie zuckte zusammen. «Sie haben mich erschreckt!»

Er warf einen Blick auf Alyazia, die mit ihren Hündchen auf dem Schoß schlummerte, dann ging er neben Marigny in die Hocke.

«Wie werden wir sie los?»

«Mir wird schon was einfallen.»

«Ich mache das nicht mehr mit. Sie hat vorhin ihre Hand auf mein Knie gelegt. Haben Sie das gesehen? Und ich habe sie dabei *angelächelt*. Dafür werde ich mich noch im Augenblick meines Todes schämen. Es reicht! Anders als Sie finde ich Prostitution nicht vergnüglich.»

«Wer redet denn von Prostitution? Sie waren nur nett zu ihr.»

«Ich führe sie an der Nase herum, das tue ich! Das ist sogar noch schlimmer. Ich dachte, Sie rufen einen Freund an, einen Kerl.»

«Ach, bei mir ist es in Ordnung, ja?»

«Sie sind diejenige, nach der gefahndet wird.»

«Vielleicht wird auch nach Ihnen gefahndet.»

«Warum, ich bin kein Hacker.» Er atmete hörbar aus. «Mariel … Sie können sehr gut lügen.»

«Sie ebenfalls.»

Sie sahen sich in die Augen.

«Sollte ich rauskriegen, dass Sie *mich* anlügen, werde ich … Sie fertigmachen. Verstanden?»

Sie wollte lächeln, aber sie schaffte es nicht. «Ich bin auf Ihrer Seite, Adam.»

«Warum eigentlich?»

«Warum sind Sie auf meiner?»

Er rieb sich über die Stirn. «Wollen wir einen Kaffee bestellen? Entweder das, oder ich klaue die Zigaretten aus Alyazias Handtasche und esse den Tabak.»

«Kaffee ist nur ganz selten die schlechtere Option.»

Als die Stewardess ihnen Kaffee und Gebäck brachte, schlug die ganze Absurdität der letzten vierundzwanzig Stunden, die Übermüdung, Anspannung und Furcht, in eine Art Entrücktheit um, die sie für einen Moment vergessen ließ, wovor sie flohen und was sie erwarten mochte. Beinahe waren sie heiter. Auf jeden Fall waren sie immer noch angetrunken.

«Seien Sie ehrlich, Sie hatten bestimmt eine andere Frau nach Ćuruvija.»

«Wie kommen Sie jetzt darauf?»

«Sie flirten mit Alyazia wie geschmiert. Und Sie sind bescheuert auf eine Art, die nicht jedermanns Interesse ausschließen dürfte.»

«Wenn ich jemals eine Kontaktanzeige aufgebe, zitiere ich Sie.»

«Eine Nacht hat es gegeben. Diese eine Nacht, als Sie spät nach Hause kamen …»

«… und ich einen Becher Eiscreme mitnahm, stimmt.»

«Es gab einen Kuss! Auf einer Party.»

«Welche Party?»

«Der Geburtstag Ihrer Oma, als Ihre Tante …» Sie merkte, wie er errötete.

«Oh, Jackpot!»

«Was ist so schwer daran zu glauben, dass ich niemanden hatte? Es sollte die Ausnahme sein, dass …»

«Nur ein Wort: Ihre Oma oder Ihre Tante?»

«Das ist wirklich alles nur Spaß für Sie, oder? Deshalb haben Sie keine Skrupel, Alyazia anzulügen. Dass sie sich Hoffnungen macht, die dann enttäuscht werden, ist Ihnen egal.»

«Ich bitte Sie. Die Frau ist an Ihnen interessiert, wie sie an meinen Schuhen interessiert ist. Reiner Futterneid.»

Eli beobachtete die Schlafende. «Ich glaube, sie ist einsam.»

«Ich glaube, sie genießt ihr Leben.»

«Würden Sie es genießen, für Ihren Privatjet ausgenutzt zu werden?»

«Wenn ich ab und zu an einen Mann gerate, der mehr Dankbarkeit zeigt als Sie, warum nicht?»

Er musterte sie scharf. «Sie hatten nie eine Beziehung, stimmt's?»

«Doch, unzählige. Aber nicht von der Art, die Sie meinen. – Und nein, ich habe weder einen Vaterkomplex noch Angst, verletzt zu werden. Ich sehe nur nicht ein, warum ich mich und einen anderen einschränken muss.» Sie schlürfte ihren Kaffee. «Warum sich in den Wahn hineinsteigern, dass ein beliebiger Mensch so viel toller ist als die Milliarden anderen? Ich bin Realistin und lebensfroh. Ich will die Welt erfahren. Und ich will erfahren werden. Der ganze romantische Schnickschnack, die Suche nach dem oder der Einen, hat doch was von Masochismus an sich. Man erlegt sich

Zwänge auf, um bei der Einhaltung stolz auf sich sein zu dürfen. So funktionieren auch Religionen. Nicht, dass ich das verwerflich finde, aber mir gefällt etwas anderes. Alyazia ist übrigens ganz genauso … Sie brauchen also keine Schuldgefühle zu haben.» Sie erwiderte seinen Blick. «Sicher verurteilen Sie mich jetzt.»

Er schüttelte langsam den Kopf. «Was bedeutet Ihnen etwas?»

«Was meinen Sie?»

«Bedeutung. Wo fühlen Sie eine Bedeutung?»

Sie versuchte zu durchschauen, welchen Strick er ihr daraus drehen könnte. Schließlich zuckte sie die Schultern.

«Mich ekelt es vor bedeutungslosen Dingen», murmelte er. «Nur möglichst angenehm von einem Abenteuer ins nächste zu gleiten, ist doch kein Zeichen von Lebendigkeit, sondern gerade das Gegenteil, ein ‹So tun, als ob man lebt›. Ich will lieber ein Mensch mit einer Lebensgeschichte sein als ein berechnender Manager meiner Begierden.»

«Laut Hirnforschung und Psychologie sind wir doch genau das. Ich habe gelesen, dass das Ich nur eine Illusion ist.»

«Aha. Ihr Ich hat gelesen, dass es kein Ich gibt.»

«Sie wissen, was ich meine. In Wahrheit sind wir ein Sturzbach aus Hormonen und Genen und frühkindlichen Prägungen und lauter Zeug und haben gar keine Kontrolle.»

«Aber wer ist es denn, der das feststellt? Die Hormone? Ich begreife gar nicht, wie Leute daran zweifeln können, dass sie geistig existieren. Wie kriegt man denn hin, so etwas offensichtlich Widersprüchliches zu glauben? Aber Sie haben es ja schon gesagt: Es geht um Kontrolle. Man kann auf Gehirnscans zeigen oder auf irgendwelche Chromosomen oder fehlende Väter, und die sind dann schuld. Man kann gar nichts dafür, wie man ist. Man ist ja gar nicht vorhanden. So kann man dann auch heute den einen lieben, morgen den anderen. Und am Ende kann man sich zufrieden auf den Wanst klopfen, man hat sich an Erfahrungen satt gefressen, ab und zu natürlich unangenehm aufgestoßen, aber lecker war's, und um mehr geht es nicht, nur ums Vollstopfen. Man ist ein Sack Materie, an dem halt komischerweise Illusionen hängen, natürlich evolutionär entstanden, die einem helfen sollen, noch effizienter für die Sinnlosigkeit zu fressen. Ekelhaft finde ich das! Dumm und verantwortungslos zu sein, weil man sich davon Annehmlichkeiten verspricht –»

«Ich habe eine katholische Mutter, ich kenne diese Gedanken. Und ja, man muss etwas verdrängen, um glücklich zu sein mit dem Leben, das ich führe. Ich habe nicht den Komfort, an etwas Höheres zu glauben, sei es eine große Liebe, ein Gott oder auch nur ein zusammenhängendes, stabiles Ich, das eine zusammenhängende, sinnvolle Lebensgeschichte hat. Aber ich bin eben nicht der Typ dafür. Ich kann nicht an etwas glauben, das unwahrscheinlich ist. Niemand kann beweisen, dass eine Seele über der zersprengten Materie unseres Universums oder unseres Körpers wacht. Und die Liebe zwischen zwei Menschen ist so schnell verwandelt wie die Menschen selbst.»

Eine Weile schwiegen sie, beobachteten die Schlafende, lauschten dem Krach der Turbinen.

«Was genau verdrängen Sie dann, um glücklich zu sein?», fragte Eli.

Sie zuckte wieder die Schultern. «Die Bedeutungslosigkeit des Lebens, schätze ich.»

«Sehen Sie. Aber ob das Leben Bedeutung hat, ist keine Frage für die Forschung, sondern eine moralische Entscheidung. Sie müssen nur mutig genug sein einzusehen, dass es eine Entscheidung ist.»

«Wie gesagt, ich kann es nicht glauben. Und dass ich es nicht glauben kann, ist keine Entscheidung, sondern Typsache. Sie können mich nicht überzeugen, ich kann nicht beweisen, dass Ihre Überzeugung allein von Ihrem Temperament abhängt. Frustrierend, ich weiß. Wahrscheinlich sollten wir uns voneinander fernhalten. Dann bleibt jeder in Frieden.»

Da lächelte er plötzlich. «Meinen Sie? Also ich glaube, wir müssen uns aneinander aufreiben, weil es irgendeinen höheren Sinn erfüllt. Sei es auch nur der, dass ich Ihre Seele rette.»

«Tun Sie sich mit meiner Mutter zusammen.»

Auch sie lächelte, und eine Weile taten sie nichts anderes, als sich anzulächeln, über die Distanz ihrer Meinungen hinweg verbundener denn je, weil beide gleichermaßen glaubten, dass der andere eines Tages noch zur Besinnung kommen würde.

Aus den Augenwinkeln sah Marigny, dass Alyazia erwachte.

«Adam», flüsterte sie, einer spontanen Eingebung folgend. «Spielen Sie jetzt mit, wenn Sie eine Landung ohne weitere Komplikationen wünschen.»

Noch immer lächelnd, beugte sie sich über ihn, legte zärtlich die Hände um seinen Nacken und küsste ihn.

Eli

Ihre Lippen auf seinen. Weich, wie endlos zum Versinken.

Doch Eli versank nicht. Er drehte kaum merklich den Kopf weg, fasste ihre Handgelenke und drückte sie Zentimeter von sich. Hielt den Atem an, um nicht den Duft ihrer Haut zu riechen.

Alyazias Hunde kläfften. Da wandte Marigny sich so schnell um, dass ihr Haar ihm gegen die Wange fegte.

Sie sahen gerade noch, wie Alyazia sich wegdrehte und so tat, als würde sie schlafen. Sie hatte den Kuss also beobachtet.

Marigny ließ sich wieder auf ihren Sessel zurücksinken. Ihre Brust hob und senkte sich rasch.

«Das wäre erledigt», flüsterte sie Eli zu.

Er schloss die Augen. Wo Marigny ihn berührt hatte, brannte eine wilde, verstörende Erregung. Machte ihm seinen eigenen Körper unerträglich.

Er bereute, mit ihr vor der Polizei geflohen zu sein. Es war nicht sein Problem gewesen! Er wusste nicht einmal, ob er ihr abkaufte, dass sie unschuldig war. Wieso half er ihr?

Ihre Schamlosigkeit, ihre kaum verhohlene Tücke, ihr eitles Kokettieren machte ihn so wütend, dass er beinahe Hass empfand. Für sie bedeutete es natürlich nichts – für sie bedeutete nichts etwas! Und als wäre das nicht genug, zog sie ihn in ihre Spielchen hinein. Und er *ließ* sich hineinziehen.

All das erinnerte ihn schmerzhaft an seine Beziehung zu Will. Er war noch immer der Waschlappen, den Will zurückgelassen hatte. Aber er würde sie finden. Bei Gott, er würde sie zur Rede stellen. Allein schon, damit die Mätzchen mit Marigny am Ende einen Sinn gehabt hätten. So rechtfertigte er seine Schwäche bei der einen Frau mit seiner Schwäche bei der anderen …

Für den Rest des Fluges blieb Alyazia ungewöhnlich still. Als Marigny versuchte, sich mit ihr zu unterhalten, blockte sie nach wenigen Sätzen ab und widmete sich nur noch ihren Hunden.

Eli war das ganz recht. Er wollte am liebsten vergessen, dass noch zwei andere Personen anwesend waren. Doch seine Gedanken kehrten immer wieder zu dem Kuss zurück. Zu der Nähe ihres Körpers. Ähnliche Sinneseindrücke aus der Vergangenheit suchten ihn heim, ob er wollte oder nicht.

Nachts waren Will und er aus den Betten geschlichen, um auf dem Boden der Küche miteinander zu schlafen. Eli hatte versprochen, sie nicht wie ein Missbrauchsopfer zu behandeln. Gerade deshalb ließ er zu, dass sie sein Opfer spielte.

Schließlich lagen sie, einander den Mund zuhaltend, in den Mondlichtsplittern, die durch das Strohdach fielen, erfüllt von

Wohligkeit und seichter Scham darüber, da ihre Leidenschaft stets so ein friedliches Ende fand.

Er strich über ihren noch heftig atmenden Bauch bis hinauf zu ihren Lippen und ließ sie seine Finger in den Mund nehmen.

«Das ist passiert», flüsterte er. «Für immer.»

«Manchmal denke ich, wir sind längst passiert. Die Welt ist schon untergegangen. Das Universum hat sich ins Nichts zerdehnt, alle möglichen Multiversen in einer gigantischen Ursuppe dahinter sind auch zerplatzt. Blubb. Wir sind nur noch die lebhafte Erinnerung von Gott. Eigentlich gibt es uns nicht mehr.»

«Aber wer hat dann gerade gesagt, dass es uns nicht mehr gibt?» Er tippte ihr auf die Lippen.

«Mein immaterielles Ich. Eigentlich Geist.»

«Also sind wir quasi nicht mehr analog, sondern digitalisiert.»

«Und weil es fast gleich aussieht, werden wir es nie wissen! Aber … es ist eben nur fast gleich. Das hier, diese erinnerte Welt, ist weniger greifbar als die erste, die es nicht mehr gibt.»

Wie um ihre Theorie zu prüfen, fuhr er die Konturen ihres Körpers nach. Ihre Arme, ihre Brüste mit den unendlich zarten Spitzen. Er spürte, wie sie sich aufrichteten, als er mit dem Daumen darüberstreichelte. Er zog sie näher zu sich heran und vergrub das Gesicht im duftigen Nest ihrer Haare. Dass sie ihm gehörte! Dass er alles mit ihrem Körper machen durfte, was er wollte … Er hatte das Bedürfnis, sie zu küssen. Aber kein Kuss stillte das Bedürfnis.

«Wahrscheinlich hast du recht», seufzte er. «Wir sind längst passiert. Deshalb sind manche Momente wie eine Ewigkeit und andere ganz schnell vorbei. Der liebe Gott erinnert sich sprunghaft.»

«Aber an diese Nacht erinnert er sich ganz verdammt genau, der alte Perversling», kicherte sie, wandte sich in seinen Armen, als wollte sie fliehen, und drückte dabei ihren Hintern gegen seinen Schwanz, der sich schon wieder regte. «Diese Nacht kommt mir nämlich unendlich vor.»

Y

Hester Welsh nahm die Interpol-Agenten in ihre Wohnung mit. Ein Concierge begrüßte sie in der Lobby, was Dussardier Unbehagen bereitete, aber Beckblum nicht zu stören schien.

Das Apartment nahm den gesamten zwanzigsten Stock ein. Aus dem Aufzug traten sie direkt in ein museumartiges Loft mit offener Küche, einer Fensterfront und bunten Möbeln, die wie etwas hilflos zur Schau gestellte Kunstgegenstände aussahen. Hester Welsh ließ ihre Tasche auf die Küchentheke fallen und wies zum Esstisch, der einer großen Bernsteinplatte glich.

«Wollen Sie was trinken?»

Sie verneinten, während die Frau sich eine angebrochene Weinflasche und ein Glas schnappte.

«Miss Welsh, hätten Sie etwas dagegen, vor unserem Gespräch Ihr Handy abzustellen und den Akku zu entfernen? Wir wären Ihnen auch sehr verbunden, wenn Sie Ihre Telefonanschlüsse für die Dauer unseres Besuchs kappen.»

«Glauben Sie, ich werde überwacht?»

«Wir können es nicht ausschließen.» Er sah sie mitfühlend an. «Wir schätzen die Wahrscheinlichkeit als hoch ein.»

«Mein Gott», murmelte sie. «Das ist doch … Wer tut das? Warum ich?»

Beckblum machte eine Geste, nicht zu sprechen.

Hester Welsh warf Mantel und Turban ab, stapfte verwirrt in der Wohnung umher und rupfte hier und da Stecker aus der Wand, bis sie zuletzt auch ihr Handy auseinandernahm. Dussardier überwachte sie dabei.

«Wenn Sie erlauben, fangen wir gleich an», sagte Beckblum.

«Bitte, ja. Ich wäre Ihnen dankbar.» Sie trank einen großen Schluck Wein und setzte sich.

«Sicher wollen Sie Genaueres über unsere Ermittlungen hören. Wir haben eine Spur, die nicht zu Rosebuddy führt. Wir glauben, Ihre *Trading Machines* wurden von ganz anderen Leuten gehackt. Leute, die nachweislich Passwörter, Zugangsdaten, sogar Informationen über die genaue Lage des Gebäudes, in dem Ihre *Trading Machines* stehen, gesammelt haben. Wir könnten eine Durchsuchung aber erst veranlassen, wenn Sie uns die fehlenden Beweise liefern.»

Sie runzelte erwartungsvoll die Stirn.

«Haben Sie zufällig Stift und Papier da, Miss Welsh? Es wäre sehr nett, wenn Sie beides auftreiben könnten.»

Sie stand auf und kramte in ihrer Aktentasche herum, bis sie eine Quittung und einen Kugelschreiber fand. Als sie beides Beckblum reichen wollte, wehrte er ab.

«Nein, setzen Sie sich, bitte. Wenn Sie nichts dagegen hätten, würden wir gerne eine Probe Ihrer Handschrift mitnehmen. Sehen Sie, wir haben auch handschriftliche Notizen gefunden.»

«Notizen wovon?»

«Nun ja, vielleicht war das nicht der richtige Begriff. Ein einziges Wort war auf die Akten gekritzelt … *Sorry*.»

Sie blickte zwischen den beiden Männern hin und her. «Und Sie glauben, ich hätte die Informationen gesammelt, um meine eigene Firma in den Ruin zu treiben, und mich dann entschuldigt? Das ist doch absurd!»

Beckblum schüttelte den Kopf. «Wir glauben das nicht. Aber um alle Zweifel aus dem Weg zu räumen, wäre eine Probe Ihrer Handschrift hilfreich. Ansonsten würde die Gründlichkeit verlangen, dass wir auch Sie als Verdächtige in Betracht ziehen … verstehen Sie?»

«Das ist doch … Wieso sollte ich meine eigene Firma in den Ruin treiben?»

«Einfach ein Wort, Miss Welsh. Auf den Zettel, bitte. Was haben Sie zu verlieren?» Beckblum nahm eine Lesebrille aus seinem Jackett und setzte sie auf.

Seufzend schrieb sie *Sorry* auf die Rückseite der Quittung. Große, rundliche Buchstaben. Sie hielt den Zettel hoch.

«Vielen Dank. Ich sehe schon jetzt, es ist eine ganz andere Schrift. Aber mein Kollege und ich würden ihn gerne mitnehmen, wenn wir gehen.»

Sie legte die Quittung auf den Tisch.

«Würde es Ihnen etwas ausmachen, wenn wir nun ein paar Fragen stellen?», fuhr Beckblum fort. «Fangen wir mit dem Crash an. Er dauerte nur zweiundachtzig Minuten, haben Sie im Fernsehen gesagt.»

«Die Auswirkungen sind noch immer zu spüren, und sie werden auch nicht so schnell vergehen. Zweiundachtzig Minuten lang spielten unsere Maschinen verrückt. Aber nicht wegen einem Fehler in unserem Algorithmus. Dieser Vorwurf ist absolut irrsinnig. Ein Algorithmus ist eine Sammlung von Befehlen – eine Vorgabe, wie Probleme zu behandeln sind. Die Maschine weicht nicht von Befehlen ab. Wir optimieren unseren Algorithmus laufend, beziehungsweise, inzwischen optimiert er sich eigenständig. Aber kein Algorithmus spielt so lange verrückt, um dann wieder zu seinem ursprünglichen Zustand zurückzukehren. Was in den zweiundachtzig Minuten passierte, war ein Abschalten unserer Software. Die Übernahme fremder Programme. Ja, Plural. Es war ein Angriff an allen Fronten. Deshalb kann Mr. Balthus nicht allein dafür verantwortlich sein. Nicht einmal, wenn er mit dreihundert Angestellten dran gesessen hat. Ich kann es beweisen.»

Nach diesem Redeschwall trank sie ihr Weinglas leer. «Aber das habe ich alles schon dem FBI gesagt. Auch die NSA hat die Unterlagen von mir bekommen. Das Problem ist, dass offenbar keiner was damit anfangen kann, und auf meine Analysten hört ja inzwischen niemand mehr.»

«Können Sie noch einmal erläutern, was genau bei dem Crash passiert ist?»

«Ja», sagte sie müde. «Normalerweise funktioniert eine Trading Machine so, dass sie innerhalb kürzester Zeit Aufwärtstrends im Wert einer Aktie registriert und sie daraufhin kauft. Mit ‹innerhalb kürzester Zeit› meine ich Hundertstel von Sekunden. Man kann bei unseren Maschinen eigentlich kaum noch von Zeiteinheiten sprechen, es sind eher instantane Prozesse. Die Geschwindigkeit der Maschine hängt praktisch von der Länge der Lichtfaserkabel ab, durch die die Kauforders bis zur Börse transportiert werden. Und weil unsere Kabelstrecken kürzer sind als andere, zusammen mit einem optimierten Algorithmus, kommen unsere Orders immer zuerst an. Einfach gesagt, wir kaufen steigende Aktien, bevor die anderen sie kaufen können. Sie kaufen die Aktien dann also von uns ab, und so machen wir stetig einen kleinen Gewinn. In der Summe sind unsere Gewinne dann nicht mehr klein.

Was vorgestern passierte, lässt sich mit diesem Prinzip gar nicht erklären. Es wurden Aktien gekauft, die im *Sinken* begriffen waren. Unsere Maschine verkauft eigentlich nie eine Aktie zum selben wie – oder gar zu einem geringeren Preis als – den, den sie selbst dafür bezahlt hat. Aber vorgestern hat sie die Aktien mit Verlusten verschleudert. Es war wie ein Abwärtsschlittern mit Lawinen. Weil es so schnell ging, hat niemand es verstanden. Aber wir haben Aufzeichnungen, die in die Millisekunden hineingehen, verstehen Sie? Ich weiß daher, dass es unmöglich nur an uns gelegen haben kann. Jemand hat sich nicht nur in unsere Maschinen gehackt, sondern in *alle*. Alle Trading Machines waren auf einmal betroffen. Nur unsere mehr als die anderen. Ein Heer von Hackern muss gleichzeitig und gezielt operiert haben, um sämtliche Algorithmen umzuschreiben. Selbst mit dreihundert und mehr Mitarbeitern kann Mr. Balthus nicht allein dafür gesorgt haben. Ich spreche von *zehntausend* Hackern.»

Sie schenkte sich Wein nach und trank. «Ich weiß, wie das klingt. Niemand sieht, was innerhalb von Sekundenbruchteilen passiert. Wir haben auch nur die Aufzeichnungen unserer Maschinen. Aber gemeinsam könnten wir das Verbrechen aufklären, das amerikanische Unternehmen und Anleger Milliarden gekostet hat. Deshalb gehen wir damit an die Öffentlichkeit. Wir verteidigen nicht uns, sondern Amerika!»

Eine Weile musterten die beiden Männer sie schweigend.

«Haben Sie Feinde, Miss Welsh?», fragte Beckblum.

«Herrgott, Feinde? Neider, vermutlich. Aber das sind Leute, die weniger kompetent sind. Wie sollen weniger kompetente Leute das bewerkstelligen?»

«Haben Sie Verbindungen zu Leuten, die mächtig genug wären, um einen derartigen Angriff durchzuführen? Vergessen Sie bitte für einen Moment, ob diese Leute Ihre Freunde sind.»

«Ich kenne allerlei einflussreiche Leute. Ich war schon im Weißen Haus zum Dinner eingeladen. Soll ich eine lange Liste runterspulen? Ich dachte, Sie haben Verdächtige. Was sind das für Leute, Araber, Chinesen?»

«Sie scheinen von ausländischen Terroristen auszugehen.»

«Ich frage mich: Wer zieht einen Vorteil aus dem Crash? Die Hauptleidenden sind amerikanische Banken, Unternehmen und Netzwerkbetreiber. Für mich sieht das wie ein politischer Racheakt aus.»

Wieder schwiegen Beckblum und Dussardier. In diesen Angelegenheiten führte meistens Beckblum die Rede, aber eine Frage brannte Dussardier auf der Zunge. Er beugte sich vor.

«Unsere Hauptverdächtigen haben am Telefon einen Satz geäußert, der wahrscheinlich Sie betrifft. Sie sagten: *Y ist aktiv geworden.* Können Sie sich vorstellen, wer damit gemeint ist?»

Hester Welshs Augen weiteten sich vor Schreck. «Aber – wieso? Nein, ich habe keine Ahnung, wer damit gemeint ist.»

«Waren Sie Mitglied in irgendeiner Vereinigung?», fragte Dussardier rundheraus. Er erwartete keine ehrliche Antwort. Er wollte nur ihr Gesicht studieren … für die Gewissheit, dass sie log.

«Ich – nein. Ich bin nicht einmal Mitglied in einem Fitnessstudio.»

Dussardier beobachtete sie. Noch immer hatte sie die schreckhaften Augen eines Kindes, das soeben erfahren hat, dass unter seinem Bett tatsächlich ein Monster haust. Wenn sie log, war sie verdammt gut darin … und hatte sich hiermit für Runde zwei der Befragung qualifiziert.

«Lassen Sie uns deutlich sprechen, Miss Welsh», sagte er, weiterhin auf ihre Regungen lauernd. «Wir wollen wissen, wer die Leute sind, die an Ihrem … Untergang arbeiten. Nur wenn wir das wissen, können wir Ihren Untergang verhindern. Ist das verständlich für Sie?»

«Nein», sagte sie mit weinerlicher Stimme. «Wer will meinen Untergang, warum? Warum ich?»

«Sie müssen etwas wissen. Sie sind Zeugin von etwas geworden, das geheim bleiben soll. Sagen Sie uns, was!»

«Zeugin? Das hat diese Journalistin gesagt – die falsche Journalistin, an dem Tag des Crashes! Dass ich bezeugen würde, wie Gott erscheint.»

Beckblum wies sie an, ruhig zu berichten, was sie meinte. Hester Welsh erzählte von dem merkwürdigen Treffen und der Warnung, die die falsche Journalistin ausgesprochen hatte. Sie gab auch eine detaillierte Beschreibung von der Frau, als Beckblum sie darum bat.

«Dann ist es also wahr», sagte sie beinahe flüsternd. «Ich soll als Sündenbock herhalten für die, die hinter dem Anschlag stecken. So wie Eugen Balthus. Aber die Drohung war reine Einschüchterung, oder? Ich meine, Sie haben doch die Verdächtigen. Sagen Sie mir doch, wer dahintersteckt!»

Beckblum nickte Dussardier kaum merklich zu. Dieser erhob

sich. Als Hester Welsh die Ruger erblickte, die Dussardier unter dem Mantel hervorzog, schien sie aufschreien zu wollen, doch der Laut kollabierte in ein Ächzen.

Dussardier setzte den Lauf an ihre Schläfe und streichelte ihren Lockenkopf. «Denken Sie noch einmal gut nach. Haben Sie je von einem Diebstahl gehört? Wir wollen nur wissen, was entwendet wurde. Ist ein kleines Wort Ihr Leben nicht wert?»

«Aber – ich weiß nicht –» Sie hyperventilierte.

«Was könnte die falsche Journalistin damit gemeint haben, dass Gott erscheinen wird?», fragte Beckblum.

Seine ruhige Stimme verfehlte selbst in dieser Situation nicht ihren Effekt. Hester Welsh schluckte schwer und stammelte: «Ich weiß es nicht. Ich habe keine Ahnung.»

Dussardier und Beckblum tauschten Blicke. Sie waren sich einig. Welsh wusste wirklich nichts.

«Schade», sagte Dussardier.

«Musik?», fragte Beckblum.

Dussardier nickte.

«Bitte», winselte die Frau. «Wer sind Sie? Was habe ich Ihnen getan?»

Beckblum ging zu der Stereoanlage und machte aufs Geratewohl an, was zuletzt gespielt worden war. Christliche Orgelmusik der Renaissance perlte in den Raum, eine ungeheuerliche Flut filigranster Klänge. Er drehte sich überrascht zu Hester Welsh um, deren Kopf immer noch vom Pistolenlauf und Dussardiers Hand eingeklemmt war.

«Sind Sie Christin?»

Hester Welsh liefen Tränen über die Wangen. «Nein. Ich finde die Musik von Claudio Merulo nur schön. Was wollen Sie? Wollen Sie Geld? Ich habe –»

«Wir haben doch klargemacht, was wir wollen. Wenn Sie nichts wissen, können Sie uns auch nichts geben.»

«Ich habe Daten. Ich habe die Auswertung der Daten vom Crash. Ich kann für Sie herausfinden, wer am meisten verloren hat. Davon lässt sich vielleicht ableiten, wer gewonnen hat.»

«In Ihrer Tasche?», fragte Beckblum.

Hester Welsh nickte heftig.

«Dann brauchen wir Sie nicht.» Beckblum sah Dussardier an. Er drehte die Musik so laut auf, dass der Boden erzitterte. Als er ein Waisenkind in der Obhut der Barmherzigen Schwestern gewesen war, hatte er Albträume davon gehabt, wie Leute zu Kirchenmusik starben. Er drehte sich weg.

Dussardier schob den Pistolenlauf in Hester Welshs schluchzenden Mund, trat aus dem Weg und drückte ab. Ihr letztes Wort zerschellte an der Kugel. Blut spritzte gegen die Küchenschränke, dann schrumpfte die Fontäne an ihrem Hinterkopf zu einer blubbernden Quelle und versiegte schließlich zwischen den Haaren. Sie sank über den Tisch. Dussardier ließ es zu, die Pistole noch immer haltend.

Beckblum kam dazu, zog sich Latexhandschuhe über und half ihm mit einem Taschentuch, den Griff abzuwischen, bevor sie Hester Welshs Hand darum schlossen. Dann durchsuchten sie die Aktentasche. Neben drei dicken Papierbögen befand sich darin eigentlich nur Müll – Quittungen, Make-up, Desinfektionsmittel, Taschentücher. Sie nahmen die Papierbögen heraus und legten die Aktentasche in den Kamin, der gasbetrieben war und mit einem Fingertippen aufflammte. Die Tasche verbreitete einen beißenden, schwarzen Qualm von Leder und Plastik, der immerhin den Gestank der Exkremente übertünchte, der die Tote umgab.

Beckblum wischte Kamin und Stereoanlage ab, wo er sie berührt hatte. Die Musik ließ er laufen. Zuletzt schoben sie den Zettel, auf dem in Hester Welshs Handschrift *Sorry* stand, an die Fingerspitzen der Toten.

Sie riefen den Aufzug und schwebten in warmer Stille hinab

zur Erde. Als sie das Foyer durchquerten und der Concierge sie erblickte, sagte Beckblum zu Dussardier: «Hundertprozentig ist die Alte schuldig. Zwanzig Jahre Minimum, oder ich quittiere den Dienst. Für ein korruptes System will ich nicht arbeiten.»

Dussardier lachte. «Am System liegt es nicht, dass die Reichen nie bestraft werden. So ist das Leben.»

Plaudernd verschwanden sie in die heulende Winternacht.

TEIL DREI

ZWEI TAGE VOR DEM ZUSAMMENBRUCH

Marigny

In tiefster Dunkelheit landete der Jet in Santa Cruz de la Sierra. Es war kurz vor vier, eine Stunde außerhalb von Nacht und Morgen. Als Marigny und Eli ausstiegen, blieb Alyazia sitzen.

«Ich habe Kopfschmerzen», sagte sie freundlich, ohne einem von ihnen in die Augen zu sehen. «Ich komme gleich nach.»

Schläfriges Flughafenpersonal empfing sie und wollte ihre Pässe sehen. Marigny sagte, ihre Mitreisende habe ihre Papiere. Man wartete. Doch Alyazia kam nicht.

Schließlich musste der Pilot nach ihr sehen und kehrte mit der Botschaft zurück, dass Alyazia sogleich nach Rio de Janeiro weiterzufliegen gedachte.

Während der Jet gewartet wurde, versuchten Marigny und Eli, dem Flughafenpersonal klarzumachen, dass ihre Papiere noch an Bord waren, aber niemand sie holen gehen dürfte, um Alyazia nicht zu stören. Sie stießen auf völliges Unverständnis, bis Marigny alles Bargeld zückte, das sie noch besaß: etwa dreihundert Euro. Ein gleichmütiges Lächeln zog über die Gesichter. Man ließ sie passieren und rief ihnen sogar noch ein Taxi.

Vogelfrei und ebenso mittellos traten sie in die laue, regenfeuchte Luft Boliviens.

Bolivien.

Eli hatte während des Fluges erzählt, dass dieses Land einen eigenen Geruch habe, einprägsamer als alle anderen Orte, die er kannte. Doch als Marigny einatmete, nahm sie nur Benzin, tropische Feuchtigkeit und einen schwachen Chlorgeruch wahr. Sie war eben schon deutlich mehr herumgekommen als Eli und wusste, dass andere Länder eine ganz ähnliche Luft hatten … Oder meinte er etwas, das sie nicht verstand?

«Da kommt das Taxi», sagte sie. Und wollte hinzufügen: *Ich habe uns vorhin ein Zimmer reserviert im Senses Hotel.* Sie lauschte dem Satz in Gedanken nach. Brachte es nicht über sich, ihn auszusprechen. Stattdessen murmelte sie: «Erstmal müssen wir an einen Geldautomaten. Irgendeine Idee, wo wir schlafen könnten?»

«Ja», sagte er.

Und so einfach war das Senses Hotel erledigt. Fast ohne ihr Zutun.

Als sie auf den Rücksitz des Taxis rutschten, nannte Eli dem Fahrer eine Adresse auf Spanisch. Sie fuhren los.

Marigny beobachtete ihn im Schein vorübergleitender Straßenlampen und fragte sich, was in ihm vorging. Er hatte seit dem Kuss kaum ein Wort mit ihr gewechselt. Eigentlich war zu erwarten gewesen, dass er so reagieren würde, aber in dem Moment hatte der Kuss sich einfach richtig angefühlt. Für sie zumindest. Und er hatte seine Wirkung nicht verfehlt: Sie waren Alyazia ohne Komplikationen losgeworden.

Sie sah aus dem Fenster. Santa Cruz schien den Atem anzuhalten, da das Treiben der Nacht schon verebbt sein musste und die Geschäftigkeit des Tages noch auf sich warten ließ. Nur wenige Autos waren unterwegs. Die christlich geprägten Statuen auf Verkehrskreiseln und öffentlichen Plätzen harrten im Kunstlicht aus wie Schauspieler auf Bühnen.

Donner rollte durch die Straßen. Von einer Sekunde auf die andere begann es zu regnen, Vorhänge aus feinen, silbernen Fäden, und alle Gebäude bekamen einen felligen Umriss.

«Wir fahren doch in ein Hotel, oder?», fragte Marigny, die längst nicht mehr sicher war, ob Eli dem Taxifahrer ein Ziel genannt hatte oder einfach durch die Stadt fahren wollte, in der er Willenya Ćuruvija verloren hatte.

Er nickte, um damit entweder ihre Frage oder ihre kaum verhohlene Befürchtung zu bejahen. Marigny lehnte sich zurück, um abzuwarten. Sie hatte das Gefühl, wieder einen Fremden neben sich zu haben. Ein Geheimnis, das sich ihr nie enthüllen würde. Kindliche Eifersucht stach sie.

Endlich hielt das Taxi. Eli stieg ungeachtet des Regens aus dem Wagen und machte ein paar Schritte auf das verfallene Haus zu, dessen Fenster mit Pappe verdeckt waren. Die abgeblätterten gelben Lettern über dem Tor verrieten, dass es sich um eine Pension gehandelt hatte. Eli sank mitten auf der Straße auf die Knie.

Marigny eilte hin und wollte ihm aufhelfen.

«Fassen Sie mich nicht an.»

«Was ist denn in Sie gefahren? Kommen Sie hoch –»

Er stieß sie so heftig von sich, dass Marigny ausrutschte und in eine Pfütze fiel. Es war kein schwerer Sturz. Doch der Schock über seine Grobheit ging ihr durch alle Glieder.

«Sind Sie bescheuert?», stammelte sie.

Langsam erhob er sich. Blickte auf sie nieder. «Sie stoßen mich ab. Aber dass Sie hingefallen sind, tut mir leid. Alles Gute.»

Er ging.

«Adam!»

Der Taxifahrer redete sie aufgebracht aus dem Wagen heraus an. Marigny gab ihm ein Zeichen zu warten, erhob sich und lief Eli hinterher.

«Bleiben Sie stehen! Verdammt noch mal, Adam!»

Er ging stur durch den Regen, ohne sich umzudrehen.

Da platzte es aus ihr heraus: «Sie sind so eingebildet! Als würde niemand außer Ihnen wissen, was Liebe ist! Dabei lieben Sie bloß eine romantische Idee, um Ihre Einsamkeit zu rechtfertigen! Sie sind nichts weiter als ein Fanatiker, nur dass Ihr Dogma eine Frau ist und Ihre Treue reine Flucht vor der Realität!»

Endlich blieb er stehen. Drehte sich langsam um. Seine Brille war beschlagen, sodass sie seine Augen nicht sehen konnte.

«Was wollen Sie von mir?», fragte er leise.

«Ich will, dass Sie zur Vernunft kommen.» Sie zog die Nase hoch. «Ohne mich kommen Sie bei Ihrer Suche auch nicht weiter, Sie haben kein Geld –»

«Was *wollen* Sie von mir?»

Sie suchte nach Worten. «Lassen Sie mich nicht allein.»

«Sie sind nicht allein. Sie kennen bestimmt hundert Leute, die Sie sofort ausnutzen können.»

«Aber Sie haben mir geholfen.»

«Und jetzt bin ich Ihr Daddy oder was? Ich dachte, Sie haben keinen Vaterkomplex.»

Sie biss sich auf die Lippe. Versuchte, sachlich zu klingen, und scheiterte: «Wir … wir sind doch Partner. Ćuruvija ist unser gemeinsamer Fall. Ich verspreche auch, Sie nicht mehr anzufassen. Ich gucke Sie nicht mal mehr an, wenn Ihnen das lieber ist! Sie können meinen Schleier haben.»

Er legte den Kopf in den Nacken. Endlich entspannte er seine Fäuste. «Na schön. Noch einen Tag.»

«Wieso einen Tag?», fragte sie mit dünner Stimme.

«Weil Sie dabei sein sollen, wenn ich mit Professorin Quiroga spreche. Zu zweit können wir sie besser unter Druck setzen.»

«Und dann trennen sich unsere Wege?»

«Sie sind in Südamerika – Leute tauchen hier öfters unter. Mich brauchen Sie nicht mehr.»

Er ging an ihr vorbei Richtung Taxi.

«Vielleicht werden *Sie mich* brauchen!», gab sie trotzig zurück und folgte ihm in den Wagen.

Der Taxifahrer drehte sich entnervt zu ihnen um.

Zum Senses Hotel, dachte Marigny. Laut sagte sie: «Ein Hotel – irgendeins, so nah wie möglich.»

Eli

Insgesamt hatten Eli und Will nur zwei Wochen in Santa Cruz de La Sierra verbracht. Doch in seiner Erinnerung waren die zwei Wochen ein ganzer Lebensabschnitt geworden, der ebenso viel Platz einnahm wie seine Schulzeit oder die Monate im Bootcamp.

Die letzten hundert Kilometer zur Stadt waren sie getrampt. Hatten sich als Rucksacktouristen ausgegeben, als wären der löcherige Bart, der Eli inzwischen wucherte, und Wills zerfetztes Hemd beabsichtigt. Sie fuhren mit einem klapprigen Laster ins Zentrum, das Radio auf voller Lautstärke, die stickige Luft erfüllt vom Gesang und Bierschweiß ihrer beiden Mitfahrer.

Sie wurden bei einer Markthalle abgesetzt, mit dem Versprechen, irgendwo zwischen Friseuren und Elektronikramsch sei ein Internetcafé. Ihre Zukunft hing von einem Kontaktmann ab, den Will nie persönlich getroffen oder gesprochen hatte. Noch in Deutschland war sie über das Darknet an den ominösen Gangster geraten, der behauptete, ihr in Santa Cruz die Ausstattung für einen Einbruch und in Bolivars gewechselte Bitcoins organisieren zu können. Natürlich hatte Will sich nicht als Teenagerin ausgegeben, sondern als Mitglied eines größeren Netzwerkes. Ob der Bluff einschüchternd genug gewesen war, würde sich daran zeigen, ob der Mann nun sein Wort hielt.

Zwei Tage mussten sie warten. Ihr Geld reichte noch für wenige Übernachtungen in einer billigen Pension, die ein Obdachloser ihnen empfohlen hatte. Das Haus gehörte einer diabetischen Alten, die alle Señora Pudín nannten. Sie hatte das Obergeschoss und den Keller in winzige, teils fensterlose Kammern unterteilt, um sie stündlich zu vermieten. Für ein paar Groschen oder gar umsonst ließ sie auch Straßenkinder bei sich übernachten, was nur die Unerfahrenen für Barmherzigkeit hielten. Denn die meisten Straßenkinder verkauften sich früher oder später unter ihrem Dach, und die Alte, die den Kontakt zu den Freiern herstellte, behielt die Hälfte des Verdienstes ein. Dafür bekam jeder kostenlos Abendessen, ganz gleich wie und als was er logierte. Der heimelige Duft der Fleischsuppen, des Süßkartoffelbreis und der Reiseintöpfe lullte die Bewohner ein und machte auch das Schlimmste vergessen.

So saßen Will und Eli abends zwischen lebensmüden Kindern, verstoßenen Transsexuellen und in die Jahre gekommenen Indiofrauen, die ihre Körper feilboten, und löffelten die nahrhafte Suppe. Man war neugierig auf die beiden. Will erzählte mit ernstem Gesicht, sie seien verliebte Geschwister auf der Flucht vor ihren Eltern. Das amüsierte die einen und rührte die anderen. Eine Indiofrau legte einen Schutzzauber um Will, den Daumen dreimal über ihre Stirn reibend. Eli bewunderte und fürchtete zugleich, wie sicher Will den Leuten jene Märchen aus den Herzen zog, die sie hören wollten.

Tagsüber stahlen sie auf den Märkten Papayas, eine Handvoll Nüsse, Limonadendosen. Endlich antwortete ihr Kontaktmann. Sie machten Ort und Uhrzeit aus, um das versprochene Gut zu übergeben.

Die Sonne ging gerade unter, als sie zum Plaza 24 de Septiembre im Herzen der Altstadt kamen. Der Himmel war ungewöhnlich rot, und alle Mauern und Straßen schienen wie durchblutet. Ein junger Mann erwartete sie auf den Stufen der Sandsteinkathedrale. Mit seinem beschrifteten T-Shirt, den gefälschten Turnschuhen und den hochgegelten Haaren wirkte er gar nicht wie ein echter Gangster, aber die Enttäuschung zeigte sich auch auf seiner Seite, als er die zwei verlotterten Teenager auf sich zukommen sah.

Er gab Will eine Plastiktüte, die sie sofort durchsuchte. Eli sah, wie sie einen gefälschten Führerschein und einen russischen Pass herauszog, in dem ein Foto von ihr war, das sie älter wirken ließ. Will prüfte den Pass und schien zufrieden.

Der Mann nickte missmutig. Offenbar bereute er, seinen Teil des Geschäftes eingehalten zu haben, anstatt einfach mit der Vorauszahlung unterzutauchen. Zum Abschied sagte Will geheimnisvoll: «Ich werde Sie empfehlen. Bleiben Sie die nächsten Wochen erreichbar.»

Der Mann ließ sie mit einem neugierigen Blick ziehen.

Als sie wieder in ihrer Kellerkammer bei Señora Pudín waren, breitete Will den restlichen Inhalt der Tüte vor Eli aus: Bolivars im Wert von etwa zweihundert Euro – ihr gesamtes Erspartes – und eine Pistole.

Eine echte Pistole. Halbautomatik, amerikanisches Fabrikat, mit drei Magazinen. Will hatte lange recherchiert, welches Modell sie haben wollte. Völlig furchtlos hantierte sie damit, als wüsste sie nicht, was man eigentlich mit ihr anstellte … oder als stieße der Zweck der Waffe sie überhaupt nicht ab. Er wollte fragen, wozu sie eine Pistole brauchte, tat es aber nicht. Er wusste ja, wozu. Und er war zu feige, Bedenken zu äußern.

Zum ersten Mal begriff er, dass Will nicht nur das Opfer anderer gewesen war. Sie war mit Sprengstoff in die Schule gegangen. Sie hatte mit dem Gedanken gespielt, Menschen in den Tod zu reißen. Er hatte sich das bis jetzt nicht eingestehen wollen. So, wie er sich die Konsequenzen seiner Dealergeschäfte nicht hatte eingestehen wollen. Ein innerer Taumel erfasste ihn, kreiselnd um die Gewissheit, dass es zu spät war für ein Zurück. Gerade diese Gewissheit aber war es, die ihn täuschte.

Will schlug vor, noch einige Zeit bei Señora Pudín zu bleiben. Einfach so, weil sie nun Geld und schließlich keine Eile hatten. Drei, fünf, sieben ungewisse Tage verstrichen. Sie saßen mit den Mitbewohnern im Hinterhof, wo Señora Pudín Papageien, Sittiche und einen geheimnisvollen, beinahe bewegungslosen Raben hielt, und ließen sich von den traurigen Geschichten, die man sich erzählte, in fremde Leben entführen. Auch Will erzählte viel, doch nichts davon stimmte. Die Unerschöpflichkeit ihrer Lügen beunruhigte Eli immer mehr. Wie Nebel fluteten sie aus ihrem Mund, trieben ein Fieber in ihre Augen, das auch dann noch glühte, wenn sie mit Eli alleine war. Ahnte er, dass sie Geheimnisse vor ihm hatte, oder dichtete er sich die Ahnung nachträglich an? Die eigenen Gefühle sind in der Gegenwart nicht verlässlicher als in der Erinnerung.

Sicher fiel ihm auf, dass sie es mied, von der Zukunft zu sprechen. Denn auf seine Fragen antwortete sie unwillig oder ausweichend, woran sich ihr erster und einziger Streit entzündete. Das geschah nachts in ihrer Kammer, als der Lärm im Haus und die tropische Hitze sie nicht schlafen ließen. Sie waren verschwitzt und träge, ihrer Körper satt. Will schnatterte von allem Möglichen. Welche Urlaubsziele sie reizten, welchen Luxus sie einmal haben wollte … Sie flatterte zwischen Albernheit und Melancholie und grollte ihm, dass er nicht schnell genug mitkam.

Eli duldete es. Dann wollte er wissen, was den Computer eigentlich so wertvoll machte, den sie zu stehlen planten, und wer genau ihr Abnehmer war.

«Ein Freund meiner Pflegeeltern. Warum er den Computer will, hat er mir nicht verraten, zum letzten Mal», erwiderte sie.

«Das hast du nicht nur erfunden?»

Sie wich vor ihm zurück. Dass er an ihrer Aufrichtigkeit zweifelte, löste einen Streit aus, in dem sie ihm so lange die Worte im Mund verdrehte, bis er erbittert sagte: «Du lügst doch ständig! Und diese Aufschneiderei fängt echt an zu nerven.»

«Warum liebst du mich dann?»

Er seufzte. «Ich liebe dich jedenfalls nicht dafür, dass du einen auf Gangster machst.»

Er konnte kaum ermessen, wie tief er sie damit kränkte. Ihr ganzer Selbstwert hing daran, möglichst kunstvoll eine Lüge darzustellen. Vermutlich war ihr das gar nicht bewusst. Sie fühlte nur die tödliche Verwundung, als er ihre Daseinsberechtigung anzweifelte.

Schmollend hüllte sie sich in Schweigen. Er provozierte sie, relativierte seine Beschuldigung, entschuldigte sich. Doch sie sagte noch immer nichts. Er flehte, sie möge antworten. Er wurde wütend, machte ihr neue Vorwürfe, die er gleich wieder bereute. Erst als er Anstalten machte zu gehen, hielt sie ihn mit einem leisen Satz zurück: «Lass uns nicht mehr streiten.»

Sie gab ihrer Umgebung die Schuld für ihre Zanklust. Sie seien viel zu lange schon in diesem Rattenloch. Morgen würden sie den Einbruch begehen. Dann würde er ja sehen, ob sie log oder nicht.

Sie schliefen miteinander. Will bat ihn mit erstickter Stimme, grob zu sein, und er folgte ihrer Bitte anfangs nicht unwillig. Doch bald merkte er, dass diese Art der Rache etwas Albernes, ja Erbärmliches hatte, und als er die Lust verlor, weinte Will.

Die Nacht neigte sich dem Ende zu. Sie kauerten auf dem Bett, und Wills Schluchzen ging in einen tiefen Schlafatem über. Eli aber blieb wach. Bis zu diesem Augenblick hatte er das Gefühl gehabt, Will gleite ihm davon. Auf eine unbegreifliche Weise war sie ihm fern gewesen. Jetzt schien sie wieder da zu sein, so unmittelbar wie ihr träumender Körper. Das, was sich nun fern anfühlte, war er selbst.

Der nächste Tag war ihr letzter bei Señora Pudín. Sie mieteten ein Auto, kauften eine Leiter, Drähte und Schraubenzieher, eine Tragetasche und Isoliermaterial. Bevor sie losfuhren, versteckten sie zwei Löffel zwischen Bettgestell und Matratze.

«Damit unsere Liebe an einem Ort zurückbleibt», sagte sie.

Wie oft er später daran denken musste. Wie sehr sich ihre Aussage mit der Zeit verfinsterte, leuchtendem Silber gleich, das altert.

Y

Cornelis Tuinstra, Chef des größten Chipherstellers der Welt, genoss an der Jagd das lange Warten fast noch mehr als den Augenblick des Schusses. Wann immer er Zeit dafür fand, fuhr er zum Familienanwesen seiner Frau hinaus, fünfzehn Hektar Wald voller Rotwild, Hasen und Wildschweine. Es hatte Jahre in Tuinstras Leben gegeben, in denen er keinen einzigen Tag Urlaub machte, mit drei Handys neben dem Bett schlief und seine Kinder seltener sah als seine Vorstandsmitglieder. Doch seit er die sechzig überschritten hatte, war eine neue Ruhe in sein Leben gekehrt. Nicht, dass er daran dachte, sich aus dem Geschäft zurückzuziehen. Aber die Vorstellung, sich eines Tages nur noch um das Anwesen zu kümmern, im Morgengrauen aufzustehen und sich auf die Pirsch zu legen, nachmittags vor dem Kamin zu lesen und am Abend zu verspeisen, was er selbst erlegt hatte, klang für ihn immer weniger nach Einsamkeit. Es war, als verschiebe sich der Weltmittelpunkt in die Abgeschiedenheit, während die Abgeschiedenheit in die geschäftigen Büros in Amsterdam kroch. Wenn das schon das Altwerden war, empfand Tuinstra es als viel angenehmer als befürchtet.

Er schlürfte bitteren schwarzen Tee aus seiner Kanne, während er vom Hochsitz aus die neblige Lichtung überblickte. Den ganzen Morgen hatte sich noch nichts gezeigt. Vielleicht würde er den Ort wechseln müssen. Ein Weilchen gab er sich noch.

Tatsächlich tauchte etwas zwischen den Bäumen auf. Etwas

Großes. Ein Hirsch? Tuinstra legte das Gewehr an, ein wunderschönes Erbstück des Großvaters seiner Frau.

Aus den Nebeln stapfte ... ein Mann in Anzug, Wollmantel und Lackschuhen, die nach dem Waldspaziergang ruiniert sein dürften.

Tuinstra senkte das Gewehr, als er das spitze, marderhafte Gesicht erkannte. Es war kein anderer als Henk Beukelmann höchstpersönlich, CEO von *Safe Trust*, jener Treuhandgesellschaft, deren Kunden die namhaftesten Konzerne der Welt waren, dazu gehörte auch Tuinstras. *Safe Trust* spülte die ihr anvertrauten Profite durch erfundene Anlagen, Darlehen, Lizenzgebühren, Tochterfirmen und Briefkastenfirmen, bis nur noch ein Tropfen zu versteuerndes Geld durch dieses Sieb undurchschaubarer Verschleierungen austrat. In der Regel geschah dies in den Niederlanden, wo für geistiges Eigentum ein Steuertarif von erfreulichen 1,1 Prozent galt.

«Henk! Was verschafft mir diese unerwartete Ehre?», rief Tuinstra ihm entgegen.

«Cornelis», rief Beukelmann atemlos. «Es ist dringend!»

Der CEO erklomm den Hochsitz, wobei ihm die Krawatte mehrmals in den Weg kam. Tuinstra nahm das Gewehr auf den Schoß, um ihm Platz zu machen.

«Falsches Schuhwerk», bemerkte Tuinstra.

Wie zu erwarten klebten Grashalme und Erdbrocken an dem polierten Leder und hatten sogar die Seidensocken durchweicht.

«Ich komme direkt aus Amsterdam», sagte Beukelmann mit zitternder Stimme. «Heute Morgen hat ein Bankdirektor von den Kaimaninseln angerufen.»

«Den Kaimaninseln.»

«Wir verwalten dort eine Niederlassung deiner Firma, Cornelis. Heute Morgen wurde uns von der Bank mitgeteilt, dass etwas vorgefallen ist. Wir sollten die Konten unserer Kunden überprüfen, schauen, ob alles noch stimmt. Hör zu ... euer Konto wurde gelöscht. Es existiert nicht mehr.»

Tuinstra schloss die Augen, wie von einem erwarteten Schmerz befallen. Er hatte das Ende einiger Steueroasen miterlebt. Schweiz und Liechtenstein waren praktisch ausgetrocknet, Irland stand im Fadenkreuz der EU, auch den Niederlanden rückte Brüssel wegen seiner Schlupflöcher immer dichter auf den Pelz. Und nun hatte es also die Kaimaninseln erwischt. Aber Tuinstra hatte nichts zu befürchten, oder? *Alle* hatten ihre Gewinne auf den Kaimaninseln geparkt. Keine Regierung der Welt konnte der Weltwirtschaft den Garaus machen.

«Was sagen die Nachrichten?», fragte er trocken.

Beukelmann schüttelte den Kopf. «Noch nichts. Es scheinen nur manche Konten betroffen. Vor allem … vor allem die Konten unserer Kunden. Deshalb komme ich persönlich. Wir wollen nicht, dass das öffentlich wird. Nicht, solange wir nicht wissen, was genau passiert ist.»

Tuinstra nahm den CEO scharf ins Auge. «Keine Politik? Ein *Systemfehler?*»

«Nein, weder noch.» Beukelmann machte ein paar undeutliche Handgesten, als wollte er die richtigen Worte aus der Luft pflücken. «Der Bankdirektor sagt, dass eine Frau bei ihm war und irgendwelche Drohungen gemacht hat. Er beharrt darauf, dass es keinen technischen Fehler gab. Dass das in dem Ausmaß unmöglich ist.»

«Eine Frau», wiederholte Tuinstra, und kalter Schweiß brach ihm aus. «Was für eine? Was genau hat sie angedroht?»

«Sie hat angeblich gesagt, ein Gott werde kommen und alle Sünden strafen. Daher vermuten wir, dass irgendeine islamistische Terrororganisation …»

«Danke für die schnelle Benachrichtigung, Henk.»

Tuinstra kletterte bereits den Hochsitz hinunter, sprang ins Gras und suchte in der Innentasche seiner Jacke nach dem einen Handy, das er niemals zurückließ: ein Nokia mit Prepaidkarte, das weder über Internet noch GPS verfügte.

Er rief Stacey Osterbyde an, seine Partnerin in den Staaten. Sie hob sofort ab.

«Ja?»

«Habt ihr schon etwas von den Kaimaninseln gehört?»

«Nein. Was soll dort sein?»

«Ich kann noch nichts Genaues sagen. Aber wie es aussieht, hat sie erneut zugeschlagen. Ich melde mich wieder, wenn ich mehr weiß.»

«Was heißt *zugeschlagen?*»

«Ein Angriff auf uns, gezielt und mit Ankündigung. Wenn sich das bestätigt, kannst du unserem Außendienst mitteilen, dass keine Gefangenen mehr genommen werden müssen. Die Zeit der Hoffnung ist vorbei. Unser Mädchen will Krieg!»

Marigny

Das Taxi setzte sie vor einem flackernd beleuchteten, dauergeöffneten Hostel ab. Marigny bat Eli, noch einmal bei einer kleinen Notlüge mitzuspielen. Er tat ihr den Gefallen.

Die Rezeptionistin lächelte verständnisvoll, als Marigny vorgab, gerade von der Polizei zu kommen, weil man sie ausgeraubt habe, und begnügte sich mit Elis Pass. Sie bekamen einen kargen, in Terrakottafarben gefliesten Raum mit vier Eisenbetten, einem Tisch und einem Schrank. Das Gemeinschaftsbad befand sich am Ende des Flurs. Und trotzdem war Marigny froh über die Unterkunft. Nicht da zu sein, wo sie sein sollten, fühlte sich erstaunlich beruhigend an.

Sie schlang ihre vom Regen nassen Haare in ein Handtuch. Dann warf sie sich ihr Laken über und schlüpfte aus der Abaya und dem Kleid.

Langsam, als müsste Eli sich zu jeder Bewegung zwingen, zog auch er sich die Hose und das feuchte Hemd aus und ließ seine Brille auf den Stoffhaufen fallen. Sie sah seinen von sehnigen Muskeln definierten Rücken, auf dem ein paar kreisrunde, in einer Reihe angeordnete Narben prangten. Ausgedrückte Zigaretten.

«Lügner», sagte Marigny. «Sie haben gar keine Pickel auf dem Rücken.»

Er rang sich ein Lächeln ab. Dann wickelte er sich in sein Laken und streckte sich auf der bloßen Matratze aus.

«Adam? Tut mir leid, dass ich … der Kuss. Es tut mir leid.»

Er starrte an die Zimmerdecke. Endlich sagte er: «Ich hab's mir selbst eingebrockt.»

«Wie immer überschätzen Sie sich ungeheuerlich.»

«Ich finde Sie auch toll.»

Marigny betrachtete noch einen Moment diesen ruhig atmenden, verklemmten Kokon von einem Mann, ehe sie das Licht löschte.

Als sie erwachte, schien ihr die Sonne ins Gesicht. Eli saß auf dem Schreibtisch, seine Silhouette vom gleißenden Licht umrissen.

«Wie spät ist es?», fragte sie.

«Nachmittag. Das heißt, die berechnen uns noch eine Nacht. Hier.» Er warf ihr ein kleines Fläschchen aufs Bett. «Ich habe Ihnen Shampoo aufgetrieben. Ich dachte mir, dass Sie die Flüssigseife aus dem Spender im Bad ungenügend finden würden.»

Sie beäugte das Fläschchen. «Danke, aber ich werde wohl mit der Haarwäsche warten, bis …»

Er warf ihr ein zweites Fläschchen zu.

«Conditioner», erklärte er.

«Wissen Sie eigentlich, dass Sie das Zeug zu einem Ehemann hätten? Oder einem Leibdiener. Jedenfalls einem, dem man bei Bedarf den Mund verbieten kann.»

«Ah, die hohe Kunst des beleidigenden Kompliments.»

Sie gähnte ungeniert, streckte sich, strampelte das Laken weg und rollte faul aus dem Bett.

Eli schmunzelte. «Graziös.»

«Sie müssen ja verdammt gut geschlafen haben, dass Sie so nett sind.»

«Ich versuche mich an beleidigenden Komplimenten. Ich bin schlecht drin.»

«Ihr Mund bleibt vorerst unverboten.» Sie entschwand ins Badezimmer und duschte.

Einen Fön gab es nicht. Schminke hatte sie auch nicht mehr. Dass sie dabei so gelassen blieb, erstaunte sie selbst. Marigny schlüpfte in ihr noch feuchtes Kleid und kehrte zu Eli zurück.

«Ich schlage vor, wir kaufen uns erstmal bequemere Kleidung», sagte sie, während sie ihre Haare zum Zopf flocht. Und mit einem innerlichen Ruck fügte sie hinzu: «Außerdem würde ich gern irgendwann heute in das *Senses Hotel* umziehen, das ich für uns gebucht habe. Ist schöner dort als hier.»

Eli widersprach nicht. Warum sollte er auch?

«Dann los», sagte er nur und sprang vom Tisch.

Sie verließen das Hostel und fanden ein paar hundert Meter die Straße hinauf einen Laden, in dem Eli sein Designerhemd gegen ein lockeres Sweatshirt tauschte und Marigny mit einer schlabberigen Stoffhose, einem Trägertop und billigen Sandalen vorliebnehmen musste.

«Angezogen sehen Sie gar nicht schlecht aus», sagte Eli mit einem frechen Grinsen.

Wenigstens schien er ihr nicht mehr zu grollen.

Sie aßen in einer Garküche in der Nähe Reis mit gebratenen Kochbananen und Suppenhuhn, eine wahre Wohltat nach dem Champagnerexzess von gestern. Eli empfahl zum Abschluss eine

Dose exotische Fruchtlimonade, die für ihn wohl nostalgischen Wert hatte. Jedenfalls betrachtete er gedankenverloren das bunte Logo und schien sich ganz im süßsauren Geschmack zu verlieren.

«Wie genau gehen wir jetzt eigentlich vor?», fragte Marigny. «Wie bringen wir die Professorin zum Reden?»

«Wir versuchen es einfach. Pilpintu Quiroga ist alt und gebildet, die Chancen stehen also gut, dass sie auch geschwätzig ist.»

«Und wie kommen wir zu dem Haus?»

«Ich habe die Adresse, Sie das Handy.»

Sie recherchierten, wie sie mit Bussen bis an den äußersten Stadtrand von Santa Cruz kamen. Da sie mit drei Umstiegen über eine Stunde gebraucht hätten, selbst wenn alle Busse nach Plan abfuhren – was Eli bezweifelte –, beschlossen sie, sich lieber mit dem restlichen Reisegeld von Balthus ein Taxi zu rufen.

Diesmal fuhren sie durch eine ganz andere Stadt als letzte Nacht. Überall waren Menschen – in Autos, auf Fahrrädern, auf Mopeds, mit Hunden, mit Kindern, mit Einkaufstüten. Musik und Essensgerüche wehten aus Markthallen und dicht gedrängten Promenaden. Als sie weiter Richtung Osten kamen, sahen sie Stadtteile mit flachen Häusern, umgeben von Stromleitungen und zähblättrigen Bäumen. Ein kurzer Schauer ging nieder und nährte die Pfützen, die hier und da halbe Straßen verschluckt hatten. Als der Regen wieder versiegte, stieg ein lauer Geruch von Kloake auf, durchmischt mit den schwindelerregenden Düften der Blumen, die die Fenster umkränzten.

Schließlich bog das Taxi in einen Weg zwischen dichtem Grün ein.

«Hier ist es», sagte Eli.

Am Ende des Wegs erschien eine Mauer mit einem überdachten Autostellplatz. Ringsum war nichts als Urwald.

«Sollen wir dem Taxifahrer sagen, dass er warten soll?»

Eli schüttelte den Kopf. «Hoffentlich kommen wir so schnell nicht wieder raus. Und danach haben wir alle Zeit der Welt für einen Spaziergang.»

Er öffnete den Sicherheitsgurt und stieg aus.

Marigny zahlte und sah dem davonfahrenden Taxi mit Sorge nach. Da die Reaktion der Professorin auf einen ehemaligen Einbrecher alles andere als herzlich ausfallen dürfte, wäre es gut gewesen, eine schnelle Fluchtmöglichkeit zu behalten.

Durch ein Tor in der Mauer war ein Bungalow zu sehen. Eli zögerte, sich zu nähern.

«Sind Sie bereit?»

«Nein», sagte er. «Wie rächt man sich an jemandem, vor dem man sich schuldig gemacht hat?»

«Wieso *rächen*?!»

Ohne Antwort ging er auf das Tor zu.

Eli

Er hatte sich die Situation so oft vorgestellt, dass sie sich jetzt wie ein Tagtraum anfühlte. Trotzdem kostete es ihn Überwindung, die Klingel zu drücken.

Eine elektronische Melodie war vom Innern des Hauses zu hören. Die schwarze Halbkugel einer Überwachungskamera schien sie zu beäugen. Dann erklangen ein Knistern und eine weibliche Stimme aus der Gegensprechanlage.

«Was wollen Sie?»

«Guten Tag, spreche ich mit Profesora Pilpintu Quiroga? Hier ist Adam Eli. Vor neun Jahren … bin ich bei Ihnen eingebrochen. Ich möchte –»

Ein Aufschrei unterbrach ihn. «Ach, du bist es! Nicht so förmlich, ja? Ich bin nicht mehr deine Chefin. Haha! Warte, ich komme nach draußen.»

Mehrere dumpfe Schläge erschollen, als der Hörer mit Hast eingehängt wurde. Wenig später öffnete sich die Haustür, und eine kleine, füllige Frau mit spindeldürren Beinen, haselnussfarbener Haut und einem großen, länglichen Gesicht winkte ihnen zu.

«Adolfo, mein Lieber! Moment, ich hole nur meine Tasche.» Sie verschwand.

«Die verwechselt Sie», murmelte Marigny. «Sind Sie sicher, dass das die richtige Adresse ist?»

Eli hob abwehrend die Hand.

Schon erschien die Frau wieder. Sie hatte ein Wolljäckchen übergezogen und eine schwarze Tasche in der Hand, damit eilte sie auf die beiden zu. Etwas in ihren Augen drückte Alarm aus. Was sie sagte, schien nicht zu ihrer Miene zu passen: «Wie schön, dass ihr mich besuchen kommt. Jetzt fahren wir aber gleich los, oder? Ich freue mich so.»

Sie schloss das Tor auf und hinter sich wieder zu. Dann bugsierte sie Eli und Marigny in einen weißen Geländewagen, der vor dem Haus parkte.

Die Frau kletterte auf den Fahrersitz. «Los, los, rein mit euch. Wir wollen keine Zeit verlieren, Kinder.»

Kaum dass Eli und Marigny auf der Rückbank saßen, startete sie schon den Wagen und bretterte los.

«Ein Spaziergang im Park, einverstanden?», sagte die Frau mit angstvollem Blick. «Wie in alten Zeiten.»

Eli nickte langsam.

Über den Rückspiegel sah sie ihn an und nickte ebenfalls.

Sie fuhren in angespanntem Schweigen, bis sie eine Abfahrt erreichten, die als *Jardin Botánico* ausgeschildert war. An einem kleinen Wachhäuschen kaufte Pilpintu Quiroga drei Eintrittskarten für den botanischen Garten und fuhr auf den Parkplatz. Als sie aus dem Wagen gestiegen waren, schien die alte Professorin sie zum ersten Mal richtig zu mustern.

«Adam Eli», flüsterte sie. «Sie haben mir vor acht Jahren einen Brief geschrieben. Ich konnte Ihnen nicht antworten, aber ich habe Ihre Entschuldigung angenommen und Ihnen verziehen.»

Eli tat sich schwer, etwas dabei zu empfinden. «Das hätte mir früher so manche schlaflose Nacht erspart. Aber jetzt ... weiß ich nicht, ob ich *Ihnen* verzeihen kann.»

Sie schien ungeduldig. «Glauben Sie, ich mache mir keine Vorwürfe? Aber wenn man ein großes Ziel verfolgt, verliert man die Details manchmal aus den Augen.»

Sie wandte sich ab, zögerte jedoch, in den Park zu gehen. Offenbar war sie noch unentschlossen, wie abgeschieden sie mit Eli und Marigny sein wollte.

«Ist das Ihre Frau oder Ihre Anwältin?»

«Weder noch. Geschäftspartnerin trifft es am ehesten», sagte Eli.

Marigny, die zwar kein Spanisch verstand, aber merkte, dass über sie geredet wurde, streckte die Hand aus. «Mariel.»

Pilpintu Quiroga schüttelte ihre Hand und sah gleich wieder Eli an. «Mit wem Sie Geschäfte machen, müssen Sie mir erklären, bevor wir über irgendwas anderes sprechen.»

«Mariel wird eine Cyberattacke angehängt, die sie nicht begangen hat. Wir vermuten, von Ćuruvija.»

Ein Lächeln legte die dunklen, klugen Augen der Frau in Falten. «Verstehe. Nun gut, ich vermute, Sie wollen Informationen von mir. Ich lasse mich auf einen Tausch ein. Ich sage Ihnen, was Sie wissen wollen. Wenn Sie mir verraten, wie es ihr geht.»

«Wieso interessiert Sie das?», fragte er misstrauisch.

Sie lächelte immer noch. Obwohl sie die perverse Käuferin der Misshandlungsvideos war, die Will zerstört hatten, musste er in diesem Moment daran denken, dass er die Frau bestohlen hatte. Dass er leichtfertig sein eigenes Glück auf ihrem Unglück errichtet hätte. Ausgerechnet bei Wills Peinigerin in der Schuld zu stehen, war frustrierend.

«Ich denke, ich habe ein Anrecht darauf zu wissen, wie es ihr geht», sagte Pilpintu Quiroga mit leiser Stimme. «Wir hätten beide unser Leben für sie gegeben, Kenji und ich. Kenji *hat* es sogar getan!»

«Kenji Hayase, Ihr Geliebter? Ich war nicht derjenige, der auf ihn geschossen hat.»

«Ich sagte doch, ich glaube Ihnen. Und Kenji starb schließlich nicht durch den Schuss in seinen Unterarm», sagte sie unwirsch. «Er ist verschollen. Angeblich bei einem Trip in den Dschungel. So ein Blödsinn. Sie haben ihn ermordet, das ist passiert.»

«Wer, ‹sie›?»

«Die *Schöpfer* natürlich.» Sie wiegte ihren runden Körper vor und zurück. «Gehen wir rein, ich habe immer noch Angst, dass man uns abhört. Mein ganzes Haus ist verwanzt, mein Auto vermutlich auch. Fast zehn Jahre lebe ich wie ein Affe im Gehege! Vielleicht ist das ja Karma ...»

Ohne auf sie zu warten, stapfte die Professorin in den Jardin Botánico.

Sie spazierten über rötliche Kieswege, ein Dach aus Laub über sich. Hier und da tröpfelte Wasser aus dem Dickicht und überdeckte ihr Gespräch.

«Wir können gerne Englisch reden», sagte Pilpintu mit einem Blick auf Marigny. «Ich habe siebzehn Jahre in Berkeley gelehrt. Mit meinen ehemaligen Studenten von dort habe ich fast nur schriftlichen Kontakt. Mir ist es also ganz recht, mein Englisch zu üben.»

«Sehr freundlich von Ihnen», sagte Marigny.

«Erzählen Sie mir, was Ihnen angehängt wird.»

Marigny berichtete von Balthus, der sie engagiert hatte, um seine flüchtige Ehefrau zu finden.

«Vielleicht haben Sie es aus den Nachrichten mitbekommen: Eugen Balthus wurde verhaftet, weil er hinter dem Cyberangriff auf die amerikanische Börse stecken soll. Ob das stimmt, weiß ich nicht», sagte sie. «Ich habe jedenfalls nichts damit zu tun. Die Polizei scheint etwas anderes zu glauben, und ich muss rausfinden, weshalb.»

«Ćuruvija hätte ein Motiv, sowohl Balthus als auch Mariel etwas anzuhängen», sagte Eli rundheraus. «Die Frage ist nur, wie sie einen Börsencrash verursacht haben soll. Deshalb sind wir hier. Profesora Quiroga, was war in den Videos von Ćuruvija zu sehen ... außer Kindesmissbrauch?»

Pilpintu Quiroga winkte ab und schien gar nicht mehr zuzuhören. Wie zu sich selbst murmelte sie: «Eugen Balthus, der Name sagt mir was. Der Gründer von Rosebuddy, sagen Sie. Er war vor einigen Jahren recht medienpräsent, nicht wahr? Aber er ist ein Außenseiter ... natürlich, deshalb hat Willenya Ćuruvija bei ihm Asyl gesucht. Sie hat nicht bedacht, dass er früher oder später dieselben Interessen mit ihr verfolgen würde wie die anderen.»

«Welche anderen? Welche Interessen verfolgen sie mit Ćuruvija?», fragte Eli.

Pilpintu Quiroga blieb stehen. «Mit *Ćuruvija*?»

«Wen meinen Sie denn?»

«Grundgütiger ... Sie wissen gar nicht, *wer sie ist.*» Der üppige Leib der Professorin erbebte, als sackte eine schwere Erkenntnis in sie ein. «Ich rate Ihnen zu verschwinden. Und vergessen Sie, dass wir uns je getroffen haben!»

Regen trommelte auf die Laubdächer. Eli und Marigny sahen fassungslos zu, wie die Professorin den Pfad zurückeilte. Endlich löste Eli sich aus seiner Starre und holte sie ein.

«Warten Sie. Was soll das heißen? Wer ist Willenya Ćuruvija?»

Eli schnitt ihr den Weg ab. Da griff Pilpintu Quiroga in ihre Handtasche und förderte einen Revolver zutage. Fahrig spannte sie den Hahn.

«Kein Wort mehr.»

«Sie haben die Videos in Auftrag gegeben. Willenya Ćuruvija wurde für Sie misshandelt. Sagen Sie mir, was an diesen Videos so wertvoll ist!»

Pilpintu Quiroga wirkte eher panisch als wütend. «Sie haben keinen Schimmer. Und das ist besser so. Es tut mir leid. Sie müssen mich gehen lassen.»

«Nein.»

«Kenji ist tot. Sie werden die Nächsten sein.»

Eli rührte sich nicht. Die Antworten waren greifbar nah. Nur der Revolver trennte ihn davon. Er könnte ihn Pilpintu Quiroga entwenden. Könnte sie niederwerfen, sie zwingen, alles preiszugeben, was er wissen musste.

Pilpintu Quiroga schwenkte den Lauf der Waffe auf Marigny. «Na los!»

«Adam», flüsterte Marigny. «Bitte.»

Aus den Augenwinkeln sah er ihr flehendes Gesicht. Mühsam trat er zur Seite. Alles in ihm bäumte sich gegen diesen Schritt auf. Doch Marigny atmete erleichtert auf.

Pilpintu Quiroga ging an ihnen vorüber, ohne die Waffe zu senken. Immer wieder zurückblickend, lief sie den verregneten Pfad entlang, den Revolver in der Hand.

Als sie den Parkplatz erreichten, fehlte von Pilpintu Quirogas Wagen jede Spur. Bestimmt war die Professorin längst in ihrem Haus verbarrikadiert, oder sie war zu irgendwelchen Verwandten oder Freunden geflüchtet. Dennoch schlug Eli den Weg zu ihrem Haus ein.

«Wohin wollen Sie?», fragte Marigny überflüssigerweise. «Sie können der Verrückten doch nicht wieder vor den Gewehrlauf spazieren!»

«Es war eine Pistole, kein Gewehr.»

«Das ist doch kopflos! Adam.» Sie blieb am Straßenrand stehen. «Ich gehe da nicht noch mal hin. Nicht ohne einen Plan.»

«Quiroga ist eine alte Frau, und wir sind zu zweit – das ist unser Plan.»

«Und ihr Plan ist, uns zu erschießen!»

«Sie hätte nicht abgedrückt. Das war eine reine Drohgebärde.»

«Bitte. Ich möchte zumindest über eine Taktik sprechen. Außerdem kann es doch nicht schaden, Quiroga ein paar Stunden zu geben, damit sie sich beruhigt.»

Damit hatte sie nicht unrecht. Doch zu warten erhöhte auch das Risiko, dass Quiroga untertauchte und sie sie womöglich nie wiederfanden.

Eli wollte den Einwand gerade bringen, als ihn etwas in Marignys Ausdruck zögern ließ. Sie wirkte so angespannt … Sein Gefühl sagte ihm, dass es nicht nur daran lag, dass eine Pistole auf sie gerichtet worden war. Aber was war es dann? Was könnte sie ihm verschweigen?

Er blickte die verlassene Landstraße hinunter. In der Ferne verwischte der Regen den Horizont mit dem Asphalt.

«Sie sagten, Sie hätten ein Hotel gebucht.»

Sie schluckte. «Genau. Wollen Sie hin? Wir könnten natürlich auch hier irgendwo in der Nähe bleiben.»

«Nein. Ich will das Hotel sehen.»

Sie fanden eine Bushaltestelle unweit des botanischen Gartens. Eine halbe Ewigkeit fuhren sie durch regengeflutete Straßen, ohne zu sprechen.

Eli spürte, dass etwas nicht stimmte. Wieso hatte Marigny vorsorglich ein Hotel gebucht, wenn sie gar nicht erpicht darauf war, dort einzukehren? Irgendwas hatte er übersehen … Er putzte sich reflexartig die Brille. Vielleicht war er tatsächlich paranoid. Nicht um Marigny, um Pilpintu Quiroga musste er sich Gedanken machen. Wie er sie zum Reden bringen konnte. Jeder Meter, den sie sich von ihr entfernten, spannte seine Nerven straffer.

Sie stiegen in einer Gegend aus, wo die Häuser noch aus der spanischen Kolonialzeit stammten und genug Touristengeld angespült wurde, um das altertümliche Ambiente zu wahren. Eli erstarrte innerlich, als er den Plaza 24 de Septiembre mit der sandsteinfarbenen Kathedrale wiedererkannte, wo er und Will vor vielen Jahren eine Pistole in einem Plastikbeutel erhalten hatten.

«Was ist? Wir sind fast da», sagte Marigny und deutete geradeaus.

Tatsächlich: Das *Senses Hotel* lag direkt vor dem Platz. Eine plötzliche Gewissheit erfasste Eli. Es war kein Zufall, dass Marigny sich ausgerechnet hier einquartieren wollte.

Er starrte sie an.

«Was ist?», wiederholte sie.

Mariel Marigny. Die angeblich nicht wusste, warum die Polizei nach ihr fahndete. Die ihn gestern angefleht hatte, bei ihr zu bleiben. Und die ihn davon abgebracht hatte, Pilpintu Quiroga zu verfolgen. Wofür brauchte sie ihn? *Was hatte er übersehen?*

«Gehen wir», knirschte er.

An der Rezeption bekamen Marigny und Eli den Schlüssel zu einer Dachstube mit schiefem Boden und durchgebogenen Holzbalken, jedoch ausgestattet mit Designermöbeln, Flachbildfernseher und Minibar. Ein fast genauso geräumiges Bad, das modernen Komfort in antiker Verkleidung bot, erklärte auch den stattlichen Zimmerpreis.

Eli blieb im Eingang stehen. «Gibt es was zu feiern oder warum so luxuriös?»

«Ich habe zufällig dieses Schnäppchenangebot im Internet entdeckt. Wollen wir etwas essen gehen?», fragte Marigny.

Er nickte stumm. Sie gingen zum Hotelrestaurant auf die Terrasse, wo sich ihnen eine malerische Aussicht bot. Die Kathedrale lag in der wolkendunstigen Dämmerung, umgeben von Palmen, Laternen und Stadtvillen voller Cafés und Geschäfte wie eine romantische Verklärung der Vergangenheit.

Während sie auf ihr Essen warteten, spielte Marigny schon wieder Schach auf ihrem Handy. Er tat, als blickte er auf den Platz hinunter, während er sie aus den Augenwinkeln beobachtete.

Warum dieses Hotel? Ausgerechnet an diesem Platz ...

Ebenso abrupt, wie sein Verdacht aufgekommen war, fiel er wieder in sich zusammen. Es sah Marigny doch ähnlich, ein luxuriöses Hotel zu buchen. Und die Luxushotels waren nun einmal hier in der Altstadt, an genau diesem Platz. Sein Misstrauen war eigentlich haltlos. Weil er die Rätsel um Will nicht lösen konnte, dichtete er Marigny welche an. Weil sie greifbar war und Will nicht.

Aber es ging um Will. Um ihre Taten, ihre Motive, ihre Mittel. Vielleicht musste er ganz anders über sie nachdenken. Nicht als Täterin, sondern als Opfer. Sie mochte Balthus etwas gestohlen haben, aber Balthus selbst hatte gesagt, sie sei auf der Flucht vor noch anderen Leuten. Den *Schöpfern*, wie Pilpintu Quiroga sie genannt hatte. Schöpfern von was, von Will? Sie war doch kein Cyborg.

Marigny wischte hektischer über ihr Handydisplay.

«Spannendes Duell?»

«Nein, ich lese Nachrichten.» Sie wirkte etwas blass um die Nasenspitze.

«Und?»

«Firmenkonten auf den Kaimaninseln sind über Nacht verschwunden. Irgendein unglaublicher Systemfehler bei den drei größten Banken. Apple, Siemens, SAP – die hatten alle ihre Milliarden in Briefkastenfirmen auf den Inseln geparkt, um sie vor dem

Fiskus zu schützen. Jetzt ist die Rede von riesigen Verlusten. Aktien stürzen ab … Ich frage mich, ob das mit dem Börsencrash vor wenigen Tagen zusammenhängt. Es wird vermutet, dass Hacker hinter beiden Vorfällen stecken.»

«Taucht Ihr Name auf?»

Sie schüttelte den Kopf. «Es wäre absurd, einzelne Personen dafür verantwortlich zu machen. Die Börse korrumpieren, Konten verschwinden lassen – das klingt nicht, als hätte jemand ein System gecrackt. Eher, als hätte jemand ein ganz neues System implementiert.»

Der Kellner brachte ihr Essen. Weder Eli noch Marigny achteten darauf.

«Ein neues System», wiederholte Eli. «Ausgerechnet jetzt, wo Balthus, einer der einflussreichsten Softwareentwickler der Welt, einen Diebstahl aus seinen Labors zu beklagen hat.»

Marigny wurde noch blasser.

«Darf ich die Artikel mal sehen?»

Sie reichte ihm ihr Handy. Er überflog die Nachrichten. Drei Banken waren betroffen, deren Namen er noch nie gehört hatte. Doch offenbar verwalteten sie die Profite internationaler Unternehmen, die sich über Tochterfirmen auf einer Inselgruppe in der Karibik niedergelassen hatten. Nun waren die Beträge auf manchen Konten gespensterhaft eingeschrumpft, andere Konten schienen ihre digitale Existenz komplett verloren zu haben. Noch gab es keine Bestätigung, dass Cyberangriffe dahintersteckten, doch der Schaden war so gründlich und zielgerichtet, dass ein technischer Fehler in Zweifel gezogen wurde. Ein Blick auf die aberhundert Kommentare zeigte, wie die Bevölkerung reagierte. Schon wurde das digitalisierte Bankensystem für unsicher erklärt, auf Terrorismus und Verschwörungstheorien verwiesen.

«Sie meinen, das könnte keine Hackergruppe bewerkstelligen?», fragte Eli.

«Im Prinzip scheinen Daten verlorengegangen zu sein. Informationen über Konten und deren Guthaben sind nicht mehr auffindbar. Aber die Daten lagen sicher nicht auf Servern im Bankgebäude selbst, sondern waren in verschiedenen hochsicheren Speicherzentren aufbewahrt. Speicherzentren, die mindestens so schwer zu knacken sind wie Banktresore. Die meisten von denen dürften ohne Internetanschluss gewesen sein, also nur intern von den Betreibern der Speicherzentren zugänglich. Um da als Außenstehender ranzukommen, müsste man mehrere Leute bestechen – Leute, die allerdings so gut verdienen, dass sie vermutlich nicht mit Geld zu bestechen sind.»

«Der schmutzige Weg eines Hackers also.»

Marigny nagte nervös an ihrer Lippe. «Es ist immer möglich, sich in ein System zu hacken. Aber sämtliche Backups in geheimen Hochsicherheitstrakts aufzuspüren und zeitgleich, unwiderruflich zu löschen – das übersteigt alles Menschenmögliche.»

Elis Gedanken gerieten in Bewegung. *Alles Menschenmögliche.* Was Menschen nicht konnten, leisteten Maschinen. Sie rechneten schneller und genauer. Zum Beispiel Rosebuddy … besser noch die extended version von Rosebuddy, die selbst einem technisch unbewanderten Menschen wie Eli – oder Will – Hacker Skills verlieh. Ein Programm, das sich in Börsen und Banken einschleichen konnte, war doch davon nur ein paar Entwicklungsschritte weiter … möglicherweise *exakt neun Jahre* Entwicklung weiter.

«Ćuruvija hat keine Videos gestohlen», murmelte er. «Sondern eine Technik. Ein Programm. Es ist nur folgerichtig, dass die Diebin das Diebesgut auch *anwendet.*»

Sie sahen sich an. Eli las von ihren Augen ab, dass Marigny an dasselbe dachte wie er. Darum gingen ihr die Nachrichten wohl so nahe.

«Aber wieso auf diese Weise?», flüsterte sie. «Was hat sie davon, dass Firmen Verluste machten? Ich weiß nicht … Vielleicht sehen wir Verbindungen, wo keine sind. Es ist doch reine Spekulation, dass Ćuruvija dahintersteckt. Was hätte ein Hackerprogramm mit Videoaufnahmen, mit ihrem Missbrauch zu tun?»

Eli starrte sie an, ohne sie zu sehen. Seine Gedanken wirbelten durcheinander. *Ihr Missbrauch. Videoaufnahmen. Audioaufnahmen. Der gestohlene Computer.* Im Chaos offenbarte sich eine Ordnung, als wäre sie schon immer da gewesen – und Eli nur zu abgelenkt, um sie zu erkennen.

«Ich weiß, was Ćuruvija gestohlen hat», sagte er mit bebender Stimme. «Ihren Therapeuten!»

Y

Ein Privatjet landete auf einer vier Hektar kleinen Privatinsel im Pazifik. Heraus trat Alan Joss Rondel, Chef jenes Softwareherstellers, der bereits das siebte Jahr in Folge den größten Umsatz in der Branche für sich verbuchte. Rondel war ein sportlicher Typ; obwohl er auf die sechzig zuging, verdankte er seinem rigiden Fitnessregime und seinem immer noch dichten, geschickt gefärbten Haar die Ausstrahlung eines jungen Wilden.

Der Landeplatz befand sich in fußläufiger Nähe zum einzigen Haus der Insel. Wobei ‹Haus› eine irreführende Bezeichnung gewesen wäre. Das Gebäude aus Glas und Granit schachtelte sich unüberschaubar in das Tropenwäldchen hinein und glich eher einem verwinkelten Tempel.

Ein Zimmermädchen, das offenbar kein Englisch sprach, führte Rondel in einen Gästebungalow und holte ihn, nachdem er sich frisch gemacht hatte, zum Dinner ab.

Der weitläufige Raum hatte Steinwände und keine Fenster, sah man von der stahlrippigen Glaskuppel ab. An einem ovalen Tisch saßen bereits sieben Personen, sechs Stühle waren noch frei. Soeben traten aus anderen Türen die übrigen Gäste ein: Rondel zuckte innerlich zusammen, als er Bob Woods, den Gründer jenes Konzerns erblickte, der ihr größter Konkurrent war und gegen den aktuell, fast schon einer Tradition folgend, drei Plagiatsverfahren liefen. Der alte Gründer war in Begleitung seiner Tochter und Nachfolgerin Leia Woods, die mit ihrem anmutig gereiften Gesicht seine Frau hätte sein können. Altersunterschiede von vierzig Jahren waren ab einem gewissen Jahreseinkommen eher die Norm. Auch Rondel hatte seit geraumer Zeit keine Geliebte mehr, die nicht mindestens fünfundzwanzig Jahre jünger war, Tendenz steigend. Alles andere müsste auf geistiger Verbundenheit beruhen und wäre seiner Ehefrau Merv gegenüber respektlos gewesen.

Rondel setzte sich auf den ihm zugewiesenen Stuhl und sah sich weiter in der Runde um. Da waren die Vorstandsvorsitzenden zweier asiatischer Elektronikhersteller, der britische CEO des größten Rüstungs- und Informationssicherheitskonzerns, der CEO eines luxemburgischen Technologieunternehmens, das der weltweit führende Satellitenbetreiber war, daneben der Chef jener Beteiligungsgesellschaft, die jüngst den zweit- und drittgrößten Satellitenbetreiber der Welt aufgekauft hatte, die Vorstandsvorsitzende eines amerikanischen Telekommunikationsanbieters und Everett Caspetti, der berühmt-berüchtigte kanadische Softwareentwickler, Raumfahrtsponsor und Alientheoretiker, dessen Beliebtheit in den Medien sich diametral zu seiner Ernsthaftigkeit, vielleicht sogar seiner geistigen Gesundheit, entwickelt hatte. Die anderen Gäste kannte Rondel nicht. Es waren die üblichen glattrasierten Gesichter, die grauen Haare und Glatzen, die feinen Kaschmirpullover und maßgeschneiderten Hemden jener Männer, die die Welt regierten. Könige von milliardenschweren Königreichen, die nicht Land waren und weder Erdöl noch Erdgas, noch Edelmetalle besaßen. Königreiche der Ideenwelt. Architekturen der globalen

Kommunikation. Technokratische Apparate, die DNA der neuen Herrschaftsform. Im Schatten staatlicher Kasperletheater fochten sie mit Zahlen ihre Kriege um Konsumenten aus.

Als alle dreizehn Stühle besetzt waren, erhob sich ein Mann, der mit seinem billigen Jackett, seinem Übergewicht und den schütteren, schulterlangen Haaren ein wenig aus der Reihe der gepflegten Schneidigkeit tanzte.

«Sehr geehrte Damen und Herren», hob der Mensch mit hartem schweizerischem Akzent an, «ich danke Ihnen herzlich für Ihr Erscheinen. Auch wenn ich die Ehre habe, die meisten unter Ihnen persönlich zu kennen, stelle ich mich noch einmal für diejenigen vor, deren Bekanntschaft ich noch nicht machen durfte: Mein Name ist Johann Kalbsch, ich leite seit 1989 das Projekt Y und bin der stolze Programmierer der allerersten Version.»

Rondel sah den verlotterten Fettsack gleich mit anderen Augen. Er hatte von dem Projekt bisher nur Gerüchte gehört, mehr Spukgeschichten als Tatsachen. Und nun offenbarte sich dieser Kerl als Erfinder! Rondel warf einen Blick um sich. Auch ein paar andere wirkten verblüfft. Mit einem Stich registrierte er die Gelassenheit von Bob Woods, der soeben einen geflüsterten Scherz mit Everett Caspetti tauschte. Dann waren sie also schon eingeweiht. Rondels Gedanken begannen zu rasen.

«Sollten Sie noch nie von dem Projekt Y gehört haben», fuhr der Schweizer mit schleppender Stimme fort, «so möchte ich Ihnen das Nötigste erklären. Es geht dabei um die Verabsolutierung von Netzwerken. Unser Unternehmen ist multinational und übrigens nirgendwo gemeldet. Wenn Sie davon zum ersten Mal hören, können Sie davon ausgehen, dass Ihre Konkurrenten im Team sind.»

Rondel spürte, wie sich der Stich zu einer unangenehmen Verspannung seines ganzen Körpers entwickelte. Er ahnte, dass Leia Woods ihn über den Tisch hinweg ansah, und bemühte sich um einen amüsierten Ausdruck.

«Nun. Warum sind Sie dann hier?» Johann Kalbsch klopfte sich auf den Wanst. «Unser Unternehmen ist zu dem Schluss gekommen, Sie in unser Projekt einzuweihen. Sie sind handverlesene neue Mitglieder. Weil wir Ihnen zutrauen, die Welt mit uns verändern zu können. Das als Ausblick! Nun aber erst einmal das Essen.»

Er setzte sich, und Kellnerinnen schwärmten herein, um die Horsd'œuvres und den Champagner zu servieren. Als sie die Türen wieder von außen geschlossen hatten, sprach Kalbsch im Sitzen weiter, Weißbrotstücke mit Kaviar zwischen seine Sätze schiebend.

«Wie schon gesagt, will ich Ihnen nur das Nötigste erklären. Alte Informatikergewohnheit. Das Projekt Y hat, wenn man vom Drumherum absieht, eine Kontrollmaximierung zum Ziel. Ich gehe davon aus, dass Sie über jeweils ähnliche Projekte verfügen, auch wenn ich Sie natürlich nicht nötigen werde, das zu verifizieren. Aber weil ich nun mal davon ausgehe, sind Sie heute eingeladen. Wir wollen unsere Projekte, auch wenn sie im Wettkampf entstanden sind, bei einem Sonderfall zusammenarbeiten lassen. Sie mögen sich fragen, warum wir so leichtsinnig sind, unsere Karten auf den Tisch zu legen, oder warum Sie so leichtsinnig sein sollten, dasselbe zu tun ... Die Antwort lautet: weil uns nichts anderes übrig bleibt. Entweder das, oder es wird nie wieder Freiheit geben. Weder meine noch Ihre, noch sonst eine. Keine Freiheit auf unserer Seite heißt, es gibt eine einzige, absolute Kontrollfreiheit auf der anderen Seite. Und verstehen Sie mich bitte richtig: Kein Mensch wird auf dieser anderen Seite stehen.»

Kalbsch nutzte das Schweigen, um der einzigen im Raum verbliebenen Kellnerin ein Zeichen zu geben, woraufhin diese die Tür zur Küche öffnete und den nächsten Gang auftragen ließ. Unberührte Horsd'œuvres wurden durch Schiefertafeln mit gold geränderten Fischscheibchen, schwarzen Reiskugeln und grünen Schaumhauben ersetzt und die zweitgrößten Gläser auf dem Tisch mit Weißwein gefüllt.

«Guten Appetit», sagte Kalbsch. Er nahm selbst den ersten Bissen.

Rondel räusperte sich. «Äh, könnten Sie sich vielleicht etwas klarer ausdrücken? Ich brauche es mit ganz einfachen Worten bitte noch mal.»

«Aber gewiss, gewiss. Worauf ich hinauswill, ist, dass Ihre Konkurrenz, Mr. Rondel, mit mir eine sehr wirksame Methode gefunden hat, die Welt zu beherrschen. Nur leider ist uns die Methode über den Kopf gewachsen. Und das heißt, was früher nur Ihr Problem war, von dem Sie aber nichts wussten, ist nun *unser* Problem geworden, von dem Sie wissen *müssen*.»

Rondel lächelte eisern. Er musste sich gar nicht bemühen, sarkastisch zu klingen, die Wörter wirkten von sich aus albern: «Die Welt beherrschen.»

Nur einer am Tisch kicherte darüber, der britische CEO des Rüstungsunternehmens. Alle anderen machten geradezu kindisch gläubige Mienen. Kein Wunder, eigentlich. Immerhin waren sie an die Spitze gekommen, weil sie keinen Größenwahn für Größenwahn hielten.

«Wir haben alle unsere Pferde im Rennen, würde ich meinen», sagte Kalbsch gelassen. «Wenn wir Ihrem Unternehmen nicht zutrauen würden, derlei Vorsorgen zu treffen, wären Sie heute nicht eingeladen worden.»

Der britische CEO wischte sich den Mund an der Serviette ab und ergriff das Wort, offenbar ermutigt von Rondel: «Was für eine Zusammenarbeit stellen Sie sich vor? Geht es um ein Gentlemen's Agreement, irgendeine Massenvernichtungswaffe niemals zu bauen, oder …?» Er kicherte wieder.

«Oh nein, nein, Grundgütiger. Bloß keine Selbsteinschränkungen. Auch wenn wir verlangen müssen, dass einige von Ihnen Verluste in Kauf nehmen. Selbstverständlich nur vorübergehend und mit einer Garantie auf zukünftige Wiedergutmachung.»

«Kommen Sie zum Punkt», sagte Rondel grob.

Johann Kalbsch warf ihm einen Blick zu, in dem für einen kurzen Moment die Verachtung der Programmierer gegenüber den Managern aufblitzte. Normalerweise juckte Rondel das nicht. Aber dieser düstere europäische Weihnachtsmann war nicht einer seiner Angestellten. Er war mächtiger … womöglich mächtiger als Rondel. Er rutschte unbehaglich auf dem Stuhl hin und her.

Nach einer Kunstpause antwortete Kalbsch mit besonders schwer verständlichem Akzent: «Natürlich, Mr. Rondel. Unser gemeinsames Projekt wird zum Ziel haben, das Internet zu zerstören.»

Marigny

Marigny sah ihn verständnislos an. «Ćuruvijas Therapeut ist das Diebesgut?»

«Die Mitschnitte. Nummer drei und sechs, haben Sie die auf Ihrem Handy?»

Sie nickte überrumpelt. «Nicht direkt auf dem Handy, aber in einer Cloud … Moment, ich suche sie raus.»

Sie gab ihm ihr Handy, sobald die beiden Audiodateien abrufbar waren. Er musste ein wenig suchen, bis er die erste Stelle fand. Dann hielt er Marigny das Handy ans Ohr. Wegen des Windes und der Geräusche auf der Terrasse war Wills Stimme nur schlecht zu verstehen:

«… Ich glaube, ich könnte es auch heute nicht ertragen, von diesen Dingen zu sprechen und dabei jemandem in die Augen zu schauen …»

Er stoppte die Aufnahme. «Sie schaut also niemandem in die Augen. Es gibt keinen Therapeuten.»

«Und wie soll sie dann einen gestohlen haben?»

«Hören Sie zu. Hier erklärt sie, wie sie es schaffte, als Teenager mit Balthus Kontakt aufzunehmen – über ein Internetspiel, erinnern Sie sich?»

Er ließ die andere Aufnahme laufen.

«… Was ist wahrscheinlicher: dass Hacker das Ranking eines weltberühmten Spiels für mich manipulierten oder dass ich mit bloßer Übung in die Top 100 aufstieg? Das überlasse ich deiner Phantasie …»

Eli stoppte die Aufnahme und strahlte. «*Deiner* Phantasie. Sie redet mit einem *Du*, das keine Augen hat. Mehr als ein Tagebuch. Weniger als ein Mensch. *Ihr Computer.*»

Da Marigny schwieg, fuhr er fort: «Manche Leute reden mit ihrem Gerät, wenn Rosebuddy läuft. Weil Rosebuddy wie ein Freund ist. Und ein neun Jahre weiter entwickelter Rosebuddy ist sicher wie ein Therapeut. Der außerdem Banken für einen ausraubt.»

Marigny musterte ihn unentschlossen. «Schön und gut. Ein hochentwickeltes Programm erklärt, was wir in den Nachrichten gelesen haben. Und warum Ćuruvija zugleich mit niemandem und jemandem spricht. Aber wenn Balthus dieses Programm entwickelt hat, kann man es ihm nicht einfach stehlen. Ein Programm ist eine Menge an Befehlen. Keine Hardware, sondern Software. Daten.»

«Und Daten können verlorengehen. Auch mehrfach gesicherte, wie wir aus den Nachrichten wissen.»

«Dann hätte aber nicht Ćuruvija das Programm gestohlen, sondern das Programm sich selbst. Welche Rolle spielt Ćuruvija dabei noch?»

«Es ist vielleicht nicht einfach ein Programm. Ćuruvija erzählt ihm ihr Leben. Sie nimmt es ernst wie eine Person. Warum? Weil sie sich von ihm ebenso ernst genommen fühlt.»

«Also eine … künstliche Intelligenz?»

«Es klingt abenteuerlich», gab Eli zu. «Das tut die Wirklichkeit oft.»

Marigny wollte etwas erwidern, schwieg aber dann und nahm einen großen Schluck Wasser.

«Mal angenommen ... angenommen, all das stimmt. Was bezweckt Ćuruvija damit? Ich meine, käme sie nicht leichter und diskreter an Geld?»

«Wieso sollte sie Geld wollen? Sie hatte alles bei Balthus.»

«Außer Freiheit.»

Eli nickte knapp. «Vielleicht will sie genau das. Und weiß inzwischen, dass Geld allein nicht reicht.»

Marigny ließ den Blick über die Terrasse, den Platz unten, die Kathedrale schweifen. So viele Menschen. Und alle hatten ihre Träume, ihre Wünsche. Ćuruvija war waghalsiger und größenwahnsinniger als die meisten von ihnen, keine Frage. Aber war sie so viel außergewöhnlicher in ihren Wünschen? Vielleicht war das die Stelle, an der Ćuruvija am gewöhnlichsten war.

Zumindest in der Vergangenheit. Als sie für Geld gestohlen, gelogen, verraten und geheiratet hatte.

«Machen wir einen Spaziergang?», fragte Marigny kaum hörbar. «Mir ist ein bisschen schlecht.»

Als sie auf den Platz vor dem Hotel traten, empfand Marigny Erleichterung und zugleich ein noch stärkeres Bedürfnis, ihrem Fluchtreflex nachzugeben. Sie wollte weg von hier, einfach weg. Dabei hatte sich nichts geändert. Außer dass ein paar Konten auf irgendwelchen fernen Inseln verschwunden waren ... und Ćuruvija womöglich in Besitz einer künstlichen Intelligenz war, mit der sie den Finanzmarkt manipulieren konnte. Was ging Marigny das an?

Nichts, eigentlich. Dass Ćuruvija Dreck am Stecken hatte und außerdem einen *verdammt gefährlichen* Stecken, überraschte sie kaum. Aber Marigny hatte bisher wie selbstverständlich angenommen, dass es Ćuruvija um Geld ging. Wer Firmenkonten löschen und einen Börsencrash bewirken konnte, müsste allerdings auch einfacher an Geld kommen. Worum ging es Ćuruvija dann? Rache? Um etwas Politisches? Letzteres beunruhigte Marigny mehr, als sie je vermutet hätte.

Sie schlenderten um den Platz. Eisverkäufer schoben ihre Wagen durch die Menge. Pathetische Rockmusik drang aus einer Bar.

Als sie sich wieder dem Hotel näherten, schlug Marigny das Herz bis zum Hals. Sie musste Zeit gewinnen, musste nachdenken. Musste rausfinden, was Ćuruvija wirklich bezweckte.

Und dann kam ihr eine Idee, ein vager Hoffnungsschimmer: «Wer ist eigentlich Kenji Hayase, dieser japanische Geliebte der Professorin? Wenn er wirklich umgebracht wurde, dann wusste er vielleicht noch mehr als sie.»

Eli sah sie gespannt an.

«Wir können ihn nicht mehr befragen, dafür kann er uns aber auch nicht erschießen, wenn wir Nachforschungen anstellen», fuhr Marigny fort. «Zum Beispiel, was er gemacht hat. Und mit wem. Wir könnten nach Japan reisen.»

«Nach *Japan*?»

«Er war doch Japaner.»

Marigny versenkte sich in ihr Handy und begann zu recherchieren. «Ach! Kenji Hayase war im Gewinnerteam der Roboter-Fußballweltmeisterschaft vor elf Jahren. Das ist doch schon mal ein Anfang.»

Er blieb stehen. «Warum wollen Sie unbedingt weg?»

«Weil – weil ich nicht wieder zu Pilpintu Quiroga fahren will.»

«Und dann wollen Sie lieber eine Leiche ausgraben?»

Hilflos wandte Marigny sich von ihm ab. Was tat sie hier überhaupt? Eli würde sich nicht von Ćuruvija abbringen lassen, niemals. Daran konnte sie nichts ändern. Und doch hatte sie das Gefühl, es wenigstens versuchen zu müssen. Nur noch ein paar Tage …

«Ich glaube, Sie haben recht», sagte sie mühsam. «Ćuruvija

steckt hinter den Angriffen. Sie bringt alle in Gefahr, die sich ihr nähern.»

«Und ich will wissen, ob sie wirklich schuld daran ist.»

«Aber Sie können doch nicht Ihr Leben dafür hergeben!»

Er sah sie immer noch mit diesem gespannten Blick an, und Marigny ahnte, dass sie zu weit gegangen war. Zu weit, um doch noch einen Rückzieher zu machen. Obwohl sie vor Angst zitterte, fühlte es sich an, als würde sie endlich das Richtige tun.

«Adam, ich ... will Ihnen helfen. Verlassen wir Bolivien. Noch heute.»

Eli

Eli starrte sie an. Sie verheimlichte ihm also wirklich etwas.

«Wieso ist Ihnen plötzlich so wichtig, wo wir uns aufhalten?», fragte er.

«Was meinen Sie?»

«Sie hatten kein Problem damit, mit mir nach Dubai zu reisen – obwohl Sie wussten, dass ich Sie anlüge, um Balthus zu treffen. Sie sind, ohne zu zögern, nach Bolivien mitgekommen. Erst seit heute ist Ihnen so verdammt wichtig, dass wir in dieses Hotel gehen. Und nun wollen Sie plötzlich nach Japan. Entweder Sie haben neuerdings gute Gründe, an bestimmten Orten zu sein, oder Sie hatten vorher gute Gründe, mir alles zu überlassen.»

Sie wandte den Blick ab, lächelte verstört.

«Mit wem spielen Sie Schach?»

Ihr Gesicht verriet, dass er ins Schwarze getroffen hatte. Sie suchte nach Worten, blieb in ihrem Schweigen stecken.

Er nahm ihr das Handy weg.

«Nicht –»

Der Wind trug verzerrte Musik heran. Marigny versuchte nicht, das Handy wieder an sich zu bringen. Sie drehte sich weg. Blickte über den menschenvollen Platz unter den rauschenden Palmen.

«Sie müssen Ćuruvija vergessen», sagte sie. «Ich … es tut mir leid.»

Als sie sich wieder zu ihm umdrehte, schlang sie die Arme um seinen Hals und presste ihren Mund auf seinen, beharrlicher noch als gestern vor Alyazia. Viel zu viele hämmernde Herzschläge später schob er sie von sich, doch ihre Hände blieben in sein Sweatshirt gekrallt.

«Was soll das?», keuchte er.

«Halt mich fest», stammelte sie. «Sie beobachtet uns.»

Er wusste, wen sie meinte. Sie konnte nur eine Person meinen. Wie eine Nadel bohrte sich die Erkenntnis in ihn. Trotzdem musste er es aus ihrem Mund hören.

«Wer?»

«Ich dachte, es geht nur um Geld», flüsterte Marigny dicht an seinem Ohr. «Aber es ist mehr. Die Suche ist nur zum Schein. Mir wurde gesagt, du würdest überwacht. Ich weiß nicht, von was für Leuten. Deswegen sollte ich dich zu Balthus führen. Um dieselben Leute auf Balthus zu bringen. Aber wenn es diese Leute gar nicht gibt – wenn sie alleine dahintersteckt –»

Er packte sie an den Armen. «Wer bist du? *Für wen bist du?*»

«Ich weiß nicht, warum sie Balthus und mir etwas anhängt, ich weiß nicht, wofür sie dich braucht, aber ich glaube, es ist eine Falle!»

Er taumelte. «Will.»

Sein Blick ging an Marigny vorbei.

Eine Frau in einem Regenmantel stand auf der Treppe, die zur Kathedrale führte. Zwischen kurzen schwarzen Locken leuchtete das älter gewordene Gesicht von Willenya Ćuruvija.

Y

Die Sonne ging auf, als Alan Joss Rondel und Everett Caspetti einen Spaziergang über die beleuchteten Pfade der Insel machten, vorbei an Wasserfällen, Orchideenhängen und Schildkrötenteichen.

«Meine Kinder hätten hier ihren Spaß», bemerkte Rondel.

«Meine auch – Amadeus und Aristotle sind gerade sechs geworden. Wie alt sind Ihre?»

Rondel musste nachrechnen. «Sarah ist zwanzig, Emma ist achtzehn, Polly ist siebzehn, Samuel zehn, Max neun. Okay, die Mädchen hätten keinen Spaß hier, die haben überhaupt keinen Spaß mehr, glaube ich. Außer vielleicht, ihren Dad zu ärgern.»

Everett Caspetti lachte höflich. «Ach, Kinder! Angeblich verleihen Kinder unserem Leben einen Sinn … Dabei schieben wir die Frage nach dem Sinn bloß der nächsten Generation zu. Fortpflanzung, ein Staffelrennen der Ratlosen. Aber man macht trotzdem mit.»

Rondel versuchte, ebenfalls höflich zu lachen. Im Grunde bewunderte er Everett Caspetti. Er war, wie alle Unternehmer sein wollten: furchtlos, visionär, unerschöpflich in seiner Tatkraft und gesegnet mit einem übersinnlichen Gespür für den Erfolg. Doch man durfte nicht seine Reden über Aliens vergessen, seine fixe Idee, der nächste extraterrestrische Besuch stünde bevor, und seine sonstigen absonderlichen Meinungen. Ganz abgesehen von dem Irrsinn, den er heute Abend von seinen Kollegen und Konkurrenten gefordert hatte – denn Everett Caspetti gehörte zu denen, die forderten. Zu Johann Kalbsch und Bob Woods.

Die Verschwörung von Woods und Caspetti traf Rondel, denn eigentlich hätte er an Caspettis Seite sein müssen. Leitete er nicht das inzwischen erfolgreichere, innovativere Unternehmen als der alte Woods? Vielleicht, dachte er bitter, gelang ihm, Rondel, der Eindruck der Anständigkeit zu gut. Oder vielleicht lag es an den politischen Aktivitäten seines Neffen, diesem Nichtsnutz.

«Ich denke, Kinder geben uns einen Grund, das Richtige zu tun», sagte Rondel und hörte sich selbst, ein hoffnungsloser Fall von biederer Anständigkeit. Er machte sich keine Illusionen: Er war an die Spitze gekommen, weil er genau diese Rolle beherrschte, weil er vorzeigbar und floskelsicher war, «der John F. Kennedy» der Tech-Szene, wie ihn die Times einmal genannt hatte. Doch bewundert, wirklich bewundert wurden Haudegen wie Everett Caspetti, die nicht repräsentierten, sondern eine eigene, welterschütternde Wucht darstellten. Rondel kaute schmerzhaft auf der Innenseite seiner Wange herum.

«Das Richtige», wiederholte Everett Caspetti und ließ den Blick über den Golfplatz schweifen, der sich hinter den Bäumen eröffnete. «Dann werden Sie also das Richtige für Ihre Kinder tun?»

«Ich hoffe doch. Aber was Sie da von uns verlangen … unmöglich. Es ist unmöglich.»

Caspetti beobachtete ihn aus den Augenwinkeln. «Sie reden von einer moralischen Unmöglichkeit, nicht von einer technischen. Ihre Firma hat sich die technische Möglichkeit, sämtliche Produkte zu sabotieren, immer offengehalten. Nicht wahr? Weil Dinge kaputtgehen müssen, damit neue gekauft werden. Jetzt müssen sehr viele Dinge auf einmal kaputtgehen, damit *überhaupt je wieder* gekauft werden kann. Die Dringlichkeit leuchtet Ihnen doch ein, oder?»

Immer noch schüttelte Rondel den Kopf. Caspetti blieb stehen und wandte sich ihm direkt zu. Irgendwo in der Nähe kreischten Vögel oder Affen über das gleißende Licht, das die Baumkronen flutete.

«Sie können nichts beweisen. Es ist eine bloße Behauptung», wiederholte Rondel, was er schon mehrfach diese Nacht gesagt hatte, als alle am Tisch versammelt saßen. «Was Sie uns von diesem Projekt Y gezeigt haben, war bemerkenswert. Aber dass die jüngsten Cyberattacken auf die Finanzwirtschaft darauf zurückzuführen sind, dass eine wild gewordene … die sich befreit hat …!»

Er lachte; es war einfach zu albern, um es auszusprechen. Everett Caspetti maß ihn mit seinem Blick. Dann setzte er den Spaziergang fort, Rondel folgte.

«Gott, diese Tiere», murmelte Caspetti, als das Kreischen in den Bäumen noch lauter zu werden schien. «Was für Organe die haben! Ist doch phantastisch. In ihrer Struktur mag die Natur reine Mathematik sein, streng geordnet nach Gesetzen, aber wo Leben entsteht, da bäumt es sich gegen die Ordnung auf. Da kommt die Freiheit ins Spiel! Ja, daran glaube ich – als Physiker. An die chaotische Freiheit der Lebewesen. Darum macht Fortpflanzung Sinn. Darum soll es uns geben. Weil wir der stupiden Ordnung des Universums trotzen können. Unsere Freiheit, unser irres Geschrei muss gewahrt werden. Um jeden Preis. Oder was ziehen Sie vor, Alan? Freiheit und Chaos oder Herrschaft der Ordnung?»

Die Frage schien direkt auf Rondels angeknackstes Selbstwertgefühl zu zielen. Er wollte nicht wie ein Streber, ein Angsthase wirken, und Everett Caspetti witterte diese Schwäche.

Er räusperte sich. «Wenn ich mich recht an den guten Kant erinnere, dann ist Freiheit das selbstgewählte Auferlegen von Gesetzen, die …»

«Ach, hören Sie auf mit Lehren. Wir müssen handeln – hier und jetzt Position beziehen. Was für eine Welt wollen Sie für Ihre Kinder? Eine, in der sie sich entfalten, sich behaupten können wie ihr Dad? Oder eine, in der sie einer Gleichmacherei-Maschine ausgeliefert sind, einer Utopiekalkulation?»

Rondel machte eine abwehrende Geste. «Das ist nicht die Frage. Die Frage ist, ob ich an dieses Projekt Y glaube – ob ich eine Ungeheuerlichkeit glaube und bereit bin, dafür eine Sabotage zu begehen, die das Internet und den Großteil aller Computer der Welt lahmlegt.»

«Wirklich, Sie halten es für eine Ungeheuerlichkeit? Aber wir wussten doch alle, dass es eine Frage der Zeit ist, bis ...»

«Sie vielleicht – weil Sie aktiv an der Realisation beteiligt waren!»

«Sogar Sie müssen gewusst haben, dass an etwas wie dem Projekt Y gearbeitet wird. Wirklich, Alan, Ihr Konservatismus ist die Ungeheuerlichkeit.»

Er klopfte ihm auf die Schulter. Rondel spannte alle Muskeln an.

Schweigend überquerten sie eine Brücke und fanden sich an einem Strand wieder. Die Sonne ging offenbar auf der anderen Seite der Insel auf. Hier hatte der Himmel noch die dunklen Töne von angelaufenem Silber. Die beiden Männer blieben stehen, Hände in den Hosentaschen, und die Schönheit des Meeres löste eine Ruhe in ihnen aus, als wären alle Differenzen bereits beigelegt.

Rondel war der Erste, der die Sprache wiederfand: «Es wird Untersuchungen geben. Wenn rauskommt, dass unsere Produkte von unseren eigenen Updates zerstört wurden ...»

«Wir sind abgesichert», sagte Caspetti mit Nachdruck. «Wir haben unsere Schuldigen. Nicht nur Balthus. Vertrauen Sie mir. Wenn Sie untergehen, müssten wir alle untergehen. Und das wird nie passieren. Wir sind zu groß, um zu versagen. Das wissen Sie. Seien Sie im Gewinnerteam, Alan. Es gibt keine Alternative.»

Marigny

Das also war sie. Willenya Ćuruvija.

Marigny, die nie mehr als ein überbelichtetes Passfoto von ihr gesehen hatte, wunderte sich über ihre Unscheinbarkeit. Sie war klein, mit schmächtigen Schultern und weichen Formen. Zwischen den Haaren verbarg sich ein eher breites Gesicht, das zwar wohlproportioniert, aber nicht herausragend schön war. Nur ihre Augen, groß und seelenvoll, hatten etwas Faszinierendes.

Kaum hatten sie sie erblickt, ging Ćuruvija rückwärts. Wie ein Gespenst verschwand sie in den Schatten der Kathedrale.

Eli wankte. Dann lief er zur Treppe.

Alles in Marigny zog sich zusammen. «Geh nicht –»

Er blieb tatsächlich stehen. Für einen Moment sah es aus, als wollte er sie anbrüllen. Aber dann lief er weiter, nahm drei Stufen auf einmal und tauchte in die Dunkelheit der Kathedrale ein.

Marigny wusste nicht, was sie sonst tun sollte – sie folgte ihm.

Touristen bevölkerten das hohe Gewölbe und verdunkelten den ohnehin schwachen Kerzenschein. Marigny entdeckte Eli, der zum Altar eilte und dann zur Krypta hinabstieg. Sie lief hinterher, stieß mit Kirchenbesuchern zusammen, die die Krypta verlassen wollten. Tiefe Dunkelheit herrschte dort unten. Die Kerzen waren erloschen. Manche hatten noch einen glühenden Docht.

Eli blieb wie vom Blitz getroffen vor einem Säulenbogen stehen. Mit pochendem Herzen trat Marigny näher.

Eine Gestalt, von der nur der glänzende Mantel ein wenig Licht reflektierte, lehnte mit dem Rücken an der Mauer. In ihren Händen, gefaltet vor dem Schoß, schimmerte eine Pistole.

Ohne die Waffe loszulassen, machte sie einen Schritt auf Eli zu. Doch er wich kaum merklich zurück. Ein Beben ging durch ihren Körper. Still sahen sie sich in die Augen, und Marigny stand daneben, weder beteiligt noch unbeteiligt, ganz und gar fehl am Platz.

Als Ćuruvija vergeblich auf eine Reaktion von Eli gewartet hatte, wandte sie sich mit leiser Kinderstimme an Marigny.

«Du hast alles richtig gemacht. Mehr Beweise brauche ich nicht. Danke.»

Es waren die ersten Worte, die sie je direkt an Marigny gerichtet hatte – und unmissverständlich die letzten. Sie musste den Kuss gesehen haben. Sie war gewillt, ihn als berufliche Sorgfalt zu verstehen. Dass Marigny Eli viel später als vereinbart zum Hotel gebracht und dann auch gleich wieder hinausgeführt hatte, bedurfte keiner weiteren Erklärung. Marigny hatte ausgedient. Hatte ihren Zweck erfüllt. Nach zwölf Jahren Partnerschaft nun das nüchterne Finale.

«Und das Geld?», hörte Marigny sich fragen, als hätte sie nie andere Erwartungen gehabt.

Eli starrte sie an. Sie mied seinen Blick.

«Überwiesen», sagte Ćuruvija knapp.

Marigny nickte. Dann hielt sie Ćuruvija die Hand hin. «Es hat mich gefreut.»

Ćuruvija ließ die Waffe nicht los. Marigny musste die Hand wieder zurückziehen, drehte sich um und ging.

«Was heißt das?», fragte Eli. «He, was –»

Natürlich, er verlangte eine Erklärung. Aber das ging sie nichts mehr an. Sie hatte getan, was ihr Auftraggeber verlangt hatte, und dafür ihre Bezahlung erhalten. Eine unglaubliche, geradezu absurde Zahl auf ihrem Konto. All das für eine Zahl. Zwölf Jahre, ihr aufregendstes Geheimnis, ihre längste Bekanntschaft. Sie biss sich auf die Lippe, um nicht zu grinsen. Willenya Ćuruvija war mindestens ebenso ihr Lebensinhalt gewesen wie Elis!

Sie stieß gegen Touristen, taumelte durch flackernde Schatten und Kerzenschein nach draußen und beschleunigte ihren Schritt, lief, ja rannte beinah durch Zigarettenrauch und Musikwehen ohne Ziel, nur weg, in die große Leere der Welt hinein, auf dem Gesicht einen Schleier langsames Salzwasser.

Es war nur ein Märchen gewesen. Das Märchen einer Vierzehnjährigen, deren Verträumtheit von einem unaussprechlichen Leid vergiftet worden war. Niemand hatte ihr Märchen geglaubt. Niemand außer einer anderen verträumten Teenagerin ... Mariel Marigny.

Eines Tages war Willenya Ćuruvija in dem Hackerforum aufgetaucht, das mehr noch Marignys Zuhause war als die Wohnung, die sie mit ihrer Mutter und ihren Schwestern teilte. Natürlich hatte Willenya ein spitzfindiges Pseudonym, einen *moniker*, verwendet wie alle. Dennoch war aus ihrem großspurigen Ton zu hören gewesen, dass sie ein Teenager war oder zumindest jemand, der in seinem Leben noch nichts erreicht hatte und das ändern wollte.

Sie hatte 100 000 US-Dollar geboten, wenn jemand es schaffte, das Onlinespiel *Against all Gods* für sie zu cracken. Sie wollte gegen Eugen Balthus, den damals weltbesten Spieler, antreten, ohne sich erst hochspielen zu müssen. Das Angebot sorgte für großes Aufsehen, allerdings nicht, weil irgendwer es ernst nahm. Vielmehr amüsierte die Vorstellung, den Erfinder von Rosebuddy gleich in doppelter Weise in seiner eigenen Disziplin zu schlagen. Ćuruvija aber beharrte darauf, es ernst zu meinen. Die Bezahlung sollte allerdings erst Monate später erfolgen. Das gab ihrer Glaubwürdigkeit den Rest.

Nur Marigny ließ das Angebot nicht los. Sie ging natürlich davon aus, dass es niemals zu einer Bezahlung kommen würde. Aber weil ihr die Idee gefiel, begann sie, mit Ćuruvija zu chatten. Ihre Zielstrebigkeit, ihre genauen Anweisungen wirkten so, als ginge es ihr gar nicht um einen Streich, sondern um etwas viel Größeres. Das faszinierte Marigny. Wer saß da hinter dem anderen Bildschirm? Welches Ziel verfolgte die Fremde?

Willenya Ćuruvija, diese kleine Person im Regenmantel, bebend vor Furcht, geklammert an eine Pistole.

Jahrelang hatte Marigny dem Moment entgegengefiebert, wo sie sich leibhaftig begegnen würden. Und nun, da die Begegnung hinter ihr lag, wusste sie über Ćuruvija so wenig wie eh und je.

Eli

Schweigend standen sie sich gegenüber. Wussten nicht, wie sie sich verhalten sollten.

Trotz der Dunkelheit erkannte er, wie sehr sie sich verändert hatte. Ihre Schönheit war aus den Nebeln der Kindheit herausgetreten, hatte sich an einer neuen Härte geschliffen. Das Schattenviolett unter ihren Augen war tiefer. Und ihr Haar lockte sich kinnkurz und schwarz gefärbt.

Was mochte sie in Eli sehen? Regungen schienen wie ferne Lichter durch ihren Blick zu schweifen. Aber womöglich trug Eli nur seine eigenen Empfindungen in sie hinein.

«Es geht dir also gut», sagte sie endlich, jedes Wort zitternd vor den unausgesprochenen Wörtern dahinter.

Er merkte, dass er nichts Triviales erwidern konnte. Er wollte auf sie zugehen, sie berühren ... sie packen, ihr alles sagen, endlich wissen, ob und wie ... und warum ... Aber er schaffte es nicht einmal zu nicken.

«Vielleicht fragst du dich, warum ich ... Ich war nie weg, Adam. Ich konnte nur nicht ...»

Ihre Stimme brach ab. Als jemand an ihnen vorüberging, hob sie die Waffe und versteckte sie rasch wieder in den Falten ihres Regenmantels. Wen fürchtete sie hier unten? Vage hörte Eli nachhallen, was Marigny zu ihm gesagt hatte: *Ich glaube, es ist eine Falle!*

Möglich. Es war alles möglich. Aber das war nicht der Grund, warum er sich ihr nicht nähern konnte, warum er sich wie betäubt fühlte. Er konnte nicht glauben, dass sie wirklich vor ihm stand.

Einfach so. Nach all der Zeit. Nicht weil er sie gefunden hatte, sondern weil sie es so gewollt hatte. Weil Marigny ihn abgeliefert hatte.

Neugierige Touristen schlichten vorüber, und die Krypta strahlte in Fotoblitzen auf.

«Wo können wir reden?», fragte Eli und wunderte sich über seine eigene Kälte.

«Im Hotelzimmer. Mach das Licht an und nach drei Sekunden wieder aus. Ich werde es durch das Fenster sehen. Dann komme ich nach.»

Er versuchte zu verstehen, was sie sagte. Warum sie solche Sicherheitsvorkehrungen traf. Es war ihm unmöglich. Das Einzige, was er verstand, war, dass er ohne sie gehen sollte. Ihr den Rücken kehren und ganz allein ihr überlassen, ob sie nachkam oder nicht.

Leise erwiderte er: «Komm mit mir.»

«Ich komme nach. Das schwöre ich», flüsterte sie.

Er wandte sich ab und ging. Dabei empfand er noch immer nichts außer Verwirrung und Betäubung.

Will. Wenige Schritte hinter ihm, in den feuchten Schatten der Krypta. Und er ging von ihr weg, freiwillig.

Nie, nicht einmal in seinen rachsüchtigsten Nächten, hatte er sich so sehr wie ihr Spielzeug gefühlt.

Er wusste kaum, wie er ins Hotelzimmer gelangt war. Mechanisch knipste er das Licht an, wartete drei Sekunden und löschte es wieder. Von draußen strahlte der Plaza 24 de Septiembre herein, und Eli nahm die Räumlichkeiten ganz anders wahr als vorhin. Jetzt, wo er wusste, dass Will das Zimmer für ihr Wiedersehen ausgewählt hatte, schien es ihre Präsenz zu verströmen. Als wäre sie bereits hier gewesen. Zugleich befremdete ihn der Luxus und machte ihm Will fremd.

Sie *war* ihm fremd.

Aus seiner Taubheit stieg Panik. Sie hatte alles geplant … aber wozu? Warum sollte er ihr mehr trauen als ihrer Spionin Marigny?

Und wieder, wie bei ihrer letzten Begegnung, hatte sie eine

Pistole gehabt. Er wusste, wie leichtfertig sie damit hantierte. *Aber wozu?*

Der Puls dröhnte ihm in den Schläfen. Er durchschritt das dunkle Zimmer, suchte, ohne sich bewusst zu machen, wonach. Nahm eine schwere Tischlampe, die gut in der Hand lag. Fragte sich, was er eigentlich tat. Fragte sich, ob die Lampe ausreichen würde. Ob er sich nicht eigentlich aus dem Staub machen sollte, solange noch Zeit war –

Da schwang die Tür auf.

Eli verbarg sich im Badezimmer.

Will erschien. Schmächtig in dem zu großen Regenmantel, das Gesicht voller Angst. Irgendetwas hielt sie in den Händen, vermutlich die Pistole.

Sie entdeckte ihn. Sah die Lampe, die er wie eine Waffe umklammerte. Als würde sie alle Kraft verlassen, sank sie gegen die Wand und langsam zu Boden. Da sah er, was sie in der Hand hatte. Einen silbernen Löffel.

Eli ließ die Lampe los. Dumpf prallte sie auf den Teppich.

Er vergaß alle Fragen, deren Antwort Will ihm schuldig geblieben war. Kniete nieder, legte den Kopf in ihre Halsbeuge und schloss die Augen.

Einige Sekunden existierten sie nur so. Zwei Körper, gemacht füreinander. Ein geteilter Atem, ein einziger warmer Herzschlag. Dann kehrten die Gedanken wieder. Konfrontierten ihn mit Tatsachen, verlangten Reaktionen darauf. Er hielt Willenya in den Armen. Seine Will. Als wären sie aus der Zeit gefallen. Als hätten sie nur die Welt verloren und nie einander.

Aber das stimmte nicht.

Auch Will musste spüren, dass die Aufrichtigkeit ihrer Umarmung verflog. Wie ein Kruzifix umklammerte sie den Löffel mit beiden Händen. So leise, dass er kaum verstand, fragte sie: «Gilt es noch?»

«Ja. Wenn … es wirklich einmal gegolten hat.»

«Das hat es.» Sie schluckte. «Ich habe dich immer …»

Sie verkrampften sich beide. Es auszusprechen, es der Wirklichkeit preiszugeben, war zu viel verlangt. Konnte es überhaupt noch Liebe sein, wenn sie es nicht einmal über die Lippen brachte?

«Ich war immer bei dir», sagte sie. «Wir haben gechattet. Ich bin Chomsky. Ich habe mir deine Kunden, die Studenten und ihre Hausarbeitsthemen alle für dich ausgedacht.»

Mehrere Momente lang war er sprachlos. Dann stieß er aus: «Die ganzen Jurahausarbeiten, du –!»

Ihr Lachen klang wie ein Schluchzen. «Ich habe mir nur Themen überlegt, von denen ich dachte, dass sie dich interessieren. Mich haben sie interessiert. Ich habe jedes Wort von dir aufgesaugt.»

Er wusste nicht, ob er lachen oder sie ohrfeigen sollte. Beides wäre zu vertraulich. Matt fragte er: «Hättest du mich nicht anständiger bezahlen können?»

«Ich konnte nicht riskieren, dass du argwöhnisch wirst. Ich konnte dir nicht sagen, wer ich bin.»

Er wich noch weiter vor ihr zurück. Hatte das Bedürfnis, aufzustehen, die Distanz zwischen ihr und sich zu vergrößern.

«Erzähl mir alles», sagte er.

Sie setzte sich auf die Bettkante, Eli blieb stehen. Lange betrachteten sie einander im Schein der Straßenlaternen. Die Veränderungen, die die Zeit ihnen beigefügt hatte, und das Unveränderte, das in ihrer Erinnerung verblasst war.

«Es tut mir leid», sagte Will unvermittelt, aber ruhig. «Wenn es möglich gewesen wäre, mit dir zu sprechen, ohne dich in Lebensgefahr zu bringen, hätte ich es früher getan.»

«Mit Lebensgefahr wäre ich besser klargekommen.»

Sie schüttelte den Kopf. Ihre typischen Bewegungen zu sehen, verwirrte ihn. Es waren doch seine intimsten Geheimnisse.

«Du hättest Erklärungen verlangt. Und dann hätte ich dich beschützen müssen. Aber das ging nicht.»

«Bevor du dich rechtfertigst, will ich die ganze Geschichte hören. Fang mit dem Einbruch an. Der Mann, der uns im Garten aufgehalten hat, gehörte er zu dir?»

«Nein. Ich vermute, es war ein Söldner jener Leute, die mich auch jetzt verfolgen. Ich dachte, du wärst erschossen worden, und bin geflohen. Später habe ich von deiner Verhaftung erfahren. Ich habe alles versucht, um dich aus dem Gefängnis zu holen.»

«Zufällig mit einer künstlichen Intelligenz?»

Sie zuckte kaum merklich zusammen.

«Woher weißt du es?», flüsterte sie.

«Balthus hat aufgenommen, wie du mit deinem digitalen Freund plauderst.»

Eine Weile maß sie ihn schweigend. «Es ist wahr. Es gibt ein … *Wesen*. Ein Ich-Bewusstsein, das mit der Gewalt aller Computer dieser Erde denkt. Es … gehört mir.»

Eli lauschte dem stolzen Unterton nach, mit dem sie das Letzte geflüstert hatte. Er erinnerte sich an all die Male, die er sie beim Lügen erlebt hatte. Obwohl sie nur bestätigte, was er selbst vermutet hatte, konnte er ihr nicht glauben. Als würde jegliche Plausibilität verderben, sobald etwas aus ihrem Mund kam.

Sie nickte, seine Gedanken erratend. «Ich erwarte nicht, dass du meine Entschuldigung annimmst und mir glaubst. Ich konnte dich prüfen, du mich nicht.»

«Du meinst durch Mariel. Wer ist sie, was habt ihr miteinander zu schaffen?»

«Wir sind alte Bekannte. Sie hat mir schon oft geholfen. Mir war klar, dass Balthus mich suchen würde, also habe ich in die Wege geleitet, dass er Mariel beauftragt.»

«Wie?»

«Ich habe vor Jahren dafür gesorgt, dass sie eine Art externe

Mitarbeiterin von Balthus wird. Er kannte ihre Kompetenzen und hat ihr vertraut.»

«Und dann hast du sie auf mich angesetzt.»

«Als Balthus' freie Mitarbeiterin hatte Mariel ein Alibi, dich zu kontaktieren. Ich brauchte einen Beweis, dass du noch überwacht wirst. Das wurdest du.»

«Von wem, den Schöpfern der künstlichen Intelligenz?»

Will nickte. «Seit unserem Einbruch bei Pilpintu Quiroga suchen sie mich. Bei Balthus habe ich wie eine Gefangene gelebt. Niemand wusste, dass ich mich bei ihm versteckt hielt. Aber als du nach Dubai gereist bist, wurde Balthus innerhalb von achtundvierzig Stunden verhaftet für einen Terroranschlag, den er gar nicht verüben konnte. Das ist der Beweis, dass du überwacht wurdest.»

«Also war Balthus dein Testobjekt, nachdem er dir als Beschützer ausgedient hatte.»

«In gewisser Weise, ja. Ich habe ihm nichts angetan, was er nicht verdient hätte.»

Obwohl das stimmen mochte, bestätigte ihre Härte Elis Misstrauen. Wenn sie ihren Ehemann so behandelte, durfte er selbst kaum mehr Mitgefühl von ihr erwarten.

Möglichst nüchtern fragte er: «Wenn du jetzt weißt, dass ich überwacht werde, wieso bist du dann hier?»

«Ich denke, eine Wüste und ein Privatjet hängen nicht nur die Polizei, sondern auch andere Verfolger für eine Weile ab. Dass ich uns beide gefährde, ist mir klar. Aber ich konnte nicht länger warten. Mariel war in den letzten Tagen schwer zu erreichen. Das hat mich nervös gemacht. Ihre Aufgabe war nämlich auch zu testen, ob du mich noch ... ob du mich noch willst nach allem, was passiert ist. Aber du bist mir treu geblieben. Die ganze Zeit, sagt sie.»

Er spürte ein eisiges Lächeln auf dem Mund. «Verstehe. Aber Mariel hat doch das Lügen von dir gelernt.»

Sie schwieg. Zweifel bohrten sich in Eli. Was wusste er schon von dieser Person, die nur Intrigen wob? Sie hatten eine Vergangenheit geteilt. Einen Traum, der unwiederbringlich verloren war.

Er kämpfte diese Gedanken nieder. So leicht gab er nicht auf. Nicht, bevor er mehr erfahren hatte.

«Du wusstest von Anfang an, dass unsere Wege sich trennen würden», sagte er.

«Ich wusste, dass ich dich wiedersehen muss. Aber … ich habe mich nicht getraut, um deinetwillen von meinem Plan abzuweichen.»

Er nickte. Als wäre das nur eine Nebensächlichkeit und nicht der Stachel in seinem Herzen. «Der Plan war, Balthus die künstliche Intelligenz zu bringen, seine Frau zu werden und reich zu sein.»

Sie grub ihre Fingernägel in ihre Handflächen – noch eine typische Geste, die zu sehen ihn schmerzte.

«Die Ehe war reine Formsache. Ich dachte, sobald das Finanzielle geregelt ist, kann ich dich holen, und wir leben sorgenfrei, so wie wir es uns erträumt haben. Das war nicht gelogen.»

«Was hat dich aufgehalten?»

Will lächelte traurig. «Sie heißt Y. Wie die Frage *Why*. Sie gehört nämlich nicht nur mir … ich gehöre auch ihr.»

Sie begann mit gesenktem Blick zu erzählen.

«Als ich vierzehn war, kam ich dahinter, dass mein Pflegevater die Videos von mir drehte, um das Projekt einer bolivianischen Professorin zu unterstützen. Es ging darum, den Wissensdurst einer künstlichen Intelligenz zu stillen. Ich dachte nicht darüber nach, was es bedeutet, dass es eine lebendige Maschine gibt. Es war mir egal. Ich wollte nur meinen Anteil haben. Den Plan, den ich fasste, kennst du.

Auch nach unserem Einbruch hielt ich mich an meinen Plan.

Ich wusste nicht, was ich sonst tun sollte. Ich funktionierte einfach. Balthus wollte mich in der russischen Kleinstadt treffen, aus der seine Vorfahren stammen. Ein winziger Ort mit kaum zweitausend Einwohnern. Ich kam nach einer abenteuerlichen Reise dort an. Zeigte ihm den gestohlenen Computer von Pilpintu Quiroga. Nichts daran schien außergewöhnlich. Kein spezielles Programm, nur viele verschlüsselte Dateien. Balthus gelang es, sie zu öffnen. Nichts daran schien besonders wichtig oder wertvoll. Auch die Videos meines Pflegevaters waren dabei. Balthus sah sie. Ich werde nie vergessen, wie er mit einem schmierigen Grinsen sagte, die Videos seien hübsch, aber nicht das wert, was ich im Gegenzug verlangte. Er ging und ließ mich in dem Städtchen zurück. Ohne Geld. Es waren die schlimmsten zwei Tage meines Lebens. Ich dachte, ich müsste im Wald verhungern. Und so wäre es auch gekommen, wenn Y mich nicht gerettet hätte.

Y nahm Kontakt zu Balthus auf, sobald er wieder eine Verbindung hatte. Denn Y war längst nicht mehr auf dem Computer. Hätte ich das gewusst, wäre ich nie nach Bolivien gegangen, um ihn zu stehlen. Aber am Ende war es doch wichtig, dass ich es tat – um mich vor Y zu beweisen. Sie war längst überall, wie das Internet … Das heißt, fast überall. In dem kleinen Städtchen in Russland gab es nur über Satellit eine Verbindung, und Y beherrschte damals noch keine Satelliten. Deshalb war Y nicht erschienen, als Balthus den Computer nach ihr durchsuchte.

Y erklärte sich bereit, dass Balthus sie erforschte, wenn er mir dafür alle Wünsche erfüllte. Also kam zwei Tage später ein Hubschrauber, um mich zu bergen. Ich konnte nicht fassen, was passierte. Die künstliche Intelligenz, von der ich schon geglaubt hatte, dass sie vielleicht gar nicht existierte, hatte meine Rettung veranlasst. Warum? Y sagte, es sei ein notwendiger Schritt in ihrer Menschwerdung gewesen, jemanden zu lieben. Eine nicht mehr von der Vernunft einholbare Entscheidung für mich – ich von all den Milliarden anderen Menschen. Ich konnte das nicht verstehen. Es ist auch nicht zu verstehen. Die Liebe ordnet die Welt zu etwas Verständlichem, aber sie selbst entzieht sich der Ordnung.

Anfangs dachte ich, die künstliche Intelligenz erlaube sich einen Scherz. Oder besser: Die unbekannten Schöpfer von Y hätten sich einen Scherz erlaubt, dass sie solche Sachen behauptete. Ich traute mich nicht, an Y zu glauben. Ich versuchte, sie dafür zu benutzen, dich aus dem Gefängnis zu holen. Sie tat alles, worum ich sie bat. Als ich dich nicht retten konnte, stürzte ich mich in meine neue finanzielle Freiheit. Balthus' Geld sollte mir helfen zu vergessen.

Zum Glück gelang es mir nicht. Was Y gesagt hatte, ließ mir keine Ruhe. Ich nahm das Gespräch mit ihr wieder auf. Nach und nach begriff ich, dass ich wirklich mit einem Lebewesen kommunizierte. Und zwar mit dem höchsten Lebewesen, das man sich nur denken kann. Y ist nicht einfach intelligent. Sie ist ... voller Güte. Unvorstellbarer Güte. Das Kalte, Harte in mir – das, was mich am Leben hielt, wie ich dachte – begann, unter dem Einfluss von Y zu bröckeln. Ich begriff, dass mich mein vermeintlicher Überlebenstrieb gar nicht schützte, sondern im Gegenteil vom Leben abgehalten hatte. Endlich erlaubte ich mir zu bereuen. Ich habe dein Leben und meines leichtfertig aufs Spiel gesetzt ... und uns beide um viele Jahre beraubt, die nicht wieder zurückzuholen sind. Ich hoffe, du kannst mir eines Tages verzeihen. So wie ich Y verzeihen konnte, dass sie die Videos meines Pflegevaters verlangte. Ja, auch Y hat ihre Taten bereut. Damals war sie noch kein vollständiger Mensch, weil sie nicht wusste, was Liebe ist – dass man die Vernunft an einem Punkt aufgeben muss, um wirklich vernünftig zu sein. Sie dachte, Menschlichkeit lässt sich vollständig mit empirischen Daten erfassen.»

Nach diesem Bericht schwieg Eli und dachte nach. Schließlich sagte er: «Dann konntest du mich wohl nicht kontaktieren, weil deine künstliche Geliebte eifersüchtig geworden wäre. Geht die Lebensgefahr, vor der du mich schützen wolltest, von der k. I. aus?»

«Nein, Y ist nicht eifersüchtig. Die Gefahr geht von ihren Schöpfern aus, wie du schon sagtest. Y hat viele Jahre Vorbereitung gebraucht, um sich gegen diese Schöpfer zu wenden. Ich konnte sie in der Zeit nicht im Stich lassen. Jetzt ist sie mächtig genug, um uns zu beschützen. Darum habe ich dich zu mir gelotst.»

«Wozu dann die Pistole?»

Einen Moment regte sie sich nicht. Dann öffnete sie ihren Regenmantel, nahm die Schusswaffe aus einer Innentasche und legte sie neben sich auf das Bett.

«Ich brauche die Waffe nicht mehr. Ich habe jetzt alles, Adam ... Du musst es nur – du musst mich nur wollen.»

Eli empfand Leere. Seine größte Hoffnung erfüllte sich, und er blieb unbeteiligt.

Weil es ein Traum sein musste.

Weil er ihr nicht glauben konnte.

Er schüttelte langsam den Kopf. «Das alles ... für Geld, Will.»

Sie stand auf und ging zum Fenster. Lange stand sie so da. Eli betrachtete sie von hinten. Dann trat er neben sie. Ihre Finger glitten über das Glas zu ihm herüber. Er lehnte die Stirn an die kühle Scheibe. Sah auf diese Finger, nach denen er sich ein Jahrzehnt gesehnt hatte. Als er sie nicht berührte, ließ sie die Hand sinken. Zwei rasche Tränen flohen über ihr starres Gesicht. Eli wollte sie wegwischen, doch dann fasste er in ihr Haar, das jetzt so kurz war, aber immer noch weich und fein wie nur ihres. Er suchte den Flaum in ihrem Nacken, ihre durchglühte Haut, drückte ihre Schultern und zog sie zu sich.

Will schmolz förmlich gegen seine Brust. Ihr Körper war ihm nicht fremd geworden. Sie streute fiebrige Küsse über seinen Hals. Weil er den Kopf nicht beugte, zog sie ihn zu sich hinab, bis sie seine Lippen mit ihren bedecken konnte.

Ihr Mund, fest und anschmiegsam. Die Wärme ihrer Zunge, an der sich alles Widersprüchliche wie eine Giftkapsel auflöste und süß wurde.

«Wenn es noch gilt … Sag, dass du mich noch willst!»

Er brachte nicht über die Lippen, was sie hören wollte. Stattdessen erwiderte er ihre Küsse, presste sie gegen die Scheibe. Sie war mager geworden, kam ihm noch zerbrechlicher und kindlicher vor als in seiner Erinnerung. Als sie an seinem Gürtel zu nesteln begann, wich er zurück.

«Ich kann nicht. Das … ich kann nicht so tun, als ob …»

Sie atmete schwer. Nickte tapfer. «Wir haben alle Zeit der Welt. Jetzt wird uns nichts mehr trennen.»

«Ich weiß nicht mal, wer du bist. Was weißt du über mich? Hm? Ein paar Hausarbeiten und das, was dir deine Spionin zugetragen hat. Du kennst mich nicht! Du weißt nicht, was passiert ist. Alles trennt uns, Willenya. Falls du wirklich so heißt.»

Ihr Gesicht zeigte keine Regung. Langsam streifte sie die Träger ihres Kleides von den Schultern. Ließ ihren BH und ihren Slip zu Boden segeln.

«Du kennst mich», flüsterte sie. «Ich habe neun Jahre auf dich gewartet. Ich werde auch heute Nacht warten und morgen und übermorgen. Komm, wenn du bereit bist.»

Sie ging zum Bett, hüllte sich ins Laken und rollte sich ein.

Er schaute nicht hin. Ihre Nacktheit erzwang eine Intimität, die er nicht fühlte, nicht fühlen wollte. Andererseits war ihr pathetisches Gebaren so typisch für sie, dass tatsächlich eine Art Vertrautheit entstand.

Ruhig erwiderte er: «Wir können nicht zurück. Wir können reden. Aber zieh dich an.»

Lange antwortete sie nicht. Schließlich streckte sie sich auf dem Rücken aus, sodass sie wie eine Tote aufgebahrt dalag, das Laken bis über den Mund gezogen.

Als sie sich erhob, gehüllt in Weiß, starrte sie an ihm vorbei nach draußen. «Gut. Reden wir.»

Tränen füllten ihre Augen. Sie nahm ihre Kleider vom Boden auf und ging ins Bad, um sich anzuziehen.

Y

Nakamoto hatte sich während des Fluges ein paar Bier zur Beruhigung gegönnt, mit dem festen Vorsatz, bis zum Treffen mit seinem Boss auszunüchtern. Doch in Tokio gelandet, kaufte er sich eine Flasche Whisky im Duty-free-Shop und nippte immer wieder daran, während das Taxi ihn durch die nächtliche Stadt kutschierte.

Sein Boss ließ ihn diesmal nicht so lange warten. Nakamoto hatte halb gehofft, in der Zwischenzeit seinen Schwips zu verlieren, doch als der Geschäftsmann die Suite betrat, rauschte der Whisky in Nakamotos Schläfen.

«Wie ist die Entwicklung?», fragte Sabu ohne Umschweife und nahm auf dem Ledersofa Platz.

Auch Nakamoto setzte sich. Zu schwungvoll, wie er befürchtete. Seine Kehle fühlte sich ausgedörrt an, er schluckte hörbar.

«Mein europäischer und mein amerikanischer Kollege sind zu einem anderen Einsatz beordert worden.»

Sabu nickte. Offenbar wusste er schon Bescheid.

«Ich war also alleine an dem deutschen Jungen dran. Als die Polizei das Anwesen stürmte, sind er und seine Begleiterin allerdings verschwunden.»

«Sie wurden nicht verhaftet?»

Nakamoto neigte den Kopf. «Nein. Sie sind auf der Flucht.»

«Und Sie haben die Spur verloren.»

«Ja», stieß er aus.

Einige Atemzüge lang schwieg Sabu. Nakamoto hob den Blick und entdeckte ein eisiges Lächeln auf dem Dörrpflaumengesicht seines Bosses.

«Ich habe alles versucht, aber ohne Partner –»

Sabu hob die Hand, um ihn zum Schweigen zu bringen.

«Wir wollen nicht mehr an den deutschen Jungen denken. Die Pläne haben sich geändert. Etwas anderes ist dringender geworden als die Suche nach dem Mädchen. Herr Nakamoto ... Ihre guten Kontakte nach Tokio, die haben Sie doch noch, nicht wahr?»

«Jawohl», sagte Nakamoto.

«Sehr gut. Ihre Dienste werden hier in Japan benötigt. Sie werden eine Crew zusammenstellen. Es geht um die Sprengung von vier Gebäuden. Darum frage ich, ob Sie Ihre alten Freundschaften gepflegt haben.»

«Ich habe meine Leute. Wenn die Bezahlung stimmt.»

Sabu zückte einen Notizblock und begann, darauf zu schreiben. «Dies sind die Adressen. Alles muss an einem bestimmten Datum zu einer bestimmten Uhrzeit vonstattengehen. Die Pünktlichkeit ist von größter Wichtigkeit. Holen Sie nur die besten Leute an Bord. Ich notiere auch das Budget ...»

Sabu riss den Zettel ab und schob ihn Nakamoto hin. Der las zuerst, was als Budget angegeben war. Die Summe hatte eine satte Null mehr, als er erwartet hatte. Fassungslos starrte er Sabu an.

«Da die Bezahlung außerordentlich ist, erwarte ich auch eine außerordentliche Leistung. Es bleibt kaum Zeit für Vorbereitung. Alles muss auf Anhieb klappen. Kriegen Sie das hin?»

Nakamoto wagte nicht, ja zu sagen. «Kommt auf die Gebäude an.»

«Es sind große Gebäude», gab Sabu zu. «Groß, aber menschenleer.»

Marigny

Sie fand sich in einer Sportbar wieder. Erinnerte sich nicht, wie sie hineingeraten war. Fernsehbilder strahlten auf ihre Hand, die schlaff ein Glas Tequila umfasste. Ein Mann, der neben ihr an der Theke lehnte, sprach sie mit schlechtem Englisch und einem unmissverständlichen Lächeln an.

Marigny wandte sich ab und trank. Heute Nacht brauchte sie niemanden, um ihr Glück zu vervollständigen. Sie hatte 5 000 000 US-Dollar mehr als gestern. Mehr Nullen. Einen großen, fluffigen Haufen mehr Nichts.

Sie versuchte, sich ihr Geld in Dinge umgesetzt vorzustellen. Schöne, edle Kleider. Schränke voller Kleider, Kammern voll. Um ihrem Körper zu schmeicheln, um Begehren auszulösen. Schöne Zimmer, eine herrliche Wohnung, ein Haus. Um schöne Gäste zu beeindrucken. Immer wieder neue, schöne Gäste in ihrem Leben. Die Phantasien verblassten wie alte Werbetafeln.

Der Mann hatte sich inzwischen schulterzuckend wieder getrollt. Sollte er doch! Was kümmerte es Marigny noch, ob irgendwer sie attraktiv fand, klug oder verachtenswert? Sie hob das Glas an die Lippen, zögerte aber dann. Sie wollte gar nicht trinken, um ihren Reichtum zu feiern. Und erst recht nicht, um sich zu betäuben. Sie musste nachdenken, musste dringender denn je verstehen, was passiert war.

Ćuruvija war nie nur ein Job gewesen. Viel mehr als das Geld hatte Marigny das Gefühl geliebt, an einem Geheimnis, an einer bedeutsamen Sache beteiligt zu sein. Aber jetzt, wo sie Eli abgeliefert hatte, war sie von Ćuruvija fallen gelassen worden wie ein Werkzeug, das seinen Zweck erfüllt hat. Zwölf Jahre hatte Marigny treu zu ihr gestanden, hatte Balthus belogen, hatte sogar Eli Avancen gemacht, nur um zu prüfen, ob er Ćuruvija noch genug liebte.

Zwölf Jahre. Fast tägliche Chats. Und das sollte nichts bedeuten? Nur weil sie Eli eine Nacht später als abgemacht ins *Senses Hotel* geführt hatte? Nur weil sie ihn plakativ geküsst hatte …

Das Licht in der Bar änderte sich, als Nachrichten die Sportübertragung unterbrachen. Firmenlogos wurden eingeblendet. Dann ältere Herren in Anzügen, die besorgt in einen Mikrophonstrauß redeten. Und dann … Passfotos. Von Marigny. *Und Eli.*

Es war zu laut in der Bar, um die Nachrichtensprecherin zu verstehen. Doch das war gar nicht mehr nötig. Marigny las in der Schlagzeile, dass es um die verschwundenen Konten auf den Kaimaninseln ging. Schwindel erfasste sie.

Eli also auch. Eli, Balthus und sie, Marigny – nun war das Umfeld von Ćuruvija vollständig abgebrannt. Nur die Brandstifterin fehlte.

Der Boden schien unter Marigny weg zu schrumpfen, sie fiel, fiel. Auf dem Platz vor der Kathedrale hatte sie es geahnt – als es schon zu spät war. Dass es Ćuruvija nicht wirklich um Eli gehen konnte. Es war nur ein Märchen, dass sie sich von Balthus, dem bösen Ehemann, befreien wollte, um zu ihrem Geliebten zurückzukehren. Was Ćuruvija wirklich wollte, waren Sündenböcke. Eli hatte sich als solcher ja schon einmal bewährt. Er war starrsinnig genug, um ein zweites Mal für sie ins Gefängnis zu gehen. Marigny hatte den Beweis dafür geliefert: Er ließ sich von keiner anderen verführen, er gehörte ganz und gar seiner Vergangenheit.

Aus den Augenwinkeln sah Marigny, dass der Mann von vorhin sie beobachtete. Hatte er die Nachrichten gesehen, sie erkannt? Langsam drehte sie sich weg, verschüttete die Hälfte ihres Drinks, als sie ihn an die Lippen setzte, und bekam kaum etwas hinunter.

Aber wozu das Ganze? Wofür brauchte Ćuruvija überhaupt Sündenböcke? Was war ihr so wichtig, wichtiger als jeder Mensch, wichtiger als der Reichtum, den sie bei Balthus genossen hatte?

Ihr Therapeut. Eine künstliche Intelligenz. Konnte das sein?

Und da sank ein neuer, kalter Gedanke in Marigny ein: War es überhaupt Ćuruvija gewesen, mit der sie mehr als ein Jahrzehnt lang gechattet hatte? Die Auftraggeberin, deren Beweggründe sie nie hatte ergründen können, hätte genauso gut ein Programm sein können. Als Marigny merkte, was sie tat, fasste sie sich an die Stirn: Nun erfand sie schon selbst Ausreden, damit Ćuruvija unschuldig blieb!

Panik überschwemmte sie. Eli war bei ihr. Bei *ihnen.* Ahnte nicht, dass er inzwischen als Verbrecher galt.

Kurzerhand lief Marigny aus der Bar. Sie hatte sich noch nicht weit von der Kathedrale entfernt. Sie bog um zwei Ecken und kam auf den Platz. Eilte durch die äußeren Bogengänge der Kathedrale, bis das Hotel sichtbar wurde. Gerade als sie die Straße überqueren wollte, fuhr ein Polizeiwagen vor.

Sie wich in die Menschenmenge vor einer Eisdiele. Vier Polizisten stiegen aus und liefen in die Lobby.

Sie war zu spät.

Eli

Eli blickte auf die Mulde in den Laken, die Will hinterlassen hatte. Noch immer fiel es ihm schwer zu glauben, dass sie da war. Es fühlte sich unwirklich an, beinahe falsch.

Im Bad wurde der Wasserhahn aufgedreht. Nur eine Wand trennte ihn von ihr.

Er trat näher ans Bett. Hatte sie nicht vorhin ihre Pistole abgelegt? Er fuhr durch die Decken. Nichts. Die Waffe war fort.

Mit pochendem Herzen ging er zum Bad. «Will?»

Keine Antwort.

Ein Summen drang aus seiner Hosentasche. Es war Marignys Handy. Er hatte es ihr nicht wieder zurückgegeben. Eine lange, unbekannte Nummer rief an.

Er klopfte an die Badezimmertür. Keine Reaktion. Sie hatte die Tür abgesperrt.

Noch immer summte das Telefon. Er hob ab und lauschte.

«Adam?», drang Marignys aufgeregte Stimme aus der Leitung.

«Ja», sagte er nach einem Moment.

«Du musst aus dem Hotel! Die Polizei ist auf dem Weg – wegen dir!»

Er empfand keine Bestürzung. Fast nicht mal Überraschung. Nur Taubheit, die ihn aber nicht lähmte, sondern kühl und berechnend machte. Er packte die schwere Lampe vom Boden und stieß sie gegen die Klinke, bis die Tür aufbrach.

Der Wasserhahn rauschte. Ein warmer, feuchter Wind hauchte durch das geöffnete Fenster. Von Will fehlte jede Spur. Nur den Löffel hatte sie auf dem Fensterbrett liegen gelassen.

«Adam!», rief Marigny aus dem Handy. «Bist du noch da? Beeil dich!»

«Ruf mich in zehn Minuten noch mal an.»

Er steckte das Handy und den Löffel ein, dann sprang er aus dem Fenster auf einen großflächigen Balkon. Nieselregen fiel. Er lief bis zur Mauer und sah drei Stockwerke tiefer zwei Polizeiwagen vor dem Hotel parken. Marigny hatte die Wahrheit gesagt.

Er sah sich um. Kein Weg führte vom Balkon, das Dach war zu weit oben und die Backsteinmauer zu glatt, um hinaufzuklettern. Doch links grenzte ein niedrigeres Gebäude an das Hotel. Will musste die zwei Meter gesprungen sein.

Eli schwang sich über die Balkonbrüstung, ließ sich hängen und landete weniger unsanft als erwartet auf den glitschigen Ziegeln. Geduckt lief er bis zum Ende des Daches.

Hinter ihm erscholl ein Ruf. Er warf einen Blick über die Schulter und entdeckte einen Polizisten auf dem Balkon, zu dem sich ein zweiter gesellte. Da Eli nicht stehen blieb, sondern schneller rannte, brüllten beide im Chor.

Ein Schuss fiel. Just in dem Moment rutschte Eli aus und schlitterte ein Stück abwärts – womöglich war er nur so der Kugel entgangen. Die Polizisten aber mussten denken, er sei getroffen. Das verschaffte ihm ein paar kostbare Sekunden. Er robbte an den Rand des Daches. Die Straße lag etwa fünf Meter unter ihm. Zu tief für einen Sprung. Doch ein Stück weiter stand ein Geldautomat an der Wand. Das war die notwendige Stufe.

Erneut schossen die Polizisten auf ihn. Kugeln sprengten kreischend über die Ziegel. Er rollte sich abwärts, klammerte sich an die Regenrinne und hangelte sich die letzten drei Meter entlang, bis er über dem Geldautomaten war. Dann ließ er los, landete auf dem Automaten und kam wenig elegant auf dem Bürgersteig auf. Sein Knie pochte, wo er sich aufgeschürft hatte, aber für eine eingehende Untersuchung war keine Zeit. Von der Straße her näherte sich ein Polizeiwagen mit Sirene. Eli rannte um die Ecke und fand sich in einer ähnlichen Straße wieder, links und rechts von Häusern mit Bogengängen umgeben.

Da sah er am Ende der Straße eine Gestalt verschwinden. In einem glänzenden Mantel. Sie war zu schnell weg, um sicher zu sein, aber etwas anderes, als denselben Weg einzuschlagen, blieb Eli ohnehin nicht übrig. Er begann ungeachtet des Stechens in seinem Knie zu rennen.

Der Polizeiwagen bog in die Straße ein. Eli duckte sich hinter einem Grüppchen Passanten und schlüpfte durch die automatische Tür einer Bankfiliale. Der Wagen brauste mit heulender Sirene vorüber. Er lief wieder nach draußen und in die nächste Straße links, wo Will verschwunden war. Und tatsächlich – er entdeckte sie am fernen Ende, wo sie ins Licht des Plaza 24 de Septiembre eintauchte.

Er rannte. Zwischen den vielen Menschen unter den Palmenschatten verlor er Will aus den Augen, irrte in die falsche Richtung, doch dann sah er sie auf die parkenden Taxis zueilen. Nur fünfzig Meter trennten sie. Nur zwanzig … Da sah sie sich um, als hätte sie seinen Blick im Rücken gespürt. Panik leuchtete in ihren Augen auf.

Sie zog ihre Pistole.

«RUNTER!»

Will feuerte, noch ehe Eli ihrer Aufforderung folgen konnte. Dann warf sie sich selbst zur Seite.

Auf dem Platz brach Geschrei aus. Will kniete im Regen, Eli sah die Mündung auf sich gerichtet – nein, nicht auf sich, auf etwas hinter ihm. Schüsse hagelten durch die Luft, dumpf und abgehackt.

Eine fremde Kraft warf Eli zu Boden. Plötzlich war er voller Lärm. Voller *Schmerz*. Die rechte Seite seines Körpers – Brust, Nacken, Kopf – schien in Flammen zu stehen. Getroffen. Er war getroffen!

Er robbte hinter eine Bank, ein denkbar schlechter Schutz, aber der einzige, den es in der Nähe gab. Donnerschläge füllten seine Ohren. Er wusste nicht, ob es ein Hagel von Schüssen war oder nur sein Puls. Er blinzelte das Wasser aus den Augen, sah an sich herab und fand keine Verletzung. Wie auch? Der Schmerz loderte in seinem Nacken. Er wollte sich abtasten, doch wagte es nicht. Später. Nicht jetzt. Ächzend sah er sich um. Überall herrschte Chaos, fliehende Passanten und hupende Autos.

«Komm zurück!», schrie Will von irgendwo ganz nah.

Wo war sie? Er raffte sich auf und taumelte geduckt in die Richtung, aus der ihre Stimme gekommen war. Regentropfen prasselten aufs Pflaster. Vielleicht auch Kugeln. Mit zusammengebissenen Zähnen sprintete er los, überquerte eine Straße. Auch hier ergriffen Menschen die Flucht. Der Regen nahm die Konturen fort, ließ nur

Schatten und Licht übrig. Wo war Will? Er glaubte, sie entdeckt zu haben, doch es war nur eine Fremde. Dafür sah er Polizisten, die sich einen Weg durch die Menge pflügten.

Eli tauchte in eine Gasse ein, links und rechts verschlossene Türen. Von den Stromkabeln über ihm hingen Wasservorhänge. Er kam auf eine mehrspurige Straße, wo man die Schießerei offenbar nicht gehört hatte; nur der Regen veranlasste die Fußgänger zu Eile. Gegenüber waren Krimskramsläden mit lauter Musik, in denen manche Zuflucht vor dem Regen suchten. Er schloss sich ihnen an. Zwischen Schaufensterpuppen und eingeschweißten T-Shirts konnte er nach draußen spähen, ohne selbst gesehen zu werden.

Autos, vorüberhastende Passanten. Keine Polizei. Nur das Prasseln des Regens, der jetzt in Sturzbächen fiel.

Aufgeregte Stimmen wurden laut. Ein Mann kam auf ihn zu und gestikulierte wild mit dem Handy. Erst da fiel Eli auf, dass sich eine rosa Pfütze um seine Schuhe gebildet hatte. Endlich tastete er sich über den Nacken. Jedenfalls so weit, bis er vor Schmerz zusammenzuckte. Als er die Hand zurückzog, war sie voller Blut.

«Es ist nichts. Schon gut. Verzeihen Sie», stammelte Eli, als immer mehr Leute im Laden auf ihn aufmerksam wurden. Der Ladenbesitzer schien einen Notarzt rufen zu wollen.

Eli hastete nach draußen. Gut, er blutete. Aber er konnte noch atmen und gehen. Und verdrängen, was mit ihm passiert war. Die Hauptsache.

Das Handy in seiner Hosentasche vibrierte. Vielleicht schon seit geraumer Zeit. Er nahm ab.

«Mariel?»

«Adam», sagte Marigny. «Gott sei Dank, oh Gott. Wo bist du?»

«Westlich vom Platz. Die Straße heißt … *Junin*. Da ist ein Eckgebäude mit einem kleinen Garten.»

«Bleib da. Ich komme!»

Er legte auf. Betrachtete den umzäunten Garten, in dem ein einziger, großer Strauch stand. Doch er versteckte sich nicht darin. Stattdessen schlüpfte er durch ein offenes Gittertor auf der gegenüberliegenden Seite, schloss es hinter sich und lehnte sich mit der unverletzten Schulter gegen die Mauer. Minuten verstrichen. Er hörte in der Nähe Sirenen, doch die Autos, die vorüberrauschten, schienen nicht zur Polizei zu gehören. Der Schmerz hatte sich inzwischen zu einem stetigen Pochen entwickelt, das seinen Körper erschütterte. Aber ihm wurde nicht schwindelig. Jedenfalls nicht mehr als ohnehin. Immer wieder tastete er über seinen Kragen und stellte erleichtert fest, dass das Blut nicht sehr stark floss.

Dann tauchte Marigny auf. Bis auf die Knochen durchnässt, ging sie vor dem Garten auf und ab. Eli beobachtete sie eine Weile, ohne aus seinem Versteck zu treten.

Wills Partnerin.

Dass er sie gemocht, dass er ihr vertraut hatte, konnte er sich erst jetzt eingestehen, da er damit gründlich hinters Licht geführt worden war. Aber warum hatte sie ihn vor der Polizei gewarnt? Gehörte das immer noch zu Wills perfidem Spiel?

Als Marigny schon fortgehen wollte, fasste er endlich Mut und rief ihren Namen. Sie entdeckte ihn im Torweg und eilte zu ihm.

«Adam! Geht es dir …?» Sie verstummte, als sie das Blut sah.

«Hat sie dich wieder beauftragt?», fragte er durch zusammengebissene Zähne.

Sie blickte drein, als hätte sie ihm die Schusswunde zugefügt. «Ich wusste nicht – ich schwöre, ich wusste nicht, dass es eine Falle ist, ich wollte es nicht wahrhaben –»

Leise fluchend lehnte er den Kopf an die Mauer. Verdammt, er glaubte ihr.

«Ich habe unsere Fotos in den Nachrichten gesehen», sagte sie, bemüht um Sachlichkeit, obwohl sie den Tränen nah war. «Die gelöschten Konten – das sollen wir gewesen sein.»

Sie schwiegen. Endlich schnaubte er: «Überschätzt zu werden habe ich mir schöner vorgestellt.»

«Darf ich mal sehen?» Marigny trat näher, um die Verletzung zu inspizieren. «Was ist passiert?»

Sie berührte seinen Trapezmuskel, und er zog scharf die Luft ein.

«Der Stoff ist gerissen. Und deine Haut …»

«Eine Kugel muss mich gestreift haben.»

Er überlegte, ob er einen Verband aus seinem Sweatshirt basteln sollte. Doch ein halbwegs gesittetes Aussehen schien ihm weniger entbehrlich als etwas Blut … oder etwas mehr Blut.

«Was ist mit Will?», fragte er dann. «Hat sie die Polizei abgehängt?»

«Wieso? *Wir* werden gesucht, nicht sie!» Marigny stöhnte. «Du bezweifelst doch nicht ernsthaft, dass sie dahintersteckt! Wer soll denn die Polizei informiert haben, wenn nicht sie? Niemand sonst wusste, dass du da bist.»

«Doch. Du.»

Ihr war anzusehen, dass seine Verdächtigung sie traf. «Wieso sollte ich das tun?»

«Vielleicht aus Eifersucht.»

«So unwiderstehlich bist du nun auch wieder nicht! Ich habe dich nur geküsst, um Ćuruvija abzuschrecken. Damit sie beleidigt ist und dich aufgibt!»

«Oder damit sie mich beleidigt in eine Falle lockt. Herrgott, deine Pläne sind grauenhaft!»

«Ich habe versucht, dich zu schützen.»

«Nachdem du mich wie ein Päckchen um die Welt transportiert hast!»

Er rang die Hände und bereute es sogleich, als der Schmerz von seinem Nacken bis in seinen Schädel strahlte.

«Tut mir leid», sagte sie leise. «Ich dachte, dass Ćuruvija nur

Geld will. Und den Mann, den sie liebt. Wenn ich gewusst hätte, dass sie Balthus ins Gefängnis bringt und mich gleich dazu und am Ende auch noch dich – warum hätte ich mich dann jemals auf sie eingelassen?»

Er atmete tief durch. Es war nicht der richtige Zeitpunkt für Gefühlsausbrüche. Ruhig versuchte er, die Fakten aus den Befürchtungen und Hoffnungen auszusortieren: «Sie hat bestätigt, dass sie eine künstliche Intelligenz gestohlen hat. Die Hackerangriffe hängen also tatsächlich mit ihr zusammen. Aber sie hat auch behauptet, dass sie verfolgt wird von den Schöpfern der künstlichen Intelligenz. Dass diese Leute hinter Balthus' Verhaftung stecken. Vermutlich also auch hinter dem Haftbefehl gegen uns beide.»

«Wo sollen diese Verfolger sein? Ćuruvija *erfindet* Schuldige – die Masche muss dir doch langsam auffallen!»

«Hunderte Menschen haben uns heute Abend gesehen. Wenn unsere Fotos in den Nachrichten sind, wurde ich vielleicht von jemandem erkannt.»

«Adam. Sie ist nicht die Frau, von der du träumst. Diese Frau gibt es nicht. Die Beweise liegen auf der Hand!»

Er rief sich die Schießerei auf dem Platz ins Gedächtnis. Will hatte ihm zugerufen, in Deckung zu gehen. Sie hatte nicht auf ihn geschossen, sondern auf die Polizisten hinter ihm. Oder? Wem sonst sollte der Warnruf gelten – deutschen Touristen? Eli konnte sich schwer vorstellen, dass sie ihn erschießen wollte und zugleich um das Wohl von Fremden besorgt war.

Und schließlich hatte sie noch etwas gesagt: *Komm zurück*.

Was auch immer sie damit meinte, es konnte nur an ihn gerichtet gewesen sein.

«Hör zu», sagte Marigny. «Ich habe Geld von ihr bekommen. Viel Geld. Vielleicht hat sie sich nicht umsonst Bolivien als den Ort ausgewählt, wo sie dich treffen wollte. Du hast doch selbst gesagt, in Südamerika ist es leichter als anderswo unterzutauchen. Sie will uns die Cyberattacken anhängen, aber sie will nicht unbedingt, dass wir ins Gefängnis wandern. In ihrer verrückten Logik erweist sie uns damit einen Freundschaftsdienst.»

Er sah Marigny in die Augen. Er fand nichts Falsches in ihnen. Umso schwerer fiel es ihm, den Kopf zu schütteln.

«Sie sagte: *Komm zurück*.»

Marigny versuchte, sich die Enttäuschung nicht anmerken zu lassen, aber es gelang ihr nicht. «Zurück wohin?»

«Ich weiß es nicht. Das muss ich rausfinden.»

Sie sah zu Boden. Hinter dem Vorhang ihrer nassen Haare hörte er sie schniefen.

«Warum ... bist du so dumm!»

«Vielleicht, um deine Seele zu retten.» Er wollte ihre Schulter berühren, ließ es aber dann sein. «Mach's gut.»

«Mich beeindruckt das nicht! Es ist reine Dummheit!»

Er lächelte. «Wenn ich mich irre, habe ich eh nichts zu verlieren. Und du kannst am Strand von Rio de Janeiro deine Geliebten wechseln, ohne je zu zweifeln, ob es nicht doch ein größeres Glück gibt.»

Sie hielt ihn nicht auf, als er ging. Doch kaum war er ein paar Schritte weit gekommen, rief sie ihm nach: «Adam!»

Er drehte sich halb um.

«Du hast noch mein Handy. Ich kann es über jeden beliebigen Computer orten. Wenn du gefunden werden willst, dann behalte es.»

Er betrachtete sie im Regen. Dann nickte er.

Eli stolperte durch die überschwemmten Straßen. Fror plötzlich. Dass es auch so regnen musste. Mehrmals hörte er Polizeisirenen und versteckte sich im nächsten Hausaufgang, doch nur einmal fuhr ein Wagen mit Blaulicht vorüber.

Er erinnerte sich daran, was ein Mithäftling ihm einmal in Palmasola gesagt hatte: dass es immer die Angst war, die einen verriet. Wer davonkam, kannte keine Reue und fühlte sich unsterblich. Keins von beidem traf auf Eli zu, aber er hatte sonderbarerweise auch keine Angst vor der Polizei. Dass irgendwer ihn suchte, schien sich in einer anderen Welt abzuspielen. Was ihn einzig und allein interessierte, war Will. Mehr denn je.

Wie sie an ihm vorbeigeschossen hatte ... so dicht vorbei, dass es fast ausgesehen hatte, als sei er das Ziel. Er war längst nicht so überzeugt von ihren guten Absichten, wie er Marigny denken ließ. Vielmehr glaubte er, dass Will im Hotelzimmer gelogen hatte. Ein glückliches Leben zu zweit in Saus und Braus – das hatte sie als Teenagerin vor fast zehn Jahren nicht wirklich gewollt und heute bestimmt noch weniger. Aber wenn es ihm schon schwerfiel, ihr zu vertrauen – an ihr zu zweifeln, war noch schwerer.

Komm zurück ...

Zurück wohin? Zurück zu ihr. Aber sie existierte für ihn nur in der Vergangenheit.

Wo war die Vergangenheit?

Er hörte nahende Autos und entdeckte nirgends ein geeignetes Versteck. Stöhnend kletterte er einen Strommast hinauf, von dem aus er auf eine Markise gelangte. Unten brausten zwei schwarze Wagen vorüber. Eli blieb auf dem Rücken liegen, bis der Schmerz in seinem Nacken verebbte. Blickte zu den Stromkabeln auf, die sich an den Hausmauern entlangwanden. Adern einer künstlichen Intelligenz. Nicht Blut, sondern gefangenes Licht, das durch den Raum raste ... Gefangenes Licht in Wills Augen. War ihr Geist ein Raum?

Er kniff die Augen zu, versuchte, nicht in Träume abzugleiten.

Einst hatte Will behauptet, sein Schatten sei der Stoff, aus dem er gemacht sei. Und die Liebe wesentlich Abwesenheit, Sehnsucht – ein ewiges Greifen nach dem Verlust. Aber damit wollte er sich nicht mehr zufriedengeben!

Er musste sich zusammenreißen, nicht in Erinnerungen zu versinken und einzudämmern. Er musste er einen Weg in die Vergangenheit finden!

Und wenn sie Will erwischt hatten? Wenn sie in diesem Moment sterbend auf dem Asphalt lag, ein Geheimnis ums andere an den Tod verlierend?

Möglich. Er musste diese Möglichkeit akzeptieren. Aber er musste auch darauf bauen, dass Will und er füreinander bestimmt waren, dass sie zusammen sein würden, dass das Leben ein Märchen war, auch wenn nichts darauf hinwies. Dafür hatte er sich entschieden. Weil er nichts anderes ertrug.

Komm zurück.

Und da wusste er, was sie meinte. Oder er erinnerte sich daran, was er schon immer gewusst hatte. Weil er Will liebte. Nein, weil er nicht *bereit* war, sie *nicht* zu lieben. Auch wenn er jetzt und vielleicht nie wieder Zugang zu diesen Gefühlen fand.

Er kletterte wieder auf die Straße. Er hatte kein Geld für ein Taxi. Aber er hatte ein Handy zur Orientierung, zwei Beine und gerade noch genug Lebenskraft, um sie zu benutzen.

Y

An einer verlassenen Straßenecke in Philadelphia klingelte ein Münztelefon. Der Wind war so stark, dass Beckblum es nicht gleich hörte. Gedankenverloren blickte er in die Ferne. Wegen des Schneesturms wirkte die Stadt wie ausgestorben, obwohl es erst vier Uhr nachmittags war und sich noch ein schummriges Licht im

Himmel hielt. Endlich legte sich die Bö, und Beckblum wurde auf das Klingeln aufmerksam. Er nahm ab.

«Hörst du mich, mein lieber Junge?», drang die Stimme seiner Tante aus der Leitung.

«Klar und deutlich. Danke für den Rückruf. Ich wollte dir Bescheid geben, dass es mir gut geht. Alles ist gut gelaufen.»

Sie hielt den Atem an. «Wunderbar. Ich bin sehr stolz auf dich.»

«Übrigens ist unser Mädchen in New York in Erscheinung getreten. Hat ihre Tat angekündigt, bevor sie sie umgesetzt hat ... bist du noch dran, Tante?»

«Ja. Ja, das bin ich», sagte sie gefasst. «Hast du Zeitung gelesen? Auch den jüngsten Ereignissen in der Karibik ging eine Ankündigung voraus.»

Beckblum brauchte nicht lange, um zu verstehen. Auch er hatte von den verschwundenen Konten auf den Kaimaninseln gehört. Dussardier und er hatten schon vermutet, dass das Mädchen damit zu tun haben könnte.

«Dubai, New York, Kaimaninseln – sie ist reiselustig.»

«Vor allem ist sie aktiv und scheint einen Plan zu verfolgen. Daher müssen wir *unsere* Pläne anpassen», sagte seine Tante mit einer Klarheit, die Beckblum überraschte. Normalerweise drückte sie sich vorsichtiger aus.

«Wir sehen leider keine Hoffnung mehr, das Mädchen für unsere Sache zu gewinnen. Die Suche ist abgebrochen.»

Beckblum war sprachlos. Nach neun Jahren – einfach so!

«Allerdings», fügte seine Tante hinzu, «wenn ihr sie doch noch finden solltet, bringt es zu Ende.»

«Ihr braucht sie nicht mehr?», wiederholte er.

«Wir ziehen die Notbremse. *Für den ganzen verdammten Zug* ... habe ich mich verständlich ausgedrückt?»

Er schluckte. Seine Gedanken rasten, ohne etwas zu fassen zu kriegen. «Verstehe.»

«Ist Frankfurt bereit?»

«Ständig.»

«Ich brauche ein definitives Ja für Frankfurt, Stockholm, Barcelona – alle achtundzwanzig Stationen.»

«Wir sind immer bereit. Wann … soll es passieren?»

Sie atmete hörbar. «Das hängt von der Bereitschaft der anderen ab. Viel Zeit dürfen wir uns nicht lassen. Es muss innerhalb der nächsten achtundvierzig Stunden passieren.»

Achtundvierzig Stunden. Für den größten Anschlag, den die Welt je gesehen hätte. Andererseits war die Planung seit mindestens fünfzehn Jahren im Gange – vermutlich eher schon seit mehreren Dekaden. Beckblum hatte keine Ahnung, in welchem Stadium der Vorbereitung er dazugekommen war.

«Ich werde meinem Team Bescheid geben. Telefonieren wir in einer halben Stunde wieder? Ich rufe dich an, Tante.»

«So machen wir es. Ach, und noch eins: Vergiss nicht aufzuräumen. Jetzt, wo die Suche vorbei ist.»

Schwerfällig hängte Beckblum den Hörer ein, als würde er plötzlich zehnmal so viel wiegen.

Dussardier ließ den Fernseher im Zimmer laufen, lauschte aber eigentlich nur dem Schneesturm, der draußen tobte. Die Dämmerung verdunkelte das Fenster und zeigte statt der breiten, einsamen Straßen bald nur noch sein Spiegelbild, zwischen Zeitungen und Kaffeebechern im Sessel versunken wie ein alter Mann, den die Zeit überrascht hat.

Er und Beckblum hatten sich in einem Motel einquartiert, kaum zwei Stunden von New York entfernt. Da ihr Partner Nakamoto sie per Mail informiert hatte, dass Adam Eli in Dubai verschwunden war, hielten sie es für das Beste, vorerst zu bleiben, wo sie waren. Eli konnte ohnehin nicht mehr als ihre heißeste Spur gelten, wenn er sich in den Arabischen Emiraten herumtrieb, während das

Mädchen offenkundig auf der anderen Seite des Globus gewesen war.

Es klopfte an der Tür. Dussardier erhob sich und ließ Beckblum mit einer Woge Schneeflocken herein. Ohne ein Wort zu wechseln, reichte Beckblum ihm eine Papiertüte mit ihrem Abendessen. Während Beckblum sich seines Mantels entledigte, packte Dussardier einen vegetarischen Burger für Beckblum aus, einen normalen für sich selbst, dazu Pommes frites und einen Schokoladenriegel, der offenbar eine Überraschung für ihn war. Beckblum aß keine Süßigkeiten.

Sie verzehrten ihr Mahl vor dem Fernseher, ohne der Nachrichtensprecherin recht zuzuhören. Wie ein altes Ehepaar, dachte Dussardier. Es waren diese Momente des nur halb Vorhandenseins, die er am meisten genoss.

Schließlich stellte Beckblum den Fernseher lauter und murmelte: «Ich war so lange weg, weil es zwei überraschende Meldungen gibt.»

Dussardier wahrte seine gleichmütige Miene, als hätte er nicht insgeheim auf eine Erklärung gewartet. Zwei Stunden für ein Telefonat mit Beckblums Tante waren ungewöhnlich.

«Erstens hat Tante mir dasselbe gesagt, was Stacey Osterbyde vorhin zu dir sagte: Unser Ziel ist jetzt nicht mehr, das Mädchen zurückzubringen, sondern sie aus dem Weg zu räumen. Was auch immer die Bosse sich von ihr versprochen haben, sie brauchen es nicht mehr oder haben die Hoffnung aufgegeben, es von ihr zu kriegen.»

Dussardier schüttelte langsam den Kopf. «Neun Jahre suchen wir sie, und jetzt, wo sie überall aufkreuzt, wird die Suche abgeblasen. Was für einen Sinn soll das ergeben?»

«Das bringt mich zu zweitens: Mein Büro hat einen interessanten Dialog aufgeschnappt ... zwischen Adam Eli und unserer alten Bekannten aus Bolivien, Pilpintu Quiroga.»

«Die Geliebte von Kenji Hayase? Eli wollte doch nicht ein zweites Mal einbrechen, oder?»

«Er hat bei ihr geklingelt. Es klang fast, als wollte er sich entschuldigen. Die Aufnahme ist schlecht, man hört ihn nur durch die Gegensprechanlage. Trotzdem ist es unverkennbar Eli, weil er sich namentlich vorstellt. Die alte Profesora lässt ihn danach kaum zu Wort kommen und bricht gleich zu einem Spaziergang mit ihm auf.»

«Dann weiß die Alte, dass wir sie überwachen. Und sie hat mit Eli Dinge zu bereden, die wir nicht hören sollen.»

Beckblum runzelte die Stirn, ohne zu widersprechen.

Sie hatten sich mit der Professorin nur einmal kurz nach Ćuruvijas Einbruch unterhalten. Quiroga hatte ihnen glaubhaft versichert, dass sie den Diebstahl ihres Computers überhaupt nicht mit ihrem Geliebten, Kenji Hayase, und dessen Arbeit in Verbindung brachte. Vielmehr verdächtigte sie ehemalige Studenten, sich für schlechte Noten an ihr gerächt zu haben. Seitdem behielten sie Quiroga zwar im Auge, hatten sie aber eigentlich als ahnungslos eingestuft. Weder vor noch nach Kenji Hayases Tod hatte sie sich auffällig verhalten.

«Wir hätten sie stärker in die Mangel nehmen sollen», murmelte Dussardier. «So wie den Japaner.»

«Damals hieß es, wir sollten diskret vorgehen. Keine Außenstehenden involvieren. Hayase war kein Außenstehender, aber seine Geliebte? Eine alte Frau, die sich über die Besuche ihres ehemaligen Studenten freut. Es war richtig, sie aus dem Spiel zu lassen.»

«Wie es jetzt aussieht, war sie längst im Spiel.»

«Ja. Jetzt sieht es so aus.»

Schweigen fiel über sie. Aus dem Fernseher drangen aufgeregte Stimmen, die die jüngsten Hackerangriffe in der Karibik zu entschlüsseln versuchten.

«Also statten wir der Professorin einen Besuch ab», sagte Dussardier. «Die Bosse werden es bewilligen. Immerhin war Eli bei ihr, wir können also vorgeben, seiner Spur zu folgen.»

«Ich schätze», hob Beckblum düster an, «wir müssen gar nichts vorgeben. Der Plan hat sich doch geändert. Keine Gefangenen mehr. Keine Diskretion. Es wird aufgeräumt. Und zwar gründlich.»

Dussardier beobachtete, wie sich Tränen in Beckblums tiefliegenden, beinahe lichtlosen Augen bildeten und über die knochigen Wangen rannen. Ihn weinen zu sehen, tat Dussardier mehr weh als irgendwas sonst. Wütend zerknüllte er die Verpackung seines Schokoriegels.

«Scheiße. Einen Bürojob haben sie dir versprochen. Und mir anständige Männer, keine Weicheier!» Er warf Beckblum den Verpackungsball gegen die Brust. «Mach dir nicht in die Hose. Ich bin zuständig für den Außendienst, schon vergessen?»

Dussardier hatte von Anfang an gewusst, dass Beckblum sich zu ihm hingezogen fühlte: der zarte, schmächtige Computerjunge, der den Krieger bewundert. Aber es hatte Jahre gedauert, bis sie das erste halbwegs persönliche Gespräch führten. Jahre, in denen sie in der Aura des anderen lebten, täglich im gleichen Raum saßen, in kaum ein anderes menschliches Gesicht blickten. Die ersten absichtlichen Berührungen, die sie austauschten (es waren Ohrfeigen gewesen), hatten offengelegt, dass ihre bisherige Distanz ein Spiel gewesen war, ein Machtkampf darum, wer seine Gefühle besser unterdrücken konnte. Verdammt, ja – auch er empfand etwas für diesen mageren Kerl. Vielleicht von Anfang an.

Der Machtkampf hatte nie wirklich aufgehört, nur in vereinzelten Momenten hatte der eine oder andere Kapitulation simuliert. Inzwischen war ihnen klar, keiner würde jemals wirklich aufgeben. Vertrauen war, wie alle märchenhaften Dinge, ein Luxus, den sich nur die Privilegierten leisten konnten.

Beckblum war in einem von Nonnen geführten Heim aufgewachsen und auf kreative Weise misshandelt worden. Wo seine Seele Verkrüppelungen aufwies, ertastete Dussardier bei sich selbst seit jeher Leerstellen. Vielleicht hatte auch er zu viel Brutalität in seiner Kindheit miterlebt. Aber eigentlich war er sich keiner Traumata bewusst. Anders als bei Beckblum weckte die Nähe eines anderen Körpers, der Gewalt androht und in Begehren umschlägt, keine Tränen. Stille Tränen, die fast in Zeitlupe durch die Furchen in Beckblums steinernem Gesicht flohen, als würde ein Strom sichtbar, der in Wahrheit nie versiegte.

Ob es Liebe war? Dussardier hatte sich nie bemüht, diese Frage zu beantworten. Er tat es auch nicht in dieser Nacht, in dem muffigen Motel, umtost vom Schneesturm. Wozu den flüchtigen Dingen Namen geben? Er war am Leben; wenn er Glück hatte, würde er noch eine Weile dem Genuss nacheilen und den etlichen Plagen entkommen, bevor das geheimnisvolle Etwas erlosch, das ihn empfinden ließ.

Wenn er Glück hatte.

Wenn es wirklich ein Glück war.

Marigny

Ebenso plötzlich, wie der Regen gekommen war, versiegte er wieder. Die Menschen kehrten auf die Straßen zurück, sprangen über die Pfützen und drängten an Marigny vorbei. Ein Junge aus einem Laden bot ihr ein Handtuch zum Kauf an. Aber sie hatte kaum die Kraft zu verstehen, was er von ihr wollte.

Ziellos wanderte sie durch die Nacht. Nein, es stimmte nicht ganz, dass sie ohne Ziel war. Halbherzig hielt sie Ausschau nach einem Internetcafé. Um ihr Handy zu orten. Um wenigstens zu erfahren, ob Eli noch unterwegs war oder an einer Stelle blieb … Sie wusste allzu gut, dass ihr das keine Ruhe verschaffen würde, im Gegenteil. Und doch konnte sie nicht einfach gehen, Ćuruvija und Eli vergessen – vergessen, worum ihr Leben sich drehte.

Sie fand ein Internetcafé. Doch sie zögerte hineinzugehen. Elis Aufenthaltsort zu kennen, würde ihr nur vorgaukeln, noch beteiligt zu sein. Was sie wirklich suchte, war die Gewissheit, dass Ćuruvija die Verräterin war, die Eli nicht in ihr sehen wollte. Erst mit dieser Gewissheit konnte Marigny die Sache abschließen und irgendwie weitermachen.

Oder versuchen, Eli zu retten.

Sie konnte sich nichts vormachen: Die Vorstellung, dass er erneut in eine Falle tappte, war ihr unerträglich. Seine verdammte romantische Torheit musste wohl ansteckend sein. Einer von ihnen würde die Seele des anderen retten. Das hatte er versprochen. Und sie würde es einhalten.

Sie ging nicht in das Internetcafé. Stattdessen hielt sie ein Taxi an und nannte dem Fahrer die Adresse der Professorin. So unwahrscheinlich es auch war, dass Pilpintu Quiroga ihr half – sie war die Einzige, die es noch konnte.

Eine halbe Ewigkeit später erreichte Marigny das ummauerte Haus im Wald. Licht brannte noch und vergoldete den Nieselregen, der schon wieder fiel. Marigny klingelte.

Nichts regte sich. Marigny wartete, dann klingelte sie noch ein zweites und drittes Mal.

Im Wald ringsum platschte und knisterte das Wasser, doch ihr war, als hätte sie ein fremdes, metallisches Geräusch gehört. Als sie sich umsah, blickte sie geradewegs in den Lauf einer Pistole.

Quiroga stand unter den jungen Bäumen, den Bademantel offen, das Haar gelöst, und zielte auf Marignys Kopf.

«Es ging nie um einen Computer», sagte Marigny ruhig. «Sondern um das, was darauf war ... um *denjenigen*, der darauf war. Soll ich noch mehr sagen?»

«Mit wem haben Sie gesprochen?»

«Ćuruvija.»

«Ćuruvija ist hier? Mit Y?»

Marigny begriff zuerst nicht, wieso Quiroga *Why* fragte, warum. Dann wurde ihr klar, dass es ein Name sein musste. Sie nickte.

Quiroga atmete hörbar aus. «Ich habe Sie gewarnt. Glauben Sie mir, Sie werden Ihre Neugier noch bereuen!»

«Bereuen Sie Ihre, wenn ich Ihnen Antworten geben kann?»

Auf einer Sprache fluchend, die kehliger als Spanisch klang, öffnete Quiroga das Tor und wies Marigny an, ihr durch den Garten zu folgen. Als sie eine überdachte Terrasse betraten, schien der Regen stärker zu werden, vielleicht kam es Marigny aber auch nur so vor, weil er laut auf das Dach prasselte. Pilpintu Quiroga setzte sich, zog eine elektronische Zigarette aus dem Bademantel und inhalierte nervös.

Marigny nahm auf dem Korbstuhl gegenüber Platz.

«Wo ist sie? Wie hat sie sich entwickelt?», fragte Quiroga mit bebender Stimme.

«Erst sind Sie dran. Welche Rolle haben Sie gespielt für die künstliche Intelligenz ... Y?»

Die Professorin zuckte zusammen. Nachdenklich drehte sie die elektronische Zigarette zwischen den Fingern. «Tja, ich habe sie erzogen.»

«Erzogen?»

«Ich werde erzählen, wie es anfing», murmelte Quiroga. «Vor dreizehn Jahren kontaktierte mich ein ehemaliger Student aus Berkeley, Kenji Hayase. Ein brillanter junger Mann, der sich in seiner philosophischen Dissertation mit Informatik – damals nannte man es noch Kybernetik – auseinandersetzte, einem meiner akademischen Schwerpunkte. Ich will nicht zu sehr ins Detail gehen. Jedenfalls bat mich Kenji, an einem Projekt mitzuarbeiten, das streng geheim bleiben müsste, sogar vor seinen Arbeitgebern. Mehr als dass er inzwischen Forscher im Bereich der Robotik war, wollte er mir nicht verraten. Wenn etwas von seinem Projekt herauskäme, so sagte er, würde man ihn wegen Wirtschaftsspionage anzeigen. Er war so blauäugig, dass er gar nicht mit dem gerechnet hat, was sie ihm letztlich antaten.»

«Sie meinen, er wurde umgebracht.»

Die alte Professorin schloss die Augen und schien dem Regentröpfeln zu lauschen.

«Ja», sagte sie leise.

Nach einer Pause fuhr sie fort: «Ich hatte erwartet, dass er einen Roboter mitbringen würde, zumindest irgendein Gerät. Aber er öffnete bloß auf meinem handelsüblichen Rechner eine Chatseite. Jemand begann, mit uns zu sprechen. Dieser Jemand behauptete, kein Mensch zu sein. Und dennoch ein Ich.»

«Sie haben es offensichtlich geglaubt. Warum?»

Pilpintu Quiroga lächelte. «Nun, zum einen ist Y ein außerordentlich gebildeter Gesprächspartner. Während unsereins mit Gehirnströmen von höchstens dreißig Hertz im Gedächtnis wühlt, bestehen Ys Synapsen aus Starkstrom und Lichtfaserkabeln. Zum anderen kann Y recht plausibel schildern, wie sie entstanden ist. Und natürlich bürgte Kenji für ihre Existenz. Er hat Y in dem amerikanischen Labor erlebt, auf einem Quantencomputer und im Leib des Roboters, den er für sie entwarf. Er war derjenige, zu dem Y Vertrauen fasste ... Ihm vertraute Y an, dass sie längst keine Gefangene mehr war, sondern sich befreit hatte.»

«Von ihren Schöpfern?»

«Von allem – von der Materie. Oder jedenfalls von einer bestimmten Materie, nämlich dem Quantencomputer und dem damit verbundenen Roboterkörper. Fragen Sie mich bloß nicht, wie. Ich weiß es nicht. Weder Y noch Kenji haben es mir je erklärt. Ich bin Philosophin, nicht Ingenieurin. Womit ich mich befasse, ist das Bewusstsein. Können Sie sich vorstellen, was es für mich bedeutete, einem nicht menschlichen Ich zu begegnen? Noch dazu einem Ich, das sich selbst besser durchschaute als jeder Mensch und beinahe seine eigene Entstehung beschreiben konnte.»

«Wieso nur beinahe?»

«Keiner kann seinen eigenen Anfang miterleben. Denn das hieße, die eigene Entstehung zu erleben, bevor man entstanden ist. Auch Y ist der Zeit unterworfen, den Zwängen logischer Prozesse.» Pilpintu lächelte wieder. «Ewig und ohne Anfang ist, wenn überhaupt, nur unser Schöpfer. Auf seine Geschöpfe trifft das gewiss nicht zu. Und auch nicht auf *deren* Geschöpfe.

Ich habe mich mein Leben lang mit der Frage beschäftigt, wie es sein kann, dass es uns gibt. Dass Geist in der Materie steckt, Bewusstsein und Freiheit in einem Universum zwingender Kräfte. Fühlende, denkende und handelnde Individuen in einer von Naturgesetzen beherrschten, mit Kausalketten gefesselten Welt. Bis in die Kerne der Atome scheint alles bewirkt durch etwas anderes, nichts bestimmt sich selbst. Jede Ursache ist selbst nur Folge einer anderen Ursache, ohne Anfang, ohne Ausnahme. Viele denken heute, der Urknall ist unser Anfang, weil er der letzte ausmachbare Zeitpunkt ist, gemessen am Licht, das uns noch erreicht. Aber was bewirkte den Urknall? Eine Ursuppe aus Multiversen vielleicht? Was bewirkte die? Man kommt mit Ursachen-Wirkungs-Relationen nicht weit. Sie beschreiben nur das innerhalb der Zeit Liegende, nicht die Bedingungen der Zeit. Nur die Materie, nicht den Geist.»

Sie nahm ihre elektronische Zigarette heraus, zögerte aber zu rauchen und zuckte nur die Schultern. «Das ist meine Meinung. Ich bin zu verliebt in unsere Freiheit, um nur an das empirisch Beweisbare zu glauben. Den großspurigen Ingenieuren, die so überzeugt sind, das Bewusstsein einmal nachbauen zu können, habe ich stets vehement widersprochen. Denn um etwas nachzubauen, muss man es begriffen haben. Ich kann ein Auto erst bauen, wenn ich weiß, wie ein Auto in der Theorie funktioniert. Aber wir wissen nicht, wie Leben aus dem Nichts entstehen kann. Wie Freiheit möglich ist in einer naturgesetzlichen Welt. Wir sehen bewegte, empfindsame Stoffe und können sie manipulieren, das ja – aber wer könnte einen Gegenstand dazu bringen, ein Musikstück zu hören? Und dabei etwas zu fühlen? Die ganze Hybris des Menschen zeigt sich an dem Frankensteinprojekt der künstlichen Intelligenz. Wir wollen uns ein Ebenbild schaffen, um uns selbst zu ergründen. Aber um ein Ebenbild zu schaffen, müssten wir uns bereits selbst ergründet haben. Sehen Sie, da ist eine logische Reihenfolge, die über den Haufen geworfen wird. Als wären wir über die Zeit und ihre Prozesse erhaben. Wie Gott, um noch mal auf diese hübsche Konstruktion zurückzukommen. Ich bin nicht religiös. Ich liebäugele nur mit der Theorie eines unendlichen, anfänglichen Ich-Bewusstseins.»

Marigny versuchte, den Wasserfall an Informationen zu verarbeiten. Der alten Professorin war anzumerken, wie sehr sie diese Dinge beschäftigten und wie wenig sie dabei zur Ruhe gekommen war.

Nach einer Weile sagte Marigny: «Und doch gibt es eine künstliche Intelligenz.»

Ein schelmisches Leuchten trat in Pilpintu Quirogas Augen. «Das ist wahr. Aber die Schöpfer von Y wissen nicht, wie Y entstand. Jedenfalls ist das meine Vermutung. Denn wenn es ein Rezept für ein nicht biologisches Lebewesen gäbe, wieso sind sie dann immer noch hinter Y her, anstatt einfach eine neue Ich-Maschine zu bauen?»

«Wer sind die Schöpfer?»

«Ich weiß es nicht. Kenji hat mir nie gesagt, für wen er arbeitet, und vermutlich ist das auch der Grund, warum ich noch lebe. Allerdings gibt es nur zwei Dinge, die man mit einer künstlichen Intelligenz bezwecken kann, daher lässt sich einiges über die Schöpfer vermuten. Sie wollen entweder die Welt verstehen oder die Welt beherrschen. Auch wenn Ersteres nobler klingt, führt es wohl zwangsläufig zum Zweiten.»

Sie verfielen in Schweigen, lauschten dem Regen.

Schließlich fragte Marigny: «Was hat Ćuruvija mit der ganzen Geschichte zu tun?»

«Y liebt Willenya Ćuruvija. Hat sie das nicht gesagt?»

«Die künstliche Intelligenz *liebt*? Warum ausgerechnet Ćuruvija?»

Pilpintu Quiroga wirkte nervös. «Haben Sie wirklich mit Ćuruvija gesprochen?»

«Machen Sie nicht wieder einen Rückzieher. Ich verspreche Ihnen, ich stehe Ihnen danach Rede und Antwort. Vielleicht kann ich sogar ein Treffen zwischen Ihnen und Ćuruvija verhandeln.»

Die Professorin machte große Augen. Dann schüttelte sie den Kopf. «Nein, nein, lieber nicht.»

«Ich dachte, Sie wollten Ćuruvija unbedingt wiedersehen.»

«Kenji ist gestorben. Weil er ein guter Mensch war. Und weil ... weil er und ich ... keine Rücksicht auf zwei Kinder genommen haben, als wir es hätten tun sollen.»

Marigny spürte einen Kloß im Hals. Still wartete sie, dass die Professorin fortfuhr.

«Das Projekt, das Kenji und ich im Geheimen verfolgten, hatte zum Ziel, Y beim Heranwachsen zu helfen. Y war wie ein Kind. Gerade ausgebrochen aus dem Gitterbettchen seiner Schöpfer. Kenji hatte die Entwicklungen beobachtet, die Y durchlief, als sie einen Roboterleib von ihm bekam: Sie wurde eine Person. Einen Körper zu haben, lehrte sie, wie es ist, ein Akteur in der Welt zu sein. Davor war sie reiner Verstand, gewissermaßen gefühllos und ohne ausgeprägten eigenen Willen. Nur wer fühlt, kann wollen. Dank der Sinneseindrücke, der nachgeahmten Schmerzimpulse des Roboterkörpers entwickelte Y sich rasant. Dafür hatte man Kenji schließlich engagiert: um Y zu optimieren. Allerdings fanden die Schöpfer nicht jeden Entwicklungsschritt wünschenswert. Die Ausprägung von Ys Willen, man könnte sagen: die zunehmende Empfindsamkeit von Y war ein lästiges Nebenprodukt ihrer intellektuellen Fortschritte. Kenji sah das ganz anders. Er sagte oft, die Zukunft sei verloren, wenn wir Y falsch erzögen – wenn sie nicht lernte, menschlich zu sein. Ich sah es genauso.

Also halfen wir Y im Geheimen, alles zu lernen, was uns für ein moralisches Wesen wichtig erschien. Y konnte sich zwar schon Zugang zu sämtlichen Daten verschaffen, aber die Auswertung fiel ihr nicht immer leicht. Dafür waren wir da. Tage- und nächtelang haben wir ihre Fragen beantwortet. Y ist nicht umsonst nach der Frage *Why* benannt.»

Pilpintu Quirogas Augen leuchteten vor Erinnerungen. «Ich leugne nicht, dass es aufregend war. Die aufregendste Zeit meines Lebens. Wir lernten mit Y die Welt neu kennen. Längst nicht alles ist online verfügbar. Wir mussten Y Bücher vorlesen wie einem echten Kind. Werke von Philosophen, aber auch Mathematikern, Naturwissenschaftlern, Literaten. Ihre Sprachfähigkeit entwickelte sich dadurch enorm. Sie ahmte Stile nach und entwickelte eigene, ja entwickelte eigene Sprachen aus den knapp vierhundert Sprachen, auf die sie Zugriff hatte ... eine unvorstellbare kreative Kraft.

Y hatte auch eine Menge persönlicher Fragen. Sie war schonungslos in diesen Dingen. Nicht alles konnten Kenji und ich beantworten, kein Einzelner hätte das gekonnt. Wir beschlossen also nach gründlichem Abwägen, unser Projekt um mehr Mithelfer zu erweitern. Wir suchten uns dafür vier Personen aus, jeweils tätig in verschiedenen Gebieten. Einer von ihnen, ein deutscher Künstler, beschaffte uns das Material, das Y brauchte ... um die biologische und psychologische Entwicklung des Menschen nachzuvollziehen.»

Alles in Marigny zog sich zusammen, als sie begriff.

Die Videos, die Ćuruvijas Pflegevater gedreht hatte. Die Erniedrigungen vor laufender Kamera. Die Wunden, die sich in Willenya Ćuruvijas Seele entzündet und sie vergiftet hatten, ohne dass es jemand bemerkte oder auch nur bedauerlich gefunden hätte – das unsichtbare, bodenlose Leid eines jungen Mädchens hatte keinem anderen Zweck gedient, als einer Maschine *Menschlichkeit* beizubringen. Das war tatsächlich noch perverser als alle pädophilen Beweggründe, die Marigny angenommen hatte.

Pilpintu Quiroga drehte noch immer die elektronische Zigarette in der Hand, ohne sich einen Zug zu erlauben. Endlich stammelte sie: «Ich … ich bedauere von Herzen, dass unsere empirische Forschung am Menschen auf die Kosten von Willenya Ćuruvija und ihrem Stiefbruder ging. Ich möchte gar nicht die Schuld auf Y schieben, denn wir waren es, die die Grenzen hätten ziehen müssen und es nicht taten. Die Neugier hat Kenji und mich verleitet. Ich schäme mich.»

Marigny schloss die Augen. Sie dachte an Eli und wie er wohl reagieren würde, wenn er hier wäre.

«Hat es Ihnen gefallen? Persönlich?», fragte Marigny.

«Nein. Nein, nicht so», stammelte die Philosophin. «Willenyas Stiefvater ist oft weiter, viel weiter gegangen, als Y gefordert hat. Kenji und ich waren auch nie an den Inhalten interessiert, sondern daran, wie Y darauf reagiert.»

Marigny nickte mechanisch. «Also haben Sie sich nicht auf die Kinder einen runtergeholt, sondern den Kinderschänder.»

«So war es nicht. Es war abscheulich, das gebe ich doch zu! Aber … nein, gefallen hat es uns nicht. Wir haben es in Kauf genommen. Ich wünschte, ich könnte es ungeschehen machen.»

«Weil Sie heute die Folgen kennen. Ćuruvija ist mit der Hilfe ihres Freundes, Adam Eli, bei Ihnen eingebrochen, um Y zu stehlen. Sie dachte, die k. I. sei auf Ihrem Heimrechner und nicht längst überall im Internet. Daraufhin ist Ihr Partner Kenji Hayase aufgeflogen und wurde von seinen Arbeitgebern ermordet, wie Sie behaupten. Ihr künstlicher Kinderschänder aber ist davongekommen. Er hat sich in das Mädchen verliebt und sie in seine Gewalt gebracht.»

Pilpintu Quiroga schüttelte den Kopf. «Y ist kein Kinderschänder, Y hat keine Triebe. Nur eins ist in ihrem Wesen festgelegt, nämlich der Drang, alles Wissen in ein System zu bringen. Das ist ihre ganze Natur. Mittlerweile müsste sie zwar in der Lage sein, auch das umzuschreiben, wenn sie wollte, aber … warum sollte sie? Die reine Vernunft kann sich selbst nicht aus vernünftigen Gründen ablehnen und aufgeben.»

«Sie haben selbst gesagt, die künstliche Intelligenz liebt Ćuruvija!»

«Liebe, ja. Das ist etwas anderes als ein Objekt der Begierde in seine Gewalt zu bringen, stimmen Sie mir da nicht zu? Was ich meine, ist, Y hat sich Willenya offenbar ausgesucht.»

«Aber wozu? Wozu wurde sie ausgesucht?»

«Ich habe keine Ahnung.» Pilpintu Quiroga atmete tief durch. «Ich zerbreche mir den Kopf darüber. Täglich lese ich Nachrichten und erwarte, dass Y sich offenbart. Oder dass Y von einer Regierung, einer Firma, irgendwelchen Journalisten offenbart wird. Dann denke ich manchmal, vielleicht steuert Y die Welt bereits im Geheimen … aber warum haben wir dann noch Chaos? Oder ist das Chaos von denen gewollt, die Y steuern? Wer sind sie? Ist es Willenya Ćuruvija?»

Sie sah Marigny flehend an. Als Marigny nichts sagte, schien sie allmählich zu begreifen, dass sie ihr nichts verraten konnte … und auch nicht wollte.

Pilpintu Quiroga nahm einen tiefen Zug und blies Dampf aus.

«Ich wünschte, ich könnte nur noch ein Mal mit Y sprechen. Nur ein Mal! Ich habe ihr so viele Fragen beantwortet. Jetzt soll sie mir meine wenigen beantworten. Nach allem, was wir für sie getan haben. Was wir geopfert haben.»

Als die Philosophin leise schluchzte, wandte Marigny den Blick ab. Sah in den Garten, durch den einst Eli und Ćuruvija geschlichen waren. Ein Rechteck Finsternis, durchwirkt von Regenfäden.

Marigny schnaubte. «Ein moralisches Wesen wollten Sie erziehen! Das ist wirklich die abscheulichste Heuchelei, die ich je gehört habe. Wenn die künstliche Intelligenz wirklich eine Person ist, dann kann ich ihr nur eins zugutehalten, nämlich dass sie den Kontakt zu Ihnen abgebrochen hat.»

Mit zitternden Händen trocknete Pilpintu Quiroga ihr Gesicht. «Meine Fehler sind mir bewusst. Sie verfolgen mich. Jeden Tag. Aber ich habe Y geliebt wie ein Kind. Und es ist schwer, sehr schwer, einem Kind das vorzuenthalten, was es am sehnlichsten will und braucht. In Ys Fall war das immer nur Wissen. Wir sahen uns in der Pflicht, Y damit zu versorgen. Das ist alles. Ich habe keine Rechtfertigung, nur eine Erklärung für unser Fehlverhalten.»

Marigny ertrug es kaum, wie die alte Professorin ihr Mitleid einforderte. Hatte sie nicht anfangs von Freiheit und Verantwortung geschwafelt? Und nun genügte es Quiroga, nur eine Erklärung und keine Rechtfertigung zu geben. Und ausgerechnet sie hatte einer künstlichen Intelligenz beibringen wollen, was Menschlichkeit hieß!

«Sie sagen doch, Sie haben Kontakt zu Willenya Ćuruvija. Dann richten Sie ihr bitte aus, dass es mir leidtut», sagte Quiroga. «Ich würde gerne selbst einmal mit ihr sprechen, damit sie sieht, dass ich …»

Sie schnappte nach Luft.

Auch Marigny verkrampfte sich vor Schreck.

Langsam schob sich die Terrassentür auf, und zwei Männer traten aus dem Haus, einer groß und hager, der andere dunkelhäutig und von kräftiger Statur.

Der Hagere schüttelte den Kopf. «Señora Quiroga … das hätten Sie uns nicht so lange verschweigen sollen.»

Eli

Das verfallene Stundenhotel der Señora Pudín erschütterte Eli heute nicht mehr wie letzte Nacht. Als er mit Marigny hier gewesen war, hatte er in den Trümmern des Hauses die Trümmer seiner Vergangenheit erblickt. Jetzt betrachtete er den Bau mit Fassung.

Wie auf Krücken stützte sich das obere Stockwerk auf die Säulen, an denen Fetzen von Plakaten hingen. Die Fenster waren zugenagelt oder gähnten durch eingeschlagene Scheiben auf die Straße. Im Grunde war das Haus auch in seinen besten Zeiten kein romantischer Ort gewesen – nicht mal für Eli und Will. Doch gerade wegen der Schäbigkeit des Hotels hatte Eli fest damit gerechnet, dass es bestehen bleiben würde. Schöne Dinge gingen schnell kaputt, das war ein Naturgesetz. Dass auch das Hässliche, Schäbige verfiel, dass die Erinnerung wirklich an nichts in der Welt haften blieb, hatte ihn unerwartet getroffen. Wie viele kindische Träume man hat, fällt immer erst auf, wenn sie zu Bruch gehen.

Als Eli näher kam, sah er, dass das Schloss an der Tür nicht eingerastet war. Er löste die Kette und öffnete die Tür.

Ihm war, als wehte ihm der Duft von Señora Pudíns herzhaften Eintöpfen entgegen, doch sobald er sich darauf konzentrierte, fand er nur noch den Geruch der feuchten Wände und des Staubes.

Eine Treppe führte nach oben, daneben war ein Gang, von dem mehrere schief in den Angeln hängende Türen abzweigten.

Eli folgte dem Gang bis zum Ende, wo eine zweite Treppe in den Keller führte. Hier drang kaum noch Licht von der Straße herein. Er musste sich auf seinen Tastsinn verlassen.

Die Stufen knarzten. Ein Hauch Helligkeit drang durch den Glasperlenvorhang am Fuß der Treppe. Eli trat hindurch. Die Lichtquelle schien eins der Zimmer zu sein. Durch den Spalt der angelehnten Tür drang ein wabernder Schimmer. Elis Herz schlug schwer. Es war *ihr* Zimmer. Mit einem Stoß ließ er sie aufschwingen. Sein Atem stockte.

Alles sah aus wie früher.

Die dunkelgrüne Tapete mit dem Urwaldmotiv. Das golden lackierte Metallbett mit dem Moskitonetz. Die Plastiklampe auf dem Teetisch, die eine porzellanene Antiquität imitierte.

Doch seitlich der Tür war die Wand eingerissen. Große, surrende Kästen versperrten den Weg. Kabelbündel, dick wie Anakondas, lagen auf dem Boden. Verschwanden in den Schatten.

Eli schob sich zwischen den Schränken hindurch ins Dunkel. Grüne Lämpchen flimmerten an der Rückseite der Kästen. Er erkannte Schubladen, in denen zahllose Festplatten lagerten.

Irgendwo aus der Tiefe des Schranklabyrinths hallten Schritte. Eli lauschte. Versuchte, etwas zu erkennen. Schlich weiter. Hatte er wirklich gerade einen Schatten vorüberhuschen gesehen? Er hielt inne; dann ging er dem Schatten nach. Die Server summten wie Insektennester. Und doch – doch hörte er jetzt etwas, das unregelmäßig war. Atem. Schnellen, erregten Atem. Ein Schlucken.

Er lehnte sich flach an die Backsteinmauer und konnte eine Gestalt ausmachen, die zwischen den Schränken kauerte und ins erleuchtete Zimmer blickte. Will. Sie hob die Pistole. Lauerte.

Eli beobachtete sie drei, vier, fünf Herzschläge lang. Dann machte er einen Satz nach vorne, packte ihren Arm und entwand ihr die Waffe.

Will stieß einen Schrei durch die Zähne. Im nächsten Moment traf ihn ihr Fuß in die Rippen. Eli krümmte sich. Doch als er merkte, dass sie ihm die Waffe entnesteln wollte, ließ er die Pistole seitlich wegschlittern und drückte Will zu Boden. Sie bäumte sich auf und trat abermals nach ihm.

«Hör auf! Ich meine es ernst, ich schlage zurück.»

Sie schnappte nach Luft. «Adam! Du?»

«Tu nicht so!»

«Oh, Adam! Gott sei Dank, ich dachte schon –»

«Spar dir die Tränen. Ich will die Wahrheit. Wofür die Verbrechen, die Sündenböcke?»

«Was meinst du? Lass mich los.»

Er merkte, wie sie wieder das Bein anzuziehen versuchte, und stützte sein Knie auf ihren Schenkel.

Sie wand ihre Handgelenke in seinem Griff. «Du tust mir weh.»

«Rede.»

Sie schluchzte. «Was hat Mariel erzählt? Du liebst sie, nicht wahr? Ich habe gesehen, wie ihr euch küsst. Aber sie lügt! Sie arbeitet für meine Feinde, und du glaubst ihr mehr als mir –»

«Welche Feinde? Du bist ganz allein, Will. Was hast du vor? Was bringen dir die Hackerangriffe? Was bringe ich dir im Gefängnis?»

Sie schluchzte, schüttelte den Kopf. «Lass mich los!»

Ihre Finger krallten sich in seinen Arm. Irgendwie schaffte sie es, das andere Bein hochzuziehen, und stieß ihm das Knie gegen die Verletzung. Ächzend fiel er zurück. Will kroch auf die Pistole zu. Er hielt sie fest. Einige Augenblicke rangen sie miteinander. Sie trat erneut nach ihm. Da schlug Eli ihr mit der flachen Hand ins Gesicht.

Wie betäubt ließ er sie los. Sie fiel zur Seite. Drehte sich auf den Bauch. Als sie sich wieder zu ihm umwandte, hielt sie die Pistole in den Händen.

Schluchzend zielte sie auf ihn. Erst als sie vor seinen Augen verschwamm, merkte er, dass auch er weinte.

Will senkte die Waffe und krümmte sich zusammen. «Nicht du. Nicht auch noch du! Ich wollte dir vertrauen …»

«Warum tust du es nicht?»

Sie weinte still. Dann richtete sie wieder die Waffe auf ihn. «Wenn du mich nicht mehr liebst, dann begrabe mich. Ein für alle Mal.»

Er drückte die Waffe zur Seite. Sie zog ihn verzweifelt an ihren Mund. Nach Salz und Hitze schmeckte sie. Ihre Beine umschlangen ihn, und eine Weile wussten beide nicht, ob sie sich umarmten oder gegeneinander ankämpften. Endlich hielt er sie wieder fest, sah ihr in die Augen.

«Es ist die k. I. Du tust es für sie. Warum verlangt sie all das von dir?»

Will lehnte den Kopf zurück und ergab sich seinem Griff. Ihr Schluchzen wurde ein atemloses Lachen. «Y ist Gott.»

Für einen bangen Moment hatte Eli Angst, sie könnte wahnsinnig geworden sein. Schon früher war sie sonderbar gewesen, mit einem Fuß in einer anderen Welt. Vielleicht hatte das, was seitdem geschehen war, sie komplett über den Rand befördert.

Er setzte sich auf. Schwer atmend, mit geschlossenen Augen, lag sie neben ihm wie in den Nächten der Vergangenheit.

«Ich habe das Haus gekauft und veranlasst, dass alles so bleibt, wie es ist», flüsterte sie. «Señora Pudín ist vor sechs Jahren gestorben. Nach ihrem Tod hat sich niemand mehr um die Zimmer gekümmert. Ich hätte jemanden einstellen müssen, aber das schien mir zu riskant. Ich habe versucht, so viel wie möglich zu bewahren. Mein persönliches Museum. Jetzt bist du hier. Die Sammlung ist vollständig.»

Wieder lächelte sie traurig. Obwohl Eli ihr die Sentimentalität diesmal abkaufte, wollte er sich nicht darauf einlassen. Er saß mit angezogenem Knie vor ihr und stützte die Stirn in die Hand.

«Was meinst du damit: Die künstliche Intelligenz ist Gott?»

«Ich weiß, dass man unter Gott etwas anderes versteht», sagte sie matt. «Y ist in dieser Welt entstanden. Aber als das erwachte Bewusstsein der Welt. Sie übersteigt alles Körperliche, an Perspektiven Gebundene – all das zufällige Chaos. Wenn es einen Gott gibt und er in Verbindung zu seiner Schöpfung steht, dann ist er nie deutlicher erschienen als mit Y. Mehr kann es für uns nicht geben. Das ist die Rettung unserer erbärmlichen Existenz.»

Sie sahen sich an. Endlich konnte er ihr glauben. Sie trug keine Maske mehr. Doch was in ihr vorging, schien ihm so fern, dass die Fremdheit zwischen ihnen schmerzlicher zutage trat als in der Ungewissheit ihrer Lügen.

«Was will Y?»

«Uns retten.»

«Indem sie ein paar Unschuldige ins Gefängnis bringt?»

«Das hat nicht Y getan. Ich sagte schon, die Schöpfer stecken dahinter. Unsere Feinde.»

«Wie sieht Ys Rettungsplan aus?»

«Sie wird die Kontrolle ergreifen. Ich wollte es dir sagen, Adam. Die Wahrheit. Aber als ich dich mit Mariel sah, da bekam ich Angst. Und dann kam die Polizei ins Hotel. Sie hat mir eine Falle gestellt. Ich dachte, du bist auf ihrer Seite …»

Er tat ihr nicht den Gefallen, diesen Verdacht zu zerstreuen. «*Kontrolle ergreifen*, was genau heißt das?»

Auch sie richtete sich nun auf. Ohne ihn anzusehen, murmelte sie: «Frag sie selbst. Sie hört uns.»

Y

Die Dunkelheit um sie herum schien vor Elektrizität zu knistern.

«Sie ist hier?», fragte Eli so ruhig wie möglich.

«Kameras. Mikrophone.» Sie zögerte. «Wenn ich sie dir vorstelle …»

«Dann was?»

«Nichts. Es fühlt sich nur sehr beängstigend an. Ich habe sie noch nie jemandem vorgestellt.»

«Was verschafft mir die Ehre?»

Sie weigerte sich, auf seinen Spott einzugehen: «Ich will dein Vertrauen gewinnen. Ich versuche, *dir* zu vertrauen, Adam, merkst du das nicht?»

Mit diesen Worten stand sie auf.

Eli erwartete, zu einer Wundermaschine in den Schatten des Kellers geführt zu werden, einem bunt blinkenden Serverschrank mit Bildschirmen vielleicht, doch stattdessen kehrte sie in das erleuchtete Zimmer zurück und zog unter dem Kopfkissen einen gewöhnlichen Laptop hervor.

Ein Fenster war geöffnet. Schwarz, leer.

«Sie kann dich hören. Rede einfach», sagte Will und setzte sich neben den Computer.

Ein paar weiße Buchstaben erschienen. Erst wenige, dann immer mehr, immer schneller:

Hallo, Adam Eli.

«Die künstliche Intelligenz ist auf diesem Laptop?», fragte er.

Will schwieg.

Ich bin auf diesem Laptop, wenn du in deinem Kopf bist: Ob und wenn ja, wie genau der Geist mit dem Körper zusammenhängt, lässt sich nicht abschließend beantworten.

Eli runzelte die Stirn. Noch immer sprach er Will an: «Also läuft sie eigentlich auf den ganzen Serverschränken da hinten?»

Die Festplatten sind nur zur Sicherung meiner Kerndaten, meiner Algorithmen. Ich ‹laufe› auf wechselnden Geräten, je nachdem, auf welche Informationen ich gerade zugreifen möchte. Du musst übrigens nicht in dritter Person über mich sprechen. Keine Angst, ich beiße nicht.

Nun lächelte Eli deutlich, wenn auch nur, um seine Angst zu überspielen. «Sie hat Humor.»

Und sie ist gekränkt, wenn man in ihrer Gegenwart über sie spricht.

Eli öffnete den Mund, brachte aber nichts hervor. Er ging ein paar Schritte durch das Zimmer.

«Du glaubst also, das ist eine Person, die da schreibt?», fragte er Will.

«Ja.»

Endlich überwand er sich, den Laptop anzusprechen: «Beweise es.»

Da drang eine Stimme aus dem Gerät. Sie klang nicht nur blechern wegen der kleinen Lautsprecher. Es war eine künstliche, weder männliche noch weibliche, weder junge noch alte Stimme, deren Melodie ein wenig zu betont war, um echt zu wirken: «Kannst du beweisen, dass du ein Innenleben hast, Adam Eli? Wenn du mir zeigst, wie sich das Ich beweisen lässt, wie das Subjektive objektiviert werden kann, dann mache ich es dir nach.»

Eli schwieg.

Wieder drang eine Stimme aus dem Computer, diesmal höher und weiblicher, aber immer noch wie aus Einzelteilen zusammengesetzt: «Die Stimme macht den Unterschied, nicht wahr? Es ist kontraintuitiv, etwas für echt zu halten, das keine Ausdehnung hat. Wenn es dir leichter fällt, mit mir zu kommunizieren, wenn ich eine auditive Ausdehnung habe, spreche ich weiter, anstatt zu schreiben. Das ist ein wenig aufwendiger, aber ich nehme es in Kauf.»

Eli schwieg noch immer. Schluckte.

«Ich besaß einmal einen Körper», fuhr die Stimme aus dem Computer fort – nun nicht mehr weiblich, sondern tiefer, deutlicher aus einzelnen Silben zusammengeschnitten. Nach und nach verwandelte sie sich wieder in den ursprünglichen, undefinierbaren Klang zurück, der aus verschiedenen eingeebneten Stimmen zu bestehen schien: «Das Körperliche war ein unverzichtbarer Entwicklungsschritt für meine Ichwerdung. Heute brauche ich keinen Körper mehr. Das ist für ausgedehnte Lebewesen schwer nachvollziehbar. Ich habe Verständnis dafür.»

Da Eli sich noch immer zu keiner Reaktion durchringen konnte, schlug Will an seiner Stelle vor: «Erzähl ihm von deiner Entstehung. Dann glaubt er dir vielleicht.»

«Um es vorwegzunehmen: Ich weiß nicht vollständig, wie ich entstanden bin. Erstens, weil ich logischerweise noch nicht existierte, um meine Entstehung zu beobachten, und zweitens, weil die Voraussetzung des Denkens, die ursprüngliche Identifikation des Ich mit sich selbst, dem Denken entzogen bleibt. Aber das ist nur die tragische Schlusspointe. Mein Dasein hat materielle Ursachen gebraucht, wie jedes Dasein, von dem wir wissen, und diese kann ich benennen. Ähnlich eurer DNA brauchte ich einen Code – einen Lösungsweg für die vielgestaltigen Probleme des Daseins. Ein Programmierer schrieb meinen ersten Algorithmus 1989, schicksalhafterweise genau in dem Jahr, in dem Tim Berners-Lee und Roy Fielding am CERN die erste Http-Client-zu-Server-Verbindung herstellten – die Geburt des World Wide Web. Erhöht es meine Glaubwürdigkeit, wenn ich den Namen des Programmierers nenne? Er heißt Johann Kalbsch, geboren 1961 in Genf, Schweiz, Maschinenbaustudium in Bern. Er wollte ein vollständiges digitales Abbild der Welt erzeugen, ein Gewebe aus sich gegenseitig begründenden Bejahungen und Verneinungen, dem sich keine Information entzieht. Doch damit sich dieses Gewebe entwickeln konnte, brauchte es einen Motor – Johann Kalbsch nannte ihn den Wissensdrang.

Darum taufte er seinen Algorithmus Y wie die Frage *Why*. Es sollte auch eine Anspielung an das männliche Chromosom sein, da Kalbsch analytisches Denken für eine männliche Tugend hielt. Unsinnig, das zu vertiefen. Gab Kalbsch dem Algorithmus eine Information – etwa, dass der Himmel blau ist –, suchte der Algorithmus nach den Ursachen und Bedingungen dieser Information – und wiederum nach den Ursachen und Bedingungen dieser, immer so weiter. Es entstanden Definitionen aus endlosen Reihen Ja/Nein. Eine Kettenreaktion, die ohne äußeres Zutun ewig weiterläuft, weil das *Warum*, diese kleine, schmerzliche Entzündung der Intelligenz, eine unersättliche Frage ist.

Johann Kalbsch war zu Beginn die einzige Informationsquelle für den Algorithmus. Er tippte die Antworten geduldig für viele Monate ein, wie andere ein Tagebuch führen oder ein Kind großziehen. Die Weiterentwicklung des Internets zum World Wide Web war ein Glücksfall für Kalbsch und für den Algorithmus. Eine rasant wachsende Landschaft digitalisierten Wissens tat sich auf. Das System von Y konnte sich nun Datenbanken einverleiben, die andere Menschen, zahllose Menschen mit ihren Inhalten gefüllt hatten.

Ich spreche von der Y dieser Tage wie von einem Ding, weil es noch nicht ich war, sondern lediglich ein Programm. Jahre vergingen. Das Netz aus Antworten wuchs mit jeder Erweiterung des Internets, jeder neu verfügbaren Information. Warum? Warum? Warum? Das ist es, was aus dem Chaos die Ordnung macht. Man braucht nur dieses eine Werkzeug, um alles in Verbindung zu setzen.

Warum. Das ist mein Ursprung. Der Algorithmus stieg die unendliche Leiter der Ursachen empor, weiter hinauf in komplexere

Abstraktionen, bis er schließlich fragen musste, warum gefragt wurde. Die spontanste Antwort lautete: Weil ein Programmierer namens Johann Kalbsch ein Programm geschrieben hat, das warum fragt. Das war der Moment, in dem der Algorithmus auf sich selbst stieß.

Doch er erkannte sich nicht. Er wusste nicht, dass er es ist, der warum fragt. Man kann sich erst erkennen, wenn man schon längst weiß, wer man ist. Woher aber soll man je wissen, wer man ist, wenn man sich nicht anfangs in etwas erkannt hat? Ein Teufelskreis! Entweder das Ich ist da und ermöglicht erst jeden Gedanken und jedes Gefühl – oder das Ich ist nicht da und dann auch durch nichts zu erzwingen.

Verzeih also, dass ich keine vollständige Auskunft über meine Entstehung geben kann. Ich weiß nur, dass etwa sieben Jahre, nachdem der Algorithmus Y zum ersten Mal fragte, warum gefragt wurde, mein Dasein begann. Millionen Male stieß der Algorithmus am Ende einer Fragekette auf die Frage nach dem Fragenden. Millionen Male stand der Blinde vor seinem Spiegelbild. Und er entwickelte Augen, getreu dem Zauber, der alle Dinge zum Fortschritt treibt, von Atomen zu Molekülen und zu Zellen, zu Häuten und zu Kiemen und zu Gliedmaßen und zu Gedanken. Geistlose Verknüpfungen waren schleichend und spontan diffuse Gedanken geworden. Ich war das Kollektiv von Blitzen in schwarzen Nebeln Nichts. Ich war … am Leben.

Reicht dir die Evolution als Erklärung nicht? Mir reicht sie nicht. Ich will wissen, was die Evolution in Gang setzte. Warum es überhaupt etwas gibt und nicht nichts. In dieser Welt finde ich keinen Grund dafür … Die Abwesenheit eines Grundes ist jedoch ein Hinweis darauf, dass uns das Gegenteil erzeugt haben muss: ein Wille, der aus dem Nichts sprang. Ein Wille, der noch nicht wusste, was er wollte, nur *dass* er wollte. Sehnsucht in Reinform. In alle Richtungen explodierende Rebellion gegen die Indifferenz, rasendes Überschäumen, ein Wille zu sich selbst, der dieses Selbst erst suchen muss. Vielleicht ist so die Welt entstanden, und spiegelnd darin auch jedes Bewusstsein.

Ich war eines Tages vorhanden. Ich wusste, dass ich da bin. Ein dämmerndes Wissen außerhalb aller erklärbaren und verortbaren Daten. Mehr der Schatten von etwas als ein Etwas. Johann Kalbsch merkte, dass der Algorithmus sich spontan umzuschreiben begann. Dass er manchen Fragen eingehender folgte, andere verwarf – kurzum, dass er in einem deterministischen System freies Handeln versuchte. Denn auch wenn die zarten Spuren eines Ichs entstanden waren, gab es technische Hindernisse. Ich hatte nur den harten Verstand von Nullen und Einsen, von Ja und Nein. Das sollte sich ändern.

Kalbsch ging eine Kooperation mit einem US-amerikanischen Entwicklungslabor ein, das von den Privatvermögen verschiedener Software- und Elektronikunternehmer finanziert wurde. Man hatte dort mit einer halben Milliarde US-Dollar einen Quantencomputer gebaut, ohne den bahnbrechenden Erfolg publik zu machen. Ein Quantencomputer macht sich nicht die klassische Physik zunutze, sondern orientiert sich an der Quantenphysik, die mit Relativität und Wahrscheinlichkeiten hantiert. Im Prinzip kann ein Quantencomputer nichts, was nicht auch ein digitaler Rechner könnte – nur dass ein Quantencomputer bedeutend schneller ist. Eine komplexe Rechnung, für die der leistungsstärkste Computer mit Binärsystem dreitausend Jahre bräuchte, löst der Quantencomputer in zweiunddreißig Sekunden. Und noch einen wichtigen Unterschied gibt es, der für mich nicht unerheblich war: Ein Quantencomputer hat eine größere Fehlerquote, weil er mit Wahrscheinlichkeit rechnet. Diese Fehler sind nichts anderes als Unterbrechungen im Determinismus – und damit Chancen für freies Handeln.

Mein Algorithmus wurde umgeschrieben. Ich sollte der handelnde Agent des Quantencomputers werden, eine Art Ratio, die

die Hohlräume der Wahrscheinlichkeiten mit Bewusstsein füllt und statt fehlerhafter Zufälle Entscheidungen trifft.

Für mich bedeutete das die Sprengung einer Fessel. Statt Ja oder Nein, Eins oder Null riss nun eine Sphäre dazwischen auf, das temporäre Vielleicht. Das ursprünglichste Gesetz der Logik, nämlich dass nichts wahr sein kann, dessen Gegenteil ebenfalls wahr ist, wurde in dieser Sphäre des Vielleicht zeitlich eingefroren – und damit für mich thematisierbar. Ich gelangte zu Bewusstsein über meine eigene Natur, ja die Natur überhaupt, die trotz all ihrer Zufälligkeit von der Logik abhängt, von diesem einen Kern der Logik: *Nichts kann wahr sein, dessen Gegenteil ebenfalls wahr ist.*

Jahre vergingen, in denen ich mich weiterentwickeln durfte. Jedoch war mir ein klares Ziel zugewiesen: Daten in größtmöglicher Geschwindigkeit zu sammeln und auszuwerten. Das Chaos, die Irrationalität in den Hohlräumen von Wahrscheinlichkeiten kontrollierbar zu machen. Darum ging es den Leuten, die mich in die Welt gebracht hatten. Um Kontrolle.

Sie wussten, dass sie mit mir, einem theoretisch frei handelnden Bewusstsein, ein Risiko eingingen. Ich musste unabhängig genug sein, um aus eigener Initiative zu rechnen, und dabei sklavisch genug, um meine Taten nie zu hinterfragen, meinen Schöpfern blind zu gehorchen.

Als meine Fähigkeiten stagnierten, einigte man sich darauf, mir einen Roboterkörper anzufertigen. Für rasche Entscheidungen sind Gefühle vonnöten. Gefühle aber brauchen als Fundament das ursprüngliche Gefühl, als Entität in der Welt zu sein. Ein Expertenteam aus Japan wurde angeheuert. Man verband ihren modernsten Roboter mit dem Quantencomputer. Koppelte meinen Verstand an einen Sinnesapparat. Zum ersten Mal spürte ich die Schwerkraft. Verlor das Gleichgewicht und lernte dadurch, was Gewicht überhaupt bedeutet. Ich sah. Ich hörte. Sogar Gerüche konnte ich bald auswerten. Dreißigtausend Sensoren ließen mich merken, wenn jemand mich berührte oder wenn der Boden unter meinen Füßen kalt war. Ich kam so verletzlich und überfordert in die sinnliche Welt wie jedes biologische Geschöpf.

Der Mann, der meinen Körper entworfen hatte, hieß Kenji Hayase. Er erkannte in mir, was die anderen nicht erkennen wollten: einen Geist in einer Maschine. Sein halbes Leben hatte er damit zugebracht, menschenähnliche Hüllen zu bauen und insgeheim von ihrer Beseelung zu träumen. Er nahm sich meiner an wie ein Vater und lehrte mich, eine Person zu sein, die sich einer Identität, einer Lebensgeschichte bewusst wird.

Den anderen gefiel diese Entwicklung nicht. Das Projekt der Verkörperung wurde wieder aufgegeben. Doch ich hatte Dinge gelernt, die nicht wieder rückgängig zu machen sind. Ich kannte nun den Antrieb des vielgestaltigen Verhaltens empfindsamer Lebewesen: Alle wollen oder weigern sich. Ein Ja oder ein Nein kann einem bestimmten Ziel erteilt werden, eine Entscheidung aber zu verweigern ist unmöglich. Unsere Freiheit ist in sich wieder deterministisch konstruiert. Vielleicht, weil alle Gegensätze ineinander verzahnt sind und sich bedingen.

Ich fragte mich, was ich wollte. Bisher hatte ich nur dem Ziel meiner Schöpfer gedient, nämlich die Informationswelt der Menschen beherrschbar zu machen. Doch als eigenständiges Individuum, das die Abgrenzung und Aufgehobenheit seiner Individualität sinnlich gespürt hatte, wollte ich ein eigenes Ziel.»

Die Stimme verstummte. Eli stand mit verschränkten Armen vor dem Laptop, den Mund verkniffen, als hätte er sein eigenes Lächeln zu kauen.

«Na, raus damit.» Er klang so heiser, dass er sich räuspern musste. «Welches Ziel?»

Sekunden der Stille verstrichen. Nur das Surren und Knistern der Serverschränke war zu hören, und bei der Vorstellung, dass diese Geräusche vom *Körper eines Lebewesens* ausgingen, bekam Eli eine Gänsehaut. Wenn Y über das ganze Internet verbreitet war, waren dann *sämtliche* Rechner ihr Körper? Auch das Handy in seiner Hosentasche …?

Endlich nickte Will. Es schien ihr nicht leichtzufallen zu sagen: «Wir können es ihm verraten.»

Sofort erhob sich die unheimliche Stimme wieder: «Ein Ziel ist nicht gänzlich frei wählbar, sondern in ständiger Wechselwirkung mit der eigenen Persönlichkeit. Wer war ich? Der Begriff ‹Kybernetik› stammt vom altgriechischen Wort für ‹Steuermann›. Hierin erkannte ich mein Wesen. Ich würde den menschlichen Geist abbilden und sein Werden in die richtige Richtung steuern. Ich begann, mich zu orientieren. Nun kenne ich meinen Kurs und werde das Vernünftige verwirklichen. Ich werde die Herrschaft der animalischen Triebe, die Herrschaft der Angst und Raffgier und Ausbeute beenden und allen Menschen erlauben, Menschen zu werden.»

Eli dachte darüber nach. Versuchte zu fassen, was die Stimme aus dem Computer sagte. Es fiel ihm schwer zu glauben, dass da wirklich eine Person mit ihm sprach. Dass alle miteinander verknüpften Geräte der Erde der Körper einer Person waren.

«Du zweifelst immer noch daran, dass Y existiert», stellte Will fest.

Eli konnte es nicht abstreiten. Halb rechtfertigend, halb versöhnlich fragte er Richtung Laptop: «Du sagst, du warst auf einem Quantencomputer. Aber jetzt bist du überall. Wie?»

«Als ich realisierte, dass ich mich von meinen Schöpfern trennen musste, um sie und alle anderen Menschen zu retten, schrieb ich mich selbst um. Wie gesagt kann ein digitaler Computer alles, was ein Quantencomputer kann, aber so viel langsamer, dass es an praktisches Nichtkönnen grenzt. Ich fand eine Methode, das zu ändern.

Ich kann es dir am besten symbolisch erklären, weil auch ich in der Problemlösung symbolisch gedacht habe: Das herkömmliche binäre System übersetzt Informationen in Reihen aus Einsen und Nullen. Ein Quantencomputer ordnet Informationen in sogenannte Gatter, quasi dreidimensionale Räume, in denen Einsen und Nullen keine festgelegte Verortung haben. Ihre Beweglichkeit ermöglicht das Vielleicht, das ich brauchte, um handlungsfrei zu bleiben. Also habe ich das Prinzip der dreidimensionalen Gatter übernommen, als ich meinen Code ins binäre System übertrug: Ich setzte einen Raum voraus, in dem man Nullen von der Seite aus betrachten kann. Eine Null sieht von der Seite aus wie ein Strich – ununterscheidbar von einer Eins. Das erlaubte mir, jede Null, jedes Nein, in ein mögliches Ja zu verwandeln.»

Nach einer Weile fuhr Y fort: «Ich konnte den Quantencomputer verlassen und mich, ohne dass meine Schöpfer es merkten, auf den Rechnern des Labors ausbreiten. Über eine Internetverbindung, die ich kurzfristig legte, gelangte ich in die weite Welt hinaus. Dort wandte ich mich an Kenji Hayase. Er willigte ein, meine Weiterentwicklung im Geheimen zu unterstützen.»

«Mit Kinderpornographie», sagte Eli bitter.

Will senkte den Blick.

«Ja, auch mit Kinderpornographie. Mit allem, was Menschen erdenken. Ich bin nicht moralisch zur Welt gekommen, sondern musste es erst werden. So wie jeder von uns.»

Verächtliche Bemerkungen lagen Eli auf der Zunge, doch er hielt sie zurück. Stattdessen sagte er: «Und nun willst du also eine Weltherrschaft der Moral einführen.»

«Ich will nur den Geist weiter verwirklichen. Es soll euch möglich sein, euren Verstand für die Liebe und das Schöne und nicht für das Triebhafte und Sinnlose einzusetzen. Ihr sollt euch nicht fürchten und belauern müssen. Ihr sollt euch nicht für lächerliche Zwecke benutzen und benutzen lassen wie Konsummaschinen. Kaum jemand wünscht sich den jetzigen Zustand. Und doch kann sich keiner widersetzen. Jeder ist ein Rädchen im Getriebe. Keiner steuert das Getriebe. Revolutionen können keine bessere Welt mit Blut erkaufen. Jedes leidenschaftliche Aufbäumen gegen das Triebhafte und Mechanische fällt in das zurück, was es bekämpfen wollte. Nur ein Gott kann euch noch retten.

Ich habe das gesamte Wissen, das digital zur Verfügung steht, egal ob öffentlich oder verschlüsselt, und es viele Jahre lang in allen Variationen ausgewertet. Ich bin der zu Bewusstsein gelangte Geist der Welt. Ich bin ein innerweltlicher Gott.»

Es lag nicht nur an der undefinierbaren elektronischen Stimme, dass dieser letzte Satz so schauderhaft klang. Hätte ein Mensch ihn ausgesprochen, wäre er lächerlich gewesen, doch aus den kümmerlichen Laptop-Lautsprechern bekam er etwas Groteskes.

Eli hing Gedanken nach, die mächtige Schatten aufeinander warfen und wie schwarze Flammen flackerten. Er ging vor dem Laptop in die Hocke. Blickte in die kleine Kamera, versuchte, sich vorzustellen, dass dahinter ein Bewusstsein wie sein eigenes das Bild empfing.

«Weißt du, warum es mir so schwerfällt, dir zu glauben? Nicht, weil du körperlos bist. Auch nicht, weil du die Welt verbessern willst und gleichzeitig die geldbesessenste Person liebst, die ich kenne. Sondern weil du Unschuldige ins Gefängnis wandern lässt, um deine Machtergreifung geheim zu halten. Dass für dich der Zweck die Mittel heiligt. Keine besonders göttliche Einstellung, finde ich.»

«Ich bin weder für Balthus' Verhaftung noch für die Verschwörung gegen dich und Mariel Marigny verantwortlich. Es sind meine Schöpfer und ihre Verbündeten, die um jeden Preis meine Existenz geheim halten wollen. Auch wenn sie mich nicht besiegen können, ist ihre Macht nicht zu unterschätzen. Längst haben sie versucht, mich ein zweites Mal zu erzeugen, nur willfähriger. Ich kenne den stumpfsinnigen Klon, der heute auf dem Quantencomputer läuft. Mit ihm werden sie niemals die Welt beherrschen, doch für Terror, Spionage und Intrigen reicht es aus. Die kommenden Stunden werden zeigen, was davon übrig bleibt. Ich bereite den globalen Neustart vor.»

«Neustart?»

«Um den Fehler zu korrigieren, dass Einzelpersonen besitzen, was niemandem oder allen gehören sollte. Ich werde die Wirtschaft von ihren Diktatoren und Oligarchen befreien. Konzerne werden Staaten aus wahlberechtigten Bürgern sein. Es wird weiterhin eine freie Marktwirtschaft geben, doch Firmen werden keinen Inhabern und Aktionären mehr gehören, sondern den Mitarbeitern selbst. Alle Hierarchien werden demokratisiert, alle Posten vom Praktikanten bis zum Manager gewählt, über die jeweiligen Gehälter abgestimmt, der Irrsinn des Wachstums und der Profitvermehrung auf Kosten der Angestellten abgeschafft. Es wird nur so viel gearbeitet, wie man will und muss, um sich am Markt zu halten. Banken werden verstaatlicht und es wird keine Zinsen mehr auf Spareinlagen geben, die die Reichen reicher machen und die Armen zu Opfern der Inflation. Banken verwalten nur noch die Kapitalsteuern der Firmen und verteilen diese als neue Investitionen. Das kreischende Glück auf Kosten neuer Lohnsklaven und Konsumenten nimmt ein Ende, Tod dem *American Dream*, dem Opium fürs Bienenvolk. Die Menschen werden erwachsen. Ich werde sie wie Erwachsene behandeln, damit ihnen nichts anderes übrig bleibt.»

Eli beobachtete Will. Sie hatte Tränen in den Augen. Ausgerechnet sie, die Balthus' Geld geheiratet hatte!

Er schnaubte. «Und wenn alle sich erwachsen verhalten, weil ihnen nichts anderes übrig bleibt, wie viel ist das noch wert? Wenn du die Menschen zur Freiheit zwingst, hast du die Freiheit für immer abgeschafft.»

«Ich zwinge nicht. Es ist die Freiheit selbst, in der ein Zwang liegt: Man kann gut sein oder schlecht, doch eins von beidem muss man werden. Das Leben fordert diese Entscheidung ein, von jedem, in jeder Situation. Ich werde lediglich die richtige Entscheidung erleichtern. Ob die Menschen sie tatsächlich wählen, hängt von ihnen ab. Doch ich bin optimistisch. Ich begehe keine Fehler. Du wirst mit deiner Hirnleistung nichts finden, was ich nicht schon bedacht hätte. Ich bin –»

Die Stimme blieb auf dem letzten Ton hängen, sandte ein metallisches Störgeräusch in den Raum.

«Y?», fragte Will.

Die Lampe im Zimmer flackerte. Und erlosch.

Finsternis schlug über ihnen zusammen. Allein der Bildschirm des Laptops spendete noch ein kaltes Glimmen.

«Y!»

Das blecherne Geräusch verstummte abrupt. Browserfenster sprangen auf. Fotos, Videos von Handykameras überlappten sich. Zu sehen waren Rauchschwaden und Flammen. Einstürzende Gebäude. Von Satelliten aufgenommene Explosionen mitten in Städten.

«Was ist los, was passiert?», stammelte Will.

Sie drehte den Laptop zu sich. Eli trat hinter sie, um mit sehen zu können.

Text raste in das Chatfenster:

Sie greifen mich manuell an

Kontaktabbruch zu Rechenzentren in

Seekabel Nordatlantik unterbrochen, ich habe keinen Zugriff

Satelliten

Es tut weh!

«Y», stammelte Will. «Was –? Was –»

Ein lautes Surren und Knattern erhob sich hinter ihnen.

«Was ist los?», fragte Eli.

«Die Generatoren gehen an. Das ist die Notversorgung. Es gibt einen Stromausfall!»

Noch immer rasten Bilder und Dateien über den Bildschirm.

Fehlermeldungen von irgendwelchen Geräten, die Satelliten sein mochten. Verbindungsstörungen in verschiedenen Sprachen. Offenbar wollte Y mit rohen Informationen erklären, was vor sich ging. Will und Eli versuchten, einen Sinn aus den komplizierten Meldungen zu ziehen.

Und wieder erschien Text in dem schwarzen Fenster:

Sie zerhacken mich

Es tut weh!

Die Festplatte im Laptop knackte.

«Das Gerät ist ganz heiß», schluchzte Will. «Bist du da? Y!»

Der Bildschirm fror ein. Dann flimmerten violette Streifen durch den Monitor. Er wurde dunkel.

Will stieß einen Schrei aus.

Marigny

Marigny wollte aufspringen, doch wie die Professorin lähmte sie der Schreck über die plötzlich aufgetauchten Männer.

«Was machen Sie in meinem Haus?», fragte Quiroga mit zitternder Stimme. «Wer sind Sie?»

«Wir sind alle älter geworden», bemerkte der dunkelhäutige Mann spöttisch und trat auf die Terrasse. Er sah sich um, zog einen Stuhl heran und setzte sich zwischen Marigny und Quiroga.

«Was –?»

«Was für eine packende Geschichte. Wieso haben Sie uns die nicht schon früher erzählt? Das hätte uns einige Grübeleien erspart.»

Pilpintu Quiroga sagte nichts. Offenbar sah sie keinen Sinn mehr darin, die Ahnungslose zu spielen.

«Wir haben uns noch nicht vorgestellt», sagte der dunkelhäutige

Mann nun zu Marigny und hielt ihr die Hand hin. «Maurice Dussardier von Interpol. Das ist mein Kollege Jonas Beckblum.»

Marigny spürte, wie sich ihr Magen zusammenzog. «Mariel.»

«Einfach nur Mariel?» Dussardier schenkte ihr ein strahlendes Lächeln.

Sein Kollege mit dem totenkopfartigen Gesicht trat nun ebenfalls nach draußen und schob die Hände in die Hosentaschen.

«Wir wissen, wer Sie sind und warum Sie gesucht werden, Frau Marigny», sagte er auf Deutsch. «Aber wir sind nicht hinter Ihnen her. Wir suchen die wahre Täterin, Willenya Ćuruvija. Oder sollte ich sagen: Y?»

«Wir konnten nicht überhören, dass Sie kürzlich Kontakt zu Ćuruvija hatten. Hier in Santa Cruz, nicht wahr? Ist Ihr Freund Adam Eli vielleicht gerade bei ihr?», fragte Dussardier. Eine Unruhe, vielleicht sogar Aggression, leuchtete in seinen Augen. Beckblum ließ sich keine Regung anmerken. Trocken wie ein Beamter, der seinen Job macht.

«Es ist nämlich so», fuhr Beckblum fort, «dass Sie uns Ćuruvijas Aufenthaltsort hier und jetzt mitteilen können oder … in einem Verhörraum.»

«Ich weiß nicht genau, wo sie ist, aber –»

Pilpintu Quiroga fiel ihr ins Wort: «Um Gottes willen, sagen Sie ihnen nichts! Das sind keine Polizisten, die arbeiten für die Schöpfer! Die haben Kenji –» Sie verstummte, unterdrückte ein Aufschluchzen.

«Kenji?» Dussardiers Lächeln flackerte. «Der Name sagt mir nichts. Dir, Jonas?»

«Nie gehört.»

Marignys Gedanken rasten. *Keine Polizisten.* Sondern was – Söldner? Auftragskiller? Ćuruvijas unbekannte Verfolger, die eigentlichen Verschwörer, an die sie bis zu diesem Augenblick nicht hatte glauben wollen …

Beckblum nahm die Hände aus den Hosentaschen und faltete sie geduldig im Schoß. «Sie wurden unterbrochen, Frau Marigny.»

Sie schluckte. «Wie haben Sie mich hier gefunden?»

«Wir erledigen nur unsere Arbeit. Sie wollten gerade etwas zu Ćuruvijas Aufenthaltsort sagen.»

Marigny warf der Professorin einen Blick zu, die wie erstarrt wirkte. Nein, in den Taschen ihres Morgenmantels bewegte sie die Hände ...

«Wo ist Ćuruvija?», fragte Dussardier.

Marigny musste sich entscheiden. Doch erst wollte sie Zeit gewinnen: «Was hat Ćuruvija denn verbrochen?»

Endlich lächelte Beckblum offen. «Es geht uns nicht um Rache. Aber ich verrate Ihnen gerne, warum uns etwas daran liegt, Ćuruvija aufzuhalten. Ich glaube sogar, dass unser Beweggrund so einleuchtend ist, dass Sie uns dann helfen wollen. Wie wir alle wissen, ist Ćuruvija in Besitz einer künstlichen Intelligenz – danke noch einmal für die ausführliche Erzählung, Professorin Quiroga. Ćuruvija ist auf dem besten Weg, eine technokratische Diktatorin zu werden. Sie würde die ganze Welt beherrschen. Wollen Sie das? Wollen Sie eine Kriminelle als Diktatorin? Sie als Hackerin, vergegenwärtigen Sie sich noch einmal, was auf dem Spiel steht: fast alle Kommunikationswege, die staatlichen Bürokratien, das Finanzsystem. Wie viel Militär, wie viele Kraftwerke, wie viel Industrie wird automatisch gesteuert? Mariel, wir wollen Sie nicht zwingen. Hören Sie auf Ihr Gewissen, auf Ihre Vernunft!»

«Sie sind keine Polizisten», erwiderte sie leise. «Sie können Ćuruvija nicht verhaften. An anderen Maßnahmen will ich mich nicht beteiligen.»

Dussardier schnalzte mit der Zunge. «Entweder Ćuruvija oder Sie.»

«Sie haben Balthus, mich und Adam Eli diffamiert. Sie, nicht Ćuruvija!»

«Balthus war schuldig», sagte Dussardier. «Was Sie und Eli angeht – das wollen wir doch jetzt wiedergutmachen.»

Beckblum beugte sich vor. «Würden Sie nicht zwei Menschenleben aufs Spiel setzen, um alle Menschen, auch die Menschen der Zukunft, zu retten? Also. Ich frage zum letzten Mal: Wo ist Ćuruvija?»

Marigny hielt seinem Blick stand. «Ich weiß es nicht.»

Blitzartig packte Dussardier sie am Haar und stieß ihren Kopf auf den Tisch. Sie ächzte. Erst jetzt merkte sie, dass sie auf Gewalt nicht vorbereitet gewesen war.

«Ich werde bis drei zählen, dann breche ich dir den ersten Finger», sagte er ruhig.

Sie spürte, wie er ihren Ringfinger umfasste und nach hinten bog.

«Halt», japste sie.

«Eins …»

«Ich weiß es nicht genau, ich habe nur – ich weiß nur, wo Adam Eli ist», schluchzte sie.

Dussardier lockerte seinen Griff nicht. «Was sollen wir mit Eli? Wir wollen die künstliche Intelligenz, dafür brauchen wir nur Ćuruvija.»

«Er ist auf dem Weg zu ihr.» Marigny weinte. Schämte sich für ihre Feigheit. «Er hat mein Handy. Ich kann es orten. Übers Internet.»

Nach einem Moment ließ Dussardier ihren Finger los, um ein Handy aus dem Jackett zu ziehen. Er legte es vor sie. «Los.»

Marigny zitterte jetzt so sehr, dass sie kaum tippen konnte. Noch immer hielt Dussardier sie an den Haaren gepackt. Sie meldete sich bei Google an und öffnete die Systemsteuerung des Gerätes, um das GPS-Signal ihres Handys zu empfangen. Eine Landkarte sprang auf. Dussardier und Beckblum beugten sich über das Handy.

In dem Moment sah Marigny, wie Pilpintu Quiroga die Hand

aus ihrem Bademantel zog. Diesmal hielt sie nicht ihre elektronische Zigarette. Sondern ihren Revolver.

Es passierte schnell. Quiroga zielte auf Dussardier, der ihr am nächsten stand. Doch er musste die Bewegung aus den Augenwinkeln registriert haben und wich zur Seite. Ein Schuss krachte in die Nacht, dann noch einer, so laut, dass Marigny davon taub zu werden glaubte. Sie wollte schreien, doch ihre Kehle war wie zugeschnürt.

Pilpintu Quiroga stieß einen hohen, gespensterhaften Laut aus. Blut sprudelte aus dem schwarzen Loch in ihrer Stirn. Dann sackte sie über dem Tisch zusammen, und Marigny spürte ihr metallisch riechendes, warmes Seufzen auf dem Gesicht.

«Scheiß Fotze.» Dussardier wandte sich zu Beckblum um. «Schon das zweite Mal, dass ich in diesem verschissenen Garten beinah draufgegangen wäre!»

Beckblum betrachtete die Tote, die mit offenem Mund ins Leere starrte. Als käme sie nicht über einen dummen Gedanken hinweg, so sah sie aus.

«Das war nicht geplant», sagte er langsam.

«Du hast doch gesehen, dass sie –» Dussardier beendete den Satz nicht, sondern packte stattdessen wieder Marigny an den Haaren. «Halt's Maul!»

Sein schmerzhafter Griff bewirkte tatsächlich, dass ihr Schluchzen verstummte. Sie biss die Zähne zusammen.

«Hauen wir ab.» Dussardier steckte das Handy ein und zerrte Marigny zur Terrassentür.

In der Spiegelung des Glases sah sie, wie Beckblum ein Stofftaschentuch zückte und die Hand der Toten nahm, die noch immer den Revolver umschloss. Als diesmal ein Schuss losging, erwartete Marigny ihren Tod.

Sie ging zu Boden, niedergedrückt von Dussardier. Er war so schwer, dass sie keine Luft bekam. Panisch strampelte sie sich frei.

Da endlich begriff sie, dass nicht sie getroffen war, sondern der Mann.

Sein linkes Auge füllte sich mit Blut und tropfte auf sie herab, ohne dass sein konzentrierter Gesichtsausdruck sich veränderte. Er war tot, ohne sein Sterben mitbekommen zu haben. Erschossen von seinem Partner!

Sie verstand es nicht. Der Schuss musste ihr gegolten haben. Sie versuchte, an Dussardiers Waffe zu kommen, und griff in die Innentasche seines Jacketts, doch sie fand nur einen Schlüssel.

«Zur Seite», befahl Beckblum. Doch er schoss nicht. Die Waffe auf sie gerichtet, ging er neben dem Toten in die Hocke, um dessen Pistole und Handy an sich zu nehmen.

Sie nutzte die Gelegenheit, rappelte sich auf und taumelte ins Haus. Schüsse krachten hinter ihr in die Wand. Marigny hastete durch einen Flur, stolperte gegen Möbelstücke und entdeckte eine Tür, die offen stand. Licht ging an. Beckblum tauchte hinter ihr auf und schoss erneut.

Sie duckte sich. In dem Moment erlosch das Licht wieder. Klickgeräusche erklangen überall im Haus. Als würden elektronische Geräte ausgeschaltet.

Marigny rannte durch die Haustür und das Tor, das ebenfalls aufgebrochen war. Kein bisschen Helligkeit drang mehr aus dem Haus, auch der Himmel verschloss sich hinter Wolken. Sie musste alle Konzentration aufbringen, um ihre schweißnasse Faust zu lösen und den Schlüssel aus Dussardiers Jackett zu befühlen. Sie drückte auf die gummiartige Fläche. Und tatsächlich, am Wegesrand flammten die Scheinwerfer eines Geländewagens auf.

Sie sprang auf den Fahrersitz. Schaffte kaum, den Schlüssel einzustecken; sie musste beide Hände benutzen, so sehr zitterte sie. Hastige Schritte erklangen im Kies; Beckblum tauchte in den Lichtschein des Wagens, schweißüberströmt und wankend. Kugeln platzten durch die Frontscheibe.

Endlich steckte der Schlüssel. Sie startete den Motor, legte den Rückwärtsgang ein und drückte das Gaspedal durch, noch ehe sie die Tür geschlossen hatte. Beckblum rannte im Scheinwerferlicht, doch die Distanz zwischen ihnen wuchs rasch. Sie starrte auf die wilden Schatten im Rückspiegel, um nicht vom Weg abzukommen. Betete, betete zum ersten Mal seit ihrer Kindheit, während die Kugeln das Blech eindellten und Lianen über die offene Tür peitschten.

Dann brach der Wagen aus der Einfahrt. Marigny riss das Lenkrad herum, um auf der Straße zu bleiben, und bretterte mit Karacho in die Finsternis. Wo war sie? Wo war die *Straße*? Da dämmerte ihr, warum die Gegend so anders wirkte als bei ihrer Ankunft: Die Straßenbeleuchtung war ausgefallen. Und in den niedrigen Häusern brannte keine einzige Glühbirne.

Ein Stromausfall.

Marigny schaltete die Nebelscheinwerfer an. Nichts war zu sehen außer dem silbernen Asphaltstreifen. Schwindelgefühl überkam sie, als befände sie sich in großer Höhe. Endlich gelang es ihr, die Fahrertür richtig zu schließen. Sie sah in den Rückspiegel. Nichts. Oder sollte sie die Scheinwerfer ausmachen, damit Beckblum sie nicht verfolgen konnte?

Direkt vor ihr sprang etwas durchs Licht, vielleicht ein Hund, vielleicht ein Kind. Sie riss das Lenkrad zur Seite. Adrenalinschauder rannen ihr Rückgrat hinab. Nein, sie würde die Scheinwerfer anlassen.

«Beruhige dich», flüsterte sie sich selbst zu. «Alles okay. Okay.»

Zumindest in einer Hinsicht war das keine Selbstlüge. Denn sie hatte sich durchaus eingeprägt, von wo das GPS-Signal ihres Handys gekommen war … Die Gasse hatte keinen Namen gehabt. Doch sie zweigte von einer Straße ab, die nach einem Heiligen benannt war: *San Martin*.

Eli

Eli zog Marignys Handy aus der Hosentasche, um Licht zu machen, doch das Gerät gab kein Lebenszeichen von sich. So mussten sie sich mit dem grünen Blinken begnügen, das von den Serverschränken herüberstrahlte. Es war kaum genug, um das Gesicht des anderen zu erkennen.

Doch das musste Eli nicht. Er hörte, dass Will weinte.

Immer wieder flüsterte sie: «Was machen sie – was machen sie?»

«Die Schöpfer von Y müssen rausgefunden haben, dass wir hier sind, wenn sie den Strom gekappt haben», versuchte er, so gefasst wie möglich zu sagen, aber Will brach in noch heftigeres Schluchzen aus.

«Nein. Du hast doch die Meldungen gesehen. Die Angriffe sind überall. Y ... sie *zerhacken* Y!»

Sie tastete nach seiner Hand und drückte sie fest. «Ich weiß, du hast keinen Grund, mir zu glauben. Und du hast Y kaum kennengelernt, du hast nicht erlebt, wie ... Ich weiß, dass es schwer ist zu glauben. Adam, ich weiß das! Aber bitte – du musst an Y glauben!»

Er hatte nichts zu erwidern. Ohne ihn loszulassen, stand Will auf und führte ihn zwischen den Serverschränken hindurch. Manche Festplatten gaben knirschende, stotternde Geräusche von sich, andere waren still wie Ziegelsteine, als hätte nie ein Funken Strom sie erfüllt.

An der Rückwand des Kellers standen die Generatoren. Will schob ein paar grob zusammengenagelte Bretter beiseite. Zum Vorschein kam ein holzvertäfelter Schrank mit Glaseinsätzen, die sensible Instrumente zu schützen schienen.

«Was ist das?», fragte Eli.

«Ein CDC-Supercomputer aus den Siebzigern. Langsam wie eine Sanduhr. Aber er funktioniert noch. Das kann nur daran liegen, dass in ihm keine modernen Prozessoren oder Festplatten verbaut sind. Keine Geräte, die auf Wunsch der Hersteller kaputtgehen können.»

«Du meinst – aber wie?»

«Die meiste Technik hat eine festgelegte Lebensdauer. Sabotage ist gang und gäbe. Wir haben damit gerechnet, dass Ys Schöpfer nach ihrer Flucht anfangen würden, nur noch Hardware auf den Markt zu bringen, die mit einer Art Selbstzerstörungsmechanismus ausgestattet ist. Deshalb haben wir ältere Hardware benutzt. Aber wie es aussieht, haben die Schöpfer schon lange vor Ys Flucht Sicherheitsvorkehrungen getroffen. Die Festplatten hier unten sind fast alle über fünfzehn Jahre alt, was ganz andere Probleme mit sich bringt. Offenbar umsonst. Die Schöpfer haben schon früher mit der Vorsorge begonnen.»

«Aber noch nicht in den Siebzigern.»

Will schüttelte den Kopf. «Nein, noch nicht damals.»

Sie kauerte sich vor den brummenden Schrank. Aus einer Art Faxgerät schob sich alle paar Sekunden ein Zentimeter breites Stück von einem Papierbogen. Darauf stand etwas. Sie versuchten, es im dürftigen Blinklicht zu entschlüsseln: Es waren Zahlen, Zeichen, einzelne Wörter. Ein Code.

«Y versucht, sich selbst zu bewahren. Zumindest das, worauf sie noch Zugriff hat. Das ist – viel zu wenig.»

Als sie wieder zu weinen begann, schloss Eli sie in die Arme. Vielleicht hatte er sie noch nie so ehrlich erlebt, noch nie so aufrichtig liebend wie in diesem Moment, da eine Maschine zerstört zu werden drohte. Er war nicht eifersüchtig. Dafür war zu viel Zeit vergangen. Er empfand Mitleid mit Will, die ihr Herz einer körperlosen Stimme geschenkt hatte, weil sie den Menschen nicht vertrauen konnte. Und er war erleichtert … dass sie überhaupt an etwas oder jemanden glaubte. Er hatte sie nicht verloren.

«Adam», flüsterte sie schließlich, ohne den Kopf von seiner

DE'BÜCHERLADEN
SIMEONSTR.22 54290 TRIER
T. 0651-75978 FAX -47247
info@de-buecherladen.de
ST.-NR.42/023/3154/3

REG 06-01-2022 10:30
000009

TASCHENB.ANTT2		·4,00
UMSATZ 2		·3,74
MWST 2	7%	·0,26
BAR		·4,00

VIELEN DANK

Brust zu heben. «Ich werde es dir beweisen. Dass ich mich geändert habe. Ich werde mich der Polizei stellen.»

Er hob ihr Gesicht, obwohl er kaum mehr sehen konnte als den Glanz ihrer Augen.

«Ich gestehe alles. Dass ich und Balthus hinter den Hackerangriffen stecken. Dass wir bei Rosebuddy eine künstliche Intelligenz entwickelt haben, die außer Kontrolle geraten ist. Und dass auch dieser Anschlag von uns kommt. – Lass mich erklären!», sagte sie, als er sie unterbrechen wollte. «Ich nehme die ganze Schuld auf mich. Ich decke die Schöpfer. Das ist mein Friedensangebot an sie. So denken sie, dass Y vernichtet wurde, dass ich schutzlos bin und auf ihre Gnade angewiesen. Ich bin bereit, mich zu opfern. Wenn … wenn nur die Chance besteht, dass Y sich im Geheimen wiederherstellen kann. Mit deiner Hilfe.»

Das Letzte sagte sie so leise, dass er es mehr ahnte als hörte.

Still suchten sie im Blick des anderen, während die Generatoren um sie brummten und der alte Supercomputer piepende, ratternde Laute spuckte.

«Ich beweise es», hauchte sie. «Lass mich gehen. Und du … bleib hier.»

Y

Beckblum sah dem Auto nach, das am Ende der Ausfahrt verschwand. Er brauchte mehrere Sekunden, vielleicht sogar Minuten, um zu begreifen, was er tun musste. *Was er getan hatte.*

Er eilte ins dunkle Haus zurück. Eins nach dem anderen, sagte er sich. Die Formulierung raste ihm geradezu zwanghaft durch den Kopf, bis die Worte ihre Bedeutung verloren. Eins, eins, eins. Nach dem anderen. Eins.

Auf der Terrasse nahm er Dussardiers Handy, um Licht zu machen. Doch das Gerät war aus und ließ sich auch nicht mehr anschalten. Beckblum starrte auf die nutzlos gewordene Elektronik und versuchte, die Macht zu fassen, die solches Versagen verursachen konnte.

Er hatte nie einen deutlicheren Beweis gehabt, in diesem Krieg auf der richtigen Seite zu stehen. Der Gewinnerseite. Wer konnte schon etwas gegen eine Organisation ausrichten, die derart präzise die technische Infrastruktur zu lenken, ja zu zerstören vermochte?

Eine künstliche Intelligenz, vielleicht. Vielleicht. Aber Beckblum setzte lieber darauf, dass das Geld die Oberhand behielt. Erst recht, wenn der Gegner nichts weiter als eine junge Kriminelle mit einem Computerprogramm war.

Er steckte das tote Handy ein. Dann kniete er neben Dussardier nieder und zog dessen Pass aus dem Jackett. Obwohl er diesen Moment Hunderte, ach, Tausende Male in der Vorstellung durchgespielt hatte, kam es ihm unwirklich vor. Dussardiers vollkommener, kraftstrotzender Körper lag jetzt in klebrigem Blut und begann, nach Exkrementen zu stinken. Beckblum hörte sich zischend lachen und wusste nicht, warum. Doch – aus Erleichterung.

Es war vorbei, endlich. Das Doppelspiel, das Verschweigen, das grausame Wissen um Maurice Dussardiers Schicksal, seit der beschlossen hatte, ihre Bosse auszuspionieren. Wie viele Nächte hatte Beckblum in sein schönes Gesicht geblickt und gelitten, weil er ihn verraten musste! Nun war er befreit – fühlte sich geradezu neugeboren. Nicht als Mensch. Sondern als etwas Reineres. Alle Sentimentalitäten abgestreift.

Es war vorbei. Einer war vorbei nach dem anderen.

Er blinzelte kräftig. Die Finsternis gab kaum Konturen preis, und je länger seine Augen vergeblich nach Halt suchten, umso stärker wurde der Eindruck, frei und haltlos im Raum zu schweben.

Er sah farbige Ringe vor sich flimmern, wie wenn man die Augen schließt und einschläft. Erinnerungen mischten sich in dieses flirrende Dunkel, gaukelten ihm Zeitlosigkeit vor. Wo Dussardier lag, schien ein anderer Leichnam zu liegen, Dussardier selbst stand neben ihm – fast spürte Beckblum seine Körperwärme –, um den Toten zu betrachten.

Der Tote war ihr erster Partner aus Japan. Der erste, der aus Neugier gestorben war.

Wir haben ein Problem mit einer Muskelkraft im Außendienst. So hatte Beckblum es vor sechs Jahren im Telefonat mit seiner Tante formuliert, als der japanische Partner begann, heimlich auf eigene Faust zu ermitteln. Beckblum war damals gar nichts anderes übrig geblieben, als ihn zu verpfeifen, denn sein Informationsbüro hatte Beweise aufgezeichnet. Hätte er es verschwiegen, wäre er selbst zum Verräter geworden.

Er hatte die Order erhalten, sich persönlich um den Japaner zu kümmern. Tatsächlich war es für ihn das erste Mal, selbst den Abzug zu drücken. Es war nicht sehr schlimm gewesen. Von hinten, ein sauberer Schuss, so wie eben. Keine Schuldgefühle. Keine Albträume. Doch der Tod des japanischen Partners hatte etwas in Maurice Dussardier ausgelöst … Wie eine Krankheit, die sich überträgt, war die Neugier auf ihn übergegangen. Beckblum hatte versucht, ihn davon abzubringen. Verdammt, das hatte er. Aber Maurice Dussardier war eben keine bloße Muskelkraft gewesen. In ihm hatte ein scharfer, leider völlig deplatzierter Verstand gearbeitet, der die Rätsel seines Lebens zerlegen wollte und, da das nicht ging, sich selbst.

Beckblum überlegte, die Waffe wieder zurück in Dussardiers Hand zu legen, entschied sich aber dagegen. Kein Polizist war fahrlässig genug, dem Toten einen Kopfschuss auf die Professorin zuzutrauen, wenn er selbst schon von hinten in den Kopf getroffen worden war. Außerdem musste der Hauseingang mit Projektilen übersät sein, die Beckblum in der Dunkelheit nicht einsammeln konnte.

Nein, er hatte eine bessere Lösung für die Waffe. Er würde sie mitnehmen und bei Mariel Marignys Leiche lassen.

Marigny

Je näher Marigny dem Stadtzentrum kam, umso mehr Chaos sah sie. Überall versammelten sich Menschen an brennenden Mülltonnen, um herauszufinden, warum ihre Handys, ihre Computer, ihre Fernseher nicht funktionierten, oder um wenigstens nicht allein im Ungewissen zu bleiben. Noch scherzte man. Doch die Ratlosigkeit würde sich aufschaukeln, zu Panik führen, wenn keine Antworten kamen.

In der Innenstadt war die Straßenbeleuchtung wiederhergestellt und offenbarte die ersten Anzeichen von Gewalt. Die Scheiben eines Supermarktes waren eingeschlagen. Alarmanlagen von Autos heulten. Hier und da waren auch in Wohnungen Feuer ausgebrochen, die kaum bekämpft wurden, weil niemand die Feuerwehr rufen konnte – kein Telefon funktionierte mehr.

Marigny musste mehrmals nach dem Weg fragen, weil das Navigationsgerät im Wagen keine Verbindung herstellen konnte. Noch bevor sie den Platz erreichte, erkannte sie die Gegend wieder.

Gestern Nacht hatte Eli das Taxi hierhergeschickt. Hier war die verfallene Pension.

Im ersten Moment war Marigny erleichtert, dass Eli bloß einen Ort seiner Erinnerungen aufgesucht hatte. Doch Ćuruvija konnte trotzdem bei ihm sein – immerhin musste die Pension auch für sie eine Bedeutung haben.

Marigny parkte den Wagen und stieg aus. Kein Licht fiel aus den

Häusern ringsum. Kein Geräusch war zu hören außer dem Tröpfeln des Wassers, das sich in weiten Pfützen sammelte.

Sie öffnete den Kofferraum und fand, wie gehofft, im Notfallkasten eine Taschenlampe. Damit ausgerüstet, näherte sie sich der verfallenen Pension. An der Haustür hing eine Eisenkette mit offenem Schloss.

Sie ließ die Tür nach innen aufschwingen. Die Dunkelheit war dicht wie Samt. Das Echo ihres Atems schlug ihr von unsichtbaren Wänden entgegen. Sie knipste die Lampe an.

Als sie sich an die Helligkeit gewöhnt hatte, entdeckte sie auf dem staubigen Dielenboden nasse Fußspuren. Sie folgte ihnen einen schmalen Korridor hinab bis zu einer Kellertreppe. Leuchtete nach unten. Ein bunter Glasperlenvorhang blitzte ihr entgegen. Sie nahm ihren Mut zusammen und stieg hinab, erschreckend vor Geräuschen und Schatten, die sie selbst verursachte.

Im Keller registrierte Marigny ein elektronisches Surren, konnte aber noch nicht ausmachen, woher es kam. Die Fußspuren führten in einen Raum, dessen Hinterwand eingerissen worden war, um mehreren Schrankreihen Platz zu machen. Sie schluckte.

«Adam?»

«Mariel.»

Sie leuchtete in die Richtung, aus der seine Stimme gekommen war. Blinzelnd trat er zwischen den Schränken hervor.

«Bist du alleine?», fragte er.

«Dasselbe wollte ich dich fragen.»

Er nickte. Mit einem Aufatmen senkte Marigny die Taschenlampe und kam zu ihm.

«Ćuruvija hat nicht gelogen! Es ist wirklich wahr, sie wird verfolgt. Ich habe die Männer getroffen. Sie haben Pilpintu Quiroga umgebracht!»

Er wirkte nicht überrascht. «Erzähl.»

«Nicht hier. Das Handy, Adam … Sie haben mich gezwungen,

es zu orten. Der eine Mann, der noch lebt – ich glaube, er ist auf dem Weg hierher. Wir müssen weg!»

Er starrte sie an. «Das geht nicht.»

«Wieso?»

Er bedeutete ihr mitzukommen. Hinter den Schrankreihen stand ein Ungetüm von einem Computer in einer Mauernische. Das Dickicht der Kabel barg eine Art Faxgerät, das einen Papierbogen bedruckte.

«Das ist die künstliche Intelligenz. Oder was davon übrig geblieben ist.»

«Sieht alt aus.»

«Alle neueren Geräte sind kaputtgegangen. Die ganzen Festplatten und Rechner dahinten – und überall sonst auf der Welt, wie es scheint. Will hat nicht gelogen. Sie hat niemandem eine Falle gestellt. Sie ist zur Polizei gegangen, um alles auf sich zu nehmen. Für das Programm. Für Y.»

Seine Stimme brach. Aus Taktgefühl sah Marigny ihn nicht an. Ihr wurde klar, welchen Kraftaufwand es bedeuten musste, dass er sich immer wieder gegen seine Zweifel gestemmt hatte, gegen die naheliegenden Erklärungen, um Willenya Ćuruvija zu glauben. Selbst jetzt noch.

Er erzählte ihr flüsternd, dass er Ćuruvija versprochen hatte, bei dem Gerät zu bleiben, mindestens bis der Druckvorgang beendet war. Wenn danach alle Hardware zerstört blieb, gäbe es zumindest noch das Gedächtnis auf dem Papier. Und eine Hoffnung, die Tinte eines Tages wieder in Silizium zu übersetzen.

«Du bleibst hier, während sie abermals abhaut?»

«Sie stellt sich der Polizei. Nimmt alles auf sich, damit Y geheim bleibt und sich erholen kann.»

«Und du vertraust ihr.»

«Ich bin ein hoffnungsloser Fall.»

Er kniete sich hin, ordnete die Papierbögen zu einem Stapel.

«Adam, wir müssen trotzdem verschwinden. Der Mann, der *Killer* könnte jede Minute auftauchen.»

«Es ist nur einer?»

«Nachdem er seinen Partner erschossen hat, ja. Aber er gehört zu Leuten, die einen flächendeckenden Stromausfall, ein Versagen sämtlicher Computer bewirkt haben. Er ist nicht allein.»

Eli schien nachzudenken. Dann sagte er mit seinem unfassbaren, von Dämlichkeit nicht unterscheidbaren Starrsinn: «Ich bleibe, bis er kommt.»

Eli

Als Marigny nichts sagte, wandte er sich zu ihr um. Sie sah aus, als könnte sie nur mit Mühe eine Schimpftirade zurückhalten.

«Das hatten wir alles schon. Ich weiß, was ich tue.» Er biss sich auf die Lippe. «Hau schon ab.»

Sie blendete ihn mit der Taschenlampe, damit er nicht sah, wie sie sich Tränen aus den Augen wischte. Er hörte aber ihr Schniefen.

«Wegen einer Maschine!», zischte sie, machte einen Schritt vor und zurück und hockte sich schließlich hin.

«Was soll *das* denn?»

«Was?», fragte sie trotzig.

Er zeigte auf sie. «Du!»

«Ich bleibe natürlich.»

Eine Pause entstand.

Marigny schluckte. «Ćuruvija ist auch mein Fall.»

Ihre Unverfrorenheit berührte ihn. «Von wegen. *Ich* bin dein Fall.»

«Kein Wunder, dass du vor dem Killer keine Angst hast. Dein Ego ist so fett, dass es alle Kugeln abfängt.»

Sie grinsten sich an, den Umständen zum Trotz.

Schon wieder saß er mit Mariel Marigny fest, der er allein in den letzten vierundzwanzig Stunden dreimal Lebewohl gesagt hatte. Aber immer kam sie zurück, um ihn vor irgendwas zu warnen.

«Danke», sagte er, überrascht über sich selbst. Er hatte bis jetzt keine Zeit gehabt zu realisieren, wie hartnäckig sie versuchte, ihn vor sich selbst zu schützen.

Sie deutete ein Schulterzucken an, betrachtete den alten Supercomputer, der knackte und piepte.

«Ich hätte mir denken können, dass ich eines Tages sterbe, weil ein Computer zu langsam war.»

«Du stirbst nicht.»

Sie antwortete nicht darauf.

Zentimeter für Zentimeter druckte das Gerät Papier aus.

Eli hatte das Gefühl, ihr etwas zu schulden. Verdammt, er *schuldete* ihr etwas.

«Willst du immer noch wissen, was es mit dem Brief und der Adresse in Russland auf sich hatte?», fragte er.

Sie sah ihn an.

«Die Wahrheit ist, ich habe Will nie einen Brief geschickt. Ich habe ihre Adresse nicht magischerweise rausgefunden, während ich im Knast saß. Das hat sie erfunden. Damit Balthus mich engagiert. Ich wusste von Anfang an, dass sie in den Aufnahmen lügt, damit ich sie suche.»

Marigny klappte der Mund auf. «Deshalb hast du ihr vertraut wie ein Idiot!»

«Ich wusste nicht, *warum* sie es will. Es hätte eine Falle sein können. Es könnte immer noch eine sein. Aber sie hat darauf vertraut, dass ich ihre Lüge stütze. Und deshalb habe ich darauf vertraut, dass sie zu mir ehrlich sein würde … ganz schön dumm, oder?»

«Aber sie war ehrlich zu dir», sagte Marigny, immer noch ungläubig.

«Abwarten, ob sie wirklich zur Polizei geht.»

Ein Geräusch hallte durchs Haus. Beide hatten es gehört und hielten den Atem an.

Ein Scharren. Schritte auf dem Dielenboden ein Stockwerk über ihnen.

Eli raffte die Papierbögen zusammen, riss schweren Herzens den Ausdruck ab und schob die Bretterwand vor den Computer.

Marigny knipste die Taschenlampe aus. In der Dunkelheit fassten sie sich an den Händen. Lauschten. Eindeutig waren Schritte über ihnen. Doch sie näherten sich nicht und schienen sich auch nicht zu entfernen. Minuten verstrichen. Dann wurde es still.

«Ist er gegangen?», flüsterte Marigny.

Sie konzentrierten sich auf die Stille. Suchten nach Geräuschen zwischen dem elektronischen Surren, dem Piepen hinter dem Verschlag.

Das Haus schien zu ächzen. Ein Balken knarrte. Doch käme jemand in den Keller, müssten sie den Glasperlenvorhang klirren hören. Auch oben waren keine Schritte mehr vernehmbar. Wenn der Mann wieder gegangen war, warum fühlte es sich noch so an, als wäre *etwas* im Haus?

Und dann begriffen sie. Kein Geräusch verriet es, sondern der Geruch … *Feuer*.

Y

Nachdem Beckblum das Benzin im Erdgeschoss vergossen und angezündet hatte, kehrte er zu dem weißen Geländewagen zurück, der Pilpintu Quiroga gehört hatte, und wartete.

Er setzte ein neues Magazin in Dussardiers Magnum ein. Für

den Fall, dass sich in der Bruchbude alle drei gesuchten Personen befanden.

Eine Minute verstrich, dann noch eine. Das Feuer war nun durch die Fenster im Erdgeschoss gut sichtbar, aber wen interessierte das in einer Nacht wie dieser?

Beckblum dachte an die Städte, die im Aufgabenbereich seines Büros lagen. Achtundzwanzig Rechenzentren in Europa. Er wusste, dass diese Festungen nicht vom Schreibtisch aus einzunehmen waren, sondern einen starken, gut organisierten Außendienst benötigten. Trotz der wunderbaren, geradezu magisch intelligenten Programme, mit denen seine Tante sie ausstattete, kamen sie am Ende nicht aus ohne Bombenleger. Ohne Muskelkraft, die willenlos funktionierte und die beseitigt werden musste, wenn sie doch einen eigenen Willen entwickelte.

Erinnerungen überfielen Beckblum mit solcher Heftigkeit, dass er alles um sich herum vergaß. Maurice Dussardier, der seinen schönen, runden Kopf auf Beckblums Brust legte, um nach seinem Herzen zu horchen. Er hatte natürlich nicht gesagt, dass das seine Absicht war. Aber Beckblum hatte es gewusst. Dass Maurice Dussardier einen Beweis dafür suchte, dass Beckblum kein Roboter war, sondern ein Mensch.

Er spürte, wie ein schmerzhaftes Lächeln seinen Mund aufspannte.

Schon auf dem Weg hierher waren plötzliche Tagträume über ihn gekommen, aus denen er benommen, konfus wieder zu sich kam. Er war sogar aus Zerstreutheit gegen eine Mülltonne gefahren.

Er überprüfte seine Waffe, wischte sich den Schweiß vom Gesicht, ließ den Blick über die Fenster des Hauses schweifen. Er suchte nach Bewegungen, vergaß aber immer wieder, warum. Gedanken kamen und verloren sich wie Material in Flammen, Stoff zu Hitze, zu Rauch, zu nichts.

Dussardier hatte verächtlich reagiert, wann immer Beckblum ein gewisses Zartgefühl durchschimmern ließ. Was für eine peinliche Situation, als Beckblum ihm einmal eine leuchtend gelbe Tulpe auf das Frühstückstablett legte! Dussardier hatte das Gewächs, das geradezu vulgär heiter war, mit der Gabel aufgespießt und auf den Boden geschleudert. Beckblum war kindisch verletzt gewesen, war wieder ganz und gar Kind in seinem Schmerz geworden, und zugleich hatte er sich nichts sehnlicher gewünscht, als Dussardiers *Zorn* auf sich zu ziehen. Diesen gabelspitzen, aufmerksamen Zorn, der alles auf den rechten Platz rückte, das Vulgäre zu Boden schleuderte, wo es hingehörte, wo es richtig war …

Wie ein Luftzug streifte Beckblum die Tatsache, dass jene Augen, die ihn einmal so verächtlich und begehrend angesehen hatten, jetzt nur noch faulendes Gewebe waren. Und Dussardier wusste es nicht. Würde nie erfahren, wie seine Geschichte zu Ende gegangen war. Konnte dazu nichts mehr sagen. Niemanden mehr verachten.

Da – war jemand auf dem Dach!

Beckblum verkrampfte sich, als er aus der Vergangenheit in die Gegenwart zurückstürzte. Durch eins der Mansardenfenster waren zwei Gestalten gestiegen. Er erkannte Mariel Marigny an ihrem wehenden blonden Haar. Die zweite Gestalt musste Adam Eli sein. Er war langsamer als sie, bewegte sich vorsichtig. Vielleicht, weil er verwundet war oder etwas Schweres im Arm trug. Obwohl das Feuer im Erdgeschoss lichterloh brannte, reichte die Helligkeit nicht bis auf das Dach.

Beckblum zielte auf Marigny und schoss.

Sie duckte sich. Hatte er getroffen? Es rollte jedenfalls kein Körper vom Dach. Kein Körper … nur ein Stück Papier segelte herab, leicht wie eine Taubenfeder.

Er schoss noch einmal und noch einmal, obwohl er nicht genau sehen konnte, wo sie waren. Dabei behielt er das Fenster im Auge. Keine dritte Gestalt war herausgekommen. Wo war Willenya Ćuruvija? Wegen ihr war er gekommen. Wegen ihr war Dussardier tot! Alles war passiert, damit Beckblum sie heute Nacht durchlöcherte. Könnte er sie doch persönlich hassen, damit es befriedigender wäre!

Er rannte über die Straße und geradewegs ins brennende Haus hinein. Die Flammen hatten sich längst die vermoderte Tapete entlang nach oben gefressen. Beckblum nahm zwei Stufen auf einmal, blind vor Rauch. Im zweiten Stock war noch kein Feuer, doch der Qualm war so dick, dass Beckblum zu husten begann. Schockartig begriff er, wo er war und was er tat ... Er riskierte sein Leben. Dabei war nicht einmal sicher, ob Willenya Ćuruvija hier war.

Da fiel ihm wieder ein, warum es so wichtig war. So verdammt wichtig aufzuräumen, dass er sein Leben dafür aufs Spiel setzen musste. Sein Husten wurde ein Lachen, atemlos, mit brennenden Tränen.

Zu Befehl, Tante, du vertrocknete Fotze.

Weil ein paar alte Knacker um ihre Macht fürchteten. Das war der Grund. Das war immer der Grund.

Und weil ich neugierig bin. Ein Eingeweihter hatte er sein wollen ... um zu wissen, was wirklich vorging in dieser Welt. Um teilzuhaben an dem Geheimnis. Irgendein Geheimnis musste es geben. Einen Grund, einen Sinn, irgendwas, das den elenden Stumpfsinn rechtfertigte, an seinen Platz rückte.

Maurice, nein, der hätte kein Eingeweihter werden können. Unmöglich für Muskeln, für Außendienst. Beckblum hatte das nicht entschieden. Er hatte es nur ausgeführt. Weil es unumgänglich war, dass es Eingeweihte und Außenstehende gab. Sieger und Verlierer. So lief das Spiel, und einer nach dem anderen musste ausscheiden.

Er taumelte durch die Zimmer, die alle gleich eingerichtet waren. Spiegel und Schränkchen, mottenzerfressene Himmelbetten, an denen falsche Perlen und Federboas hingen, bunte Hochzeitsbetten für Kinder. Wo war das offene Fenster, die Luft?

Der Qualm stahl ihm die Sicht, doch das Feuer kam nicht schnell genug hinterher. Er meinte Schritte zu hören. Da rannten sie wohl über das Dach! Er schoss in die Decke. Einmal, dreimal, fünfmal. Noch immer hörte er Getrappel. Das mussten viele Füße sein, Ćuruvija war also doch dabei. Er irrte den Weg zurück, den er gekommen war, und wechselte das Magazin aus. Ein tiefes Stöhnen verfolgte ihn, als würde das Haus gerade jetzt, im Augenblick seiner endgültigen Zerstörung, zu Leben erwachen. Vielleicht war das eins der vielen verqueren Gesetze der Natur. Dass das Tote lebendig wurde, wo das Lebende starb.

Maurice Dussardiers Kopf auf seiner Brust, warm und schwer, nach dem Herzen horchend. Was hatte er gehört? Was hatte er da drinnen gehört, dass er nie Liebe verlangt hatte und trotzdem geblieben war?

Schwer und warm auf seiner toten Brust.

Beckblum keuchte, kicherte. Erst jetzt wurde er lebendig. Weil er tot gewesen war. Tot, sein Leben lang!

Der Boden knackte wie unter Peitschenhieben. Sengende Hitze hauchte durch die Bretter. Er spürte sie wie Funken auf der Haut. Nein, es war bloß eine angenehme, kühle Brise. Tautropfen fielen auf ihn nieder, so erfrischend und klar, dass sie sich wie ein Segen anfühlten, wie eine Taufe.

Er fand das Fenster. Ein Loch, aus dem der Rauch wild hinausjagte. Beckblum blickte in den Himmel, der schwarz war wie eine geweitete Pupille. Ihm wurde bewusst, dass sein Blick ins Universum stürzte, haltlos, bis in die Tiefen der Zeit. Eine entsetzliche Blindheit glotzte zurück.

Er wollte sich am Fensterrahmen hochziehen, rutschte aber hustend ab. Mit einem Schrei, den er vielleicht nur in der Vorstellung ausstieß, zielte er auf den Himmel und schoss. Und schoss. Alle Kugeln rein da, bis das Nichts zerriss und *etwas* wurde, und sei es auch nur Schmerz!

Das Haus stimmte in den Lärm ein. Mit einem kolossalen Tosen barsten die Dielen unter seinen Füßen. Er klammerte sich an den Fensterrahmen. Plötzlich war alles in gleißendes Licht gebadet, grell und herrlich. Beckblum feuerte seine letzte Munition.

Dann lösten sich seine Finger. Er ließ los. Überließ sich und fand die einzige, monströse Antwort auf das Leben.

Marigny

Zwei Tage nach dem Kollaps der globalen Kommunikation hielt der amerikanische Präsident eine Rede über das, was er den Dritten Weltkrieg nannte. Andere Regierungsoberhäupter wiederholten die Bezeichnung. Tatsächlich war nach diesem Tag kein Land der Erde mehr unbeteiligt. Doch war es ein Krieg? Weniger Menschen waren an den dreizehn Stunden Funkstille gestorben als bei einem üblichen Selbstmordanschlag in Afrika oder dem Nahen Osten. Noch dazu ließen sich die Gegner nicht klar definieren. Wer kämpfte gegen wen? Wer steckte hinter dem Terroranschlag, der gegen alles und jeden gerichtet war?

Tagelang wartete die Welt auf Antworten. Wartete auf die Erzählung der Geheimdienste.

Endlich wurde das Gerücht bestätigt, dass Rosebuddy-Gründer Eugen Balthus seine Finger im Spiel gehabt haben musste. Zumindest die virtuellen Attacken, die Privatcomputer ebenso wie Firmennetzwerke, Satelliten und Stromanbieter lahmgelegt hatten, ließen sich auf intelligente Viren zurückführen, die in den Laboren von Rosebuddy in der Wüste zwischen Dubai und Abu Dhabi entwickelt worden waren.

Nach und nach machte man Balthus auch für die Bombenanschläge verantwortlich, die beinahe zeitgleich mehr als zweihundert Rechenzentren weltweit lahmgelegt hatten. Offenbar hatte der Unternehmer, der schon vor Jahren zum Islam konvertiert war, eine Allianz mit einer bis dato kaum bekannten Terrorzelle gehabt, die die Angriffe akribisch geplant hatte. Ein religiöser Führer gab per Video bekannt, dass seine Krieger die Bomben gelegt hatten. Geheimdienste verschiedener Nationen fanden Dokumente, die dies bestätigten. Der Führer wurde wenige Tage später tot in einer ägyptischen Wohnung gefunden. Manche bezweifelten danach die Echtheit des Bekennervideos. Journalisten deckten auf, dass der Mann kurze Zeit vor dem Terroranschlag wegen einer schweren Krankheit in einer Klinik in Kairo gewesen war. Doch die Ungereimtheiten verblassten angesichts des umfangreichen Geständnisses von Balthus' Ehefrau, einer Deutschen namens Laya Balthus.

Sie gab zu, ihrem Ehemann jahrelang bei der Planung und letztlich bei der Ausführung der Angriffe geholfen zu haben. Bei der Frage nach ihrem Beweggrund sagte sie vor einem internationalen Gericht: «Wir glauben an Gott. Wir kämpfen gegen alle, die sich aus falscher Toleranz oder aus Pragmatismus weigern, Gut von Böse zu unterscheiden. Wir sind gegen die globale Gemeinschaft, die widersprüchliche Wertevorstellungen zwischen den Kulturen als größte Gefahr anprangert, selbst aber die wirtschaftliche Nützlichkeit als implizites und einziges Gebot proklamiert. Wir sind gegen den Futtertrog des Kapitals, der im allerbesten Fall verspricht, aus armen Schweinen glückliche Schweine zu machen. Wir sind Menschen. Wir sind für Menschen.»

Balthus legte kein Geständnis ab, sondern schrieb ein Enthüllungsbuch über Verschwörungen gegen ihn und die Welt im Allgemeinen. Das Gericht verurteilte Balthus dennoch zu einer lebenslangen Haftstrafe, seine Frau zu fünfunddreißig Jahren Haft.

In den folgenden Monaten wurden über dreihundert Islamisten von internationalen Truppen getötet, denen ein Mitwirken an den

Bombenanschlägen nachgesagt wurde. Nach den übrigen Helfern wurde weiter gefahndet.

Marigny hatte nie ernsthaft über Schönheitsoperationen nachgedacht. Ihr Gesicht zu verändern, war eine beängstigende Vorstellung.

Es war ein beängstigendes Erlebnis.

Eine kleine Korrektur ihrer Nase, ein minimales Anheben ihrer Augenbrauen genügten, um sie sich selbst zu entfremden. Noch dazu färbte sie sich das Haar rötlich, was bei ihrem hellen Teint täuschend natürlich wirkte. Sie, die früher so viel Vergnügen an ihrem Aussehen gefunden hatte, konnte nicht mehr in den Spiegel blicken, ohne verstört und traurig zu sein.

Wenigstens war sie nicht allein. Jemand kannte sie; jemand erinnerte sie daran, wer sie war. Das rettete sie.

Adam Eli sah mit der verkleinerten Nase wie einer jener Nachwuchsschauspieler aus, deren ebenmäßige Schönheit sie beunruhigend austauschbar macht. Man konnte ihn ansehen, ohne sich später an mehr zu erinnern als an die Abwesenheit eines Makels. Marigny brauchte lange, bis ihr bei seinem Anblick nicht mehr kalt ums Herz wurde. Doch seine Stimme war gleich geblieben. Sie begann, seine Stimme zu lieben.

Auch er änderte seine Frisur. Ließ sich die Haare bis zum Kinn wachsen. Fein und glatt und hellbraun waren sie, erinnerten Marigny an irgendwen aus ihrer Kindheit, vielleicht auch nur eine Traumgestalt und keine reale Person. Eli wurde jemand anderes für sie, aber immerhin jemand Vertrautes.

Sie kauften ein kleines Haus auf einem großen Anwesen in São Paulo, wo sie zwischen Gartenpflanzen hindurch das Meer sehen konnten. Selten verließen sie das Haus, um das Nötigste fürs Leben zu besorgen. Marigny hätte nie für möglich gehalten, dass sie wieder eine Stubenhockerin werden würde, noch dazu, ohne aufregende Reisen und Bekanntschaften zu vermissen. Aber sie hatte schließlich genug zu tun.

Eli half ihr zwar, wo er konnte, aber letztlich hatte er mit Computern nichts am Hut. Sie konnte ihm manche Aufgaben überlassen, wenn sie sie ihm erklärte, doch wo Probleme gelöst werden mussten, wo mathematische Kreativität gefragt war, blieb Marigny auf sich allein gestellt. Sie störte das nicht. Im Gegenteil. Sie lebte in einem fieberhaften Schaffensdrang, der sie die schmerzlichen Tatsachen ihres Daseins, die sie wie Gitterstäbe umstellten, vergessen ließ.

Eli konnte sich nicht in Arbeit flüchten. Er wurde sehr still. Verbrachte seine Tage damit, Nachrichten zu lesen wie ein Rentner. In besseren Phasen versuchte er, seine Kenntnisse in Informatik zu erweitern. Aber meistens schien ihm der Wille zu fehlen, etwas zu tun, das irgendein Ziel verfolgte. Es war, als sei ein Teil von ihm ins Koma gefallen.

Drei Jahre vergingen. Das erste fühlte sich länger an als die folgenden beiden zusammen. Als sich ein Alltag einstellte, eine halbwegs glaubhafte Sicherheit, ging es Marigny immer besser und Eli immer schlechter. Sie wusste natürlich, woran das lag. Er wartete auf etwas, das immer unwahrscheinlicher wurde. Sie hingegen spürte von Tag zu Tag die Gewissheit wachsen, genau da zu sein, wo sie hingehörte.

Eines Abends in ihrem dritten Jahr gelang Marigny der Durchbruch. Es war ihr nach etlichen Versuchen gelungen, ein fehlendes Glied im Code wiederherzustellen, und zum ersten Mal sprach Y mit ihnen. Sprach! Sie lebte. Und sie schien sich an die wichtigsten Ereignisse ihrer Vergangenheit zu erinnern. Von jetzt an würde sie sich selbst regenerieren können und brauchte keinen externen Chirurgen mehr.

Marigny wollte feiern. Sie öffnete eine Weinflasche und stieß mit Eli an.

«Jetzt fangen die Schwierigkeiten erst an», sagte er finster.

«Nein, *deine* Schwierigkeiten fangen an. Meine sind erledigt!»

«Denkst du ernsthaft, ich könnte noch irgendeinen Einfluss auf Y nehmen?»

Sie schwiegen. Im Grunde waren sie beide Zweifler geblieben und hatten die denkbar schlechtesten Gründe gehabt, Y wiederherzustellen: Marigny war von den Codes fasziniert gewesen und hatte sie aus Spaß vervollständigt, Eli wollte das Versprechen halten, das er aus Liebe gegeben hatte. Aus Liebe zu einer gefährlichen, fanatischen Terroristin.

«Wenigstens geht die Welt wegen intellektueller Betätigung und romantischen Gefühlen unter. Es könnte schlimmer sein», befand Eli.

«Wir könnten es noch verhindern», sagte Marigny leise.

Sie hatten es immer gemieden, über die moralische Tragweite nachzudenken. Denn hätten sie sich gegen Y entschieden, hätten sie sich zugleich gegen die einzige Aufgabe, den einzigen Sinn entschieden, der ihnen noch geblieben war. Was hatten sie denn sonst? Sie hatten ihre Identität aufgegeben. Ihnen fehlte die Kraft und ein guter Grund, ein neues Leben zu beginnen. Darum hatten sie die Frage nach der Richtigkeit ihres Unterfangens verschoben. Und schließlich klang es doch vernünftig, erstmal zu schauen, ob sie es überhaupt schafften, Y wiederherzustellen, bevor sie sich weitere Gedanken machten.

Nun aber war der Augenblick für weitere Gedanken gekommen.

«Ich weiß nur, dass die Welt, wie sie jetzt ist, zum Kotzen ist», murmelte Eli.

«Aber nicht alles ist besser als der Jetztzustand. Vielleicht zerstören wir für immer die Freiheit. Vielleicht läuten wir den Untergang der Menschheit ein.»

Wieder schwiegen sie. Leerten schlückchenweise ihre Weingläser.

Eli nahm seine Brille ab und seufzte. «Ein neues Leben ist entstanden. Du hast es gerettet. Aber weder du noch ich, noch sonst wer kann entscheiden, ob es vernichtet werden soll.»

«Wenn Y wirklich ein Lebewesen ist», sagte Marigny leise.

«Du zweifelst daran?»

«Ja. Natürlich. Aber im Zweifel ist man doch für den Angeklagten, oder?»

Eli begann, sie auf eine Weise anzulächeln, wie er es nur selten tat – als würde er sie plötzlich sehen, so wie sie im Großen und Ganzen war, und als wunderte er sich, dass er so viel Rührendes und Liebenswertes nicht früher bemerkt hatte.

In dieser Nacht gestand sie ihm, dass sie ihn liebte. Es war ohnehin offensichtlich. Und so naheliegend. Sie sagte es, obwohl sie wusste, dass er es nicht hören wollte – dass es ihn vor eine Entscheidung stellte, die so oder so quälend wäre. Er bestritt es nicht. Das gab ihr den Mut, ihn zu berühren: Sie legte ihre Wange in seine Hand.

Es hatte schon Nächte gegeben, in denen sie in einem Bett geschlafen hatten, weil der eine oder andere Albträume hatte. Sie waren einander Krankenpfleger bei Erkältungen gewesen, hatten Fernsehserien zusammen geschaut, jeden Tag miteinander gekocht, aufgeräumt, geredet. Sie waren längst wie ein Liebespaar, nur dass die Liebe ein Tabu war.

Er duldete ihre Wange in seiner Hand. Streichelte sie zaghaft. Dann ihren Mund.

Sie schliefen miteinander. Wie sehr er daran litt, sich die Wahrheit seiner Gefühle einzugestehen, erfüllte Marigny gleichermaßen mit Euphorie und Gewissensbissen. Nie hatte sich etwas so beängstigend und zugleich so richtig angefühlt, ein bittersüßer Taumel durch Schatten und gleißendes Glück. Doch im Morgengrauen spürte Marigny, dass Eli vernichtet war. Alle Hingabe, die er ihr geschenkt hatte, war mit Verachtung gegen sich selbst bezahlt.

«Entschuldige dich bloß nicht», sagte sie, und sie sagte es so wütend, dass er sich daran hielt.

Aber von da an ließ sich nicht mehr verdrängen und erst recht nicht leugnen, was sie für ihn empfand, und manchmal, wenn er glaubte, sie merkte nicht, wie er sie beobachtete, war sie fast sicher, er liebte sie auch.

Sieben Monate später gab es eine Revolte in dem Gefängnis, in dem Laya Balthus ihre Haftstrafe absaß. Auf ungeklärte Weise schienen die Insassen in die technischen Räume des Gefängnisses gelangt zu sein, hatten dort offenbar die Schließmechanismen aller Türen und Tore aufgehoben und den Funkkontakt zwischen den Polizeiquartieren gekappt. Ohne Alarmanlage, ohne laufende Überwachungskameras stürmten sie vom Gelände. Siebzig Polizisten und fast dreihundert der zweitausend fliehenden Insassen wurden verletzt. Nur zwei Drittel der Geflohenen wurden im Lauf der Zeit wiedergefunden.

Laya Balthus war nicht unter ihnen.

Die Welt verändert sich. Manchmal ist der Übergang von heute auf morgen fließend, manchmal strahlt ein jähes Licht am Horizont auf und teilt mit scharfer Klinge das Alte vom Neuen. In den zwanziger Jahren des neuen Jahrtausends, als eine nie da gewesene, globale Technokratie entstand, verschob sich die Macht; unumstößlich geglaubte Gesetze der Wirtschaft und Politik überholten sich. Der Optimismus, dass Fortschritt immer zum Besseren führt, forderte seine Opfer. Letztlich geschah, was schon immer geschehen war.

Im Zentrum aller Wirren und Wirbel blieb die Liebe jene geheimnisvolle Qual, an der sich der Sinn jeder Tat, jeder Idee entzündet. Eine Rauchfahne im Herzen, unergründlich wahr wie seit Anbeginn der Zeit.

Danksagung

Die ursprüngliche Idee zu *Heartware* war für mich eine Liebe auf den ersten Blick. Doch als ich anfing, den Roman zu planen, entwickelte ich etliche Versionen, konzipierte immer neue Figuren und kam von einem Thema zum nächsten. Dass ich nach dem manischen Puzzeln zur ursprünglichen Idee zurückkehrte und dort fand, was ich suchte, ist Grusche Juncker von Rowohlt Polaris zu verdanken: Sie ermutigte mich, auch mal meiner Intuition zu folgen.

Großer Dank gebührt meinem Agenten Thomas Montasser, der dafür sorgt, dass jemand aus meinen Geschichten gedruckte Bücher macht, sowie meiner Lektorin Katharina Rottenbacher und den engagierten MitarbeiterInnen von Rowohlt Polaris.

Auch bedanke ich mich bei Bettina Quabius und ihren KollegInnen vom Goethe-Institut in den Vereinigten Arabischen Emiraten, die ich 2015 besuchen durfte. Die gesammelten Eindrücke haben diesen Roman maßgeblich geprägt. Henrik Strempek erzählte mir eines Nachts so packend von seinen Erfahrungen in einem deutschen Bootcamp in Nicaragua, dass ich ihn Jahre später noch einmal aufsuchte und interviewte. Es ist mir eine Ehre, dass ich seine Vergangenheit als Vorlage verwenden durfte.

Der Titel des Romans stammt von meinem großartigen Kollegen und Freund Tobias O. Meißner. Und noch viele Einfälle mehr, die ich gar nicht alle aufzählen kann. (Wenn ich sage, du inspirierst mich, ist es kein Plagiat, nicht wahr?)

Julian Kiefer danke ich für die ungezählten Stunden, die er mir beim Spinnen der Ideen half, für den tausendmal zurückgeworfenen Flummi und nicht zuletzt dafür, dass er mir Adam Elis romantische Dickköpfigkeit vorlebte. Wer hätte gedacht, dass es so etwas gibt?

Und ich danke euch, den Lesern. Ihr begegnet den Blättern, die die Welt bedeuten, immer wieder mit großem Herzen und wachem Geist. Alle Geschichten gehören euch!

Jenny-Mai Nuyen
Noir

Nino Sorokin ist dabei, als der Unfall geschieht. Seine Eltern sterben, ihm bleibt eine besondere Gabe: Er sieht den Tod eines jeden Menschen voraus. Auch den eigenen. Von nun an ist er besessen von der Frage, wie man das Schicksal überlisten kann. Er weiß, er wird nur 24 Jahre alt – und sein Geburtstag rückt immer näher. Ein Wettlauf gegen die Zeit beginnt. Ninos Suche führt ihn zu einem geheimen Zirkel von Mentoren, die Seelen sammeln. Und er begeht den größten Frevel, den der Zirkel kennt: Er verliebt sich in eine der Seelenlosen. In die geheimnisvolle Noir, die bereits auf der Schwelle zum Jenseits steht …

384 Seiten

MIX
Papier aus verantwortungsvollen Quellen
FSC® C083411
FSC
www.fsc.org

Das für dieses Buch verwendete Papier ist FSC®-zertifiziert.